插图注释版

平家物语

[日] 佚名 著

周作人 译

北方文艺出版社

图书在版编目（CIP）数据

平家物语 /（日）佚名著；周作人译 . -- 哈尔滨：
北方文艺出版社，2018.5
  ISBN 978-7-5317-4237-1

  Ⅰ . ①平… Ⅱ . ①佚… ②周… Ⅲ . ①长篇历史小说
– 日本 – 中世纪 Ⅳ . ① I313.43

中国版本图书馆 CIP 数据核字（2018）第 060077 号

平 家 物 语
Pingjia Wuyu

作 者 /［日］佚 名   译 者 / 周作人
责任编辑 / 赵 平 赵晓丹   封面设计 / 锦色书装

出版发行 / 北方文艺出版社   网 址 / www.bfwy.com
邮 编 / 150080   经 销 / 新华书店
地 址 / 黑龙江现代文化艺术产业园 D 栋 526 室

印 刷 / 北京朗翔印刷有限公司   开 本 / 880×1230 1/32
字 数 / 268 千   印 张 / 13
版 次 / 2018 年 5 月第 1 版   印 次 / 2018 年 5 月第 1 次印刷

书 号 / ISBN 978-7-5317-4237-1   定 价 / 52.00 元

/ 卷一 /

/ 卷二 /

平 家 物 语

ヘイケモノガタリ

/ 卷三 /

/ 卷四 /

平 | 家 | 物 | 语

卷 一

一　｜　祇园精舍

"祇园精舍的钟声，有诸行无常的声响，

沙罗双树的花色，显盛者必衰的道理。[1]

骄奢者不久长，只如春夜的一梦，

强梁者终败亡，恰似风前的尘土[2]。"

远征外国的事，有如秦之赵高，汉之王莽，梁之朱异[3]，唐之安禄山，这些人都因为不遵旧主先皇的政治，穷极奢华，不听谏言，不悟天下将乱的征兆，不恤民间的愁苦，所以不久就灭亡了。近观日本的例，如承平年间的平将门，天庆年间的藤原纯友，康和年间的源义亲，平治年间的藤原信赖[4]等，其骄奢的心，强梁的事，虽然各有差别，但是即如近时的六波罗入道[5]，前太政大臣平朝臣清盛公的事迹，就只照传闻的来说，也有非意料所能及，言语所能形容的。

查考清盛公的先祖，乃是桓武天皇[6]的第五皇子，一品式部卿葛原亲王第九代的后裔。是赞岐守正盛的孙子，刑部卿忠盛朝臣的嫡男。亲王的儿子高见王，在无官无职中去世了，他的儿子高望王的时候，始赐姓平氏，任官上总介，自此遂脱离王室，列于人臣的地位。其子镇守府将军良望，后来改名国香，从国香到正盛之间

共计六代，虽然历任了各地的国守[7]，却未蒙准许名列仙籍[8]，
得到登殿的恩典。

二 | 殿上暗害

在忠盛还是备前守的时候，他因为鸟羽院上皇的敕愿，建造了
"得长寿院"，是一所三十三间的佛堂[9]，奉安着一千另一尊的佛
像，于天承元年（一一三一）三月十三日举行供养仪式。论功行赏，
奉谕给以遇缺即补，其时适值有但马守出缺，就给他补上了。上皇
喜悦之余，并许可他升殿，忠盛是时年三十六，始得升殿。但公卿
们云上人为此很怀嫉妒，商议于同年的十二月廿三日，在五节丰明
会[10]的夜里，把忠盛来暗害了。

忠盛得知这个信息，便说道："我本非文笔之吏，生于武勇之
家，今如一旦遭到意外的耻辱，这在家门或是一身，都是遗恨的事。
总之所当保全此身，报效君王，如书上所说。"于是预先作了准备，
当他进宫去的时候，便预备了一把腰刀[11]，在衣冠束带之下随随
便便的挂着，到了里面在火光微弱的地方，缓缓的拔出刀来，举到
鬓边，望去宛然冰似的寒光。公卿们注目而视，不禁栗然。此外还
有忠盛等世仆，原是同族木工助[12]平贞光的孙子，进三郎大夫季
房的儿子，左兵卫尉家贞，[13]穿了一件淡蓝色的狩衣，底下是浅
黄的腰甲，挂着拴有弦袋的大刀，[14]在殿上的小院里规规矩矩的

伺候着。藏人头^[15]以下的人看了觉得奇怪，便叫六位过去说道："在那空柱的靠近铃索^[16]处，有一个穿着布衣^[17]的人，你是什么人？擅自进来，实属不法，着即出去！"

家贞恭敬回答道："听说世代的主君，备前守大人今夜要遭到暗算，我为了要看到一个究竟，所以来此，不能轻易退出。"这样说了，仍旧在那里跪坐着。殿上人们见此情形觉得形势不利，所以将当夜的暗害作罢了。

在忠盛召到御前起舞的时候，人们都用怪声叫道："伊势平氏是醋瓶子！"^[18]其实说到平氏，本来乃是柏原天皇的后人，只因中间不曾住在京里，成为地下人^[19]，长久住在伊势，故假借那里出产的陶器，称为伊势平氏，又因为忠盛眼有大小，又以醋瓶子嘲之。忠盛虽是气愤，但无可如何，乃于歌舞未终之前悄悄退出御前，其时在紫宸殿的北厢，故意在殿上人都看着的当中，将腰间挂着的刀交付给主殿司的女官^[20]，便走出去了。

家贞等着问道："情况怎么样？"待要告诉他受辱的事情，看他便要拔刀上殿去的样子，所以答说："没有什么别的。"

在五节的时候，本来人们用了什么薄纱纸，紫染纸，缠丝笔，画着涡卷的笔干种种有趣的事物来歌舞^[21]的。从前有一个太宰权帅季仲卿，因为脸色很黑，见者都称为黑帅，当任职藏人头的时候，在五节会起舞，人们也怪声叫道："好黑呀，黑的头^[22]，是什么人涂了黑漆了。"又在花山院前太政大臣忠雅公，还没有十岁的时候，父亲中纳言忠宗卿去世，成为孤儿，故中御门藤^[23]中纳言家成卿那时是播磨守，便以他为女婿，使他得享受荣华，也是在五节，被

人家嘲讽道："播磨米是木贼草么，还是朴树叶，为什么给人家刮垢磨光！"[24]

大家议论道："这样的事，是古来就有的，什么事也没有起来，可是现在是末世，[25]这会怎么样呢？这就有点难说了！"

果然，五节一过，所有殿上人的公卿都诉于上皇说道："查带剑参加公宴，或随带武装卫士出入宫禁，必须遵守格式[26]之礼，经过敕许，向有先例。今有忠盛朝臣，或称旧日仆从，将布衣兵士，召进殿庭，或腰横佩刀，列座节会，此二者都是旷古未闻的暴举。两罪并发，罪责难逃，请即削去殿上之籍，并罢免其官职。"

上皇听公卿们的诉说，大为惊诧，即传忠盛前来询问，忠盛答说："仆从殿庭侍候的事，实未预知，但近日或听见有人暗中谋划的事情，多年的家人因此想来助我，免受意外的耻辱，所以私自进来，为忠盛所不及知，亦不及阻止。倘若此事有罪，当即召集其人前来，至于那刀前已交存于主殿司处，可请提取，查明刀的真相，再行定罪。"

上皇认为所陈有理，即命将此刀提来，加以御览，乃见表面鞘上涂漆，内中却是木刀，上贴银箔。上皇说道："为得免于当前的耻辱，做出带刀的样子，但又预防日后的责难，却带了木刀，用意周到，殊堪嘉尚。凡从事弓矢的人的计谋，应当这样才是。至于仆从至殿庭里伺候，那是武士从人的惯习，不是忠盛的过失。"这样他反得到了上皇的好感，没有什么处分。

三　｜　鲈鱼

忠盛的儿子们都做了诸卫府的佐官[27]，许可升殿，公卿出身的殿上人也更不能妨害他们了。其时忠盛从他的任所备前国回到京都，鸟羽院上皇问他道："明石的海边怎么样？"

忠盛回答道："残月微明，明石海边的风，夜里推着浪来，煞是可观呀！"[28]上皇很是欣赏，即命将这首歌收入《金叶集》中。

忠盛又在上皇那里做事的女官中间有着一个爱人，时去访问，有一回在她的房里，将一把扇面上端画着月亮的扇忘记了。同僚的女官看见，便调笑说："这是从哪里漏下来的月光呀？出处是有点可疑哩。"

那个女官作歌回答说："这只是从云上漏下来的月光，[29]所以并不想随便的回答呢。"忠盛听见了这话，爱情更是深厚了。这女官便是萨摩守忠度[30]的母亲。俗语说，夫妇相似，忠盛既是风流，这女官也是优雅。后来忠盛官至刑部卿[31]，于仁平三年正月十五日亡故，年五十八岁。清盛是嫡男，便继承其后。

保元元年（一一五六）七月，宇治左府代[32]作乱的时候，清盛为安艺守，效力朝廷，升为播磨守，同三年为太宰大式[33]。其次在平治元年十二月，信赖卿谋反，效力讨平贼徒，敕云"勋功不止一次，恩赏宜厚"，乃于次年正月叙正三位，接着是参议[34]，卫府督，检非违使别当，中纳言，大纳言，[35]到了丞相[36]的地位。不经过左右大臣，便从内大臣直至太政大臣从一位。虽然不是大将，可是下赐兵仗，随带仆从，又蒙牛车辇车的宣谕，[37]可以乘车出入宫禁。这样便同于执政之臣[38]了。"太政大臣为一人师范，四海仪型，治国论道，摄理阴阳，如无其人，则可从阙。"[39]因此名为"则阙之官"。本来若是没有适合的人不是可以随便任命的，可是一天四海既归其掌握，那也无从批评起了。

平家这样的荣华，据说这全是由于熊野权现[40]的保佑。这个缘故是在往昔清盛公还是任安艺守的时候，从伊势海乘船到熊野去，有一尾很大的鲈鱼跳进他的船里，那熊野神社的向导者说道：

"这是权现的保佑，赶快的请吃了罢。古时候曾有白鱼跃入武王的船里，[41]这乃是吉兆。"虽然清盛在参诣的途中，应该保守十戒，[42]精进洁斋，但是清盛把鱼料理了，自己和家里的子弟以及仆从，大家分吃了。自此以后，吉事继续，自己做到太政大臣，子孙也都升官，比龙的乘云而上还要更快，凌驾先祖九代[43]的先踪，这实在是很可庆贺的。

四　│　秃童[44]

　　仁安三年三月十一日，清盛公五十一岁的时候，因为生病，为了生存的关系，乃忽出家入道，法名净海，大概为了这个缘故，宿疾顿愈，得以保全天命。人人向慕的事，有如草木迎风，众所仰望，有如膏雨之润国土。说起六波罗一家的贵胄公子来，无论什么名门华族，都不能和他们比肩对面的。入道相国[45]的内兄，平大纳言时忠卿曾有那么的话："凡非此一门的人，皆非是人类。"[46]

　　因此世间的人都想找一点什么因缘，来和平氏一门发生关系。不但如此，连衣领怎的折，乌帽子[47]怎样的叠，只要说是六波罗的样式，天下的人便都模仿了这样做。

　　无论怎样的贤王圣主的施政，以及摄政关白的措置，世间总有些被弃置的无聊人士，聚集在人们所不大注意的地方，说什么坏话，这是常见的事情，唯独在入道全盛的时代，却并没有说平氏闲话的人。这个缘故是，入道相国的计画，他挑选了十四五六岁的少年三百人，都铰齐了头发，穿了一样的红色的直裰，[48]叫他们在京都各处行走警戒，偶然遇见有说平氏坏话的人，那就了不得，立刻通知了同党，闯入他的家里，没收了资财家具，抓住了那个人，送到六波罗去。所以虽然他们眼里看见，心里觉得愤慨，但是却没有说出话来的。说起六波罗府的秃童来，凡是路上通行的马和车，也都让避开了。真是出入禁门不问姓名，京师长吏为之侧目[49]了。

五 | 本身荣华

入道相国不单是自己一身备极荣华，他的一门也悉繁昌，嫡子重盛做了内大臣兼左大将，次男宗盛是中纳言兼右大将，三男知盛是三位中将，嫡孙维盛则是四位少将，总计平氏一门之内占有公卿十六人，殿上人三十余人，更有诸国守，卫府，以及诸省司，一共有六十余人，似乎政界里更没有别的人了。

从前在圣武天皇的时代，在神龟五年（七二八）朝廷始设中卫的大将，到了大同四年（八〇九），中卫改作近卫府[50]以来，兄弟分任左右大将的才有三四回。在文德天皇时，左是良房以右大臣兼左大将，右是良相以大纳言兼右大将，这都是闲院左大臣冬嗣的儿子。又在朱雀院的时候，左是小野宫实赖公，右是九条师资公，是贞信[51]公的儿子。在后冷泉院时，左是大二条教通公，右是堀河赖宗公，是御堂关白[52]的儿子。在二条院时，左是松基房公，右是月轮兼实公，是法性寺公[53]的儿子。这些都是摄政关白家的子弟，不是普通人所能得到的。从前殿上人羞与为伍的人的子孙，如今却穿了禁色杂袍，[54]身缠绫罗锦绣，兼任大臣大将，兄弟相并做着左右大将，虽然说是末世的事怪，也尽够奇怪的了。

此外清盛公还有八个女儿，也都各自幸福的过着结婚生活。一个是樱町中纳言重范卿预定的夫人，是八岁的时候约定的，平治之乱以后解约，给花山院左大臣[55]做了夫人，生了很多的公子。那个重范卿称为樱町中纳言的由来，是因为他特好风流，常怀念吉野山的樱花，便在领地里种起樱花来，于其中造屋居住，每年春天来看花的人便叫其地为樱町云。樱花普通总是开了七天便凋落了，重范卿觉得可惜，便祷告天照大神[56]，这延长到三七日。那时主上是贤君，神也显示神德，花也有灵气，所以得能保了二十天的寿命吧。

一个女儿是立为王后，生有王子，立为皇太子，后来即位，母后加了院号，称建礼门院，[57]既然是入道相国的女儿，又为天下之国母，用不着说什么了。还有一个是六条摄政公[58]的夫人，在高仓天皇还在位的时候，封为养母，奉旨"准三后"待遇，[59]称为白河君，是个很重要的人物。又一人是普贤寺公[60]的夫人，一人是冷泉大纳言隆房卿的夫人，一人是七条修理大夫信隆卿的配偶。此外安艺国严岛的内侍[61]所生的一人，在后白河法皇那里侍候，得到女御[62]那样的待遇。别有在九条院[63]侍候的杂仕女常华所生的一人，在花山院殿是上蒻女官[64]，称为廊下君。

日本称作秋津岛，本来只是六十六国，其中归平家所管领的凡三十余国，已经过了一半的国土了，其他庄园田地不知其数。绮罗充满，堂上如花，轩骑群集，门前成市。[65]扬州的黄金，荆州的珠子，吴郡的绫，蜀江的锦，七珍万宝，无一阙乏。"歌堂舞阁之基，鱼龙爵马之玩。"恐帝阙仙洞，[66]亦不能过是也。

六｜祇王 [67]

入道相国既然将天下捏在掌握里，就不顾世间的非难，也不怕人家的嘲笑，尽自干些不合道理的事。举例来说，当时在京城里有两个有名的舞女，[68] 是两姊妹，名叫祇王祇女，乃是通称刀自 [69] 的舞女的女儿。这个姊姊祇王为入道相国所宠爱，那个妹子祇女也因此大为都人士所赏识。清盛公又给母亲刀自建造一所很好的房子，每月还给她送去米一百石，钞一百贯，于是一家安富尊荣了。

本来在我国舞女的起源，还是在鸟羽院 [70] 在位的时代，有岛千岁与和歌君两个人，起首做这样的歌舞。最初是穿了水干，[71] 戴上直立的乌帽子，插了白鞘腰刀而舞的，所以称作男儿舞。随后把乌帽子和刀都去掉了，只用那水干，因此称那种歌舞叫"白拍子" [72] 了。

京城里的舞女们听到了祇王的幸运，也有羡慕的，也有觉得嫉妒的。那羡慕的人说，"啊，祇王真是幸运！同样是游女 [73]，谁都愿望是那样的。这一定是名字里有一个祇字，所以是那么好的吧。我们也来起个名字试试看。"于是有人叫作"祇一""祇二"，或者是"祇福""祇德"的。那些嫉妒的人却说："这同名字和文字没有什么关系，这是幸运，从前世生来就有的。"有好些人便不把祇字加在名字里头。

这样子过了三年，在京城里又出现了一个歌舞有名的舞女，乃是加贺国的人，名字叫作"佛"，年纪十六岁。京里的上下人士都说道："从前虽然有过许多舞女，但是这样的歌舞还是初次看见。"所以很是欢迎她。但是佛说："现在我虽是天下闻名，但是没有被召到现时那么得势的平家太政入道那里去过，实在是残念的事。照着游女的习惯，不妨不召自来，那么且去看看吧。"

有一天，便到西八条[74]府里去了。府里的人前去禀告说："现在有名的佛御前[75]来了。"

入道相国道："什么，这样的游女要有人叫，这才前来，没有不召自来的。况且这是祇王的所在，不管说是神也好，说是佛也好，是不准进来的。赶快退去吧！"

佛御前得到这样冷酷的回答，正要退出的时候，祇王却对入道说道："游女不召自来乃是向来的习惯，况且年纪还轻，忽然想到就来了，现来这样冷酷的被拒绝回去，实在有点可怜，这样做了便是我也觉得惭愧，心里过不去。我也是此道中人，所以我觉得这不是与己无关的事情。就是不看舞，不听歌也罢，给她见一见面，随后叫她回去，那就非常的感幸了。好歹请你把她叫回来，会见一回也罢。"

入道相国道："既然你这么的说了，那么就会见一下，随叫她回去吧。"便又叫使者去召。佛御前已经得到拒绝的话，坐上牛车正要退出，第二次被召，于是回到府里来了。

入道相国出来会见，说道："本来今天的会见是不曾许可的，可是祇王不知是什么意思，却是那么的劝说，所以出来见了。既然是会见了，似乎就不好不一听你的歌声。你还是先来一首时调^[76]吧。"佛御前答应道："奉命。"献唱一首时调。

"我是一棵小松树，^[77]见到了你仿佛活够千岁了，在那前面池里的龟山^[78]上面，还有仙鹤聚集游戏。"这样反复的唱了三遍，听见的人都耳目惊耸了。

入道相国也很是赏识，说道："你的时调很是巧妙，那么舞也一定是很妙的吧。且舞一回来看。叫打鼓的来！"便把打鼓的人召来，叫他打着鼓，佛御前便舞了一回。从她头发的样式起，以至姿容秀丽绝世，声音节调也都巧妙，哪里有舞得不好的道理呢。简直是难以想象的成功，在她舞罢的时候，入道相国已是完全倾倒，将整个的心都移到佛御前那边去了。^[79]

佛御前说道："这是怎么的？本来我是不召自来的人，已经奉命退去，只因祇王御前的请求，这才召回来的，假如这样把我留下来，我体谅祇王御前的心情，自己也觉得惭愧。还是请早点给我出去吧。"

但是入道相国说道："这一切都是不行。但是你说因为祇王在这里，所以你是这样顾虑的么？那么就叫祇王出去好了。"

佛御前说道："这又是怎么说的呢？把我同祇王一起留下，我还觉得心里不安，现在更要将祇王御前赶走，只留我一个人，这对于祇王心里更是惭愧了。假如你以后对于我不能忘记，那时节再来召我，我会得来的，今天就让我告假了吧。"

入道相国却说道："这事怎么能行。祇王赶紧出去吧。"就叫使者接连去催促了三遍。

祇王本来这事早已觉悟到了，但是却也不曾想到就在目前。屡次接到赶紧出去的催促，便拂拭洒扫，收拾一下散乱的东西，准备出去了。不过同宿于一树之下，同汲用一河的水，如今要离别了，人情总不免是悲哀的，况且这是住了三年的地方，所以更有点留恋悲伤，流下无益的眼泪来。可是逗留也没有用，祇王最后也只得离去，想到此身将永离此地，留下一点痕迹做个纪念，于是便啼哭着在纸糊的屏门上写下一首短歌道："等着春天发出芽来的草，和那枯的，都是野里的草呵，到后来总要遇着凋落的秋天。"[80]

随后遂坐了车，回到自己的家里，就在纸门里边睡倒，只是啼哭。母亲和妹子看见了，问她："这是怎么了？"也得不到一句回答，后来问跟着她的女人，这才知道是那么一回事。自此以后，每月送来的一百贯钞和一百石米，也停止了，现在佛御前的亲人享受这些富贵了。

京城里上下的人都说："听说祇王是从入道府里给了长假了，我们去会见玩玩吧。"便有些人送信来，或是派使者来的，但是祇王总是如此，便出来同人家会见游戏，也并没有这样心思，所以信也不接收，也不招待使者，遇见这些事情，更其使她觉得悲哀，唯有落泪罢了。

这样的过了年，到了次年春天，入道相国差遣使者到祇王那里来，说道："你近来怎么样？佛御前似乎很是无聊，你可以来给唱一只时调歌，跳什么舞，给她消遣消遣吧。"祇王也不给他回信。

入道相国就说："为什么祇王不给回信？大概不想到府里来吧。假有不想来，也只直说好了。那么净海[81]也有想法的。"

母亲刀自听到了这话，不知道怎么样办才好，便哭哭啼啼的来教训祇王道："祇王，你为什么不给回信的呢，那总比来听这样申斥的话要好些。"

祇王道："假如我是想去的，那就回答并立即前去好了，但是我却不想去，不知道怎么说才好。这回召了不去，说别有想法，这大概是赶出京城，不然是要我的性命吧，反正不会出这两个以外的。纵使出了京城，也没有什么可以悼叹的，就是要了我命去，现在我的一身还有什么可惜呢？已经给人厌弃了的身子，没有再相会见的意思了。"

这样说了，仍旧不给回信，母亲刀自又加劝谕道："凡是想在世上活着的人，总之都不可以违背入道公的意思。男女的因缘乃是前世所定，并不是从现在起头的。有的千年万年的相约，但是不久离散，有的虽是暂时的结合，却是到老相守。世间无定的乃是男女之常。你在三年间得蒙宠爱，已是很难得的事情了。这回说召了不去，因了会丧了性命，那也不至于此，但是赶出京城以外吧。即使出了京城，你们还是年轻，无论怎样的岩石树木之间，总还有法子生存，但是你母亲年老体衰，出了京城，住在乡下过那不惯的生活，现在想起来，也是很可悲的。让我住在京城里面以终我的余年吧，这也算是对于我的今生的孝养，和来世的供养吧。"

祇王虽然觉得前去很是难受，但是不好违背母亲的命令，所以就哭泣着决定前去，心里是很是悲痛的。

一个人进府去觉得有点不好受，便带了妹子祇女同去，此外又有舞女二人，一总是四个人，共坐了一辆车子，到了西八条府邸。

可是并不在以前用过的房子里，却是被领到一处很是低级的房子里边。[82] 祇王心里想道："这是怎么的？我身本无什么过错，已经被弃舍了，现在却连房子也都降格了，多么难受呀！这怎么办好呢？"不要让人家知道，将袖子遮着脸，可是掩不住的眼泪，也从袖子的空隙流了下来。

佛御前看见了，觉得可怜，便说道："这是怎么的！这里并不是她不曾到的地方，还是召她到这里来吧。假如不然，请赐给我告假，我出去会见她。"

入道相国却说："那可是不行。"没有法子，所以不出去了。

随后入道相国与祇王见面，可是他一点都不知道她的心情，说道："怎么样，好么？佛御前似乎很是无聊，你给唱一只时调歌吧。"

祇王既然决心前来，便想定不要违背入道公的意旨，所以按住了落下来的眼泪，唱一支时调歌："佛原是凡夫，我们也毕竟是佛，彼此具有佛性，可悲的是有这些差别。"[83] 哭泣着唱了两遍，其时排着在座的平家一门的公卿，殿上人们，诸大夫，以至武士，[84] 都流下感动的泪来。

入道相国也很是高兴，说道："应时的歌唱也很巧妙的。本来也想看舞，只是今天有要事。以后不召也时常进来，唱什么时调，舞什么舞，给佛消遣。"

祇王不知道怎么回答才好，就掩了眼泪退出来了。

祇王说道："为得不要违背母亲的话，到不好再去的地方，又是第二次受到难堪的事，真是可悲呵。这样的生在世上，说不定还要受到难堪。我现在真决心要去投水了。"

妹子的祇女也说："姊姊若是投水，我也同你一起投水吧。"

母亲刀自得知此事，很是悲哀，觉得没有办法，只得哭哭啼啼的劝说道："你那么悲诉不是没有道理的，我不知道会有那样的事，所以劝你前去，这我实在是觉得难过。但是你若是投水，妹妹的祇女也要将一起投水。两个女儿都已死了之后，年老体衰的这个母亲，就是活着也没有办法，因此我想也只好一块儿投水了。使得死期还没有来到的母亲投水而死，这就要成了五逆罪[85]了。这世间是暂时的宿舍，遇见或不遇见什么羞耻的事情，都不成什么问题，所难堪的是死后长远的黑暗[86]。今生也就罢了，只怕是来世要堕人恶道[87]，那才是可悲的。"

流着眼泪絮絮的劝说，祇王也掩泪说道："的确这样的做了，无疑的是犯了五逆之罪。那么自杀的念头就停止了吧。但是这样的住在京城里，恐怕还要遭到痛苦。现在到京城外边去吧。"祇王遂于二十一岁的时候出家为尼，在嵯峨[88]深处的山村里，搭了一个柴庵，过着念佛生活。

妹子的祇女说："姊姊倘若投水，我也投水，原是约定了的，现在厌离俗世，我也不落人后。"于是在十九岁的时候也改了装，[89]和姊姊住在一起，为来世修福。

母亲刀自看见这种情形，说道："年轻的女儿们都改了装，在这样世道里，年老体衰的母亲，还留着白发做什么用呢？"于是在四十五岁时也剃了发，同两个女儿一向专修念佛，希望死后往生极乐。

这样的过了春天，夏天也将完了。初秋的风吹来，已是望着双星会合的天空，渡过天河，在楮树叶子[90]上各写相愁之意的时候了。看着夕阳向西山的山顶落下去，心想太阳落下去的地方便是西方净土所在，我们也迟早得生在那里，没有忧虑的过着日子，回想起过去种种的烦恼，很是可悲，唯有不尽的流泪。黄昏时候已经过了，便关上了竹编的门，微微的点着灯火，母女三人正念着佛，忽然听见有人丁丁的叩那竹编的门。其时三人的尼僧都惊慌道："阿呀，这大概是恶魔来，阻挠我们没有资格的人念佛的。就是白天也少有人到的山村柴庵，这样的夜里还会有什么人来寻访呢？那只是竹子编的门户，就是不去开，也容易推得破的。还不如去开了门，让他进来好吧。假如他不肯留情，要我们的性命，那就坚信年来信赖的阿弥陀佛的本愿，[91]一心奉唱名号，等候圣众寻声来迎，接引到西方去吧。决心念佛好了。"这样互相警戒着，等把竹门打开，却不是什么恶魔，乃是佛御前。

祇王说道："呀，这是怎么的？我看见佛御前来到，这是梦呢，还是真实呢？"

佛御前掩泪道："说起这事来，仿佛像是辩解，不说又显得我是不懂情理的人，所以还得从头说起。本来我是不召自来的人，已经从府里赶了出来，但是经祇王御前的疏通，才被叫了回去，只恨女人的不中用，自己的身子做不得主，结果被留下在那里，真是可悲的事。随后你又被召来，唱那时调的时候，你的那心情也深深的感到了。总会有一天，是落到我的身上来的，所以在那边也并不觉得愉快。在纸门上留下的笔迹，'到后来总要遇着凋落的秋天'，的确说得不错。后来打听你们的住址都不知道，这回却是改了装，三个人住在一处，听了这个消息很是羡慕，几回向入道公请假，却总是不准。细细想来，世间的繁华乃是梦中之梦，富贵尊荣算作什么。人身难受，佛法难遇。[92]这回若是沉人泥犁，将隔多生旷劫，难以得到浮出的时候。年轻也不可依恃，这个人生是老少不定之境，呼吸之间不能相待，这比阳炎闪电还要无常。我因为但夸一时的富贵，而不知道来世的人，深为可悲，所以今朝混出了西八条府邸，变成这个样子来了。"说着拿去盖在头上的衣服[93]来一看，乃是尼僧的样子了。

佛御前又说道："这个样子改装而来，请你恕我以前的那罪孽吧。假如说是恕我了，我便一同念佛，同为一莲托生[94]之身，假如你还是不满意，我也是从今漂泊到什么地方去，在不论什么青苔上，松根底下去露宿，尽身命专心念佛，得遂极乐往生的素愿。"

哭哭啼啼的诉说这一番话，祇王听了也掩泪道："你这样的想，我是做梦也不知道。尘世艰难，我自己的不幸乃是当然的，可是想到这里常不免对于你有些怨望，因此或要妨碍我得遂往生的素愿也未可知，恐怕今生和来生要给耽误了。现在你这样的改装出家，以前的罪障便一点点也没有了。如今往生已无疑问，我这回得遂素愿，这是比什么都可喜的事情。我们出家为尼，人家说是世间奇事，我们也是这样的想，但那是对于世间有怨恨，也怨恨自身，所以剃发是当然的。但是比起你的出家，这却算不得什么了。你既没有什么怨恨，也没有什么不平，今年刚才十七岁，却能这样厌离秽土，向往净土，真是够得上大道心了。在我的确是难得的善知识了，让我们一起前进吧。"

这样说了，四个人于是同住在一所，早晚在佛前供奉香花，专心向往净土，后来死期虽然迟早不同，四个尼僧都获得了往生的素愿。所以后白河法皇后来在长讲堂的过去账上记着道："祇王，祇女，佛，刀自等尊灵。"将四个人一块儿记着，想起来也是很可怜的。[96]

七 │ 两代的王后

从古至今，源平两氏的武人都奉仕朝廷，如有不服王化，蔑视朝纲的人，辄加以惩创，所以世上没有什么乱事。但自从保元之乱，源为义被斩，平治之乱，源义朝被诛以后，源氏末流的人或处流罪，或被消除，至今只剩平氏一族很是繁荣，没有对他敢于对抗的人。照这情形说来，似乎以后不会出什么事情了。但是在鸟羽院晏驾以后，兵革相寻，死罪，解官停职，是日常的行事，国内不安，世间也不平静。特别是永历应保[97]年间，上皇的近臣辄从天皇方面得罪，天皇的近臣又会从上皇方面获咎，[98]上下恐惧，感到不安，简直如临深渊，如履薄冰[99]一样。本来天皇与上皇，是父子之关系，应该没有什么隔阂，可是意外有些事发生，这也是因为世及浇季，人心险恶的缘故吧。天皇总是违抗上皇的意旨，其中特别惊动世人的耳目，受到举世的非难的是这一件事。

故近卫天皇的王后，当时称为皇太后的，是大炊御门的右大臣公能公的女儿。近卫帝殁后出了王宫，移住近卫河原的邸宅里。因为是先帝的王后，所以过着朴素的生活，在永历年间当是二十二三

岁了，虽是已经稍为过了盛年，但是素有天下第一美人的声名。主上[100]天性好色，偷偷的叫高力士[101]到外边搜求美人，将情书送到皇太后那里去。皇太后当然不加理睬，可是天皇却把这事公开了，对于右大臣家传谕，立为王后，可速进宫。这一事真是天下少有的怪事件，公卿间开了会议，各自发表意见，随后决议说："先查别国的先例，中国的则天皇后乃是唐太宗的后妃，也就是高宗皇帝的继母，在太宗崩后，立为高宗的王后。但此乃是别国的先例，是特别的事情。若在我朝则自神武天皇以来，已历人皇七十余代，还没有过立两代的王后的事。"

公卿们都一致陈说，上皇也不以为然，对于天皇加以劝谕，天皇却说道："天子无父母。"[102]我凭了十善[103]的戒功，得万乘之宝位，这一点点的事，还不能任我的意思么？"于是传谕决定进宫的日期，上皇也是没有办法了。

皇太后听到了这事，就一直在眼泪里过日子，叹息说道："这还不如在久寿[104]的秋天，先帝去世的时候，一同死去了，[105]或是遁世出家，便不会听见这样可悲的事情了。"

父亲的右大臣却加劝慰道："书上说过，不随和世俗者，只有狂人[106]既然诏书都下来了，还说什么也没有用，就快点进宫去好了。假如诞生一个王子，那么你就称为国母，便是愚老也被尊为外祖父，这是可喜的一种吉兆呀。这就是你帮助你这老父的最大的孝行了。"皇太后也没有回答这话。

皇太后在这时候所写的有这样的一首歌："在忧苦的时节不就沉没了，如今河竹似的，漂流着世无前例的浮名。"[107]这首歌不知怎的漏到外边来，人们传说，都说是优雅可怜。

到了进宫的那一天，父亲的右大臣同了伴送的公卿们，对于装饰的牛车的仪式特别用心准备，但是皇太后因为心里不高兴，迟迟不即登车，一直等到夜已深了，已经到了半夜以后，这才大家帮助了坐上车子。进宫以后就住在丽景殿[108]里，听说就劝天皇要精勤政务。在皇居的紫宸殿，陈列着画有圣贤的屏风。在那上面画着伊尹，第五伦，虞世南，太公望，角里先生，李勣，司马，[109]还有长手长脚，马形的屏风，和"鬼的房间"李将军斩鬼的活现的图。尾张守小野道风[110]分作七回写那圣贤屏风的题词，也是事实。在那清凉殿里画图的屏风上，有巨势金刚[111]所画远山残月，至今存在，当先帝还是年幼的时候，弄笔游戏，把残月涂黑了，这也还是照样的在那里。皇太后看了这情形，怀念先帝昔时，做了一首短歌道："以我忧患余生，想不到重来宫里，看这云间的月亮。"[112]这里也可以想见先帝与皇太后之间的关系，可以说是优雅可怜的事了。

八 | 上匾的纷争

永万[113]元年的春天起头，便听说天皇有病，到了夏初，病就更重了。因此大藏大辅伊吉兼盛的女儿所生的第一王子，刚是两岁，听说将立为皇太子，到了六月廿五日，急遽宣旨为亲王，当夜便禅位了，世间因为事出仓猝，深感动摇。据熟悉宫中典故的人说，如考查本朝童年为帝的例，清和天皇九岁受文德天皇的禅位，其时因为仿效中国周公旦代成王，君临天下，日理万机之政的先例，由外祖父忠仁公[114]辅佐幼主，是为摄政的开始。其后鸟羽天皇五岁，近卫天皇三岁而即位，那时就有人说太是年少了，现在是两岁即位，这就没有先例。似乎太是性急一点了。

这样在同年七月廿七日，二条上皇终于去世了，御年廿三，好像是含苞的花凋落了的样子。玉帘锦帐[115]，无不流泪。就在那天夜里，下葬于香隆寺的东北，莲台野的里边船冈山地方。在葬送的时候，延历寺与兴福寺的大众[116]有立匾纷争的事，至于互相干出乱暴的事来。本来凡是天子去世后，送到墓地，那时的规定是奈良和京都[117]的大众全数同行，在墓所的四周，各自立起本寺的匾额来。先是立东大寺的匾，这是圣武天皇所敕建的寺，没有什么异议的。其次是立兴福寺的匾，那是淡海公[118]所发愿建造的。在京都方面，是立延历寺的匾，与兴福寺相对。其次立园城寺的匾，那是由于天武天皇发愿，是教待和尚，智证大师所草创的。但是这回山门的大众[119]，不知是什么用意，却违背了先例，在东大寺底下，兴福寺的上头，立了延历寺的匾额。于是奈良的大众讨论种种对付的方法，这时兴福寺的西金堂[120]的两个有名的大恶僧[121]，名叫观音房势至房[122]。观音房穿着黑色的腰甲，把白干的长刀很短的拿着，[123]势至房穿着鹅黄的腰甲，手拿黑漆的大刀，二人冲上前去，将延历寺的匾额砍下来，打得粉碎，口里高唱着："可喜的是水呀，响着的是瀑布的水，太阳出来了也不会干呀！"[124]回到奈良的大众里去了。

九 │ 火烧清水寺

当时兴福寺大众这样胡为，延历寺方面也应可以抵抗，但是他们却似另有打算，一句话都没有说。天皇刚才晏驾，连无情的草木都应当各含愁色，这回骚扰得太是不堪，所以无论贵贱都茫然自失，各自走散了。在同月廿九日[125]午刻左右，忽然听说延历寺大众大举的下山，向着京城进发。武士和检非违使急遽向西坂本去，想阻止他们，但是大众全不理睬，突破防线，进入京城。那时不晓得是什么人说的，传说着一种流言道："这是后白河上皇传谕山门大众，叫来讨伐平氏的吧。"于是兵士聚集宫里，防守四面的诸门，平氏一家的人，则仓皇集合于六波罗。后白河上皇也急忙临幸六波罗。其时清盛公当着大纳言，也大为恐惧惊慌。但是小松公[126]说道："哪里会有这样的事呢？"极力表示镇静，但上下恟恟，很是惊扰。

可是山门大众并不向六波罗来，却朝那毫不相关的清水寺冲过去，把那里的佛阁僧坊，一间都不剩的烧掉了。听说这是雪那一回送葬之夜的会稽之耻的，因为清水寺乃是兴福寺的下院。

清水寺被火烧的第二天早晨，在大门前立着一块牌子，上边写道："观音火坑变成池，如何？"

次日另外立着一块木牌，写着："'历劫不思议'人力所不及。"[127]

山门大众归山以后，后白河上皇也从六波罗回去了。重盛卿一个人陪着同去，父亲清盛公没有去，因为他还有戒心。重盛卿送驾回来的时候，父亲大纳言对他说道："上皇临幸我家，实在觉得很是惶恐。但是这也因为以前本来有这个意思，偶然说了出来，所以有这种流言。你也不要太是大意了。"

其时重盛卿说道："这样的事情，在上皇的态度上，言语上决没有表示出来过。叫人家有这样的感觉，对于我们却是很不好的。在这时候，还是不要违背上皇的意旨，对于人们特别用点情，一定可以得到神佛的保佑的。那么，就是在父亲也用不着什么恐慌了。"

说了就走了出去，父亲清盛公说道："重盛是心宽得很哪。"

后白河上皇回去以后，有亲近的臣僚聚集到御前的时候，说道："真是流传着奇怪的流言，我却是一点都不曾想到。"

那时上皇宫里有一个很有势力的人，名叫西光法师[128]，正在御前侍候，上前说道："俗语说得好，天没有嘴，叫人代说。[129]本来平氏的专横也太过分了，这是天的示警吧。"

别人听了都说道："这话不太好。墙有耳[130]哩，可怕可怕。"

一〇 │ 立东宫

这一年因为是尚在"谅暗"[131]之中，所以御禊和大尝会[132]都不曾举行。同年十二月廿四日，其时还称为东方君的建春门院[133]

所出的王子，奉旨立为亲王。第二年改元，年号曰仁安，同年十月
八日，去年宣旨为亲王的王子，宪仁亲王在东三条御所立为东宫。
东宫是当时天皇的叔父，御年六岁，天皇乃是侄儿，御年三岁，父
子长幼的顺序并不相合。但宽和二年一条天皇七岁即位，后来三条
天皇十一岁立为东宫，不是没有先例的事。现今六条天皇二岁即位，
今年才只五岁，东宫践祚，便即让位，称为"新院"[134]。还未行过
冠礼，便承受太上天皇的尊号，这样的事在中国日本都是初次吧。

　　仁安三年三月二十日，新帝高仓天皇在太极殿即位。这位天皇
即了帝位，表示平家荣华达于极点。国母建春门院是平氏的一家，
特别是入道相国的夫人二位君[135]的妹子。还有大纳言平时忠卿是
她的长兄，乃是主上的外戚，对于内外都很有权力的人，凡是叙位
和除目[136]在当时便一任时忠卿的意思。杨贵妃得宠的时候，杨国
忠很有势力，这事正是相像。世间的人望，当时的繁荣，真是了不
得的。入道相国关于天下的大小事情，也要和他商量一下，时人称
时忠卿叫平关白云。

一一 | 殿下争道

　　这样，嘉应元年七月十六日，后白河上皇出家了。出家之后却
还是理着万机之政，院里上宫中没有什么区别。院里接近使用的那

些公卿殿上人，以及上下北面^[137]的武士，官位俸禄都很优厚。可是人心总是不知满足，平常亲密的人常聚在一起，互相私语道："唉，某人若是死了，那个国守就出了缺，没有那人，我便可以补上了。"

法皇^[138]自己也私下说道："从前历代平乱的人不在少数，却并没有像平氏这样的。平贞盛与藤原秀乡剿平了平将门，源赖义灭了安部贞任与宗任，源义家攻下了清原武衡与宗衡的时候，论功行赏，也只是地方的国守罢了。现在清盛这样的任意胡为，实在是岂有此理。因为这已是佛教末法的时代，所以王法也是衰微了。"虽是这样的说，但是没有适当的机会，不曾加以什么警告，平氏对于朝廷也并无什么怨恨，但是扰乱世间的事件却在这里发生了。

嘉应二年十月十六日，小松公的次子，进^[139]三位中将资盛卿，其时是越前守，年才十三岁，其时下过一阵微雪，枯野的景色很是好看，率领了年轻武士三十余骑，从莲台野，柴野，走到右近马场，放出许多鹰去，追捕鹌鹑和云雀，打了一天的猎，到了薄暮这才回到六波罗来。

其时的摄政是松殿藤原基房公，正从中御门东洞院^[140]的邸宅进宫里去。这一日是从郁芳门入内，刚来到东洞院大街南边，向着大炊御门往西走去。在大炊御门的猪熊地方，资盛却好正与殿下^[141]的行列相遇。摄政的随从都急忙叫道："是什么人，敢这样无礼！是殿下的出行嘛，下马，下马！"

可是资盛十分傲慢，把世间什么都不看在眼里，率领着的那些武士都是廿岁以内的青年，没有一个人晓得下马的礼仪作法的，所以也不管什么殿下出行，不但并不执行下马的礼仪，反想冲过行列去。其时是暮色苍然了，没有人知道马上的乃是入道公的孙子，或者虽是认得也佯为不知，于是从资盛卿起，把那些武士，都从马上拉下来，与以很大的耻辱。

资盛卿非常狼狈的到了六波罗，把这件事情告诉了入道相国，入道公大为生气说道："纵使是殿下，对于净海一家的人也应该有些斟酌，况且对于年纪幼小的人，毫不假借的与以耻辱，实在很是遗憾。从这些事情，会得被人家看不起的。不能不叫松殿认识到这件事的意义。对于殿下须得报复一下。"

重盛卿听了就说道："不，这没有什么值得介意的。假如是被赖政、光基等源氏的人所欺侮，那真是平家一门的耻辱。现在重盛的儿子遇见殿下的出行，却不下马，这是十分失礼的事情。"

随后还召集了关系的武士来，对他们说道："自今以后，你们要好好注意。我还想去对于殿下陈谢失礼的过失呢。"说了就回去了。

其后入道相国也不同小松公商量，招集了乡下的武士，不懂礼仪，除了入道公的话以外什么都不怕的人，难波次郎经远，濑尾太郎兼康等，一共六十余人，对他们说道："这个二十一日，摄政殿下为了接洽主上冠礼的事情，要进宫里去。你们可在路上什么地方等着，把前驱和随身[142]的发髻都切掉了，给资盛雪耻。"

但是殿下却是连梦里都没想到，关于主上明年加冠，关于那时冠礼和拜宫[143]的商量，暂时需要在值庐当值，所以这一天比平常的行列更是漂亮，这回是从待贤门进去，在中御门一直往西。在猪熊堀河的旁边，六波罗的兵三百余骑全身甲胄正在那里等着，把殿下包围在当中，前后同时发出喊声。将今天特别装束的前驱随身，到处追赶，拉下马来，着实加以凌辱，随后一个个的切下了发髻。随身共有十人，其中有右近卫府的府生[144]武基的发髻也被切去了。又在切去藏人大夫藤原隆教的发髻的时候，特地警告他道：“不要以为切你的发髻，须得知道这乃是切你主人的发髻。”随后还把弓稍伸进车子里去，又将车上的帘子打下，车牛的臀后以及胸前的索子都割断了，弄得十分凌乱之后，这才发出喜悦的喊声，回到六波罗来。

入道公听了说道：“做得很漂亮。”

这里前驱的一人是当过因幡的先使[145]的住在鸟羽的国久凡，虽是资望还浅，可是很有情分的人，好容易收拾好车子，回到中御门的府邸里来。用了衣冠束带的正装的袍袖，掩住了眼泪，这种还邸的惨淡的行列，真是不晓得怎么说才好了。大织冠，淡海公的时代，是不必说了，忠仁公，昭宣公以下摄政关白遇到这样的事，还不曾听见过。[146]这乃是平家恶行的开始。

小松公知道了这件事情，大为惊骇。他召集一同出去的武士们，都予以谴责道：“即使入道公下这奇怪的命令，为什么一点都不让重盛知道的呢？这都是资盛岂有此理。俗语说，旃柽二叶开始芳香。[147]现在已经是十二三岁的人，理应懂得礼仪，相应的行动，乃干出这样愚事，使入道公获得恶名。不孝之极，全是你一个人之罪。”便暂时迫使到伊势去了。左大将重盛公的这个处置，君臣都很赞赏。[148]

一二 | 鹿谷

因了这个事件，天皇加冠的商议当天停止了，到了同月二十五日，这才在后白河法皇的法住寺殿上开了会议。关于天皇加冠，对于摄政公当然应当有所慰劳，乃于同年十一月九日预先宣旨，十四日升进为太政大臣。同月十七日谢恩庆祝，但是世间对于这事似乎很冷淡。

这一年就是这样过去了，第二年是嘉应三年，正月五日天皇举行加冠典礼，十三日对于上皇和皇太后行朝觐之礼，等待着的法皇、女院[149]看了正装冠服的天皇，该是怎样的喜悦吧。入道相国的女儿，[150]进宫去作为妃子，当年十五岁，算是法皇的犹子。[151]

其时内大臣兼左大将的妙音院[152]太政大臣藤原师长，要辞去左大将。照资格来说，德大寺大纳言实定卿应该补这缺，花山院中纳言兼雅卿也很是希望，此外故中御门藤中纳言家成卿的三男，新大纳言成亲卿也特别想得到这个地位。因为他是法皇所喜欢的人，因此他就用开始做种种愿望成就的祈祷。在石清水的八幡宫里叫一百个僧人聚集了，通读《大般若经》全卷，凡历七日，在这中间，有山鸠三只从男山方面飞来，在高良大明神[153]的前面，互相啄咬终于都死了。那时总管社寺事务的检校匡清法印[154]说道："鸠乃是八幡大菩萨的第一使者，在宫寺[155]不该有这种异变。"便把这事奏闻了，上边叫神祇官去占卜，说主有骚扰，但不是君主的方面的谨慎，乃是在于臣下的方面。

新大纳言对于这前兆却不警惕，白天因为人多，便每夜出去从中御门乌丸的住宅步行到上贺茂神社，接连七天前去参拜。到了七天满愿的那一夜，回到自己的住所，疲倦了刚才睡着，就梦见到上贺茂神社去，那宝殿的门推了开来，有一种可怕的高贵的声音说道："樱花呀，别怨贺茂河上的风吧，因为它不能阻止那花的散落。"[156]

新大纳言却还不因此有所儆戒，这回又在贺茂上神社里，宝殿后边杉树的洞里造了一个祭坛，叫一个行者[157]在里边，给他百日间施行一种"拿吉尼"[158]法。但是在这期间，雷落那大杉树上边，雷火燃烧起来，社殿几乎危险了，神官们多人走拢来，把火救灭了。他们想赶走那施行外法的行者的时候，他却说道："我在本社立下伏处百日的大愿，今天才只有七十五日，所以决不出去。"这样说了一动也不动。

神官们把这情由奏到宫里，宣旨下来道："可依法逐出。"于是神官用了白楮[159]，打那行者的后颈，把他赶出神域之外，到一条大路以南。语云，"神不享非礼"，这回大纳言因为妄想得到非分的大将，举行祈祷，所以有这种不思议的事起来的。

在那时候所设叙位除目等事，并不出于上皇天皇的意思，也不由摄政关白所决定，却是全出自平家独自的专断，所以没有按次序给德大寺和花山殿，乃是把入道相国的长男小松殿大纳言右大将移为左大将，将次男宗盛中纳言，越过了更有年功的人，补了右大将的缺，这实在是说不过去的事情。

其中德大寺殿乃是首席的大纳言，门第清华，才学优长，而且更是本家的嫡嗣，这回乃给平家的次男宗盛卿所跳越过去了，在他本人极是遗恨吧。人们都私下说道一定要出家了吧？"但是他却是说暂时观望形势再看，所以只是辞去了大纳言，退隐下来了。

新大纳言成亲卿却说道："若是给德大寺或花山院越了过去，那也是没有办法。这回却被平家的次男宗盛卿跳过去了，实在有点不甘心。怎么想法子灭亡了平家，成就我的本愿才好。"实在可怕的决意。成亲卿的父亲就只做到中纳言，他是最小的儿子，却是位至正二品，官升到大纳言，下赐领地也并不少，子息从人悉荷朝恩，还有什么不足，却发生这样的心思呢？这全是天魔的所作为吧。他在平治之乱[160]的时候，是越后守兼近卫中将，是信赖卿的同党，本来已是定了死刑，经小松殿重盛卿种种解说，才算保全了首领。但是现在却忘记了这个恩义，在同志中间整备兵器，招集军兵，专心经营讨伐的事。

在东山的山麓，叫作鹿谷的地方，后边与三井寺相连续，有一所很像样的城郭，这乃是俊宽僧都的山庄。成亲一党的人时常聚集在那里，计画灭亡平家的阴谋。有一天，法皇也行幸到了那里，故少纳言入道信西[161]的儿子，净宪法印也随侍着。晚上开宴会，商议这件事情，净宪法印说道："阿呀呀，这可了不得。许多人都听着，这就泄漏了出去，那便要成为天下大事了。"

新大纳言听了现出不高兴的颜色，突然的立了起来，这时狩衣的袖子把御前的酒壶带倒了。法皇问道："这是怎么的！"

大纳言回过来说道："平氏[162]倒了！"

法皇听了笑说道："大家都来演一出猿乐[163]吧。"

平判官康赖出来说道："呀，因为平氏太多，所以喝醉了。"

俊宽僧都道："那么，把这些怎样处置好呢？"

西光法师说道："只有拿下头来，比什么都好。"说着便把瓶子的颈敲断了，随即下场去。净宪法印看了这种狂态，着实出惊，觉得无话可说，只是十分可怕罢了。

那些同谋的人是谁呢？近江中将入道莲净，俗名成雅，法胜寺执行俊宽僧都[164]，山城守基兼，式部大辅雅纲，平判官康赖，宗判官信房，新平判官资行，摄津国源氏多田藏人行纲，以及北面武士，多有预谋的。

一三 │ 俊宽事情鹈川之役

这法胜寺执行俊宽僧都乃是京极大纳言雅俊卿的孙子，木寺法印宽雅的儿子。祖父大纳言虽然原来不是手执弓箭的家里的出身，却是脾气很是暴烈的人，在他住着的三条坊门，京极邸宅的前面，很不容易许人通过，平常总是站在中门，咬牙切齿的，怒视着四周。因为是这样人的孙子，所以俊宽虽是做了和尚，却是性情激烈，很是傲慢，因此参加这样不良的谋反计画的吧。[165]

　　新大纳言成亲卿叫了多田藏人行纲来到跟前，对他说道："我信托你当作一方的大将。这事成功之后，地方庄园，都任凭你的所希望。这先拿去作为弓袋的资料。"便送给他白布五十匹。

　　安元三年三月五日，妙音院殿内大臣师长转任为太政大臣，这时小松公就越过了大纳言定房卿当了内大臣。大臣兼任大将这是很可喜庆的事，所以接着举行大宴飨，其时的主宾是大坎御门右大臣经宗公。本来妙音院殿的升转还有上面的一级是左大臣，但有他父亲宇治恶左府[166]的先例，所以有所忌讳了。

　　北面武士在古时是没有的。自从白河上皇的时代开始设置以后，六卫府的人许多配属在里边。为俊、盛重都从小时候，称为千手丸与今犬丸，是当时无比的红人。鸟羽上皇的时代也有季教季赖父子服役朝廷，司传奏上皇的事情，也还安分。但是后白河法皇时代的北面武士却是超过他们的分际，不把公卿殿上人看在眼里，没有礼仪礼节。从下北面升到上北面，从上北面就可以许可他在殿上行走，因为是这样便自然傲慢增长，参加不良的谋判计画了。其中有故少纳言信西的部下，叫作师光，成景的人。师光是阿波国的国司官署的属员，成景是京城里的人，原是出身低微的下役。他们当作"小健儿"或是"恪勤者"[167]使唤，因为他们本来很是伶俐，所以师光做了左卫门尉，成景做了右卫门尉，两个人都成了"靱负尉"[168]了。主君信西死于治平之乱的时候，两个人都出了家，叫作左卫门入道西光，右卫门入道西敬，出家之后仍在法皇宫里担任警士御仓的事。

　　这西光的儿子有一个名叫师高的，也是很能干的人，经过了检非违使五位尉，于安元元年十二月二十九日，在追傩的除目[169]的时候，任为加贺守。可是他执行地方事务，肆行非法违例的事，将神社佛寺、权门势家的庄园领地，随意没收，种种胡为。即使他不能像古代召公[170]的那样，至少也总要平稳办事才好，可是他却是任意胡乱行事，同二年夏天时候国司师高的兄弟近藤判官师经补了加贺的代官。[171]当代官赴任的途中，当走到加贺国府左近鹈川的地方有一个山寺。[172]寺僧正要烧水洗澡，代官一行人就乱入寺内，赶走寺僧，代官先自洗了，又叫从人们下来，并且洗那马匹。寺僧都生了气，说道："向来是国司的官吏不曾进这里来的，请按照旧例，停止这些乱暴，赶快退出吧。"

但是代官却说道："从前的代官因为不中用，所以这样的受愚，可是这回的代官却不是那样的。只有依法办理罢了。"这样说了，寺僧那边想把官吏赶出去，官吏也想趁机会乱入，各不相下，互相殴打起来了。在这个当儿，代官师经的爱马的一条腿却是被打折了。其后各自拿了弓箭兵仗，刀劈箭射，乱斗几刻之久，这时代官觉得不能取胜吧，看看夜了，便即退去。但是到了后来，加贺国府招集了官吏武士一千余人，再到鹈川来，把寺院僧房一间也不剩的都烧掉了。这个鹈川的寺乃是白山的下院，便要将这事上诉于朝廷，那些老僧是些什么人呢？这乃是智释，学明，宝台坊，正智，学音，土佐阿阇梨这些人。白山三社八院[173]的大众都起来了，总计有二千余人，在七月九日的傍晚，冲到目代师经住处的左近。今日已经天晚了，便决定明天再开仗，那一天便停止攻击，暂时休息了。带露秋风，战袍之左袖[174]翻飞，照空闪电，盔上之列星灿烂，军容整盛。目代大概以为不能取胜吧，便乘夜逃到京里去了。到第二天的卯刻，大众发出喊声，冲上前去，但是邸内寂无声响。叫人进去查看，说"大家逃走了"。大众没有别的办法，只得引退了。

说把这事向山门去控诉吧，于是将白山中宫的神舆[175]装饰好了，抬了向比睿山去。在同年八月十二日午刻左右，白山的神舆刚要到比睿山东坂本的时候，从北国方面忽有极大的雷鸣，向着京城鸣动。同时并且下雪，埋没地面，山上以至京城里边，连山间常绿的树梢，都变成一律白色了。

一四 | 许愿

神舆先请入比睿山的"客人宫"[176]里安置。这客人宫乃是白山妙理权现的所在，说起来是与白山中宫乃是父子的关系，所以这回诉讼的成否且先不说，生前的父子的会面也是可喜的事。这比浦岛子[177]遇到第七世的孙子还要可喜，释迦出家时还在胎内的罗睺罗[178]后来在灵山会见他的父亲，也要胜过吧。山门三千的众徒接踵而至，山王七社[179]的神官联袂而来，时时刻刻读经祈念，这个情形真是有非言语所能形容的。[180]

山门大众要求政府把国司加贺守师高处以流罪，将代官近藤判官师经下狱，向法皇请求照办，可是迟迟没有裁决，有些重要的公卿殿上人互相说道："唉，早点给许可就好了。向来山门的诉讼都是特别的。大藏卿为房，太宰权帅季仲，都是朝廷的重臣，但因为山门的诉讼，处了流罪。况且像师高等人算不了什么，用不着这样仔细研究。"但是有如人家说的，"大臣重禄而不谏，小臣畏罪而不言"[181]，所以都闭上了嘴了。

"贺茂河的水，双陆的骰子，山法师[182]，这都不能随我的心的。"从前白河上皇曾经这样说过。在鸟羽上皇的时代，把越前的平泉寺，作为山门的一个下院那时候，上皇对于山门归依很深，也说过"以非为是"，下过院宣[183]。

太宰权帅大江匡房卿曾经对白河上皇说道："假如山门大众把日吉神社的神舆抬到宫门来强诉，那么当如何处置呢？"

上皇说道："山门的诉讼是不好丢开不管的。"

过去在嘉保二年（一〇九五）三月二日，美浓守源义纲朝臣要废止在那地方新建立的庄园，曾经杀害了在比睿山修行很久的法师圆应。于是日吉神社的神官和延历寺的僧官共计三十余人，拿了上奏的文书，冲到宫门口来。后二条关白藤原师通便命令大和源氏中务权少辅赖春去阻挡他们。赖春的兵卒射出箭去，有八人射杀，十余人负伤，其他神官僧官便四散逃走了。山门方面上级僧纲[184]将要来京奏明朝廷，得知这个消息，武士与检非违使便赶紧往西坂本，把大众赶回去了。

山门大众因为政府对于此事迟迟不予解决，乃抬了山王七社[185]的神舆齐集睿山的根本中堂[186]，在那面前诵读《大般若经》七日，以诅咒关白。结愿的导师是仲胤法印，其时称为仲胤供奉，升了高座，打起钲来，读表白书，其词曰："伏以我等，自从两叶[187]的时候，奉侍的神们呵，请对于后二条的关白放一枝响箭[188]吧，大八王子权现！"高声的声明了誓愿。

这天的夜里有奇怪的事情出现了。人们梦见从八王子的神殿有响箭的声音，向着王城鸣叫而去。那天早上关白邸第里在打开窗格的时候，有一枝像是刚从山上摘来的，为露水所湿的木密[189]，这是很可畏惧的。其后二条关白得了重病，人家说是得罪了山王的报应。母亲便是师实的夫人，因此大为愁叹，便改变样子，装做卑贱的女人，闭居日吉神社里，七日七夜间祈祷许愿。表面的祈愿是，"芝田乐"[190]一百场，行列[191]一百场，跑马，流镝马[192]，相扑各一百场，仁王讲一百座，[193]药师讲一百座，一磔手半[194]的药师一百尊，等身大药师像一尊，此外释迦阿弥陀的佛像，也各自造立供养。此外又有心里的三个愿心，因为是她心里的事，别人是不会知道的。但是不思议的是，在七天满愿的夜里，许多参诣人的中间，有一个从陆奥国远迢迢的上京来的少年巫女，到了半夜里忽然气绝了。把她抬到外边，代为祈祷着的时候，立即清醒过来，站起来歌舞，大家觉得奇特都在看着。她舞了将有半个时辰，山王降下在她的身上了，说了种种的启示，很可畏惧。她说道："众生好好的听着。关白的母亲，师实公的夫人，今天来我的殿里闭居，已经七日了。她有三个祈愿，第一是请求救这回关白公的命。假如这个能够达到，她将混在下殿里来参诣的种种的残疾人中间，一千日间朝夕奉仕山王。她是关白的母亲，师实公的夫人，一直不曾把世间放在眼里，这样的过来的，现在却为思子之情所迷，乃至忘记了醒醍的事，混在卑贱的残废人中间，一千日间朝夕奉仕山王，这样的说实在是觉得很可怜的。第二是从大宫的桥边起直到八王寺的社前，造一条回廊。想起三千大众不论晴雨往来参诣的辛苦，所以造这回廊，是很好的事。第三是这回关白得以保全寿命，在八王子的社里举行法华问答讲[195]，每日没有退转。这些许愿任何一个都不平常。但是第一二两个姑且不说，每日法华问答讲却真是我所希望的。但是，这回的诉讼本来是没有什么难办的，可是不但不予裁可，还把神官社众射死多人，或者受了伤，哭哭啼啼的来告诉我，实在觉得残念，便是到后来也是永不能忘的。而且他们所受到的箭，就是射在和光垂迹[196]的神的身上的。是真是假，只看这好了。"

说着脱下衣服来看，只见左胁底下有碗大的一个窟窿，皮血被剜掉了。又说道："因为这事太是严重了，所以无论你怎么说，关白救命却终是不可能的。但是法华问答讲若是一定举行，可以给他延寿三年。若是这还觉得不满足，那么我也是没有办法了。"山王说罢便即上升了。母亲许愿的事，没有告诉过谁，所以也没有给谁泄漏了的疑惑，但是在神的启示里显示出来，所以深为感动，更是信仰了。

"即使一日片时也好，觉得都可感谢，况且给延寿三年，这尤其是难得了。"说着，便哭哭啼啼的下山去了。急忙回到京城，把关白领地纪伊国的田中庄，奉献于八王子御社。自此以后在八王子神社举行法华问答讲，每日都没有间断。

这样子过去，后二条关白公的毛病就减轻了，身体变得和以前一样，上下的人都觉得喜欢。但是三年的岁月却如梦一般的过去了，到了永长二年，六月廿一日，后二条的关白公于发际生了一个恶疮，开始卧病，同月廿七日终于逝世，年三十八岁。说到性情激越，理情强盛，比平常人是特别不同，但是到了病重的时候却又惜命，这也是难怪的吧。年纪不到四十，比父亲又先死了，实在是可悲的事情吧。本来并没有父应当比儿子早死的规定，但是服从生死的规律[197]乃是人世之常，虽是万德圆满的世尊，十地究竟[198]的大士等，对于此事也是力所不及了。慈悲具足的山王为救济众生的方便，有时惩治过恶，也不是没有的吧。

一五 | 抬神舆[199]

山门大众要求政府把国司加贺守师高处以流罪，将代官近藤师经下狱，向法皇屡次奏闻，可是得不到裁可，所以日吉神社每年四月例行的祭礼临时中止了，安元三年四月十三日辰时一刻，十禅师，客人，八王子三社的神舆装饰好了，抬到宫门口去。在垂松，切堤，贺茂河原，纠森，梅忠，柳原，东北院一带地方，全是无官僧众，神官，神宫杂役，下法师等人，不知道共有若干人。神舆从一条大街往西行进，御神宝[200]灿然辉照两间，仿佛觉得日月都将要降落地面。于是朝廷命令源平两家的大将军，固守四面的宫门，防止大众的侵入。平家方面，由小松内大臣左大将重盛公率领军兵三千余人，固守宫廷前面的阳明，待贤，郁芳三门，他的兄弟宗盛，知盛，重衡，叔父赖盛，教盛，经盛等，固守西南的宫门。在源氏方面则有大内守护源三位赖政卿，渡边省和他的儿子授[201]算是主将，军兵一总才三百余人，固守北边的门，缝殿的阵地，但是地面广阔，兵力又少，所以看去是人影寥寥。

大众因为那边兵力薄弱，决意从北门缝殿阵地将神舆抬进去。赖政卿也是能干的人，便从马上跳下了，脱去战盔，在神舆前礼拜，众兵士也都这样做了。随后派一个使者到众徒中去，传达意旨。这使者乃是渡边的名叫长七唱的人，他在那天所着的装束，乃是麹尘色[202]衬袍，黄色的铠甲，上缀染出小樱花的革片，挎着一口用赤铜做装饰的大刀，背着一筒白羽的箭枝，胁下是藤缠的一张弓。他脱去战盔，挂在肩头的高纽上，他在神舆前跪下说道："诸位大众，源三位公叫我来说这一番话。这回山门诉讼的事，当然十分有理，但是解决迟迟，在旁人看出也很觉得遗憾。至于神舆入宫的事，没有什么异议。可是赖政兵力单薄，假如把门打开了，从阵地里进来吧，那么日后京城里的小伙子未免要说闲话，说山门的大众眼角都挂下来[203]了笑嘻嘻的走进去，日后也是一桩事情。让神舆放进去，这是违背了诏旨，若是要阻止呢，向来对于医王[204]山王低头崇奉，托庇而生的本身，今后就不得不与弓箭作别。于彼于此，对我都是难办的事情。东边的阵地是小松公率领了重兵守着，还是请从那边的门进去吧。"

长七唱这样说了，神官和杂役一时很踌躇，大众里边有年轻的人却说道："没有什么关系，就从这个门把神舆抬进去吧。"

但是在老僧里边却有一个三塔[205]中最有计谋的，叫作摄津竖者[206]豪运出来说道："他所说的很是有理。我们既然神舆领头，出来诉讼，当然要突破重兵，这才可以名闻后世。还有一点，这赖政卿乃是六孙王[207]以来源氏的嫡系正统，拿起弓矢来不曾听说有点失败。不但是武艺，便是歌道也很超越。近卫天皇在位的时候，曾有即兴咏歌的会，题目乃是'深山花'，当人人都在苦吟的时候，这赖政卿做出一首名歌来：

'深山的树木看不见它的树梢，樱花却是显露出花来了。'

很得赞赏，是那么样的风流武士，所以便是在这个当儿，也不可与以无情的耻辱。便将神舆退回去吧。"他这样的提议，大众数千人从先阵到后阵，都赞成说"极是极是"。

于是神舆当先向东边的阵地走去，刚要从待贤门进去，乱斗立即开始了，武士们射了许多的箭。连十禅师的神舆上也着了箭，神官和杂役被射死，众僧徒也有许多负了伤。喊叫的声音可以上达梵天，坚牢地神也要出惊了吧。[208]大众就把神舆丢在宫门口，哭哭啼啼的回到本山去了。

一六 | 大内被焚

命令藏人左少辨兼光，急忙在殿上开公卿会议。在保安四年（一一二三）七月神舆进京的那时候，曾命座主[209]将神舆送在赤山社[210]安置。又保延四年（一一三八）七月神舆进京的那时候，命祇园别当[211]送在祇园社安置。现在可照保延的旧例，便命令祇园别当权大僧都澄宪,在秉烛的时候进了祇园神社。又叫神官们拔去射在神舆上的箭。山门大众抬了日吉神社的神舆到宫门口来的事情,自永久以来到了治承年间,共有六度。虽然每回都叫武士防堵,可是箭射神舆的事,却听说是这一回为始。俗语说:"灵神一怒,灾害满路。"人家都说〔恐怕要出什么事情〕,可怕可怕。

这月十四日夜半左右,山门大众又将大举下山进京来,听到了这个消息,天皇坐了腰舆[212]行幸到法皇的住所法住寺殿。中宫则坐了牛车行幸别的地方。小松公在便衣[213]上面背了箭壶从着,嫡子权亮少将维盛则衣冠束带,背负平胡箓[214]跟着。自关白殿起,太政大臣以下的公卿殿上人,都争先奔赴。京城里贵贱的人们,禁中的上下,都骚扰起来。在山门方面,说神舆被箭射了,神官杂役给射死了,众徒也多负伤,因此不如将大宫二宫以下,讲堂中堂一律烧光,都去到山野放浪吧,三千大众便这样的议决了。山门的上级僧纲因为上头有意考虑大众的要求,想将这意思告知众徒,但是大众却生了气,把他们从西坂本赶回去了。

平大纳言时忠卿其时还做着左卫门督[215],被派为上卿[216],前去镇抚。在大讲堂的院里,三塔的大众会合了,想把上卿拿住,大家都说:"打掉那家伙的帽子!把那身子捆起来,沉在湖里去吧!"

差不多就要动手来抓,那时时忠卿说道:"请暂时镇静一下子,有一件事要同诸位一说。"就从怀中取出小砚和怀纸[217]来,写上几句就交给大众。打开来看时,上边写着:"众徒的胡闹是天魔的行为,天皇的制止乃是善逝[218]的加护。"

大众看了便不想再抓上卿,口里只说不错不错,各自下山去,回到自己的寺院里去了。只用了一纸一句，却平息了三塔三千人的愤怒，得免于公私的耻辱，时忠卿真是做得很漂亮的。至于山寺众徒，人家以为只知道聚众闹事，原来也是懂得道理的，人们也都佩服了。

同月二十日派花山院权中纳言忠亲卿为上卿，决定将国司加贺守师高革职，流于尾张之井户田地方，目代近藤判官师高下狱禁锢。又在十三日决定将箭射神舆的武士六人下狱，这是左卫门尉藤原正纯，右卫门尉正季，左卫门尉大江家兼，右卫门尉同家国，左兵卫尉清原康家，右卫门尉同康友，这些都是小松公部下的武士。

同年四月廿八日亥时的时候，从樋口富小路发生火灾，因为东南风很猛，京城里许多地方都被烧了。像车轮大的火焰隔着三五条街斜飞过去，到处延烧，煞是可怕。或是具平亲王的千积殿，或是北野天神的红梅殿，橘逸成的蝇松殿，鬼殿，高松殿，鸭居殿，东三条冬嗣公的闲院殿，昭宣公的堀河殿，从这些起首，今昔名所三十余处，公卿的家也有十六处，都给烧掉了。此外殿上人，诸大夫诸家，不及一一列记。末了终于延及大内，从朱雀门起，应天门，会昌门，大极殿，丰乐院，诸司八省，朝所各处，[219]一时成为灰烬。各家的日记，历代的文书，七珍万宝，并为灰尘。其间损害若干无从计算。被烧死人有几百人，牛马之类更不知其数。[220]此乃是非常的事，人们都说是山王的降罚，有人梦中看见从比睿山上有二三千很大的猴子[221]，各个手里都拿着火把，来到京里放火。

大极殿在清和天皇的时代，贞观十八年（八七六）初次被焚，同十九年正月三日阳成天皇即位，便在丰乐院举行。元庆元年

（八七七）四月九日开始动工，至同二年十月八日落成。后冷泉天皇的时代，天喜五年（一〇五七）二月二十六日又被烧了，治历四年（一〇六八）八月十四日开始动工，但在还未落成的期间，后冷泉天皇却逝去了。到后三条天皇的时代，延久四年（一〇七二）四月十五日完成，文人献诗，乐人奏乐，举行迁幸的典礼。现在已是末世，国力也衰竭了，其后遂不再造作了。

注　释

　　[1] 祇园精舍为祇树给孤独园之略称，此园本为须达多长者与祇陀太子共计，为释迦所造的寺，在中天竺舍卫国。据《祇园图经》里所说，在祇园精舍里有一所无常院，为病僧住所，堂以白银为饰，四面廊下悉置白华，画白骨非常之相，使病者熟观诸相，及临命终，堂的四角各安置波梨（玻璃）钟，辄自然作响，发出四句偈语，病僧闻之得脱离苦恼，往生净土。十世纪的惠心僧都所著《往生要集》中云："或复大深偈云，诸行无常，是生灭法，生灭灭已，寂灭为乐，已上，祇园寺无常堂四角有颇梨钟，钟音亦说此偈。"这四句偈语见于《涅槃经》的"圣行品"中，是佛经中最是切要的话，为本书全部记事之精义所在，亦可以说是同时代的思想主流，因为战记文学里所表现的，主要是人生无常这一句话罢了。

　　沙罗双树是指天竺拘尸罗国在跋提河西边的树林，当时释迦在那地方涅槃的时候，在那里四方本来各有两株沙罗树，荣枯各一，其时两树忽然合而为一，郁苍的树色忽然变作雪白，但这里却说是花色，其实沙罗乃是常绿树，说的不是花而是树叶。原来这八棵树都象征一种事情，即东方双树表示常与无常，西方的表示我与无我，南方的表示乐与无乐，北方的表示净与不净云。

　　[2] 原本云"风前之尘"，与普通所云风前之烛有点不同，因为意云容易吹去，犹云轻尘栖弱草，与薤露略相近。

　　[3]这里举出中国几个过去的权臣为例，他们怙势专权，终于败亡，为骄奢者不久长之证，但是四人之中只有朱异，与其余的略有不同。查《梁书》朱异仕至侍中，贪财受贿，侯景作乱以讨异为名，异惭愤而卒，这与安禄山的反叛借讨杨国忠为名正是一个样子，所以依照安禄山的例，此处应该说梁之侯景才对。

　　[4]上文所列举的四个人乃是同样的日本的例，都是作乱败亡的。平将门之乱本来是在天庆二年（九三九），这是朱雀天皇的二次改元，第一次年号才是承平，藤原纯友在西海同时反，所以这里分开来说。源义亲灭亡是在鸟羽天皇的天仁元年（一一〇八），而康和乃是堀河天皇的年号，前后要差四五年。藤原信赖于平治元年（一一五九）发难，幽闭上皇，迁移天皇，于即被诛，史称平治之乱。

　　[5]六波罗在京都加茂川的东边，从前空也上人曾建有六波罗蜜寺，因以为地名，平清盛入道以后，住在那个地方。入道本是出家信佛者之称号，唯古来颇有限制，凡在三位以上的人方得称此，剃发僧装，仍在家居住，有似隐居，而权位如故，天皇让位后亦多有入道者，则号称法皇，率不放弃政权，在古代恒有之。

　　[6]桓武天皇为第五十代天皇，在位二十五年（七八一至八〇六），当中国唐代中叶。

　　[7]国守是地方官，如中国古时的太守。

　　[8]仙籍指许可登殿者的名簿，当时皇宫里正式的大殿名清凉殿，定例只有五位（五品）以上的公卿才得升殿，称为殿上人，亦云云上人，殿上列有许可登殿者的当值名牌，状如圭璋，称曰仙籍。地方官吏虽有权势，但是不经敕许，没有这种权利。

　　[9]三十三间堂在京都东山，系鸟羽院上皇因头痛而敕愿建造，凡三十三间，共长三十八丈九尺，内有湛庆一派名匠所作千手观音像一千另一躯，甚为有名。上皇头痛旋即告痊，故对于建造之人特有破

格的恩赏。

[10]古代日本宫廷中在一年中有五次节会，称为五节，即（一）元日，（二）初七日之白马会，（三）元宵前后的踏歌会，（四）端午，（五）丰明会，于每年十一月的第二个辰日举行，在紫宸殿上设大宴，歌舞尽欢，丰者美称，明谓人醉脸色鲜明也。

[11]"腰刀"原名"鞘卷"，因鞘上缠以绳索，长仅尺许，没有挡手，盖匕首之属。

[12]木工助系日本官名，是木工寮的次官。

[13]"进"是右京职的三等官。左兵卫尉乃是左兵卫府的尉官，也是三等官。

[14]狩衣是猎衣，用布做的，下着腰甲，是一种没有袖子的甲，普通的甲在右胁会合，此则合于背上。弦袋是装弓弦的袋子，装有预备着的弓弦。

[15]藏人是内务府的人员，藏人头则是其首长，因职在供宫廷奔走，故虽是六位藏人地位卑下，照例亦得升殿。

[16]清凉殿南面有空柱，当作流水之处，从清凉殿到校书殿设有铃索，为召集藏人下属之用。

[17]布衣即是狩衣，此处说是没有官职的人。

[18]伊势地方所造瓶子，质地粗恶，不能盛酒，只堪作醋瓶用，但这里还有双关的意思。"瓶子"读为heshi，与"平氏"的音读相同，如本书题目亦是读作heké，若照训读则"平氏"应作Taira也。"醋瓮"读作sugamé，所以这一句也可以作为"伊势平氏是大小眼"，因为两眼有大小，或习惯眯着一只眼睛看人，称为"眇"（sugamé），据说忠盛有此特征云。

[19]地下人与云上人相对，即指平民，与可以登殿的公卿们身分不同。

［20］主殿司乃是女官，司灯火蜡烛薪炭等，一种藏人的职务。

［21］在丰明节的时候，群臣醉后起作种种的歌舞，有将各种事物入咏的歌，现在在当时歌集《梁尘秘抄》中尚可见到几首，《秘抄》原本二十卷，今已残缺，只存卷一二两部分了。

［22］"黑的头"是嘲笑他的脸黑，也双关"藏人头"的意思，"头"字当作首长，读为kami，也可以写为上或守，但也可以音读为tō。

［23］藤即藤原之略，中御门是他的住的地方。

［24］播磨地方产米，木贼草与朴树叶都可以打磨物件，其用处同砂纸一样，这里双关说播磨守照顾他的女婿。

［25］这是佛教徒的口气，说现值佛法末世，人心不古，所以虽然古时常有此等情形，这回说不定要闹出事来。此原是大家忧虑，恐怕因了嘲讽引起大乱子来，忠盛方面或者会有什么反击，但是后来举动乃是出于公卿们的方面，因此本文中所说"果然"字样，似乎有点不确当了。

［26］"格式"与"律令"相对，后者是固定的，前者由于诏敕一时的处置，定为一种条文，有弘仁格式，贞观格式及延喜格式等，称为三代格式，弘仁等皆系年号。

［27］诸卫府指近卫府，兵卫府，卫门府，这又各分左右，通称六卫府，佐是次官，在别的机关也写作介或助，读法相同，犹如长官称头，也写作守或上，只是文字不同而已。忠盛的儿子里边，做到这个职务者，是清盛，忠度的左兵卫佐，赖盛的右兵卫佐。

［28］这是一首短歌，全篇凡三十一缀音，分为五七五七七凡五句，没有叶韵等规则。中古时代偏重技巧，如字义双关，前后对照，没有古代淳朴的遗风，这一首里"残月"（原语云有明）与明石地名有关，"夜"字与"拥"字均读yoru，所以双关。《金叶集》是当敕选的一种歌集。

［29］这也是着重在字义双关的一首歌词，表面是答说月光，但里面却隐藏着忠盛的名字，因为"只是"和"漏"二字合起来读作fadamori，即是忠盛的读音。

［30］平忠度（Taira Tadanori）是清盛的兄弟，虽是武将而长于文事，著有歌集一卷，及平氏败亡，死于一谷之战，年四十一。

［31］刑部卿为刑部省之长官。

［32］宇治左府代即左大臣藤原赖长，因为有别庄在宇治故名，他是保元之乱的张本人，见注［4］的下半。

［33］太宰大弍为太宰府的次官。古代于筑紫即九州地方设太宰府，首长为太宰帅，例以亲王任之，其次为权帅，代行职权，如无权帅的时候，则以大弍代之。

［34］参议原文说是"宰相"，因为参预政事，照中国古时"同平章事"的例，这便是宰相的职权了，所以便用中国的称呼，但同后文"丞相"和"相国"容易淆混，所以特地加以分别。

［35］卫府督即是近卫府的首长，检非违使厅是管治安的，仿佛警察局和裁判厅合并的一个机关，"别当"也是长官的名称。中纳言大纳言均属于太政大臣之下，是次官的地位，职司献替政事，决定可否，传达谕旨等。

［36］丞相即是内大臣的汉名，其下本来尚有左大臣右大臣两个等级。

［37］这里所说差不多等于中国古代的所谓"加九锡"，敕许乘车辇入宫，便是从上东门坐了牛车到朔平门，随后改乘辇车便是用人抬的辇至玄晖门。

［38］执政也是汉名，日本通称"摄政关白"，谓摄行政事，有要事乃关白也。

［39］以上是律令的原文，见于《职员令》者。

［40］纪伊国的熊野有所谓"三所权现"，三个神社里所祀之神照

例是日本的神道，但是根据"本地垂迹"的调停之说，说这些神道元来都是佛菩萨的随缘应化，临时在日本出现的化身，故称为"权现"，后来渐成为谄媚的尊称，如德川家康亦有东照权现之称，因家康祠堂习称东照宫也。

[41] 中国古史称武王伐纣，在过黄河的时候有白鱼跃入舟中。

[42] "十戒"是佛教的十项禁戒，杀生是第一戒，因为前往神社参拜，例须斋戒。

[43] 平氏本来系出桓武天皇第五皇子葛原亲王之后，自高望王下降臣籍，赐姓平氏以来，至于清盛，共历九代。

[44] 原本只是"秃"字，读作kabuto，儿童在成年以前，古时谓之垂髫，日本今称御河童（okappa），盖谓河童（本是水神，今降为妖怪之属，秃头蓄短发）样也。旧时吉原公娼所用幼女，尚存"秃"的名称，但此处秃童却是指的男子。

[45] 贵人出家称为入道，清盛以太政大臣的资格而出家，故称为入道相国，相国乃汉名，犹前之称丞相。参看注[5]。

[46] 原语云"人非人"，读作ninpinin，乃系佛教成语，故用吴音的音读，指人间以外的鬼神八部，即是天，龙，夜叉，乾闼婆，阿修罗，迦楼罗，紧那罗，摩睺罗迦，虽本是护法之灵物，但亦有人类以下的意味，故也可作非人讲。

[47] 乌帽子只系用黑色布所制故名，或者亦可译作纱帽吧，但是它有时直长，故有种折叠方式，故这里袭用旧名。

[48] "直裰"原名"直垂"，是庶民的一种服色，虽然后来有武人也穿这种衣服，却没有用红色的，所以这里显得很是异样。

[49] 此处虽根据陈鸿的《长恨歌传》里的"出入禁门不问，京师长吏为侧目"，但是文句却有变动了。

[50] 近卫府为卫府中最重要者，职司警卫皇居，朝会时率仪仗，

备威仪，行幸则司供奉警备之责，犹中国古时之羽林军，后世称为警卫军。

［51］藤原忠平谥云贞信。

［52］御堂关白即藤原道长。

［53］法性寺公即藤原忠通。

［54］"禁色"谓不经敕许，凡人不准着用的颜色，有深紫，深绯，深苏枋这几种，等于中国昔时的明黄。"杂袍"即是直衣（nōshi），唯贵人得以着用，但衣色不拘，故有杂袍之称。

［55］花山院即藤原兼雅。

［56］天照大神据神话仿佛是太阳的女神，是神话中最大的神，被认为日本人的祖先，事见《古事记》。

［57］建礼门院即平德子，为高仓天皇的中宫，生子即安德天皇，及平氏在坛浦败没，其母抱之投水，事详本书卷十一中，而母后被救不死，后入道得度，见本书卷末"灌顶卷"。

［58］六条摄政公即藤原基实。

［59］"养母"原文云"母代"（hahashiro），照例多以内亲王（公主）充之。"准三后"亦作准三宫或称准后，谓照太皇太后，皇太后，皇后的待遇，给予一种俸禄，由天皇降谕定之。

［60］普贤寺公即藤原基通。

［61］女侍本是女官的名称，这里是严岛神社的巫女，亦称作内侍。

［62］女御（niogo）是女官的名称，也是一种嫔妃。关于这事，本书卷六的"檄文"这一节里曾有说及。

［63］九条院指当时的皇太后藤原呈子。杂仕女谓低级的女官，从事于宫廷杂役。

［64］"上﨟"原来是"上腊"，所以是用音读作jŏro，乃是用佛教的熟语，谓积有年功者，但在女官里只是泛说等级，是二位或三位的

女官，唯高官的出身始能得到。

［65］《颜氏家训》里有"车乘填街衢，绮罗盈府寺"之语，又《本朝文粹》卷六有橘直干的文章，有云"堂上如花，门前成市"，此句即集合而成。

［66］《文选》鲍照的《芜城赋》中有云，"藻扃黼帐，歌堂舞阁之基，璇渊碧树，弋林钓渚之馆，吴蔡齐秦之乐，鱼龙爵马之玩"，此处即用其语。仙洞是日本古时称上皇居处之名。

［67］祇王（Gi-ô）和祇女（Ginio）是舞女的名字，但这不是本名，只是一种花名罢了。通常写作妓王妓女，或作义王义女，可是这似乎不很像，译文所根据的龙大本写作祇王，今从之。祇似义取祇园，与神佛有关系，本文中别一舞女名字是"佛"，命意可以想见，即如后文所出舞女亦名"千手"或是"熊野"，亦取观音或是权现相关的名字，即是例证。

［68］"舞女"原文云"白拍子"，原意未详，大约只是"从歌"的意思，当时虽有因为着白色衣裳之说，但这未必是吧。

［69］刀自（Toji）在这里虽算是人名，但实在乃是通称老女人的名字，或者正如中国古代之说"媪"，在《战国策》里曾经当面对赵太后是这样说的。

［70］鸟羽院是日本第七十四代天皇，一一〇七至一一二三年间在位，禅位后至一一五六年始殁，年五十三岁。

［71］"水干"是一种绢做的衣服，因为不用浆糊，只是用水张贴，故名，与普通狩衣相似，常用白衣。乌帽子则前注［47］。腰刀见注［11］，但这里刀鞘是银色的。

［72］这里说因为舞女穿着水干，而这乃是白色的，所以名叫"白拍子"。

［73］"游女"（asobimé）原语乃是"游者"（asobimono），后来

通称作游女，意思即是妓女，因为"游"字解作音乐歌舞等游戏，不是遨游，是古时女乐的意思。

［74］西八条在京都皇宫的西边，是清盛别邸的所在，他的本邸在六波罗。

［75］"御前"原意只是尊前，用作种种敬语，特别用于女性，亦省作"前"，如"千手前"，不过不是音读，却读作maë了。

［76］"时调歌"原文云"今样"，为今样歌之省，是一种短歌，用七五调，前后八句或十二句为一篇，因为那时开始流行，故名。

［77］"小松树"原云"姬小松"，乃是日本产的一种特别松树，高只一二米，作为观赏植物。这歌是庆祝的意思，所以用了松树自比，却是够有千岁了，与下文的龟鹤相照应，也都是长寿的东西。

［78］"龟山"原作"龟冈"，是说池子中间所造的小山，作为乌龟的形状。龟冈是仙人所居的蓬莱山的异名。

［79］此处前后文气不接，别本叶子十行本在末了还有一句道："便抢了佛御前，到帐幕里去了。"

［80］歌意很是明白，将野草的荣枯比佛和自己的不同的境遇，结果是一样凋落的命运。"秋"字训作aki，与"饱"或"厌"字音义双关。

［81］净海是清盛出家后的法名，这里是自称。

［82］这里有一点矛盾，似乎不容易解答。既然是另外的低级的房子，不知道佛御前如何看见，后来唱歌的时候会有那些公卿大夫们来旁听，前后似缺少连络。

［83］《梁尘秘抄》卷二，杂法文歌（法文歌即是讲佛法的歌词）五十首中，有同样的一首歌，只是末句道："可哀的是不曾知道。"这里就借用了，说佛和自己的那些差别，这是颇为巧妙，也是很痛切的。

［84］武官在五位以上的，称为大夫。武士是指在摄政关白，大臣家里侍候的家臣。

［85］佛教里有"五逆罪"，是最严重的大逆，即杀父，杀母，出佛身血，杀阿罗汉，破和合僧。

［86］"长远的黑暗"即是说落了地狱永远不能出来。

［87］"恶道"即是说六道中的地狱道，饿鬼道，畜生道，亦称"三恶趣"。

［88］《源平盛衰记》说，"在西山嵯峨深处有往生院"，至今京都右京区嵯峨有妓王寺，但事实未详。

［89］原文云"改了样子"，即是剃发穿了缁衣。

［90］七月七日双星渡河之期，相思男女各在楮叶上写他们的心愿，用心祈祷。楮树称为梶木，读音通作舵或楫，与渡河之意双关。

［91］阿弥陀佛四十八誓愿中，第十八为"念佛往生愿"，只要一心念佛，临命终时阿弥陀佛便同了观音势至诸菩萨等前往迎接，往生乐土。

［92］这两句是佛教劝人修道的熟语，日本《六道讲式》中曾有之。泥犁亦称奈落（Niraya）即是地狱，沉入其中，便没有浮出的日子了。

［93］古时女子外出时所穿，一种带有头巾的斗篷似衣服。

［94］"一莲托生"，是净土宗信徒的一种理想，便是说死后被圣众迎接到了乐土，坐在莲花座上，这以从莲花中诞生为之象征，一莲托生者即谓托生于同一莲花，至今民间尚有此种说法，凡有恋爱不遂，男女相约一同自杀，俗称为"心中"者，大半出于这种俗信。

［95］后白河法皇在宫中所造的佛堂，名为"法华长讲阿弥陀三昧堂"，后来屡经燹火，现今在京都下京区河原町五条地方。"过去帐"系记录死者法名及忌日等的簿籍，今尚存在那一册，记有祇王等四人，并本书中说及的几个人的名字。

［96］末一句别本作"想起来也是很难得的事"。

［97］"永历""应保"都是二条天皇的年号，共计三年，即一一六〇

至一一六二年，当时天皇之上还有上皇，上皇也有政权，称为院政，往往与天皇之间发生摩擦。

［98］这里所说上皇与天皇，即是已经让位的后白河上皇，和他的儿子二条天皇。

［99］这两句见于《诗经·小雅·小旻》末章。

［100］二条天皇系日本第七十八代天皇，继承后白河天皇之后，但后白河天皇只在位三年，就让位给他儿子，在他以前还有一位第七十六代的近卫天皇，登王位虽在他以前，其实是他的兄弟，三岁时即位，在位十四年，到十七岁的时候就死去了。所以照辈分说来，近卫天皇乃是二条天皇的叔父。他立近卫后藤原多子为王后，乃是永历元年正月里的事情，但是过了五年，他自己也以二十三岁去世了。可是后白河上皇却自健在，经过了六条，高仓，安德，后鸟羽，这四代天皇，到六十六岁这才去世，眼看着平家一代的盛衰，他在政治上虽然运命不好，但是在这一点上总是很难得的了。

［101］借用《长恨歌》的故事，因为唐玄宗好色，经高力士为他访求得杨贵妃，这里大概也有人替二条天皇效力奔走的。

［102］据说在中国《北史》里，有"天子无父"的话，日本则见于《增镜》卷九，《源平盛衰记》里又说是第六十代的醍醐天皇所说的话。

［103］"十善"在佛教中即是能守十戒，即杀生，偷盗，邪淫，妄语，两舌，恶口，绮语，贪欲，瞋恚，邪见。不犯十恶，即是十善。

［104］久寿二年（一一五五）即是近卫天皇去世的那年。

［105］原文意云，"消为野中的露"。

［106］不知道出于何书，但在《方丈记》和《沙石集》中都有这样的话，二书均系佛教的人所著。

［107］歌的意思是说，在那悲哀的时候不曾死掉，如今却成为两代的王后，留下一个史无前例的名声。原歌是有些词意双关的地方，

不易传述，如"河竹"原是河边的竹，用为"漂流"的"枕词"，或是说东西不定的生活，歌谣中常作为妓女的比喻。枕词是古代以来作歌常用的手段，仿佛有点像起兴的作用。

［108］丽景殿是宫内的地名，是后妃居住的地方。

［109］这些人都是所画的人物，圣贤屏风上共画着汉唐功臣三十二人，但据说角里先生和司马却是没有的，司马也不知道是什么人，这里边杂出太公望也是不可解，据解说云所说有些混乱，如"长手长脚"等画乃是在清凉殿里，并不是紫宸殿。

［110］小野道风为平安朝有名书家，生九世纪中，后世称其雨中看见蛤蟆向垂柳跳跃，乃悟书道精义云。

［111］巨势金刚也是平安朝的画家，据《扶桑略记》上所说，他在清凉殿画这些图画是仁和四年（八八八）的事情。

［112］歌的意思是说，这是想不到的事情，以这不幸的身会得碰到，重来看这云间的月亮。普通称宫里是云上，月即是说经过先帝涂黑的那月亮。

［113］永万是二条天皇的第四改元，这时是公元一一六五年。

［114］忠仁公是藤原良房的谥法。

［115］"玉帘锦帐"指天皇的后宫，就是说在那里的所有后妃。

［116］延历寺在京都比睿山上，因为是延历四年（七八五）所建，故名。兴福寺在奈良，是藤原氏一族的寺；这两个寺在平安朝末期，就是平氏那个时代，在政治上有相当势力，并各拥有"僧兵"，时有争斗，政府亦无可如何。白河上皇至有"贺茂河的水，双陆的骰子，山上的法师，就是这些不能顺从我的意思"之叹。大众即是僧侣。

［117］这里京都与奈良原文是"南北二京"，因为奈良相沿称为"南都"京都则云"北京"，上文的两寺亦称作"南都北岭"，所谓"北岭"即是京都的比睿山。

[118] 淡海公即是藤原不比等。

[119] "山门的大众"即指延历寺的僧众，延历寺在比睿山故称作"山门"，与这相对，园城寺则称为"寺门"。

[120] "金堂"是指安置本尊的佛堂，兴福寺有好几个金堂，这是西边的一个。

[121] "恶僧"是说有名勇猛的和尚，或者像《西厢记》里的惠明。

[122] 观音房势至房的名字或者是"坊"字的转变，即是"坊主"之略，意思也就是和尚罢了。

[123] "长刀"原云"薙刀"（naginata），乃是一种长柄大刀，适于远战而不宜于近攻，所以这里说很短的拿着，便是准备砍斫。

[124] 这歌词是于《梁尘秘抄》卷二，大约是延年舞的一种歌词吧。

[125] 据《百炼抄》上说，火烧清水寺的时日是永万元年八月九日，这里提前了十天，使得小说化了，觉得事件更是紧凑。

[126] 清盛的长子重盛，因为住在京都东山区小松谷，故称小松殿。

[127] 这两处都利用《观音经》（即是《妙法莲华经·观世音普门品第二十五》的略称）经文，作为问答。经末有长偈，其中有云，"念彼观音力，火坑变成池"，今清水的观音院被烧，却是怎么的。答语亦用偈中语，"历劫不思议"，谓观音利生属于永远，神变无穷，凡人之力所不能解。

[128] 西光乃藤原师光之法名。

[129] 这盖是成语，亦是"天听自我民听"的意思。

[130] 这是劝人慎言的一句成语，盖是从《诗经》的"耳属于垣"变化来的，俗语也说，"隔墙防有耳，窗外岂无人。"

[131] "谅暗"是中国的古语，为天子居丧之称。

[132] 御禊是一种仪式，在天皇即位后于十月中行幸贺茂河边，举行被禊。大尝祭是即位后举行的新尝祭，将新谷献于天神地祇。

［133］建春门院是东宫践祚后送给国母的徽号，她本是后白河上皇的妃子，原名平滋子。

［134］新院的意思即是新上皇。

［135］二位君即从二位平时子，是清盛的妻子，后来是高仓天皇的丈母。

［136］"除目"也是中国的古语，"除"是改官之称，"目"是目录。日本古时一年有春秋两回定期除授，春曰司召，是调补京官的日子，秋曰县召，则是补授地方官吏。中国古诗有"一日看除目，三年丧道心"之句，但不知道是什么人的诗了。

［137］"北面"是上皇院中警卫的武士，因为驻扎在御所的北面，故名，有上下之分，四五位武士为上北面，六位为下北面。

［138］法皇是上皇出家后之称。

［139］"进"见上注［13］。

［140］摄政的邸宅在中御门大街和东洞院大路的交叉点，称为松殿。

［141］殿下原是对于皇太后，王后和皇太子的敬称，但后来也用于摄政关白。这里是指藤原基房，当时藤原氏历代为外戚，很有权势，故世人以王族相待。

［142］前驱是在牛车的左右供奉的人，名为车副，定例太上皇八人，亲王六人，摄政关白、太政大臣各六人，大臣四人，纳言二人。随身乃是近卫府的校尉，任警卫之责者，这里据本文说是十人。

［143］拜宫指冠礼以后，赐百官宴会，并各进宫的事。

［144］府生为卫府的低级的官，因为是右卫府的，故称右府生。

［145］先使谓国司未曾赴任之前，派到地方去，对于官吏有所训示的人员。

［146］在三十六代的天皇孝德天皇时代制定衣冠制度，其第一位称为大织冠，当时只授与藤原镰足一个，所以后世说起大织冠来，便

是说镰足。淡海公即藤原不比等，见注［118］。忠仁公即藤原良房，见注［114］。昭宣公是藤原基经的谥法。

［147］"旃枟二叶"云云乃系成语，譬喻伟人自幼便自不凡，源出佛经。据《观佛三昧诲经》云，"闻牛头旃枟上妙之香"，旃枟是生于南天竺山中的红花的树，从发生二叶的时候便已发出妙香云。

［148］在这书里把平重盛写成唯一的好人，懂得情理，处处与他的父亲清盛相反，竭力争谏，可是没有用处，终于变成消极，希望来世，托人带黄金三千两，请求宋朝替他买地五百亩，捐献给育王山，给他做些功德。这些都是小说化，写得很巧妙，但是与事实或者不很符合，而且或者正相反对。比这出来得稍迟的《源平盛衰记》，虽然文学价值较差，但是却更重事实，那里却说：

"有一秘本云，其时入道相国正在福原，预作功德，所以这件事情据说乃是平大纳言重盛所做的。"当时有名的诗僧慈镇和尚在所著《愚管抄》里也有这样的话：

"小松内府心地清白，看见父亲入道有不臣之心，曾有愿得早死的话，却不知为了什么，并不由于入道的教示，做出这一件奇怪的事来。"

［149］女院即是建春门院，高仓天皇的生母。

［150］平清盛的女儿为高仓天皇的妃子，本名平德子，后因所生王子即位，是为安德天皇，乃上徽号为建礼门院。

［151］意同"义子"，但用在此处，意义不甚恰当。

［152］妙音院因为东山的邸宅号称妙音堂，故以为名。

［153］高良神社在石清山八幡的一隅，所祀神是武内宿祢。

［154］法印是僧侣的第一位的名称，其次是法眼，法桥。

［155］石清水八幡宫原称石清水八幡宫护国寺，亦称八幡宫寺，故略称为宫寺。

［156］歌意甚为明了，意思是说樱花散落不要怨贺茂河的风，所

以你也不要怨我不帮助你。

[157]"行者"原文云"圣"，本是圣人的意思，但这里是说一种修行的人，精通术数，所以多少与"术者"的意思有点相近了。

[158]"拿吉尼"亦作"拿几尔"，或"吒几尔"及"荼枳尼"，属于密宗的一种秘法，系供奉荼枳尼天，是一种有大神通的夜叉，能使诸愿成就，在普通佛教徒看去是属于外道的。

[159]"白棓"原文云"白杖"，是宗教仪式所用，以备非常的兵器。

[160]平治之乱是起于二条天皇的平治元年（一一五九），其时后白河上皇宠任信西（藤原通宪入道后的名字），藤原信赖欲得近卫大将，为信西所阻，因与源义朝等为乱，囚上皇，杀信西，旋为平清盛所败，信赖义朝均被杀。藤原成亲因其妹为重盛夫人，重盛子维盛与清经的妻又都是成亲的女儿，因种种姻娅关系，故为成亲竭力营救得免。

[161]信西见上注。

[162]"平氏"这里也是借用"瓶子"双关的音义，见上文注[18]。

[163]"猿乐"（sarugaku）据说是"散乐"的音变，原来是中国的所谓"杂戏"，杂合种种分子所成，这里所说乃是临时的即兴剧。

[164]执行是总管一寺事务之职。僧都乃僧官，位置在僧正之次。

[165]本节有两个题目，第一个是"俊宽事情"，是说明俊宽这个的特别性情的，别本或附在前节里面，这也像是有道理的，因为这里后边讲鹈川的事情，与俊宽是并不相干的。

[166]藤原赖长为左大臣，为保元之乱（一一五六）的张本人，自己亦中流矢而死，以性情激烈故有恶左府之称，见上文注[32]。

[167]"小健儿"原文云"健儿童"（kondewarawa），意思是幼小的健儿，乃是下级武士，属于兵部省，专管守卫诸国府的事。"恪勤者"是属于亲王大臣家的武士。

[168]左右卫门尉是卫门府的三等官，司警卫宫廷之役，因为背

负箭筒，中国古代称为靫，日本却讹作靭，所以别称为"靭负尉"了。

［169］除目见前注［136］。在春秋定期的两回除目以外，还有临时的追傩除目，这于除夕行之。这于当夜举行驱逐恶鬼仪式后举行，发表少数的人事调动。

［170］召公是中国的典故，根据《诗经》里的话，"甘棠，美召伯也，召伯之教，明于南国"，所以相传是德政的模范。

［171］"代官"原文云"目代"，乃是代理的官，但是这里却说的有点不明白，加贺守既然有师高在那里做着，不晓得为什么要这代官。据说设置目代其时多不由敕令，大抵出于个人的指派，行私作恶，浸假酿成大事，有如这里所记的可为一例。

［172］据说这里所说的山寺，当是鹈川的涌泉寺。

［173］白山三社八院，即是别宫，佐罗，以及中宫，是为中宫三社，隆明寺，涌泉寺，长宽寺，善兴寺，昌隆寺，护国寺，松谷寺，莲华寺，是为中宫八寺。

［174］铠甲的左袖原名"射向"（imuké）之袖，是说射箭的时候向着敌人的意思。

［175］神舆是在神出巡的时候所乘坐的舆，平常按时出巡，都有一定的日期，这回是山门僧众的"强诉"，临时抬出神舆来，抬到宫里去，是中古历代政府所最感到头痛的事。神舆里照例应当安放着"神体"，但这不是神像，而是一件东西，最可了解的是一面古铜镜，其余是什么都有，一石一木，或是别的不可思议之物，因为反正是常人所不许看见，属于神道教的秘密的。神舆大抵四方，装饰非常华丽，四面密闭，由许多人抬着，这是仿照"辇"的抬法。这里说是"神舆"，因为是属于神道的，佛菩萨虽然有像，但是他们决不出巡，便是顶有势力的观世音和阎魔王也不例外。关于神佛两者的关系，在日本是很是微妙的，在古时候有过一时的冲突，但是后来调和了，这事要感谢

佛教的高僧，他们承认神社是"镇守社"，即是说他们是地方的主人，是佛教的护法，这便是合作，其次是"本地垂迹"之说，以为日本的神道和英雄都是佛菩萨的"权现"即临时化身，因此再进一步成为神佛合一了。到了明治维新以后，这才来一个神佛分离的改革，将两者划清了界限，从此神社是神道教，由神官来管理，寺庙是佛教，由和尚主持，大体上是分开了，但是过去在思想上的影响，有如"权现"这一种想法，却还是根本存留着的。

［176］客人宫在比睿山麓，是山王七社之一，所祀为白山妙理权现，乃是白山中宫的父亲。

［177］"浦岛子"是一种仙乡故事的传说，见于《日本书纪》和《丹俊风土记》等书，据说五世纪时在丹俊地方有一个名叫浦岛太郎的渔夫，乘大龟入海到了龙宫，住了三年，回到故乡来时，却已经过了人间的七代，没有人认得他了。

［178］罗睺罗是释迦的儿子，在母胎内经过六年这才生下来，其时释迦外出修行，刚才成道，后来在灵鹫山上说法，那才初次会见。

［179］"山王七社"是指在比睿山麓的神社，是大宫，二宫，圣真子，八王子，客人，十禅师，三宫这七个，称为上七社，另外还有中七社，下七社，以及许多分社下院。

［180］原文云"言语道断"这原来是一句佛教里的话，意思说是微妙得非言语所能传达，这里所用也就是这个意思，本来可以应用原语，但是这句话多用在反面，所以变得不适于使用了。

［181］这里引用成语，原文云："大臣重禄而不谏，小臣畏罪而不言，下情不能上达。"是庆滋保胤所作《求上封事诏》里的话，见于《本朝文粹》卷二。

［182］"山法师"即是比睿山的和尚，因为他们动辄强诉，是当时政府所最觉得头痛的。

［183］"院宣"是上皇执政时所下的旨意，或者等于"懿旨"吧。

［184］"上级僧纲"是指上座，寺主，都维那，都是高级的僧官。

［185］山王七社见上文注［179］。

［186］根本中堂在比睿山东塔，中堂犹云正堂，是安置本尊的地方，山上东塔，西塔及横川地都各有中堂，但是东塔这一个独为重要，算是日本全国天台宗的中心，所以有根本中堂的名称。

［187］"两叶"犹云萌芽，即是说从幼小时，参看上文注［147］。

［188］"响箭"原作"镝箭"，这是一种特别的箭，箭头上有一个小球，中空有孔，射出去时会发出响声，古书上称为鸣镝。

［189］木密是一种香木，《类证本草》上说是蜜香，在日本却有一种宗教的意义，常用以供佛，称为佛前草，通常写作木旁密字。

［190］"芝田乐"是日本文原名，田乐本是农民的一种演艺，后来渐以发达，在台上演出了。芝（shiba）是草地的意思，所以这是说在草地上演出的田乐。

［191］"行列"乃是意译，原语hitotsu，乃是"一"的意思，据说这是一种行列，穿着祭赛的时候一样的服装，因为异样的服色一队里全是一样的，所以有那个名称的吧。

［192］流镝马是骑着马，射出响箭去，每人射三箭，这也是一种骑射，不过用的是响箭罢了。

［193］于斋会中设一百讲座，讲说《仁王般若经》，称为仁王讲，若讲《药师经》，则是药师讲，但通常以每日设一讲座为原则。

［194］从大指至中指的长度为一磔手，一磔手半则再加上一半，总计约长一尺。

［195］关于《法华经》的论议问答，是为法华问答讲。

［196］"和光垂迹"乃是并合两个典故而成的一句话，"和光"是"和光同尘"，语出《老子》，说不露锋芒，随和世俗，这里说佛不显

出本相，却来本地垂迹，以神的形相出现，就是神佛合一的说法，意思即是说山王乃是佛的化身。

［197］这里说"生死之规律"，就是佛教的根本思想，所谓"生者必灭，会者定离"，所以上文对于凡夫惜死之情，虽然表示同情的意思，但是根本上总是不赞同的。

［198］"十地"是大乘菩萨的十种境地，由渐而升，到了十地究竟，便和佛只差了一地，是地位最高的菩萨了。

［199］本文上所说"抬神舆"，其实这与普通的抬法不同，这是颠簸着走，特别称为"御舆振"，是比睿山的日吉神社强诉时的现象。日本虽称佛教国，实在民间信仰乃是神道教，颇有强横的意味，即近世神社出巡，抬神舆者亦多横冲直撞有如中恶，即过去自然更不必说了。《古事记》卷中记仲哀天皇之死，很有点可怕，即是一例。

［200］"御神宝"即是神舆。

［201］源赖政为源赖光的子孙，详见卷四，其子赖朝即取平氏而代之者。渡边省亦是源氏，是嵯峨源氏融之后，因为住在摄津渡边地方，故因以为氏焉。

［202］麹尘色是带有青色的黄色，因为与麹徽的颜色相似，故以为名。

［203］"眼角都挂下"是形容得意微笑的样子。

［204］"医王"为药师佛的别名，是根本中堂的本尊。

［205］"三塔"指东塔，西塔及横川三处，即是比睿山全体。

［206］"竖者"乃是原文，亦写作"立者"，乃是经过一种所谓"竖义"的考试的人。在天台宗的论场上举行问答，十问之中能对答五道者方算及格。

［207］"六孙王"指源经基，本是清和天皇的第六的孙子，始赐姓源氏，第三代为源赖光，七代为赖政。

[208]佛教于人类所住的欲界之上设有色界,最低的为初禅天,梵天就住在那里。坚牢地神是说守护大地,使它坚牢的神,这大概也是从佛教来的。

[209]座主这里说延历寺的座主,也即是天台宗的首领。

[210]赤山社在京都左京区修学院。

[211]别当乃是一种职官名,设置于神佛并合的寺社里,总管一切事务。

[212]腰舆亦称手舆,是天皇在特别事件发生时所坐的便舆。

[213]公卿蒙特许,可以便衣登殿,无须正式衣冠束带。

[214]胡箓即是箭筒,因形式不同分作两种,其一扁平因称平胡箓,其一圆筒形,故称壶胡箓。

[215]左卫门督即左卫门府的首领,"督"字与"头","守"均训作kami,是首长的意思。

[216]上卿是承办事务的官吏的代表,这一回是办镇抚大众的事情。

[217]怀纸原称叠纸,乃是随身携带的纸,折叠了放在怀中。

[218]"善逝"为佛的名称之一,这里即是说药师佛。

[219]诸司八省指在宫中的那些机关,就是中务,式部,治部,民部,刑部,兵部,大藏,和宫内等省。朝所是大臣们的食堂。

[220]此事亦见于当时鸭长明(一一五三至一二一六年)所著的《方丈记》中,有云:"七宝万珍,并为灰烬。其间损失若干无从计算。公卿之家被烧者十六,此外更不知其数。总之京城里边盖及三分之一。男女死者数千人,牛马之类不知记极。"在文字上与这里也有好些相似的地方。

[221]猴子相传是山王的使者。

平 | 家 | 物 | 语

卷 二

一 │ 座主被流

治承元年（一一七七）五月五日，天台座主明云大僧正被停止召赴朝廷法会的资格，又以藏人为特使，被召回所寄放在那里的如意轮的御本尊，[1]并免除天皇的护持僧[2]的职务。而且检非违使厅又派出使者去，说是这回抬神舆乱入宫禁事件的祸首，对于明云大僧正加以审问。据说在加贺国有座主的私有地产，国司师高要把它废止没收，明云大僧正因为有这个宿怨，所以与大众商议，引起诉讼，终于成为大事，使得朝廷很是为难。西光法师父子这样的对于法皇进了谗言，后白河法皇遂大生其气。外边传说对于祸首要特别的重办。明云知道法皇神色不好，便把印钥[3]奉还，辞去了座主之职。同月十一日发表鸟羽院的第七个王子，觉快法亲王为天台座主，乃是青莲院大僧正行玄的弟子。在同一天里，前座主明云既然正式停职，就有检非违使派去二人，监视着在住所的井上加封，灶火上泼水，遇到停止水火的苦难。因此传闻大众又要大举进京，京城里又引起了一番骚扰。

同月十八日，太政大臣以下公卿十三人进宫，到议政殿上入座，评议前座主的罪行。八条中纳言长方卿，其时还是左大辨宰相，坐在末座，进前说道："依照明法博士的勘状，[4]是写着死罪减一等应处流刑，但是明云大僧正乃是显密兼学[5]，净行持戒，献《大乘妙经》于公家[6]，奉菩萨净戒于法皇，是御使之师，御戒之师也。如科以重咎，窃恐对于佛菩萨之鉴照有所违碍，故还俗远流，还应犹豫为是。"无所忌惮的陈述了意见，在座的公卿也都对于长方卿的提议表示同意，可是法皇的愤怒很深，还是决定远流。太政入道清盛公也进宫去，想关于此事说几句话，法皇却说是感冒风寒，不曾引见，也就不满足似的退出了。照例是僧侣有罪，便追取度牒，使之还俗，所以明云座主就加了俗名，称作大纳言大辅藤井松枝。

这个明云是村上天皇的第七王子，具平亲王的第六代孙，久我大纳言显通卿的儿子。他的确是举世无双之硕德，天下第一的高僧，君臣上下悉加尊敬，兼任天王寺六胜寺的别当。但是阴阳头[7]安倍泰亲却加以非难说："那么样的智者，却取名为明云，实在不可解，上边并列着日月的光明，底下却有云。"

仁安元年（一一六六）二月二十日，任为天台座主。同年三月十五日，有拜堂[8]的仪式，打开中堂的宝藏，在种种重宝的当中，有一尺四方的箱子，用白布包着。一生不犯[9]的座主打开看时，有黄檗纸所写的书一卷。这乃是传教大师[10]预先写下的将来座主的名字，他看到写着自己的名字的地方，以后便不再看下去，照例仍旧卷好收了起来。因此明云僧正也是照样的办了吧。这样的尊贵的人，也因了前世的宿业难于幸免，这也是可悲的事情了。

同月廿一日，决定配所是伊豆国。人们虽是种种调解，可是因为西光父子的谗奏，终于决定了这样处刑。规定在这天里，赶出京城，押送的官人便前往白河僧院催行，僧正哭哭啼啼的出了僧院，移住于粟田口，一切经谷的别院内。

在山门方面的意见，以为我们的敌人总之无过于西光父子，所以将他们父子的名字写了，在根本中堂内供奉着的十二神将之中，放在金毗罗[11]大将的左脚底下踏着，并且大声叫唤诅咒道："十二神将，七千夜叉[12]呵，请你们即刻要西光父子的命吧！"实在很是可怕。

同月廿三日，从一切经谷的别院前往配所去了。那么重要职务的大僧正，现在却被押解的官人率领着，限定今日离开京城，走过逢坂关门，向着关东走去，这种心情的悲哀，是可以推想而知的。到了大津的打出浜的时候，比睿山的文殊楼[13]的轩端约略可见，僧正没有看第二眼，便即以袖掩面，热泪盈眶了。山门里边虽然不少宿老硕德，澄宪法印其时还是僧都，因为不胜惜别，特别送到粟津，反正送不到头，这才告别回去。僧正有感于他的意志深切，特把年来秘藏胸中的一心三观[14]血脉相承的奥旨传授给他。这乃是释尊教义传授给波罗奈国马鸣菩萨，南天竺的龙树菩萨，以次相传下来的，因了今日的情谊所以传授给他。我国〔对于印度〕乃是粟散边地[15]，今日又值浊世末代，可是澄宪还能承受这样教义，所以他一面绞着法衣的袖子，回到京里去的心情，也是相当的可贵的。

山门的一方面，大众也聚集了，开了会议，说道："自从义真和尚[16]以后，开始有了天台座主已历五十五代，不曾听说有过座主被流的例子。查考前事，在延历年间，桓武天皇迁都京城，传教大师攀登此山，在此地弘布四明[17]之教法，禁止五障[18]女人的出入，使三千净侣得以定居。山上则一乘诵读，通年不断，山下则七社[19]灵验，与日俱新。彼月氏之灵山，在王城之东北，是大圣之幽窟也。[20]此日域之睿岳，时于帝都之鬼门，是护国之灵地也。[21]历代贤王智臣，皆于此地设置戒坛。如今虽说是末代，怎么可以使得本山有了瑕疵，实在遗恨之至。"立刻叫喊起来，全山大众尽数下山到东坂本来了。

二｜一行阿阇梨的事情

在坂本的十禅师权现的御前，大众又开会议，老僧们披沥肝胆的祈祷道："我们将要往粟津去，夺回我们的贯首[22]，但是有那押送的官人差役，要简单的夺取，这事很不容易。除了倚赖山王大师的力量以外是没有法子了。假如这事得以成就，请在这里给我们一个前兆吧。"

这样说了，于是无动寺[23]法师乘圆律师的一个道童，名叫鹤丸，年纪十八岁，忽然身心苦痛，五体[24]流汗，发起狂来了。口里说道："我乃是十禅师权现的现身是也。现在虽然说是末世，我山的贯首怎么可以移往他国？如果是这样，那么我垂迹此山，还有甚意义呢？"说罢用左右两袖掩住了脸，潸潸落泪。

大众看了觉得奇怪，说道："倘若真是十禅师权现显圣，就请这里给我们一个先兆。把这个一个不错的还给本主吧！"说着这话，有老僧四五百人，各将手里所拿的念珠，丢在广大板廊上面。

那个发狂的孩子便跑去拾了起来，一个也没有错误，各自还给本来的主人。

大众因为神明的灵验很是明白，都齐心合掌，流下随喜的泪来。说道："那么，上前去夺了来吧。"说时迟那时快，便蜂拥上前去了。有的大众从志贺辛崎的海边步行走去，有的却从山田矢桥的湖上，摇船出发的。看见这个情形，那么当初严重看守着的押送的差役官人，都四散逃走了。

大众更向国分寺[25]前进。明云座主见了大惊，说道："我听说，凡犯钦案的人，并不能当日月的光，何况我又蒙院宣，谕令即刻赶出京城，不能顷刻犹豫。众徒可速即回去吧。"

随后又走到外边来说道："我出于三台槐门[26]之家，入于四明幽溪之窗，广学圆顿教法，[27]兼习显密两宗，唯以本山兴隆为念，同时也未尝不祈国家之安宁，并深抱育成众徒的志愿，想定蒙两所三圣[28]的鉴照。本身没有什么错误，因了冤罪，蒙远流之重罚，对于世间，对于人们，对于神，对于佛，并无所怨恨。就只是对于到这里来访问的众徒的芳志，觉得不能报答罢了。"说了下泪，湿透了香染[29]的法衣的袖子，大众也都哭了。

有人抬了轿来，说道："请快上轿吧。"

却回答说："从前虽是三千众徒的首领，可是现在却成流人了，怎么可以叫尊贵的修学者，有智慧的大众抬了上山去呢？就是要上去，也是穿了草鞋，与大家一样的走吧。"不肯坐上轿去。

这时有住在西塔的戒净房阿阇梨祐庆一个恶僧，[30]身长七尺，穿着黑皮中间很疏的钉着铁片的腰甲，下半身的铠拖得很长，脱下

了铁盔，叫别的法师们拿着，仗着一把白柄的长刀，口里说道："请
站开点！"在大众中挤了出来，到了先座主的跟前，睁大了眼暂时
瞪着，说道："因为是那样的心思，所以才吃这样的亏。快点坐轿
吧。"先座主觉得有点可怕，便急忙坐上了轿。大众因为夺得了座
主很是高兴，所以不但是卑贱的法师们，便是尊贵的修学者也都来
抬，一路喧嚷着，抬着的人们有时候换班，[31]可是祐庆却不代换，
抬着轿子的前杠，将长刀的柄和轿杠紧紧的捏住不放，在险峻的东
坂上走着，如行平地一般。

　　在大讲堂的院子里，把轿子放下，大众又会议道："我们前去
粟津，已经将贯首夺了回来了。但是把已犯钦案定为流罪的人，留
下来作为贯首，这事怎么样呢？"

　　戒净房的阿阇梨又同从前一样的进前说道："本山乃日本无双
的灵地，镇护国家的道场，山王的威光至为盛大，佛法王法正与牛
角[32]相似。所以众徒的意趣也无伦比，即凡贱的法师们也为世所
重，何况智慧高贵，本是三千的贯首，德行坚固，又是一山的和尚
[33]呢。今僧正无罪而蒙冤，山上京中，人所共愤，招来兴福园城[34]
的讥诮。现今若失此显密两宗之主，使多数学僧中断萤雪的勤学，
实在是遗憾的事。这样算来，不如就以祐庆为祸首，处以禁狱流刑，
或是斩首吧。即以今生之面目，作为冥途的回忆也好。"说着两眼
里滚滚的流下泪来。

　　大众都同意说："是的是的。"自此以后，祐庆被人叫作"莽和
尚"[35]，他的弟子慧惠法师则被那时的人称作"小莽和尚"。

　　大众把前座主送进东塔南谷的妙光坊里。佛菩萨所权化[36]的

人，可见也不能脱去一时的灾难。从前大唐的一行阿阇梨乃是玄宗皇帝的护持僧，只因有些关于和玄宗皇后杨贵妃的流言，不论今昔，不论大国和小国，人言总是可畏，虽是查无实际的事情，终于以这个嫌疑，一行阿阇梨被流放到果罗国[37]去了。要到那个国去，有三条路。林池道是皇帝行幸的道路，幽地道是平民所走的道路，暗穴道乃是重罪的人所走的道路。一行阿阇梨因为是大犯人，所以只有走那暗穴道。在七天七夜之间，没有看见月日的光的走着，在漆黑的没有人通行的路上，时时迷路，在树木郁苍的深山里，只有时听见涧谷中一声的鸟叫，泪湿的法衣一直没有干的时候。可是对于他无罪而得到远流重罚的事，上天加以怜悯，特现出九曜[38]的形象，守护着一行阿阇梨。其时一行咬破了右指，在左边衣袖上把九曜的形象写了下来。这就是和汉两朝的作为真言的本尊的九曜曼陀罗[39]是也。

三 ｜ 西光被诛

法皇听说山门大众夺取了前座主，心里觉得很是不快，在这时候，西光法师说道："山门大众轻举妄动的肆行强诉，虽说不是现今起头的事，但是这回实在是岂有此理了。这样的胡闹还不曾有过，请你要好好的重办一下才行。"

不知道自身就要灭亡，也不管山王大师的意思，却还是这样的去扰乱法皇的御心。古人说谗臣乱国，[40]诚哉是言。"丛兰欲茂而秋风败之，王者欲明而谗人蔽之，"[41]就是说这样的事吧。

于是有一种谣言，说从新大纳言成亲卿以下，召集近侍的人讨论攻击睿山的事情，山门大众里边也有人说："生在王土[42]上边，不可不奉诏命。"也有觉得不可再违院宣[43]的，前座主明云大僧正其时住在妙光房，听说大众有了二心，也很觉得不安，说"这回还不知道要遇到什么事"。可是流罪的消息却没有听说起。

新大纳言成亲卿因了山门骚动的事件，把自己报私怨的事只好暂时搁起，这虽是谋划布置已经等等就绪，可是这只是有个气势，实在没有成功的希望。第一是那么信托的多田藏人行纲就觉得这件事不会有好结果，以前收到的做了袋的布已经剪裁了，做了些衣衫，给家人们穿了，自己也眨着眼睛在观看形势，却只见得平家愈加繁昌，不是一时容易灭亡的，这真参加了无益的事了。而且这事万一泄漏，这个行纲就要被消灭，觉得还不如趁着别人没有说出的时候，先行倒戈，救这条命吧。

同年五月廿九日夜深的时候，多田藏人行纲到了入道相国的西八条邸里，说道："行纲有事情要说，所以来了。"

入道相国听了回答道："不常来的人到来为什么事？你去问他一声来说。"

主马判官[44]盛国出来应对，但是行纲却说："这不是间接可以传达的事情。"

入道相国说"那么"，就自己走到中门的廊下来，说道："夜已经很深了，在这时候，有什么事呢？"

行纲说道："白天因为看见的人多，所以趁夜里到这里来的。近来法皇院里的人们整理兵仗，召集军兵，为的是什么，这里有所闻知么？"

入道相国听了若无其事的说道："听说那是去攻睿山吧。"

行纲走近前去，低声的说道："不是那么一回事。这是全然对着你们一家的。"

"那么法皇也与闻这件事情么？"

"当然是的，成亲卿的召集军兵，也就是用院宣去召集的。"于是俊宽是怎么说，康赖是这么说，西光又是那的说，这些事情，从头至尾的加以渲染的叙述了，随后说道："那么告假了。"就退了出去。

入道相国听了大为出惊，大声的呼唤武士们的那种情形，听了也是可怕。行纲疏忽的说出了大事，怕又会被当作证人要受连累，心里觉得似放了野火似的，虽是并没有人追赶，却提高了裤腿，[45]赶紧逃出门外去了。

入道相国先叫筑后守贞能来说道："有要谋反打倒我家的人，充满京中。可通知一家的人们，召集武士们！"这样说了，去招集平家的人。于是右大将宗盛卿，三位中将知盛，头中将重衡，左马头行盛[46]以下的各人，都穿了甲胄，带了弓箭跑来了，其他军兵也同云霞一般前来集会。在那天夜里，在西八条聚集的兵一总有六七千骑。

第二天是六月一日。天还是暗黑的时候，入道相国叫检非违使安倍资成来说道："你赶快到法皇的那里，叫信业[47]来对他说，法皇侧近的人们有灭平氏一门，扰乱天下的阴谋，将一一询问，加以处罚，关于这事请法皇不要干涉。"

资成赶往御所，把大膳大夫信业找来，传达这话。信业听了失色，即至御前奏闻法皇。法皇出惊，心里想道，"他们秘密计划的事情怎么会泄漏的呢？"可是关于这事，只说道："那是什么事情呢？"别的什么也没有说。

资成跑回来，对入道相国将这情形说了，入道相国说道："可不是么，行纲的话是真的。若是行纲不将此事告知，净海哪能安稳过去呢。"便叫飞弹守景家，筑后守贞能去捉捕谋叛的徒党。于是这里那里的分派二百余骑，或三百余骑出去，分头捕捉。

入道相国先差遣杂役[48]往中御门乌丸新大纳言成亲卿那里，说道："有话商量，请赶快去吧。"

大纳言完全不想到是关于自身的事，心里想道："哈哈，这大概是因为法皇要攻睿山，所以要加以劝阻吧。只是法皇生气得很，无论怎样未必能行呢。"便把柔软的狩衣很是称身的穿了，坐了华美的牛车，带着三四个武士，杂役喂牛的也都穿着得比平常考究，便出发了。

后来想起来，这乃是最后的一趟出门了。走近西八条看时，有四五町[49]远，满是军兵。心想道："好多的兵，这是什么事呢？"不免有点惊慌。从车上下来，走进门内一看，只见里边也是军兵挤满了没有一点空隙。在中门口，看去也是可怕的武士许多人在那里等着，拉着大纳言的两只手，说道："现在捆起来么？"

入道相国从帘内看着，说道："不能这样。"于是武士十四五人，前后左右包围着，把大纳言拖到廊上，关在一间房里。大纳言好像是在做梦的样子，一点不了解这是怎么一回事。同来的武士都被隔得很远，彼此不能照顾，杂役和饲牛的变了脸色，丢掉了牛车逃走了。

这样，近江中将入道莲净，法胜寺执行俊宽僧都，山城守基兼，式部大辅正纲，平判官康赖，宗判官信房，新平判官资行，也都被捕带了来了。

西光法师听见此事，觉得自己危险了，便骑马加鞭，向着法住寺殿走去。在路上遇着了平家的武士，向他说道："西八条在叫你，赶快去吧？"

西光回答道："我有上奏的事，要往法住寺殿去。事情完了就去。"

武士们道："贼秃[50]，还上什么奏！别让他这么说。"说着，便从马上把他拖下来，捆个结实，仍旧缚在马背上，被带到西八条来。因为是从头起就是首谋人，所以捆得特别紧，拿来放在院子里。

入道相国立在阔板廊上，说道："这个想要打倒我家的人的下场的情状呵，把这厮拉到这里来。"

叫人拉到板廊边缘，入道相国穿着鞋子，在那脸上着实踹了几脚道："本来像你们这种下贱人，因为法皇使用了，给做上了不该做的官职，父子都过着超过本分的生活，结果还把全无过失的天台座主弄成流罪，又还想谋反，灭亡我家，你这厮现今可从实招来。"

可是西光本来也是不敌的强硬的人，颜色一点都没有变，也没有恐慌的样子，却坐正了，冷笑说道："说什么话？其实是入道公自己多有过分的事情。别人不知道，就以西光所知道的，那些话就不能说。我因为本身在法皇院内做事，对于管理事务的成亲卿用院宣召集人马，不能说毫不与闻，那的确是与闻的。但是有些话，不能听过就算的，也要一说吧。尊驾乃是故刑部卿忠盛的儿子，十四五岁时还没有出仕宫中，只是站在故中御门藤中纳言家成卿的门口，那京城里的小伙子都叫作‘高平太’[51]在保延年间，因为承了大将军的命令，捉到海贼头目三十余人，[52]论功行赏，得了四品[53]，命为四位的兵卫佐，那时就有人说是过分了。以殿上人耻与为伍[54]的人的子孙，成了太政大臣，那才真是过分了。以宫中武士出身的人，做国司和检非违使的尽有先例，以及现例，怎么可以说是过分。”

毫无恐惧的回答，入道相国太是生气了，暂时说不出话来，过了一会儿才说道：“这厮的脑袋，不要一下子就砍了。要好好的审问。”

松浦太郎重俊奉命，把手脚都捆了起来，种种的拷问。西光本来没有隐瞒罪状的意思，加以拷问严切，所以毫无余留的招承了。写了口供有四五张纸，就有命令道：“把这厮的嘴撕开！”就把嘴来裂开，在五条西朱雀地方斩了首。

他的儿子前加贺守师高，流有尾张国的井户田，就叫周围的住人小胡麻郡司[55]维季在当地处决。次男近藤判官师经从监狱拉出来，在六条河原处了斩，他的兄弟左卫门尉师平以及从人三人，也都同被斩首。这些本无足取的人露出头角来，干预不应干预的事情，把毫无过失的天台座主弄成流罪，因此前世的果报[56]也遂尽了，天王大师的冥罚随即到来，所以遇到了这样的事情。

四　│　小教训[57]

新大纳言成亲卿被关进一间屋子里，遍身流汗，心里想道："阿呀，这一定是日来的计划泄漏了。那是谁泄漏的呀？一定是北面武士里边的人吧。"关于这事的各方面没有不想到的，正在这时候听见后面有脚步声，便想到即刻将有武士到来，索取我的性命，等着看时却是入道相国自己很响的踏着地板，把大纳言所在地方的后面纸门飒的拉开了。

穿着短的素绢的衣服，白的大口袴[58]的裤腿向里边卷着，插着一把白木柄的短刀，非常生气的样子，瞪着眼对大纳言看了一会儿，说道："尊驾在平治年间[59]就早该被诛的了，因为内府代你说情，才能保全首领，你不记得么。为了什么遗恨，却要计划灭亡这一家呢？知道恩的才是人，不知恩的那是畜生呵。然而幸而平家的运命还不曾完，所以在这里能够招待尊驾。现在把近来所计划的一切，对我直接的讲讲吧。"

大纳言说道："这全是没有的事。恐怕是什么人的谗言吧，请你好好的查问一下。"

入道相国不等他说完，就叫道："有人么，有人么？"

贞能走了进来，入道相国对他说道："把西光那厮的供状拿来。"

拿来之后，入道相国拿在手里，读了两三遍给大纳言听，随后说道："可恶的东西，这样还有什么辩解么！"将那口供丢在大纳言的脸上，纸门砰的关上，走了出去了。

可是入道相国还是生气，就叫道："经远！兼康！"

难波次郎经远和濑尾太郎兼康进去，入道相国道："把那个汉子拉下去，放在院子里！"

可是两个人踌躇不照样的办，说道："不知道小松公的意见是怎么样。"

入道相国大为发怒，说道："好，好！你们尊重内府的命令，却看轻入道的说话么？那就没有办法了。"二人听说觉得这事会要弄坏，便站起来，把大纳言拉到院子里去。

其时入道相国似乎觉得很痛快似的，随命令道："这样按住了，叫他发出喊声来！"

二人用嘴靠近大纳言的耳边说道："就请随便叫喊几声吧。"把大纳言拉倒在地，大纳言就叫了两三声。这个情形仿佛是那婆婆世界[60]的罪人在冥土，或者被放在秤上称量罪业的轻重，或者被放在净颇梨镜子前面，照出生前的行事，凭了罪行大小，受着阿坊罗刹的呵责，[61]大约情状也不过如此吧。又如古书[62]里所说，"萧樊囚絷，韩彭菹醢，晁错受戮，周魏被罪。"这里萧何，樊哙，韩信，彭越都是汉高祖的忠臣，但是因了小人的谗言，蒙祸受罪，成亲卿也是这样的一个人吧。[63]

新大纳言自身遇着这样事情，因此想到儿子丹波少将以下那些幼小的人，不知道更受到怎样倒楣的事情，非常的着急。现在是盛

暑六月，装束也无可更换，热得不堪，心里觉得老是逼着，汗水和眼泪争着流下来，心想道："虽然如此，小松公总不会丢开我不管吧，"但是也想不出什么人来，去托付他一声的。

小松大臣在经过了好些时光[64]之后，才和了儿子权亮[65]少将维盛同车，带着四五个卫府的人，随身二三人，军兵却是一个也不带，特别坦然若无其事的样子，来到西八条。从入道相国起，人人都觉得有点出于意外。在下车的时候，贞能上前说道："有这样大事情的时候，为什么军兵也不带一个呢？"

小松公说道："所谓大事者是说天下的大事。这样的私事能说是大事么？"凡是带着兵仗的人们听了这话，都似乎显得有点张皇不安了。

"那么大纳言是放在什么地方呢？"这样说着，这里那里的打开屏门来看，在一处屏门上边，有木材交叉的[66]钉着，说恐怕是这里吧，打开来看时，大纳言就在里边。流着眼泪，低着头，眼睛也没有睁开。说"怎么样了？"这才看见了小松公的样子，那种高兴的情形，简直是同地狱里的罪人们看见了地藏菩萨一般，叫人看了十分动情。

大纳言说道："不知道怎么的，遇到了这样倒楣的事情。但是你既然这样的来了，那么我也就可望得救了吧。平治年间已经应该处斩了，蒙恩得以保全首领，并且官至正二位大纳言，年纪过了四十岁了。这个御恩生生世世实在报答不尽，这回也请同样的救我这活着也没有意义的命吧。若是能够活着，我就出家入道，在高野或是粉河，[67]闭居一室，专心去为了后世菩提而修行吧。"

　　小松公答道："现在虽是这样，未必会要你的命。万一有这样的事，重盛既然来了，那就得救你的性命。"说了便即走了出来。

　　他来到父亲入道相国的面前，说道："关于杀害成亲卿的事，请你要好好的考虑才是。自从先祖修理大夫季显在白河上皇那里奉职以来，做到家无前例的正二位大纳言的官，是现今法皇的无比的宠臣，若是即刻砍了头，恐怕不大合适。至多也就是赶出京城外面罢了。现在祭祀为北野天神的菅原道真[68]因了时平的谗言，流浮名于西海之浪，西宫大臣源高明[69]因了多田满仲的谗言，寄遗恨于山阳之云。是皆是延喜之圣代，安和之盛时[70]所犯的错误，历代的都那么说。上古尚且如此，说在末世的今日，贤王犹有过失，何况我们凡人呢。现在已经被拘，似乎不用急于杀害，也没有什么危险了。古书上说，'罪疑唯轻，功疑唯重。'[71]这事又似重新提起，重盛是娶了大纳言的妹子作妻室，维盛又是他的女婿。这样说来，似乎我的说话为的是亲戚关系，恐怕你会得这样想法，其实是不是的。我实在是为了世道，也为了君，为了家，这才说这话的。先年在故少纳言入道信西当权的时代，本朝当嵯峨天皇时诛戮右兵卫督藤原仲成以来，至于保元，经历君主廿五代之间不曾举行一次的死刑，这才初次执行，并将宇治恶左府[72]的尸体掘起来检验，似乎觉得太是苛酷的政治了。但是古人有言，'国家举行死罪，而海内谋反之辈不绝。'[73]果如所示，中间隔了两年，平治时又乱，信西已经埋葬，却被掘起枭首，在京城大路巡行示众。在保元年间自己命令做过的事情，过了不久却回到身上来了，想起来实在是可怕的事。而且这大纳言也并不是朝敌。[74]无论如何，这事应该有所顾虑才是。现在荣华已极，或者你未必更有所不满，但是我觉得要子子孙孙长是繁昌下去这才好呵。书上说，父祖善恶必及儿孙，'积善之家必有余庆，积不善之家必有余殃。'[75]无论怎么样想，今夜斩首的事总之是不好的。"这样的说了，入道相国大概也觉得不错，便将死罪中止了。

随后内大臣走出中门，对着武士们说道："说是入道公的命令，也不能把大纳言就轻易的砍了。入道公因为生气，便做出鲁莽的事情来，后来必定要懊悔的。大家也不要干出错误来，免得日后怨我吧！"

兵卒们听了这话，都张口结舌的发抖了。内大臣又说道："听说今朝经远与兼康对于那大纳言无情的举动，实在是岂有此理。反正我会得知道，为什么不顾虑点呢？从乡下出来的武士，都是这个样子！"难波与濑尾二人听了很是惶恐。内大臣这样说了，便回到小松府去了。

一面跟大纳言同来的武士们，赶快跑回中御门乌丸的邸第，把这事情说了，自夫人以下的女官们都出声哭起来了。武士们道："现在已派出武士，听说从少将起，以及公子们都皆拘捕。现在快到什么地方去躲藏一下吧。"

但是夫人道："现在已经到了这个地步，就是一个人留了下来，也有什么意思。倒不如和大纳言成了同是一夜里的露水，[76]反是我的本意。但是今朝的出去想不到竟成了最后的永诀，想起来实在是可悲的。"说着就屈着身子哭泪不已。可是听说武士们不久便将到来，想到自己不免要受辱，遇见倒楣的事，也是不可堪的，便即带了十岁的女儿和八岁的男子，同坐了车，也并没有想定到哪里去，就驱车出发了。不过也总不能老是这样，乃从大宫大路上去，向北山一边的云林院前去。到了那边的僧院，将夫人们下了车，来送的人们各自为己身打算，也就告别回去了。现今只剩了幼小的人们，又没有前来慰问的人，这时夫人心里的悲哀是可以推想而知的。看着渐将日暮的阳光，心想大纳言如露的性命，也就以这夜为限的，想到这里不禁肠断了。家中武士女官们虽然很多，别说东西都不整理，连门也没有人关，马匹虽然满厩，喂草的人一个也没有了。平常一到天明，就车马盈门，宾客列座，游戏舞蹈，对于世间无所忌惮，反是住在近处的人不敢高声说话，却是惶恐的过着日子。[77]昨天为止还是这种情形，却在一夜之间就改变了。盛者必衰的道理，宛然显在眼前。"乐尽哀来"[78]，江相公的文章现在可以说是领会到了。

五｜少将乞请[79]

丹波少将成经[80]那天夜里是在法皇宫中法住寺院值宿，还没有退出的时候，大纳言府的武士们跑到宫里，叫出少将来，把事情说了，并且说道："可是为什么宰相[81]那边还没有通知呢。"正说着这话，从宰相府里也有人来了。

这说的宰相乃是入道相国的兄弟，住所是在六波罗的总门的里边，所以称为"门胁宰相"，是丹波少将的岳父。来人说道："不知道为什么事情，入道相国叫赶紧带了你上西八条去。”

少将立即了解，便把法皇近旁的女官们叫了出来，说道：“昨夜觉得世情骚然，我还以为山法师[82]又下山来了，当作不相干的事情，现在才知道是关系成经本身的事了。大纳言在今夜恐要被斩了，成经恐怕也要同坐。本来想一见法皇的面，但是现在已经成了这样身分，只好回避了吧。”

女官走到御前，把这话奏闻了，法皇大为惊骇，心里想道：“那么那是真的么？今朝入道相国派使者的事情已经觉到了。他们秘密计划的事情怎么会泄漏的呢。”可是却表示说：“虽然如此，可叫到这里来。”

少将就到来了。法皇只是流着眼泪，什么话也没有说，少将也含着泪，也没有说什么话。过了一会儿，因为不能老是这样对着，少将以袖掩面，退了出去了。

法皇远望着的后影，说道：“末世真是无情呵！这是最后了，恐怕此后也不能再看见他了。”说着就流下眼泪来了。法皇院中的人们拉住少将的衣袖，揽袂惜别，没有一个不落眼泪的。

来到岳父门胁宰相的那里，少将的夫人不久就将做产，今天早晨听见了这件可悲叹的事情，觉得仿佛就要绝命的样子。少将从法皇院里出来，已是流泪不尽了，现在看见夫人的情形，更觉得是没有办法了。

一个叫作六条的女官，乃是少将的乳母，看见他说道：“我上这里给你喂奶，从你生下来就怀抱着，岁月重叠，我不嗟叹自己年岁的衰迈，只是看你逐渐长成觉得喜欢，觉得就是目前的事，却是已经二十一年，没有一会儿和你离开过。就是到法皇院里和宫中去的时候，有时回来得晚了，还觉得很不放心，现在却不知道要遇到什么样的事情呢。"说着哭了。

少将说道："不要那么悲叹吧。宰相这样的在这里，虽然这么着，性命总是可以保得下来的吧。"[83]虽是加以劝慰，也顾不得人家看着自己也哭了起来了。

那边从西八条有人屡次来催，宰相说道："且到那里去，看有什么办法吧。"便走出去了，少将也和宰相同车出走。自从保元平治以来，平家的人们都一直快乐尊荣，没有什么愁叹的事情，可是这位宰相只因为有了这一个结果不良的女婿，所以遇着了这种可叹的事了。

走到了西八条府，停住了车子，叫人告知来意，入道相国却吩咐说："丹波少将不得入中门以内。"于是把他留在近处的武士驻所，只让宰相进到中门里边去。一会儿工夫兵卒便围了上来，看守住少将，这时所依靠的宰相离开了他的旁边，少将的心里可想是很惶恐的吧。

宰相进了中门，可是入道相国不出来见面，只叫源大夫判官[84]季贞出来传话。宰相说道："和这样无出息的人结了亲，虽是后悔，可是现在已经没有办法。他的配偶因为最近要生产，今朝遇着这可叹的事情，看来生命也不会得很长。给他一条活路，似亦无甚妨碍。请把少将暂时交给教盛吧。教盛在这里，不至于使他犯什么错误吧。"

季贞进去将这话说了，入道相国说道："唉唉，宰相照例说那一套莫名其妙的话。"

没有立刻给予回答，过了一会儿这才说道："新大纳言成亲企划灭亡平氏一门，扰乱天下。这少将既然是大纳言的嫡子，无论他和你是疏是亲，他的罪是不能宥许的。若是他的谋反成功了的话，就是尊驾那边恐怕也是不能安稳无事吧。"

季贞走来说给宰相听了，宰相现出非常失望的样子，重又说道："自从保元平治以来，经过种种的战争，我都决意替代你的性命，此后有什么风暴吹来，我也是决心防堵的。教盛虽是年老了，但是还有许多年轻的儿辈，或可以固守一方。可是这回请求将成经暂时交付给我，不见听从，那么可见是把教盛看作是完全怀有二心的人了。被人看作这样不能信用的人，活在世间还有什么意思。我便只有从今立刻告假，出家入道，隐居在僻远的山乡里，一心专念修后世的菩提吧。这是没有好结果的尘世的生活。因为在这世间，所以有种种愿望，不能如愿便有怨恨。厌离俗世，归依正道，是唯一出路。"

宰相说了，季贞到入道相国面前说道："宰相已经完全断了念了，总之请你怎样适当的处理[85]吧。"

其时入道相国听了大惊道："那么说，那要出家入道，也太是有点什么了。既然如此，就去说把少将暂时交给尊驾那里吧。"

季贞出来，对宰相这样说了，宰相说道："唉唉，人所以不可有子女呀。我要不是为了我的子女的因缘所束缚，也何至于这样的伤心呢。"说罢就出去了。

少将在外边等候着，见了问道："那么怎么样了呢？"

宰相答道："入道相国因为太是生气，教盛也终于没有见到。

屡次说到不能饶恕，因此我也说要出家入道的话，因此才说暂时可以放在我的家里，但是我觉得这不是长久可以维持下去的。"

少将说道："因为这样，成经所以承蒙深恩，得以暂保性命，但是关于大纳言的事，那听说怎么样呢？"

宰相说道："那是来不及问了。"

少将潸潸落泪道："承蒙深恩得以暂保性命，固然是可喜的事情，虽是惜命，实在也是希望得见父亲一面。今晚大纳言说要被斩了，那么成经留这条活命也没有什么意思，倒还不如说把我也一块儿处分的好了。"

宰相十分为难似的说道："什么，当时只为你说了那么，此外就来不及说了，但是关于大纳言的事情，今朝内大臣说了种种的话，听说是暂时可以安心。"少将听了这话哭着合起双手来表示喜悦。因为是儿子的关系，这才能够把自身的事情搁下了，这样的表示喜欢。一切缘分之中最诚实的要算是亲子之缘了吧。人所以应当有子女呀，现在宰相这才回想过来了。[86] 于是同今朝一样，与少将同车回去。到了邸第，那些女官们好像是看见死人复活了的样子，都聚集拢来，高兴得哭起来了。

六 ｜ 教训状

入道相国这样的囚禁了许多人，大概心里不觉得舒畅吧，赶紧地在红绸衬衫上边，穿了一件黑线缝缀的腰甲，胸前很服贴的放着一块有银饰的胸板，先年做安艺守时参拜神社，得见灵梦，承蒙严岛大明神[87]见赐的，以后常带身边，便是睡时也放在枕边的，银箔缠柄的小长刀，挂在胁下，出来到中门的廊下。这个气势看来是不很平常。便叫贞能来，贞能在木兰色[88]的衬衫上穿着红线缝缀的甲，走到前面跪坐等着。

过了好一会儿，入道相国说道："贞能，这事你以为什么样。保元年间，自平右马助[89]起，平氏一门大半都是拥护崇德上皇的。至于第一亲王，故刑部卿乃是他的养父，[90]本来不便弃舍不顾，只因服从故鸟羽法皇的遗诫，所以给当时的后白河天皇当了前驱，这是第一次奉公。其次是平治元年十二月，信赖和义朝把后白河法皇与二条天皇幽闭起来，固守大内，将天下弄得暗无天日，那时候是入道不顾身命，打散了叛徒，捕捉经宗惟方等人。回想起来，直至那时为止，我为了天皇的缘故，几乎丧失性命的事已经有好几次了。因此纵使有人说闲话，为什么把这七代以来的平氏一门就简单的就弃舍了的呢？现在只因为听了成亲这个无用的捣乱人，和那叫作西光的下贱坏种的话，就要灭亡平氏这一门，法皇的这个计划真是万分遗恨。此后倘若还有谗奏的人，一定会得下讨伐我家的院宣来了。成了朝敌以后，无论怎么后悔也已无益的了。我想在世间略为安静下来以前，将法皇奉移在鸟羽北殿[91]，不然便请来临幸此地，你看怎么样呢。若是这样，北面的徒党里边必定要放箭的吧。为此可传谕武士们作好准备。入道对于法皇的忠勤也就只得断念了。马加好鞍，取出铠甲来吧！"

主马判官盛国听说，赶紧跑马到了小松殿，说道："出了了不得的事情了！"

内大臣没有听说出究竟，便说道："阿呀，成亲卿的头砍掉了吧！"

主马判官说道："并不是那样，入道公着了铠甲，武士们也都准备好，要出发去攻法住寺了。说把法皇幽闭在鸟羽北殿，其实暗地里商议，要把他流放到镇西[92]方面去呢。"内大臣虽然不相信会有这样的事，但他看今朝入道的那种气势，说不定会做出发狂似的事情来，所以便坐了车赶往西八条去了。

在门前从车子上下来，进门看时，只见入道相国自己着了腰甲，一门的卿相殿上人数十人都在各色的衬衫上面穿了铠甲，在中门廊下分作两排端坐着。其他各国的国司，卫府以及诸司的人，廊下排不下了，在院子里挤在一起。许多旗竿都拿在手头，马的肚带束紧了，铁盔的带子系好，准备好了就可出阵的样子，可是小松公却是鸟帽子狩衣，穿了大花纹的绢狩袴[93]，提着袴腿，衣裳沙沙作响的走了进来，对比之下显得有点异样。

入道相国把眼睛向着下，心里想道："啊，内大臣又是照例的看不起人的那一套吧。这里又有一番净谏吧。"虽说是自己的儿子，但是内大臣内则遵守五戒，以慈悲为先，外则不乱五常，守着礼义，[94]所以现在穿着腰甲与他相对，也觉得不好意思似的，便拉开纸屏门，慌忙的将一件白绢衣[95]披在腰甲的上面，可是胸板上的金饰还有点儿露出在外边，心想遮住它，便只得时时掣引那衣服的领口。

内大臣走到兄弟宗盛卿的上座，坐了下来。入道相国没有说什么话，内大臣也没有说，过了一会儿入道相国这才说道："成亲卿的谋反的事不算什么大事，这一切全是法皇的计划。我想在世间略为安静下来以前，将法皇奉移在鸟羽北殿，不然便请来临幸此地，你看怎么样呢。"

内大臣听了就潸潸的流下泪来。入道相国说道："怎么了，怎么了？"

内大臣掩泪说道："听了这话，我想你已经快到末运了。人的运命将要倒败的时候，必定想做恶事。我又看你的样子，更觉得似乎是发了狂。我朝虽然说是边地粟散[96]之境，却是天照大神[97]的子孙为我国之主，天儿屋根尊的子孙管理朝政，自此以来，位至太政大臣的身擐甲胄，这岂不是违背礼义？况且你又是出家之身，今舍弃了三世诸佛作为解脱表征的法衣，却擐了甲胄，带着弓箭，此不免在内[98]既招破戒无惭[99]之罪，在外又犯违背仁义礼智信之法。从各方面想起来，这样的说虽是惶恐，[100]但是心里所想到的却又不能不说。先说世有四恩，即天地之恩，国王之恩，父母之恩，众生之恩，是也。其中尤以朝恩为最重大。普天之下，莫非王土。[101]所以彼颍川洗耳，首阳采薇[102]的贤人们尚知礼义，难以违背敕命，何况位登极品，为先祖所不曾有过的太政大臣者哉。如重盛的不才愚暗之身，尚且位至莲门槐府。[103]不但此也，国郡强半，为一门所领，田园分配，亦凭一家的进止，岂不是希代之朝恩么？现今忘却了这莫大的恩泽，无法的欲进攻法皇，乃是违反了天照大神，正八幡宫的神宪的事。日本乃是神国，神不享非礼。然则法皇所起的念头也不是一点都没有道理。我们一家平定朝敌，使得四海的逆浪平静下去，确实是无双的忠勤，但是竞夸恩赏，也可以说殊有旁若无人之概。圣德太子十七条宪法中说：'人皆有心，心各有执。是彼非我，是我非彼，是非之理谁能定之。互为贤愚，如环无端。是以设人虽瞋怒，还恐我失。'[104] 但是平氏的气运还没有尽，所以谋反就发觉了。而且商量的对手成亲卿既已逮捕，假使法皇还有些奇怪的想头，那还有什么可怕呢？现在把这些犯罪处分了之后，却简单的奏明事由，这样对于法皇既然竭尽了忠勤，对于人民亦益致力于抚育，可以蒙神明的冥佑，也不违背佛陀的意旨。神明佛陀感应所及，法皇的意思也一定会得改变的吧。君与臣[105] 比起来，不问哪一边是亲是疏，当然是要从君，若是道理与不合理的事情比起来，那为什么不从道理这一边呢？"[106]

七 | 烽火事件[107]

"而且这事在法皇方面也有道理，就是不能取胜也罢，我是决心守护法皇的法住寺御殿的了。这个缘故是，自从重盛叙爵以来，到了今日大臣而兼大将，无一不出自君恩。这恩的重，真是超过千颗万颗的玉，这恩的深，又是胜过一入再入的红。[108] 因此我就到那法皇的院里，守起来吧。这样子，那么那里也还有些武士，曾经约定肯替代重盛的身命的人，我就率领了这些去守护法住寺殿，那就是不很简单的大事吧。悲哉，我想为了君的缘故去尽忠，便立刻忘记了比迷卢八万[109]还要高的父亲的恩。痛哉，我想逃脱不孝的罪责，便就成了君的方面的不忠的逆臣。进退维谷[110]，是非莫能辨别。结果所愿望的事，是把重盛的头砍了吧。那么，既然不能去守护法皇的住所，也就不能跟随父亲前去了。从前那个萧何[111]，因为功勋超越侪辈，官至大相国，许可他剑履上殿，但是有了违反君心的事，高祖就加以重罚。想起这样的先例，所谓富贵，所谓荣华，所谓朝恩，所谓重职，都是到了顶点，并不是没有运尽的时候的。这正如书上所说，富贵之家，禄位重叠，犹再实之木，其根必伤。[112]这是叫人短气的事情。因为长是活着，所以看见这样的乱世。只因生在末代，交到了这种恶运，这也是重盛的前世报应不好的缘故吧。现在就叫一个武士，拉到院子里，把重盛的头砍了，那是最容易的事情了。请大家都听着吧。"说着流下泪来，把狩衣的袖子都湿透了，一门的人不论有心无心的人也都泪湿铠甲的袖了。

入道相国看见他所最是信赖的内大臣这么的说，似乎很失望的样子，说道："呀，呀，我并不想怎么样，不过听了那些坏人的话，说不定会有坏事情要干出来，就是担心这个罢了。"

内大臣说道："即使有什么坏事情出来，对于法皇决不能有什么举动。"说了便即立起，走出中门来，对武士们说道："现今重盛所说的话，你们都已听见了吧。我从今朝一直在此地，想来劝阻这样的事情，现在似乎只是扰攘一阵罢了，所以我就回去。你们若是要去攻法皇那里的话，先看见这重盛的头砍了下来再去！——那么，人们[113]，去吧。"说了，便回到小松府去了。[114]

内大臣召集了主马判官盛国，对他说道："重盛特别听到了天下的大事，可即布告说，凡承认我重盛的人都武装了赶紧前来！"
盛国即跑马前去布告了。平常有什么事情决不张皇的人有这样的通
知，一定是有什么特别事情发生了，武士们便武装了各自跑去。凡
散在京外各地，如淀，羽束师，宇治，冈屋，日野，劝修寺，醍醐，
小黑栖，梅津，桂，大原，志津原，芹生里的兵士，或者只穿了铠甲，
还未戴盔，或者背了箭却没有拿弓，也有骑马只踹着一个镫的，[115]
忙乱扰攘的奔走到来。

　　听说小松公扰攘起来了，在西八条的数千骑的兵卒，也不向入
道相国说什么话，都各自喧喧嚷嚷的走向小松殿去了。凡是拿弓矢
的人，不剩一个的都跑了去。于是入道相国大为吃惊，叫贞能来
说道："内大臣怎么想，把这些人都叫了去了。或者是好像刚才所
说的将他们派到这里来吧？"

　　贞能潸潸的落泪道："这也要看是什么人，为什么现在会有这
样的事情呢？恐怕那时候对你所说的话，这时已经后悔了呢。"大
概入道相国心里想，与内大臣发生意见的事情结果不大好吧，把前
去把法皇迎接前来的事已作罢论了，脱掉了腰甲，穿上白绢的法
衣，不很热心的念起经来了。

　　小松公叫盛国登记着到来的人数，一总赶到的兵卒是一万余
骑。内大臣见已到齐了，出来到中门外边，对着武士们说道："和
日前的约束没有错误，准时到来了，实在是很可嘉的。在外国曾
经有过这样的例。周幽王有过一个最为宠爱的皇后，叫作褒姒，是
天下第一的美人。但是幽王却有一件不很快心的事情，说褒姒不含
笑，[116]原来这个皇后完全没有笑过。外国的习惯，天下有兵革起

来的时候，在各处地方，举火打鼓，召集兵士。这就名为烽火。一个时候天下有了兵乱，举起烽火来，那时皇后看了说道：'呀，奇怪！有那么多的火呵！'这才笑了。这所谓一笑百媚生[117]也。幽王很是喜欢，自此以后没有什么事也时常举起烽火来。诸侯到来，却没有敌人。敌人既然没有，只得回去。这样的事有过几回，就没有人再来了。后来有一回邻国的凶贼起来，围攻幽王的都城，举起烽火来时，以为是照例为了皇后所举的，兵士也不到来。其时京城终于攻破了，幽王也就灭亡了。据说那皇后变了野干[118]，跑了走了，那实在是可怕的事。有这样事情的时候，以后我也要召集，希望同这回一样的也能到来。重盛因为听到了想不到的事情，所以召集你们来的，但是问清楚了，乃是错误的事。你们赶快回去吧。"

说了就把兵士打发回去了。其实并不是听见了什么话，乃是根据刚才对于父亲进谏的话，想来检讨一番，到底信从我的兵力共有若干，并不是想去父子开战，但是这样一来，可以使得入道相国对于朝廷谋反的心思稍为缓和吧。

"君虽不君，臣不可以不臣。父虽不父，子不可以不子。"[119]为君则尽忠，为父则尽孝，与文宣王[120]所说的没有什么不合。法皇听见了这事件，也说道："这并不是现今才这样，说到内大臣的内心实在我们也觉得惭愧。那是以怨报德了。"

当时的人们也都称赞说："因为前世的果报好，所以做到大臣兼大将，并且容仪风采出人头地，学问才智也是并世无比的，像内大臣这样的人哪里有呢。"

书上说："国有谏臣其国必安，家有谏子其家必正。"[121]这实在是在上古或在末代都是很少有的大臣。

八｜大纳言被流

同年六月二日，新大纳言成亲卿被带到客厅，给一份宴享，[122]因为胸头胀满，连筷子也并没有拿起。车子来了，说赶快上车吧，虽是不愿意。却也坐上了。前后左右，都是兵卒围绕着，但是自己这边的人却是一个也没有。

虽是说："现在想要见得小松公一面也好。"这也并不能够。在车子里这样说道："就是犯了重罪，前往远国的人，也该让有一个贴身的人同去吧。"那些护送的武士们听了，铠甲的袖子也都湿了。

出了西八条往西走到朱雀大路，再往南走，便是大内，而今也只漠然告别罢了。长年使用的杂役和饲牛的人，也没有不是流泪，衣袖为之湿透的，况且那留在京城的夫人，和幼小的人们的心中，推想起来更是可哀了。走过鸟羽殿[123]前面的时候，想起法皇以前临幸此地的时候，自己没有一回不是随侍着的，那里还有一所叫作洲滨殿的自己的别庄，现在也只好漠不相关似的走过去了。出了鸟羽殿的南门，武士便催问船还没有来么。

大纳言说道："这还要到哪里去呢？反正总要被杀的话，还不如在京城相近的这边罢。"

他这话大概也是想穷的时候才说的吧。看见身边跟着一个武士，问是"谁人"，答道："难波次郎经远。"

便对他说道："这里有没有谁是我这方面的人呢？在乘船之前有须得吩咐的事，去找寻一下，带他来吧。"

在那里到处找寻过了，可是没有一个人出来说，我乃是大纳言方面的人。大纳言说道："从前我得意的时候，跟随着我的总有一二千人，现在落到这个境地，却连相送的人一个也没有，实在是很可悲的。"说着就哭了，那些刚勇的武士们也一同都泪湿了衣袖。大纳言所随身不离的，只有无穷尽的眼泪罢了。从前往熊野参拜，或是往天王寺参拜的时候，[124] 都是坐了平底三进的大船，此外还有二三十只船摇着橹陆续的前进，这回的却是草率造成的装上了顶的船，蒙了大幕，周围都是没有见惯的兵卒，就限定今日要离开京城，上遥远的海路去，这种心情的悲哀是可想而知的了。在这一天里，到了摄津国的大物浦。

新大纳言本来已定了死罪，后来恕罪改为流刑的，乃是因为小松公的种种说话的缘故。他还是做中纳言的时候，被任命兼为美浓国的国司，在嘉应元年（一一六九）的冬天，代官右卫门尉正友的那里，有属于山门的平野庄的神官拿了葛布去卖，代官酒醉了，在葛布上写上些字。神官说了闲话，就说他胡说，加以凌辱。于是神官共有数百人，侵入代官的那里，代官却依防御，结果神官一共被杀了十余人。以是同年十一月三日，山门的大众大举蜂起，国司成亲卿被处流罪，代官右卫门尉正友禁狱，已经奏闻。成亲卿已定流往备中国，被送往西七条去，但是法皇不晓得是怎么想法，中间隔了五天就把他召回去了。虽是听说山门大众是很诅咒着他，却于二年五月五日，下令叫他做右卫门督兼检非违使的别当，[125]这就越过了当时的资贤卿和兼雅卿二人。资贤卿是年长者，兼雅卿乃是很华贵的人，但是身为嫡子，而官职被人超越过去，这是很遗憾的了。此乃是督造三条殿[126]的奖赏也。同三年四月十三日，叙为正二位，也越过其时中御门中纳言宗家卿。安元元年（一一七五）十月廿七日，由前中纳言升为权大纳言。

人家嘲笑说：“把这山门大众所那么诅咒的东西，如此的重用！”但是现在或者以这个缘故，所以遭到这样的苦难的吧。凡是神明的降罚，人们的诅咒，到来有早有迟，并不一样。[127]

同月三日，从京里有使者到了大物浦，一时很是忙乱。新大纳言问道：“是叫在这里杀了么？”

这并不是，只是传命流放到备前的儿岛去的使者罢了。从小松公那里有一封信来，里边说道：“竭力想留你在京城近地的山乡里，可是终未成功，实在是歉仄之至，但是总算把性命保全了而已。”

另外又对了难波说道：“要好好的照顾，不可违反他的意思。”把旅行用具全都预备了，给送了来了。

新大纳言那么承蒙恩顾的法皇现在也不能不离开，平常一刻不相离的夫人和幼小的人们，不得不告别了，说道：“这可是到哪里去呀，再想回故乡来，见到妻子，很不容易吧。先年因了山门的诉讼，已经定了流罪的时候，法皇加以爱惜，从西七条又召了回去。这回的事情可是不是法皇的处分。那要怎么样了呢？”这样说了，仰天俯地的悲泣，可是没有什么用处。

到了天明，已经开船顺流而下，一路上只有哭泣，看来似乎不能长久生存，可是露水的命[128]却还没有尽，间隔着船后边的白浪，京城渐渐的远去了，日子逐渐加多，远流的地方也已近来了。船到了备前的儿岛[129]，便在一所简陋的民家的柴庵里停了下来。这是小岛的常态，后边是山，前面是海，海岸边里的松风，波浪的声音，一样样都是不尽的悲哀。

九 | 阿古屋的松树

这并不限于大纳言一个人，处罚的人还多得很。近江中将入道莲净被流到佐渡国，山城守基兼被流到伯耆国，式部大辅正刚被流到播磨国，宗判官信房被流到阿波国，新平判官资行被流到美作国。

其时入道相国正在福原的别庄里，同月二十日，派摄津左卫门盛澄为使者，到门胁宰相那里来，说道："有所考虑，可速将丹波少将带到此地来。"

宰相听了说道："若是在交付给我之前就这么说，那也没有法子。但到了现在还叫我着急，那真是可悲的事。"便叫他到福原去吧，少将哭哭啼啼的去了。

女人们恳求道："尽管它没有用，还是请宰相去再说一遍吧。"

宰相回答道："我是尽想到的都已说了。现在是除了出家以外，已没有什么可说的了。但是无论你在什么海湾，只要我是活着，总会得去探访你的。"

少将有今年刚是三岁的一个小儿。因为近来还是年轻，所以对于儿子们还不那么注意，现在到了临别的时候，不免有点牵挂吧，就说道："这个小孩儿我还想看一看。"

乳母就抱了来，少将把他坐在膝上，用手摸他的头发，流着泪说道："唉，本来想等到你七岁，加了冠，给你去引见法皇的，但是现在是说也无用了。假如你活着能够长成的话，随后做个法师，为我后世求冥福吧。"在幼小的心里还不曾懂得什么，但是也点点头，从少将起以至母亲，乳母，和在座的人们，不论有心与无心的，都湿透了衣袖了。

福原来的使者便催促今天夜里出发到鸟羽去，少将说道："就说是不能时间拖得很久，至少今夜在京里过了再去。"可是屡次的催促，所以在夜里出发往鸟羽去了。宰相因为觉得很是悲哀，这回也不曾一同乘车前去。

同月廿二日，少将到了福原，入道相国命濑尾太郎兼康，流放到备中国去。兼康恐怕将来会被宰相得知，路上种种的照顾，加以安慰。但是少将却得不到什么慰藉，只是昼夜唱念佛名，祈念父亲的事情。

新大纳言在备前国的儿岛，经管的武士难波太郎经远心里想道："这地方同码头相近，怕不很好吧。"便移往陆地上，在备前备中两国交界地方，庭濑卿的有木别院一个山寺里去。从备中的濑尾[130]到备中的有木别院，不到五十町[131]的路程，丹波少将觉得那边吹来的风大概也有点可怀吧。

有一天便叫兼康来问道："从这里到大纳言所在的有木别院，

有多少路程呢？"

从实的说大概觉得是不很好，所以回答说道："单程是十二三日。"

其时少将潸潸的流下泪来，说道："听说日本从前是三十三国，后来乃分为六十六国，即如备前，备中，备后，原来也是一国。[132]又如称作东国的出羽，陆奥两国，从前也是六十六郡合为一国，随后分出十二郡来，称为出羽。[133]所以实方中将被流放到陆奥的时候，[134]想要一看当地的名胜阿古屋的松树，但是在国内到处寻觅，可是没有找到。在回来的路上，遇到一个老翁，问他道：'喊，看来尊驾是古旧的人，可知道当地有个名胜，叫作阿古屋的松树的么？'

回答说：'这并不在当地，但是在出羽国吧。'

实方中将说道：'那么尊驾也是不知道。现在到了末世，一国的名胜是谁也不记得了。'

说了刚要过去的时候，老翁抓住了少将的袖子，说道：'唉，这是你因为这首歌——给陆奥的阿古屋的松树遮住了，应该从那边出来的月亮还没出现的罢？——所以说是当地的名胜阿古屋的松树吧？那是两国还是一国的时候所做的歌。自从将十二郡分出去之后，那是在出羽国内。'实方中将因此越过国境，到出羽国去，这才看到了阿古屋的松树。还有从前筑紫太宰府上京来献赤腹鱼[135]，单程定为十五日。现在你说是十二三日，那么这差不多是到镇西[136]的日数了。就说是路远，备前备中的距离，至多也不是两三日吧。近地说得很远，只是不要使得成经知道大纳言所在的地方罢了。"以后虽然很是怀念，可是也不再问了。

一〇｜大纳言死去

法胜寺执行俊宽僧都，平判官康赖，以及少将成经，三个都被流到属于萨摩国的鬼界岛。[137]那个岛是出了京要经过遥远的困难的路程才能到达的地方。那里大抵没有什么船只往来，岛上不大有人，虽然偶然也有，却不像这里的人，色黑，很像是牛，身上乱生毛发，听他说话也不能了解。男的不戴乌帽子，女人也不将头发披下，[138]没有衣裳，不像人样，也没有食物，只务渔猎。农夫也不耕作山田，没有米谷之类，也不采园里的桑叶，没有绢帛等物。岛中有很高的山，永久喷着火，只多有硫黄这种东西。因此也叫作硫黄岛。山上长久有雷鸣，上下不断，在山脚下多有雨泽。不是人类所能一日片时生活着的地方。

新大纳言当初以为自己既已处了重罚，或者事情可以稍为轻松一点，听说儿子丹波少将也已流到鬼界岛去了，便说到了现在还有什么可以期望呢，就乘便告诉小松公，说自己愿意出家，告知法皇，得到了许可，便即出家了。与富贵荣华分了袂，穿上了与俗世隔绝的墨染的衣，过那落拓的日子了。

大纳言夫人在京都北山云林院左近隐遁的住着。就是平常，在住不惯的地方也是很艰难的，何况现在又要隐晦，日子就愈加不好过了。从前虽然有许多的女官和武士，但是或者怕惧世间，或者怕得给人家看见，来访问的便没有一个人了。可是其中有一个名叫源左卫门尉信俊的武士，特别情深，时常前来慰问。

有一天，夫人召信俊前来说道："以前我听说是在备前的儿岛地方，近来又得知是在有木的别院那里。我想怎么样现在有人去一趟，带了我的信去，得到他的一个回信。"

信俊掩泪说道："我从幼少时候，承蒙恩情，片刻都没有离开左右过。这回下去的时候，我就想怎样的能够一同前去，但是因为六波罗方面不曾许可，所以没有法子。主人叫我时候的声音，还是留在耳际，有时加以训诫，言语也还是铭刻在心，一时片刻没有忘记。这回纵使此身遇到怎样的不幸，在所不惜，领到书札，到有木别院去。"夫人听了很是喜悦，便即写了信，幼小的人们也都附有书札。

信俊拿了书信，便上了遥远的备前国有木的别院的路程。把来意告知了守护的武士难波次郎经远，对于他的志诚很是感动，就立即带去会见了。大纳言入道成亲卿那时正在说起京城里的事，很是叹息愁闷，忽然听说道："从京城里信俊来了。"

便说道："可不是梦么？"

立即站起来，说道："这里来，这里来。"

信俊近前看时，住处的简陋固不必说，见那墨染的法衣的衣袖，便觉得眼也昏了，心也似乎就要停了的样子。把奉夫人的命前来的事情，都细说了，取出信来奉上。打开看时，信上面的笔迹给眼泪遮住了，不大看得清楚，只见上边写道："幼小的儿女们，都是很怀恋悲伤的样子，我自己有不尽的相思之情，也是不堪忍受。"大纳言便悲叹说，看了这信，觉得往日相思是算不得什么了。

这样过了四五日，信俊说道："我想留在此地，看到你的百年之后[139]这才回去。"

但是守护的武士难波太郎经远说这是做不到，所以没有法子，大纳言便说道："那么回去吧。"又说道："我恐怕不久便要被杀吧。听说我已经不在人世，务必留意给我来世祈福吧。"

写了回信，交给信俊，信俊告别说："我一定再来看你。"

大纳言道："我怕是等不及你再来了。但是觉得太可怀恋了，所以再等一会儿，再等一会儿。"这样说了，屡次的把他叫了回来。

可是老是这样也总是不成，信俊只好掩了眼泪就回京去了。拿出信来送给夫人，打开来看时，乃是出家时所剃下的一缕头发，卷在书简的末端，[140]夫人连第二眼也不忍看，说有这纪念物倒是件恨事，[141]便把衣服盖了头俯伏哭泣，幼少的儿女也都放声号哭了。

且说大纳言入道公终于同年八月十九日，在备前备中两国交界之处，庭濑卿吉备的中山地方，被人所杀害了。关于最后的情形，在京里有种种的传说。最初是酒里下了毒劝吃，可是没有成功，后来在两丈高的山崖底下，装上了铁菱角，[142]从上边推了下去，刺在菱角丧了性命。实在是残酷的手段，也是从前所不曾有过的事情。

大纳言夫人听说她的丈夫已不在人间，便说道："只因为还想有一回，能够看见他平时的形状，并且也给他看一看自己，所以至今没有改装的，现在还有什么意思呢！"就在菩提树院里出了家，依照规矩营那法事，为后世祈求幸福。

这个夫人乃是山城守敦方的女儿，据说是无比的美人，后白河法皇所最宠爱的得意的人，因为成亲卿也是法皇所最宠爱的，所以下赐给他的。幼小的儿女们也各手自折花，汲佛前的阏伽[143]水，为父亲祈后世的冥福，实在是很可哀的。这样的"时移事去"，世上改变的情形，真与"天人五衰"[144]没有什么不同呵。

一一 | 德大寺的事情

德大寺大纳言实定卿因为近卫大将的职位被平家次男宗盛卿超越得去，暂时隐居在家里，随后说要出家，出人的诸大夫[145]和武士们都不知如何是好，相与叹惋。其中有一个叫藤藏人重兼的大夫，是懂得事情的人，有一天月夜里，实定卿独自在房内，叫人把朝南的格子窗举了起来，[146]对月啸歌，这时大概想来慰问他吧，藤藏人走来了。

大纳言问道："是谁呀？"

答道："是重兼。"

又问道："在这时候，为什么事呢？"

答道："今夜月色特别清澈，心里也似乎沉静，所以走来奉候。"

大纳言说道："来得很妙。但是觉得心里太是寂寞，所以有点无聊呢。"以后便说各种闲话，共相慰藉。

大纳言道："现来仔细观看世事，平家的世界更是繁盛了。入道相国的嫡子和次男，既是左右大将，一会儿就是三男知盛，嫡孙维盛了。他们既然次第的上去，别家的人不知道在什么时候才补得上大将的缺呢。反正最后是这一回事，现在就出了家吧。"

重兼流泪说道："你若是出了家，那么一家上下岂不是都要彷徨路头么。重兼却想到了一种新鲜的计划。即如安艺国的严岛神社，[147] 是平家所异常尊敬的地方，你就不妨到那神社里，有所祈愿。你若去住庙祷告七天，那里有许多称为内侍[148] 的十分出色的舞姬，必然感觉新鲜，[149] 来加以款待。假如问及为了什么事情前来祈愿的，你可以据实的说了。到得回来的时候，内侍们一定要表示惜别之意。你便邀那主要的内侍们，一同到京城里来，既然到京，她们一定要到西八条去吧。德大寺公为了什么事情前去严岛祈愿的呢，会得要问的时候，内侍们也就会得照实的说。入道相国是特别易于感动的人，他觉得有人去礼拜自己所尊崇的明神，有所祈求，一定觉得喜欢，会得适宜的予以安排的。"

德大寺听了说道："这倒是没有想到过，是很巧妙的想法。我就即前去吧。"于是赶紧起首斋戒，往严岛去了。

的确是在那神社里有许多称为内侍的出色的女人们。住庙七日间，日夜在旁接待，十分隆重。七日七夜之间，舞乐共有三回，弹着琵琶和琴，歌唱神乐，这样的游戏实定卿也觉得很是好玩。为了娱乐神明，又歌唱今样朗咏，奏风俗催马乐等，有那些很难得听到的郢曲。[150]

内侍们说："本社是平家的公卿们常来的地方，但是像你这样来参拜的却是很少有。你为什么事却来住庙祈愿的呢？"

德大寺回答道："因为人将给人家越过了，所以来为此祈告的。"到了七日住庙已满，对于大明神作别回京，大家很是惜别，主要的年轻的内侍十余人，乘船送了一日的路程。到了告别时还是惜别，说送一天吧，又是两天吧，终于一同到了京城。留在德大寺的府邸里，种种的予以款待，又各有馈赠，这才打发她们回去。

内侍们说道："已经到了这里，我们为什么不去访问我们的主人入道相国的呢？"于是便到西八条去了。

入道相国赶快出来相见，说道："内侍们有什么事，这样会齐的来呢？"

答说："德大寺公到严岛去参拜，住庙七日之后回京里来，送他一天的路程，可是这样太是惜别了，说再送一天，再送两天，就一同到了这里来了。"

入道相国问道："德大寺为了什么事祈愿，到严岛去的呢？"

内侍们道："说是为了祈愿大将的事情呢。"

入道相国便点一下头，说道："唉，也真是可怜，在这王城里有多少灵验的佛寺神社都放过了，却去参拜我所崇奉的明神，有所祈请，这可见他的心思是很切的了。"便叫嫡子小松公内大臣兼着的左大将辞去了，把次男宗盛大纳言做着的右大将给升了上去，却将德大寺补了右大将[151]的缺。想来这实在是很高明的计策。新大纳言可惜没有用这样的妙计，却来引动那没有好结果的谋反，使得自身灭亡，以至儿子眷属都遇到这样的不幸，实在很是遗憾的事了。

一二｜山门灭亡　堂众合战

　　且说法皇以三井寺的公显僧正为师范，传授真言秘法，便是传授《大日经》《金刚顶经》《苏悉地经》这三部的秘法，听说将于九月四日在三井寺举行灌顶[152]的仪式。

　　山门大众听了大为生气，说道："这是前例，凡是灌顶受戒都是在本山举行的。特别是山王权现的教化指导，就是为了受戒灌顶的缘故。现在若是在三井寺举行的话，那么把三井寺全都烧了吧！"

　　法皇听见说道："那么这是没有好处的。"[153]便将预备修行完了之后，将灌顶的事暂时作罢了。可是本来有这个意思，于是带了公显僧正临幸天王寺，建立五智光院，[154]取龟井的水，作为五瓶的智水，[155]在佛法最初的灵地，[156]举行了传法灌顶的仪式。

　　本来为了镇抚山门骚动的缘故，所以不在三井寺灌顶，可是山上在堂众与学侣[157]之间发生纠葛，屡次打仗，每回总是学侣方面败北，看看山门将要灭亡，成为朝廷的一件大事。所谓堂众就是学侣随从的道童，成为法师，[158]或者是服杂役的中间法师那一种人。以东塔的金刚寿院作为本院的天台座主觉寻权僧正，统治着本山的时代起，叫在横川，东塔，西塔这三塔轮番值宿，称为夏众，[159]为诸佛供花。近来称作"行人"，不与大众共事，并且屡次战争得胜。于是比睿山当局奏闻公家，说堂众不服从师主[160]的命令，企图打仗，请速加讨伐，转知军事方面。因此入道相国奉了院宣，命纪伊国住人汤浅权守宗重以下，率领畿内的兵卒二千余骑，加上大众的力量，攻击堂众。其时堂众是在西塔的东阳坊，听了这个消息，就下到近江国的三箇庄来，在那里聚集了许多兵力，再上山去，在早井坂构筑土城负嵎固守。

　　同年九月二十日辰时一刻，大众三千人，官军二千余骑，总计五千余人，向着早井坂攻击。这回料想不至于〔失败了〕吧，但是大众希望官军去当先，官军又希望大众当先，这样的相争不决，心不齐一，不能尽力决战，城内石弩[161]齐发，大众官军尽数被歼了。参加堂众的党羽，有诸国的盗贼，强盗，山贼，海贼等，都是欲心炽盛，不怕死的家伙，拼出一条性命去打仗，所以这回又是学侣们吃了败仗了。

一三 | 山门灭亡[162]

　　自此以后，山门愈益荒废，除了十二禅众[163]以外，绝少住在那里的僧侣了。各处山谷里僧院的讲演几乎衰歇，本殿里的功课也多停顿了。修学之窗既闭，坐禅之状亦空。四教五时，春花不复发香，三谛即是，[164]秋月亦复昏暗。三百余岁之法灯，无复人挑，六时不断之香烟，也将中断了。昔时堂舍高耸，三重楼台插于青空之中，栋梁逢秀，四面椽桷撑于白雾之内。今则供佛唯有山岚，金客润于雨露，夜月挑灯，漏自檐隙，晓露垂珠，聊供莲座之饰而已。[165]

到了末法俗世，三国[166]的佛法也次第衰微了。远访佛迹于天竺，昔日佛所说法的竹林精舍，给孤独园，此刻已成了狐狸野干[167]的住家，只有础石剩下了吧。白鹭池水已竭，只有野草茂生，退凡下乘的卒都婆[168]也已倒了，满生青苔了吧。在震旦的天台山，五台山，白马寺，玉泉寺等地方，都已荒废，没有僧人居住，大乘小乘的法门空自朽于箱底。我国南都[169]的七大寺也已荒废，八宗九宗[170]悉已绝迹，爱宕护与高雄各地昔日堂塔并轩而立，可是在一夜里忽成荒废了，成了天狗[171]的住家了。那样尊贵的天台之佛法，想不到在现时治承之世，乃会灭亡了，凡是有心人当无不为之悲叹的。在离山的僧人的住房柱子上，有人题着一首歌道：

"从前祈请加佑的我的建筑，

如今却成了无人居住的荒山了么！"[172]

这是传教大师在当山草创的时候，曾祈祷阿耨多罗三藐三菩提诸佛，请加以冥佑，想起了那时的事，所以题这首歌的吧。实在是很可以感动的事情。现在八日是药师如来的缘日，却听不见称南无的声音，卯月是山王权现垂迹的月份，[173]也没有捧币帛[174]的人们，只有朱色的玉垣显得神圣古旧，剩有标绳挂着罢了。[175]

一四 | 善光寺失火

其时听见了善光寺失火的消息。说起这里的如来，乃是在昔时中天竺舍卫国里，有五种恶病[176]流行，许多人死了，乃从月盖长者的要请，从龙宫城得到阎浮坛金，[177]释尊同了目连和长者一心铸造，一磔手半的弥陀三尊[178]，乃阎浮提第一的灵像也。佛灭度后，留在印度有五百余岁，因佛法东渐的关系，移到了百济国。一千年之后由百济的皇帝圣明王的时代，即是本朝钦明天皇的御宇，乃从彼国移到日本，在摄津国难波的海边经历些年月。因为经常发出金光，以是当时年号称为金光。[179]在金光三年（五七二）三月上旬有信浓国住人麻绩本多善光者，上京城上去，遇着了如来，相将俱来，白天里善光背着如来，夜间如来却背着他走，到了信浓国，安置在水内郡，至今已历星霜五百八十余岁，失火的事于今还是初次。有人说，"王法将灭则佛法先亡。"大概是因为这个缘故吧，所以人家都说，"这样尊贵的灵寺灵山多数灭亡了，将是平家到了末路的先兆了吧。"

一五 | 康赖祝文

鬼界岛的流人们，生命宛如草头的露水，本来无所用其爱惜，但是丹波少将的丈人平宰相教盛，因为在肥前国康濑庄有他的领地，所以时常有衣食送来，因此俊宽僧都和康赖也得以活命过去。康赖被流的时候，在周防国室积地方出了家，法名性照，因为本是原来的希望，所以当时做了一首歌道：

"把这完全背叛了我的世间

不早点弃舍了，实在是很后悔的事。"

丹波少将和康赖入道本来是对于熊野权现[180]有信仰的人，说道："怎么设法在这个岛内迁请熊野的三所权现到来，祈求回京的事吧。"

俊宽是天性没有什么信心的人，所以没有同意。他们两个人齐心的到岛内找寻，有什么地方与熊野相似的么，或有林塘之妙，现种种红锦绣的装饰，或有云峰之奇，如碧绫罗的彩色不一，[181]以至山水的景色，树木的姿态，无不绝胜。南望则海水漫漫，云涛烟浪最为深处，[182]北顾又是山岳峨峨，百尺的瀑布从上倾泻。瀑声很是寒冷，加以松风飒飒，这种神气颇似飞泷权现[183]所在的那智山。于是就把那地方叫作那智山了，这山是本宫，那是新宫，那又是这里的什么王子，那里的什么王子，都定了王子[184]的名字。

康赖入道当作向导，丹波少将跟随着，每天模仿那参拜熊野的样子，祈请回京的事。祈祷说："南无权现金刚童子，请赐怜悯，给我们得回故乡，和妻子得一相见吧。"日数多了，也没有净衣[185]可以替换，只好身着麻衣，取泽中的水为垢离[186]之用，当它是熊野岩田河的清流，登上了高的地方，就算作是本宫的发心门[187]了。

每回参拜的时候，康赖入道就宣读祝文，[188]因为也没有纸做币帛，便只有折花来做替代。康赖的祝文说道："唯治承元年丁酉，十有二月，计日数三百五十余日，谨择吉日良时，诚惶诚恐，奉告于日本第一大灵验，熊野三所权现，飞泷大菩萨之前。信心大施主羽林[189]藤原成经，并沙弥性照，致一心清净之诚，竭三业相应[190]之志，谨白。夫证城大菩萨[191]者，济度苦海之教主，三身圆满[192]之觉王也。又或东方净琉璃医王[193]之主，众病悉除之如来也。又或南方补陀落能化[194]之主，入重玄门[195]之大士。又若王子权现乃娑婆世界之本主，施无畏[196]者之大士，现佛面于顶上，给予众生所愿悉满。以是上自一人[197]，下至万民，或求现世安稳，或求后世善处，朝掬净水洗烦恼之垢秽，夕向深山高唱宝号，感应无不如响。今我等以峨峨高岭，喻神德之高，以崄崄深谷，比弘誓之深，分云而上，凌露而下，如不信赖利益的地，[198]岂能步行崄难的路，若不是仰慕权现之德，何为祭祀于幽远之境乎。为此乞请证城大权现，飞泷大菩萨，启青莲慈悲之眸子，振小鹿似的耳朵，鉴察我等无二之丹诚，纳受我等一一的恳愿。又结宫早玉[199]两所权现，各自随机，引导有缘众生，救助无缘群类，舍七宝藏严之家，和八万四千之光，同六道三有之尘。[200] 是故定业亦能转，求长寿得长寿，因是我等连袂礼拜，捧呈币帛礼奠，没有虚日。披忍辱之衣[201]，捧觉道之花，动神殿的地，[202] 澄信心之水，充满利生之池。如蒙神明受纳，所愿岂有不成就的。仰愿十二所权现，[203] 并展利生之翅，遥飞苦海之空，请给我等忽左迁的忧愁，遂归洛[204] 的本怀罢。再拜。"

一六 │ 板塔漂流[205]

丹汉少将与康赖入道时常到三所权现的御前去参拜，也有去坐夜的时候。有时二人正在坐夜，彻夜的歌唱。到了天晓，康赖入道困倦了朦胧的睡去，梦中看见从海上有一艘挂着白帆的小船划近前来，从船里上来了身着红裳的女官二三十人，打着鼓，齐声唱道：

"比诸佛的誓愿

要算千手观音的更为实在，

就是枯槁的草木

也会开花结实的。"[206]

反复唱了三遍，随即消灭似的不见了。梦醒之后，康赖入道很觉得奇异，说道："我想这大概是龙神的化现吧。三所权现里边有称作西之御前[207] 的，本地是千手观音。龙神乃是千手观音的眷属，二十八部众之一，所以可见我们的祈愿是被接受了，这是很可喜的事。"又一夜里两人都在坐夜，同样的朦胧的梦见，从海面上有风吹来，把两片木叶吹到二人的衣袂上来。若无其事的拿起来看时，这乃是熊野的南木[208]的叶子。在那两片南木的叶子上，有一首歌是虫吃叶子做成的：

"对于神的祈愿既是繁多，

有甚不能归还京都去的呢？"

康赖入道因为怀乡心切，想出了一个办法，做了一千根板塔，上面写了梵文的阿字，[209]年号，月日，假名实名，[210]又写上两首的歌：

"在萨摩湾海面的小岛上我还活着，

请告诉我的双亲，海上的潮风呵！"

"请你谅察吧，就是暂时旅行，

也还觉得故乡的可怀念。"

便把这些拿到海边去，说道："南无归命顶礼，[211]梵天帝释，四大天王，坚牢地神，镇守诸大明神，特别是熊野权现，严岛大明神，至少请把一根带到京里去吧！"便趁着上来的白浪向后退去的时候，将板塔漂浮在海上。因为做成了板塔，随即放到海里去，所以日子多了，这板塔的数目也就加多了。这或者是由于他的一心化成顺风，或是神明佛陀给他送去的吧，一千根的板塔里边有一根，在安艺国严岛大明神的前面，被打上在海边了。

其时有一个与康赖有些关系的僧人，心想假如有什么适当的便船，便渡到那个岛里去，打听他的消息，出发西国修行，先到严岛。在那里大概是个神官吧，他遇着一个身着狩衣的俗人似的人。这僧人随和他聊天道：

"佛菩萨和光同尘，作种种利生的事情，但是这神却为什么因缘，特别与大海里的鱼类有缘呢？"[212]

神官回答道："那是因为此娑竭罗龙王的第三个公主，胎藏界[213]大日如来的垂迹的缘故。"随后讲大神在本岛出现之后，济度利生，种种甚深奇特的事所在多有。这是实在的，至今八楹神殿，屋脊相并，排列在海岸，因了潮的满干，月色也有变化。潮满时，伟大的鸟居和朱江的玉垣有如琉璃的模样，[214]潮干的时候，就是在夏天夜里，神前白砂也像下了霜似的。就愈觉得是很尊贵的了，僧人便在那里作法施功课，渐渐日暮，月亮出来，潮水满上来了，在许多飘来的藻屑里边，看见有一块板塔夹在那里。无意的取来看时，只见上边有"海面的小岛上我还活着"几个字。文字是雕刻着的，所以没有给波浪洗掉，很清楚的可以看见。心里想道，"这很奇怪"，便把它取来收在背上的经箱内，回到京城，那时康赖的老母尼公和他的妻子隐居在京城的北方叫作紫野的地方，拿去给她们看了。

她们都悲叹说道："那么这板塔并不向唐土那边漂流去，却为什么来到此地，现在更叫人想念起来呢。"

这事传到法皇那里，他看了说道："唉，真是可怜呀，那么这些人还是留得性命呢！"就流下眼泪来了。后来也送给小松内大臣去看，由他又给父亲的入道相国看了。

从前柿本人丸见为岛影所遮的船，有感而作歌，山边赤人见苇边的田鹤而有作。[215]住吉明神寄思于屋脊的偏斜，三轮明神指示立着杉树的门。昔时素盏鸣尊始作三十一字的和歌，[216]自此以来，许多神明诸佛作此吟咏，表示其千百端的思想。入道亦并非木石，看了康赖所作的歌，毕竟也觉得可哀了。[217]

一七 ｜ 苏武

入道相国既然对他有怜悯之意，京城的上下的人，无论老者或是少年，没有一个不说到鬼界岛流人的歌，随口吟咏的。说是做了一千根的板塔，那么一定是很少的了，这却能够从萨摩地方遥远的传到京城，实在是奇怪的事。凡是思想太切迫了，便这样的效验。

昔时汉王[218]往攻胡国，当初叫李少卿为大将军，带兵三十万骑前去，但是汉王的兵力薄，胡国力强，所以官军均被杀死了，而且大将军李少卿也被胡王所生擒。其次以苏武为大将军，带兵五十万骑前去，可是汉兵力弱，胡人强大，官军又灭亡了。兵被生擒了六千余人，其中将大将军苏武等挑了主要的六百三十余人，各人都切去了一只脚，将他们赶出去了。许多人立刻就死了，其余的过了些时候已都死了，其中只有苏武不曾死亡。成了一只脚没有的人，上山拾树木的果实，春天采泽里的芹菜，秋天捡拾田里的落穗，维持他的露命。但是在田里的有些鸣雁，却与苏武稔熟了，并不怕惧他，他看了这个心想是往来故乡的，心里感觉怀恋，便写了一封书信，对雁告诉道，"请把这个一定带给汉王去吧。"拿来绑在翅膀上，放它去了。到了秋天，鸿雁必定如约的从北方飞到京城去，汉

昭帝[219]那时在上林苑作乐游玩，时值落暮，天色阴沉，气象有点悲哀，有一行的鸿雁飞了过去。其中有一只飞了下来，用嘴将缚在翅膀上的一封书信咬开来，落在地上。官吏拿了这信，送到王那里，打开看时，上边写道："从前被关在岩窟内，经过三年之愁叹，今又舍在旷野，成为胡地独足之人。纵使尸骸陈于胡地，魂则复归于君侧。"自此以后，书信所称作雁书，或曰雁札。

汉王看了说道："唉，真是可怜。这乃是苏武的名誉的笔迹呀。他还在胡地活着呢。"于是命令叫李广[220]的将军，带兵百万骑前去。这回可是汉兵强盛，战胜了胡国。

听说本国得胜了，苏武乃从旷野中爬了出来，说道："我就是从前的苏武呀！"成了独脚的人，过了十九年的星霜，乃被用轿抬着，回到了故乡去。苏武十六岁时，初往胡国，国王给他的旗始终设法藏了，贴身带着，现在才取出呈献于王，君臣无不感叹。苏武因为对于君有无比的大功，赐给许多大国的领地，据说此外派他为典属国的职务。

李少卿留在胡国，不曾回来。无论怎样请求想要回汉朝来，但是胡王不许可，没有什么办法。汉王却并不知道这种情形，以为是不忠于君，所以将他已死的双亲的尸骸掘了起来，加以鞭打，对于六亲亦悉加罪。李少卿听到这样消息，深为怨恨，可是还是怀恋故乡，写了一通书信，表明自己并非不忠于君，送给汉王。

王看了说道："那么这是很可怜悯了。"如今关于掘起父母的尸骸来鞭打的事，深觉后悔了。

汉朝的苏武附书于雁翅以寄故乡，本朝的康赖则托海浪以传达和歌于故乡。在彼为一笔之感怀，在此则两首的诗歌，在彼为上世，在此则末世，胡国与鬼界岛境界相隔，时代亦复变易，然而风情未尝不同，这是很可以珍重的事。

注　释

[1] 如意轮观音为观音的一体，金色坐莲花上，有六臂，执持如意宝珠与宝轮，能使众生诸愿成就，度一切苦。

[2] 护持僧是特别指定，在清凉殿为天皇作护持身体的祈祷的僧侣。

[3] "印"是延历寺的寺印，"钥"是经藏的钥匙。

[4] 古时式部省有大学寮，中设四科，即纪传，明经，明法，算道，各有博士。明法博士专攻律令格式的事，勘状即是依律定罪的文书。

[5] "显密兼学"指所学天台宗，即是显教，及真言宗，即是密教。

[6] "公家"犹中国古时说"官家"，即指皇帝，此言当时的高仓天皇。

[7] 古时中务省有阴阳寮，司天文历数卜筮的事，阴阳头是那里的长官。

[8] 天台座主就职时，登比睿山，至根本中堂，礼拜本尊的仪式，称为"拜堂"。

[9] 即是戒律精严，一生不曾犯特别是淫戒。

[10] 传教大师是最澄（七六七至八二二年）的死后封号，于桓武天皇延历廿二年（八〇三）奉敕入唐，至天台山求学，归国后建立天台宗教派。

[11] 金毗罗据佛教传说，为灵鹫山鬼神之一，本是鳄鱼，故鱼身蛇形，尾藏宝玉，在药师如来的十二神将中，居于首位，称宫毗罗大

将或金毗罗童子。日本又奉祀为海神，司船只安全，最为船人所尊崇。

[12] 七千夜叉乃是十二神将的眷属，即是他们的部下。

[13] 文殊楼在根本中堂的东边，安置文殊菩萨的地方。

[14] 三观者谓以一切作为空观，复作假观，又以空与假作一致观，一心具有此三观故，称为"一心三观"。相传天台宗列祖传来甚深教义凡有五种，一心三观实为其一。当初传教大师入唐的时候，亲从道邃和尚得此传授，并且坚固约束，须择最可信托弟子一人始与传授，并应永秘心中，不可轻泄云。

[15] "粟散边地"，言譬如粟米散落，些小僻远的地方，系对于佛教圣地的谦词。

[16] 义真和尚是同传教六师一同入唐，后来担任最初的天台座主的人。

[17] 四明山本在中国浙江宁波，因为在宋时曾于此地宣扬过天台教旨，故日本用以比拟比睿山，所谓"四明之教法"，实即是天台宗。

[18] "五障"据佛教说法，女人有五种障害，即不得成梵天王，帝释天，魔王，转轮圣王，与佛身是也。

[19] 七社见卷一注 [179]。

[20] 月氏本是西域国名，这里假借了来指印度，在王舍城的东面，是释迦所居的圣地。

[21] "日域"即是日本，盖取其字面与月氏相对，"睿岳"即比睿山，"鬼门"即东北方，亦称"艮"方，日本人至今还是很为嫌忌的，因为据说是鬼星的方向，阴阳家言则以为是鬼所出入之所，俗语称"艮"为"丑寅"的方角，亦即等于说"牛虎"，两鬼的形象亦适为牛角虎皮犊鼻裈，此则是民间语原说而已。

[22] 贯首是藏人头和天台座主的别称，这里所指是天台座主。

[23] 无动寺在东塔的山谷中。

［24］"五体"是指两手两脚及头，佛教旧有五体投地之语，谓双膝双肘及头顶皆至地，是极恭敬的拜跪礼。

［25］八世纪初圣武天皇时代，推行佛教，于各国敕建国分寺，称为"金光明四天王护王之寺"，命讲《金光明最胜王经》，设置僧纲，监督国内僧尼，此处所说国分寺，乃是近江国的，在大津市石山地方。

［26］"三台"谓三公，以三台星为譬喻，即是日本的太政大臣，及左右大臣。"槐"亦指三公，"槐门"谓三公的门第，盖明云系出久我源氏，有任为三公的资格。

［27］"四明幽溪"即指比睿山，见上文注［17］。"圆顿宗"原作"圆宗"，为天台宗的别称。

［28］"两所"指山王七社中的大宫与二宫，在这上面加上"圣真子"，称为"三圣"。

［29］"香染"亦称"丁子染"，系用丁子染成，淡红带有黄色，为僧衣中最高贵的颜色。

［30］"恶僧"原文如此，参看卷一注［121］，又"戒净房"参看卷一注［122］，"观音房"等。

［31］关于抬轿，似与神舆相同，平常率由多人肩抬，轮流交换。

［32］"牛角"原意盖云对峙，有如牛角，左右对立。

［33］原文"和尚"，系对师僧的尊称。此处犹言比睿一山授戒的师父，与中国之称和尚，意思不同。

［34］兴福寺在奈良，系法相宗，园城寺在大津，虽是天台宗而属于别一派，相传号为寺门以别于山门。

［35］"莽和尚"原文云"严房"，意思是可怕的和尚。

［36］"权化"犹云"权现"，但权现是指佛菩萨暂时出现为本地的神道，而权化则出现为人物，犹云化身，并不一定是神佛。

［37］果罗国不知是说什么地方，日本注家说系《大唐西域记》中

"睹货逻国"的略称，殊不可信。因为这本是一种传说，所说路上情境，浑不似人世间事，其间矛盾甚多，且关于一行流放的传说，中国亦别无所闻，只有瓮中捉家的故事，计使政府大赦，或者同这里所说九曜果有关系，但其实还是两件绝不相干的事情。

［38］"九曜"系指日，月，火，水，木，金，土这七曜，加上罗睺，计都二星，一总共是九个。

［39］"曼陀罗"是罗列诸佛菩萨图象的绘图，在密教上作诸种的修法时以此为本尊。"九曜曼陀罗"即是画有九曜的主神及其眷属的图象。

［40］《诗经·小雅·青蝇》云："谗人罔极，交乱四国。"

［41］《贞观政要·杜谗篇》："丛兰欲茂而秋风败之，王者欲明而谗人蔽之。"《帝范》里也有同样的文句。

［42］原文云"王地"，即中国普天之下，莫非王土的意思。

［43］院宣见卷一注［183］。

［44］主马即主马首，为主马署的长官，判官是检非违使尉的汉名，因兼二职故名，盛国姓平。

［45］古代日本的袴皆很长，有似灯笼袴而尤甚，因为想赶快跑走，所以把裤腿提高，这里写得很是活现。

［46］宗盛是清盛的次子，知盛是三子，重衡是四子，行盛是清盛的孙子，其父基盛早卒。

［47］信业姓平氏，别本作信成，因业成二字训读相同。

［48］"杂役"原文云"杂色"，系藏人所，摄关大臣家专供劳役驱使的人，无官无位，因不许着用一定颜色的衣服，故名。

［49］町系日本距离单位的一种名称，六尺为一间，六十间为一町，约等于一百一十公尺。

［50］原文语意为"可恶的入道"，因为入道可以有好坏两种意思，一种是敬称，以及出家的贵人，一种是注重在他的光头，有嘲弄之意。

今译作贼秃，虽未能恰好，唯觉大意尚相差无几。

〔51〕高平太（Takaheida）是清盛微时的绰号，表面上是说"高个子的平家太郎"，因为他常着足驮（asida），这是一种高齿木屐，取二语声调近似，故以此嘲弄之。

〔52〕保延是崇德天皇的年号。据说保延元年（一一三五）八月十九日捕获海贼头目三十余人，乃系忠盛的事情，这里却把此事说是清盛的了。

〔53〕四品即是下文四位的汉语，日本旧制唯亲王有品，自一品至四品，臣下只说是位，以示差别。

〔54〕忠盛因准升殿，为殿上人所恨，见卷一第二节"殿上暗害"。

〔55〕小胡麻郡亦写作小熊或小隈郡，郡司为一郡之长，管理郡内政务，通常用本郡人充任。

〔56〕"果报"作为前世的好报应讲，并不含好坏两面，所以幸福的人有"果报者"的称呼。

〔57〕别本题作"小松教训"，意义似更明了，但这或者是别有一种意思，因为本卷第六节更记着重盛的一场诤谏，那是对于清盛进攻法皇的计划表示反对，更是一番正大的议论，所以这就称为"小教训"的吧。

〔58〕大口袴是一种穿在里面的衬袴，因为袴腿很大，故有此名。

〔59〕成亲因了平治之乱的关系，以重盛关说得免死刑，参看卷一第一二节"鹿谷"。

〔60〕"娑婆世界"亦称"大千世界"，即指现在的人世。

〔61〕"秤"是指阎罗殿中所悬的，用以称量罪人恶业者。"镜"即是所谓"孽镜台"上的镜子。"阿坊罗刹"是冥中的狱卒，"阿坊"亦作"阿旁"，是牛头的鬼卒，"罗刹"则是马面的。

〔62〕原文见于《文选》李陵《答苏武书》中。

［63］此处所说，前后文显有自相抵触之处，在"鹿谷"一节里，深以成亲之报私怨为非是，这里事泄被捕，又比为忠臣遭谗，殊有矛盾。

［64］这里说重盛处事镇定，毫无张皇，所以当时并不急急赶去。

［65］权亮即是代理次官，次官因官衙不同有种种的写法，曰副，曰辅，曰弼，曰亮，曰助，曰佐，曰式，曰介，训读却是一样的曰 suké。

［66］用木材交叉的钉着，原文云"蜘蛛手"，言其纵横四出，状如蜘蛛。

［67］高野山的金刚峰寺，粉河的粉河寺，均在纪伊国内，与在京城近旁的比睿山不同，远离俗世，可以作为厌世出家的人静修的地方。

［68］菅原道真（八四五至九〇三年）为古代名臣，因藤原时平的谗奏，出为太宰府权帅，殁于九州，后被祀为北野天神，为文章之神，至今为人所崇敬。

［69］源高明（九一四至九八二年）为醍醐天皇的儿子，下降臣籍，赐姓源氏，仕为西宫左大臣，以满仲之谗，出为太宰府权帅，后被赦还。太宰府远在九州，由山阳道南下，故有山阳之云等句。

［70］延喜是醍醐天皇的年号，安和则是冷泉天皇的年号，均是日本盛世。

［71］"罪疑唯轻，功疑唯重"二语，见于《大禹谟》中。

［72］"恶左府"即是左大臣藤原赖长，见卷一注［32］及注［166］。检验死体的事当时很受到非难，见于《保元物语》卷三中，后来信西的事亦见于《平治物语》卷三。

［73］此语出典不详，但《保元物语》卷二中曾有相同的文句。

［74］"朝敌"是指与朝廷为敌的谋反的人，因为成亲他们只是反对平氏，所以不能算是朝敌。

［75］这两句是《周易》里边《文言》中的文句。

[76] 日本常把人的生命比作露水，这是从佛教的如露亦如电出来，或者也是人生如朝露的意思。

[77] 庆滋保胤在所著《池亭记》中，叙述贫人住在权门近旁的情形道："乐亦不能张大口以笑，哀亦不能举高声以哭，进退唯惧，心神不安。"见于《本朝文粹》卷十二中。

[78]《本朝文粹》卷十四有大江朝纲的所作愿文云："生者必灭，释尊未免旃栴之烟，乐尽哀来，天人犹逢五衰之日。"《和汉朗咏集》卷下"无常"类中，亦引用此两句。唯此处说"盛者必衰"的道理，则不免稍有混杂，因为原来只说到"生者必灭"而已。

[79] 别本但题作"乞请"，没有"少将"二字。这一节本是说宰相为少将乞命，少将乃是"乞请"的宾词。

[80] 成经是大纳言成亲的儿子。

[81] 宰相乃是汉名，原来的官名乃是参议，因为参知政事，职权与宰相差不多，所以用了这个名称。这里说的是平教盛，是入道相国的兄弟，因为邸宅是在六波罗的总门里边，故通称"门胁宰相"。

[82]"山法师"指比睿山上的和尚，见卷一注[182]。

[83] 这里虽是安慰的话，却说的却无把握。

[84] 源季贞为右卫门尉，判官是官职的汉名，大夫是五位官的通称。

[85]"处理"是指两件事，即是教盛的身分以及成经的性命。

[86] 宰相以前说人所以不可有子女，现在却改了过来，认为父子的缘分乃是最真实的。

[87] 严岛在广岛湾附近海中，其地有严岛神社，祀市杵岛姬命等三女神，平清盛初为安艺国守，甚是崇信，奉为平氏的氏族神。关于宝刀的事，见卷三第五节"大塔建立"。

[88] 木兰色谓带有黑色的黄赤色。

　　[89] 右马助是右马寮的次官，指平忠正，是清盛的叔父，死于保元之乱。

　　[90] 平忠盛的侧室是崇德天皇的第一皇子的乳母，所以忠盛算是养父。

　　[91] 鸟羽殿又称城南离宫，在平安城之南，即今京都市伏见区下鸟羽一带地方，分作北殿，南殿和东殿三个区域。

　　[92] 镇西即九州地方的异名。

　　[93] "绢狩袴"亦称"括绪袴"，原文则云"指贯"，意思即是说袴脚贯束可以束缚，状似很长的"灯笼绪"，在画图上看去，履物不可见，宛似膝行，故行走时须左右披上，乃可举步。

　　[94] "内""外"系是佛教常语，内指内典，即佛教经论，外典乃是儒家典籍。

　　[95] 白绢衣是白绢所制的法衣，乃是出家人的装束，这里形容入道相国看见内大臣那副雍容的神气，而自己却是武装，不觉有愧于心，盖不等到他的说话，已是自己折服了。

　　[96] "边地粟散"见注[15]。

　　[97] 日本人——至少是皇族——说是天照大神的子孙，但据神话说她似乎只是太阳神，没有直接生产他们的事情，但是第一个下降到这世间来的相传说是她的孙子，所以称为"天孙降临"。和他同来的有一个是天儿屋根尊，据《古事记》作"天儿屋命"，即是中臣氏的祖先，中臣氏后来改为藤原氏，在日本古代世为外戚，甚有势力，至今子姓很多，凡是姓氏有一个藤字的，都是它的分支。

　　[98] 内与外对举，见注[94]。

　　[99] "破戒无惭"系佛教熟语，意思是破坏戒律，不知惭愧。

　　[100] 意思是说，以分际而言，以子对父，以下属对于太政大臣，说这些话很觉得惶恐。

［101］《诗经·小雅·北山》。

［102］洗耳是古时许由的事情，见《高士传》中。采薇是伯夷叔齐的事情，见于《史记·伯夷列传》。

［103］莲门是南齐王俭为大臣，家中植莲的故事。槐府见注［26］。

［104］圣德太子（五七四至六二二年）为用明天皇的皇子，本名上宫厩户丰聪耳命，尝代行摄政，接受汉文化，推行佛教，未即位而殁，追谥为圣德太子。著有汉文经疏数种，及宪法十七条，这里所引的是第十条，原文云：

"绝愤弃瞋，人违忽怒。人皆有心，心各有执。彼是我非，我是彼非。我未必圣，彼未必愚。共是凡夫耳，是非之理，讵可能定。相共贤愚，如环无端。以是彼人虽瞋，还恐我失。我虽独得，从众同举。"本文中所引，略有异同，最明显的是"彼人虽瞋"一句，"彼"字写成"设"字，作为设使人家虽然瞋怒讲了。

［105］法皇的君与入道相国的臣相比，不能分出亲疏的区别来，虽然也可以讲得过去，有人怀疑那"臣"字系"亲"字之误，因为系是同音的关系，便是说君与亲相比，不能因为亲疏之故而定从违，说似较长，但这只是臆测罢了。

［106］原文说话未完，不应于此分节，别本连续下去，到适当处始行分段。

［107］别本此段与上文相联接，看文气亦原本如此，直至下文"便回到小松府去了"，这一节才算完了。

［108］《本朝文粹》卷十，菅原文时著，《花光水上浮诗序》有云："莹日莹风，高低千颗万颗之玉，染枝染浪，表里一入再入之红。"《和汉朗咏集》上卷"花"之部亦载之。本来是描写花光浮水上，以千万颗珠玉作比，为风日所照磨，又比作反复加染的红绸，这里拿来作君恩深重的比喻。

　　[109]"迷卢"为梵语苏迷卢之略，旧译为"须弥山"，据云其山在海面高八万由旬，在海下深亦如之。由旬是古印度的距离单位，一由旬等于中国十六里，或三十四十里，诸说不一。

　　[110]"进退维谷"，原出《诗经·大雅·桑柔》中。

　　[111]见上文注[62]，"萧樊囚絷"语。

　　[112]《后汉书·明德马皇后纪》，"常观富贵之家，禄位重叠，犹再实之木，其根必伤。"

　　[113]这里所说"人们"，是指他自己所带来的那几个人。

　　[114]这里才是上节的结末，从下文起头乃是所谓烽火事件。

　　[115]此处描写匆忙的情景，颇是可笑，但这或者并不是写实的。

　　[116]"褒姒不含笑"，原文是这样，也不知道它所本。

　　[117]"回头一笑百媚生"，系《长恨歌》中的诗句，这里作为"一笑"的形容。

　　[118]"野干"即是狐狸的异名，佛经中常用这个名称。中国传说妲己乃九尾野狐所化，这里却说这是褒姒。

　　[119]《古文孝经》孔安国序里，有这样的两句话。

　　[120]文宣王为中国从前加于孔子的谥法，但是从明朝以来就废止了。

　　[121]《古文孝经·谏争章》里说："天子有争臣七人，虽无道不失其国。父有争子，则身不陷于不义。"

　　[122]这是流刑前的一种宴享。

　　[123]鸟羽殿见注[91]。

　　[124]熊野神社在岛根县，天王寺在难波，即今大阪。

　　[125]右卫门督的督，检非违使别当的别当，都是首长的意思。

　　[126]三条殿在京都的北边，室町之东，在永安二年（一一七二）成亲督工增筑成功。

[127] 这一段别本无有，只在下段中大纳言的说话里提及。

[128] "露水的命" 系佛教的常用语，见前注 [76]。

[129] 儿岛在今冈山县，从前是一个小岛，后来与对岸的仓敷市相连接，成为半岛，称为儿岛郡了。

[130] 濑尾是少将成经的流放地，兼康就是那地方出身的武士。但是在下一节里，虽然没有什么说明，却又同俊宽僧都一起流放到鬼界岛去了。

[131] 町是距离单位，见前注 [49]。五十町约等于五公里。

[132] 七世纪末在持统女皇的时代，将吉备国，分为备前备中备后三国。

[133] 元明女皇时分陆奥国的六十六郡的十二郡，别立为出羽国。

[134] 藤原实方是十一世纪时的有名歌人，仕为右近中将，唯性甚暴烈，因为和藤原行成争论，将行成的冠击落庭中，乃左迁为陆奥守，并非如本文中所说被流。

[135] 原名作 "腹赤"（haraka），《和名类聚抄》里写作鱼旁宣字，系日本自制的汉字，古时在元旦仪式中需用此鱼，由九州地方特别进贡。

[136] 镇西即九州别名，见前注 [92]。

[137] 鬼界岛在萨摩的南边，下文也曾说及，又名硫黄岛。据《保元物语》卷三说岛人身上生毛，色黑如牛"，其他所说亦多相同之点。

[138] 日本古时女子的头发均向后方披下，至少是上流女人多是如此。

[139] "百年之后" 原文云 "最后"。

[140] 日本书简与中国古时相同，是用横长笺纸写成，卷叠加封，附在信内的东西所以是在信纸的末端。

[141]《古今和歌集》卷十四恋之部有一首歌，大意云：

"这纪念物于今却是件恨事，

没有的时候，还可能有时忘记。"

这里所说，就是这个意思。

[142] 原文云hishi，意思就是菱角，大概是铁蒺藜的一种，有注家云是一种兵器，状如渔叉，分两岐，有长柄，植地上令尖向上，人如落在上面，即被刺死。但如此办法似太迂远了，不如直截了当的用叉刺死，姑两存其说于此。

[143]"阏伽"梵语云水，为佛教用语。

[144] 天人的五种衰相，据佛书上说，凡人行善得生天上，是为天人，享受种种幸福，但也有限度，善报已尽，便现各种衰相作为预示，这共有五样。据《俱舍论》上所说，是一衣染尘埃，二花发自萎，三两腋汗出，四身有臭气，五不乐本座。

[145] 大夫是五位官之称，这里的诸大夫即是指在德大寺家出入的大抵五位程度的人们。后面的藤重兼也就是五位藏人。

[146] 古时日本的窗门大抵如中国的所谓和合窗，分作上下两半，开窗的时候便将上半扇打开，向着上边高举起来。

[147] 严岛神社见前注 [87]。

[148] 内侍本是属于后宫内侍司的女官之称，但是后来也用以称斋宫和严岛神社的巫女，她们职司歌舞祈祷，所以这里也说是舞姬。

[149] 严岛神社是平家一族特别尊崇的神社，他姓的人很少去参拜的，德大寺乃是藤原氏，他特别去祈愿，所以说是新鲜。

[150]"今样"上边曾有说及，译作"时调"，见卷一注 [76]。"朗咏"是朗诵和汉诗歌。"风俗"即是民谣，当时仿照中国采诗，曾经收集风谣，加以整理。"催马乐"亦是一种民歌，据名字的原意看来，或是出于赶马者的歌吧。这四种又总名叫作"郢曲"，乃是俗曲，用于宴会的时候，与舞乐及神乐，对神演奏者不同。它的唱法多很缓慢，恍如听梵唱，大约这里还很有些佛教影响留存，便是所谓"声明"之学，

和后世的"急管繁弦"很不相同。

[151] 这里说叫重盛辞去了近卫府的左大将，把本来是右大将的宗盛转了左大将，空出右大将的缺来，让德大寺补上。从文义上看来，德大寺补的是右大将，但是原文上却说是左大将，显得很有矛盾，译文便根据上文加所更正了。但据考证说这事件年份不对，是将事实改变，充分的小说化了。

[152] 灌顶是密宗佛教（日本称真言宗）里的一种仪式，其中又分为两种。一是结缘灌顶，为佛法结缘起见，对于一般的人，授予佛的手印和真言，就是捏诀和咒语，不传授秘法。二是传法灌顶，特别传授秘法，得有阿阇梨的学位，意思就是轨范师，本文中称为"师范"。

[153] 原文云"无益"，意思是没有什么好结果的。

[154] 真言宗说佛具备五种智，即法界体性智，大圆镜智，平等性智，妙观察智，成所作智。五智成就者共有五位如来，为大日如来，阿閦，宝生，阿弥陀，不空成就，总称五智如来。五智光院的名称即从此来，后来也称为灌顶堂。

[155] 这便是灌顶用的水，因为上述的关系，所以称为"智水"，并且共有五瓶，表示五智如来的关系。

[156] 四天王寺略称天王寺，是圣德太子最初建立的大寺之一，所以说是佛法最初的灵地。

[157] 堂众如下文所说，本来是僧众的使用人，后来也出了家，可是地位很低，与从事学问的僧人不同，这一种人原文称曰"学生"，间亦称为"学侣"，译文使用其语。

[158]"法师"原是美称，说是通达佛法，可以为人师的，但是后来失掉了尊严，仿佛中国之说"和尚"，乃只是说僧装的人而已。中古时代的"僧兵"，纵横一时，法皇所比为贺茂河的水难以驾御的"山法师"，即多由若辈组成，其强横可以想见。

［159］佛教徒因为遵奉印度的习惯，每年夏天雨季，从四月十五日起凡九十日，都不出门，在房内修行，称为"结夏安居"，在这期间给他们服役的，便靠那下级的僧众，所以他们的名字是"夏众"。

［160］意思是说，学侣是堂众的师，又是主人的身分。

［161］石弩即是古代的礮石，用一种简单的机械，发射石块，在使用火药以前，也是攻守作战的利器。

［162］这一节的题目也是"山门灭亡"，和上节相同，别本这里不分节，却和上文合为一节，题目只是"山门灭亡"，也没有"堂众合战"字样，似乎更是合理。

［163］在比睿山的法华三昧堂里，修行"常行三昧"的十二个僧人。

［164］释迦一代的说法，天台宗分为四种，即是藏教，通教，别教，圆教，称为四教。又分为五个时期，即华严时，鹿苑时，方等时，般若时，法华般若时。"三谛即是"乃是天台宗的教义，云"三谛即是实相"，三谛者谓空谛，假谛，中谛，这三个真理原是一体。

［165］原文这里使用骈对，译文因亦勉强仿为之。

［166］"三国"系指印度，中国及日本，下文列举天竺，震旦，我朝的事实，意思很是明显。

［167］这里"野干"与"狐狸"并举，所以并不是说狐狸了，与前注［118］不同。字书说犴是野犬似狐，也叫作野犴，这字现今已不很通用，唯二十八宿的名字中还是存在。

［168］"卒都婆"是梵语的音译，原意是塔，后来凡是竖立木石，上作塔形，以为纪念者，亦得是称。"退凡"者乃是表示凡夫不得前进的意思，"下乘"即是下马碑，自国王以下到此都应该从舆马下来，徒步前进。

［169］南都即奈良，见卷一注［117］。

［170］这是中国佛教的分类法，计俱舍，成实，律宗，法相，三论，

天台，华严，真言，共计八宗，外加禅宗，是为九宗。

[171] 天狗是日本的空想的一种怪物，状貌悉如人间，唯有翼能飞，且有各种神通，面赤色，鼻甚高如鸟喙状，手执羽毛扇。看它的形状颇像是从鸷鸟转化而来，佛教的护法八部众里边有一种迦楼罗，亦译作金翅鸟，民间传讹为大鹏的，便是它的本身。但是在民间俗信中极为普遍，说起天狗与稻荷（狐神）来，没有人不知道的。至今称自高自大的人为天狗，因其鼻孔朝天，猴类中有一种小猿，鼻子特别的高，也得名曰天狗猴。

[172] 传教大师原歌云，"阿耨多罗三藐三菩提诸佛，我的建筑上请加以冥佑吧。"见于《新古今和歌集》卷二十。阿耨多罗三藐三菩提系诸佛的称号，意云"无上正偏智"。题柱的歌意是，当初传教大师请诸佛加以护持的山门，现在竟变成无人居住的荒山了么，表示感叹今昔的意思。

[173] 比睿山根本中堂的药师如来，每月八日是他的"缘日"，即是神佛的降生，示现或其他有缘的日子，照例举行礼拜的仪式。"卯月"即是阴历四月，是山王权现垂迹于日本的月份。

[174] 对于诸佛菩萨是用香华等六种供养，对于山王因为是神道，所以应当用币帛，这本来是实物，将麻，棉布或是绸帛，夹在棒上进奉于神，后来也有用纸替代的了。

[175] "玉垣"是对于神社的墙垣的敬语，其实也是木石所构造的罢了。标绳亦作注连绳，系取自《颜氏家训》里的"章断注连"这句话，后世赵鲍诸家注本没有说明，所以在中国的情形不能明了。日本的注连绳乃是一种仪式用的稻草绳，特别从左搓成，中间垂下三根，五根及七根的稻草，所以又称三五七绳，用以悬挂门口，标示内外界限，内中系清净地界，闲人不得闯入，也即是说外面的邪恶疾病一切异分子不能入内。《家训》所说"章断注连"，用于人家出丧之后，大约也

是隔断内外，防止死人复回的意思。十世纪中源顺所编《和名类聚抄》卷五调度部祭祀具中，列有"注连"一条，引用《家训》语，并云师说如此，惜不加说明。

[176]"五种恶病"是，眼出赤血，耳中出脓，鼻中出血，舌不出声，食不消化。

[177]"阎浮杬金"乃是在须弥山的南边，阎浮提洲的阎浮树林中流着的河里所出的砂金，所以从龙宫城才能得到。

[178]一磔手半见卷一注[194]。从大指至中指间的距离称为一磔手，又加其半，大约等于一尺弱。弥陀三尊是阿弥陀如来，以及观世势至两菩萨。

[179]"金光"的年号盖是私年号，因为日本至"大化革新"的六四五年，始仿照中国开始用年号。据《日本书纪》钦明天皇十三年（五五二）十月百济献金刚释迦佛像一体，但日本不加崇信，弃置佛像于难波的堀江地方，更经过了二十年为本太善光所发见，始建立善光寺。

[180]熊野权现见卷一注[40]。

[181]这里的故典出于小野篁的诗，见《和汉朗咏集》卷上春之部，原句云："著野展敷红锦绣，当天游织碧绫罗。"

[182]这里系用白居易的诗句的故典，原诗为《海漫漫》，系《新乐府》的第四首，原句云："海漫漫，直下无底旁无边。云涛烟浪最深处，人传中有三神山。"文中并不全引，只是断章取义的用作典故罢了。

[183]飞泷权现是那智山的地主神，其神社名为泷宫，因为日本将泷字作瀑布讲，虽然在中国本来没有这样解说。

[184]王子即是熊野权现的下院，上面各冠以地名，据说在熊野至京都的各街道上共有九十九处，名为切目王子，藤代王子等。

[185]净衣系祭神时所着的白色狩衣。

[186]祈祷神佛的时候，以冷水浇身，除去垢秽，故有是名。

［187］发心门是熊野本宫的总门的名字，现今唯础石尚存云。

［188］"祝文"原文云"祝言"，或作"祝词"，是祭告神祇时所说的话，若是对于死人则名为祭文，现今中国民间尚有这种区别。

［189］羽林系用中国式名称，即是近卫府，指右近卫府少将成经。

［190］"三业相应"谓身口意三者不相矛盾，志愿如一。

［191］证诚大神乃是熊野本宫的第一殿，本为日本的神道，但据"本地垂迹"之说，予以调和，谓此乃在日本的"垂迹"，他的"本地"则是阿弥陀如来，所以二者原是一个的分身。

［192］"三身圆满"谓法身，报身，应身俱足的佛。

［193］东方净琉璃医王即药师如来，为熊野早玉权现之垂迹。

［194］熊野结宫的本地菩萨是观世音，其所主宰之净土在南方补陀落，今写作普陀。能化谓能主动教化众生。

［195］"入重玄门"系是佛教用语，言已登最高位的等觉菩萨。

［196］若王子权现乃熊野的第四宫，是十一面观音的垂迹。施无畏即施予无畏，保护众生，便无畏惧心。顶上的佛面指十一面观音像的上面的一个头，其像如常人，一头居中，两旁列小头九个，在这上边复有一较大的头，便是这里所说的顶上的佛面。

［197］"一人"即是帝王。

［198］这里所谓"地"即指菩萨之德，以大地作譬喻，就是说广大坚实，有如大地的可信赖。

［199］结宫与早玉宫，即上文所说的南方的千手观世音与东方的药师如来。

［200］"六道三有"，天上，人间，饿鬼，修罗，畜生，地狱，为"六道"，欲界，色界，无色界，为"三有"。

［201］"忍辱之衣"为袈裟的别名。

［202］动地是说祈祷热烈使地面为动，"地"原本说"床"，因为

原意是说地板。

［203］熊野三所权现，五所王子，四所明神，共有十二所权现。

［204］"归洛"即是回京的意思，因为日本那时模仿中国，所以京都号称平安，依照长安的名称，又仿中国东京称为洛阳的例，以平安京东边的左京一部分称作洛阳，后来即用为京都的别称了。

［205］原文云"卒都婆流"（sotobanagashi），"卒都婆"见前注［168］，本是梵语stupa的译音，或写作"窣堵波"，或作"卒塔婆"，后来便只取其中一个塔字，作为佛塔或高台之称。日本又以木板作卒都婆形，顶形尖圆如塔，两旁各刻缺口四处，以像五层，于板首书梵文阿字，下记死者姓名，列于墓上，即名为板塔婆。

［206］这一首今样的歌，亦见于《梁尘秘抄》卷二佛歌类中。

［207］"西之御前"即是熊野的结宫权现。

［208］南木（nagi）亦称竹柏，在熊野地方被视为神木。

［209］"阿字"乃是梵文的第一字母，向来视为神圣，至今在板塔上尚有书写的习惯。

［210］假名是世俗的称呼，实名才是名字，所以这里的写法当是"平判官康赖"。但也有人解释为俗名与法号，那就该是"平康赖性照"了，说的也有道理，但是实名究与法号似不相同，所以这里仍旧取前者的说法。

［211］"南无归命顶礼"，"南无"是梵语的音译，意云"归命"，亦云"顶礼"，即是归依，头顶至地礼拜之意，三语重复，极致郑重。

［212］"鱼类有缘"，参看本文卷一第三节"鲈鱼"。

［213］娑竭罗龙王是八大龙王的第三人，娑竭罗（sagara）意云盐海。胎藏界与金刚界是真言宗所说的两大法门，胎藏显示大日如来慈悲的方面，包含一切，金刚则谓其智德圆满，能摧毁烦恼。但是严岛神社所祀的神为市杵岛比卖命的三个女神，是速须佐之男命的女儿，

这里与龙神和大日如来的关系，十分不清楚，此系日本神话与密宗两者综错的地方，无从了解。

[214] 鸟居是神社前的一种华表，或是牌楼，是神社的第一重门，表示从这里起里边是神圣的区域了。据说本意是献给神的鸡的栖木，所以形状还很相似，不过变得非常的高大罢了。玉垣见前注[175]。

[215] 柿本人丸与山边（据《万叶集》作山部）赤人都是古代诗人，生于八世纪，所作歌见于《万叶集》。住吉明神，三轮明神相传亦有和歌，见于后世《新古今集》等书。

[216] 素盏鸣尊即是《古事记》里的须佐之男命，不过所写表音的汉字不同罢了，他是天照大神的兄弟，在出云国建造新婚的房子，初作三十一字的歌，是为和歌之始云。

[217] 别本无此一句，却放在下节的起头，似意思较为联贯。其实这里似乎不必分节，其叙述"苏武"的故事。也有点勉强，大约因为康赖后来在所著《宝物集》里收载了那一首"萨摩湾"的一首和歌，说及苏武在胡地十九年，所以这里也连带的讲起那故事，实在没有别作一节的必要的。虽是有一千片的板塔，但是放在汪洋大海里边，却居然有一片能够漂到了本国，这的确是件十分难得的事，可以和雁足传书相比，但是所说关于苏武在匈奴的事情，却是传说，而且也是只流传于日本，中国方面所不曾听说的。

[218] 汉王是指汉武帝。

[219] 汉昭帝是武帝的儿子。

[220] 李广乃是李陵的祖父，所以这里所说乃是"时代错误"。本节所说故事本是流传日本的一种传说，与历史不合之点甚多，此外不一一举正了。

平 | 家 | 物 | 语

卷 三

一 ｜ 赦书

治承二年（一一七八）正月一日，在法皇御所行拜贺之礼，到了四日有天皇朝觐上皇的行幸。虽然都是照例没有什么改变，但自从去年夏天，自新大纳言成亲卿以下，许多侧近的人被处了罪，法皇的气愤还没有平息，所以对于诸般政务懒得过问，似乎心里很是不快。在入道相国的方面，自从多田藏人行纲密告以后，也觉得法皇不是个好相与的人，因此外面虽是没事，里边其实是用心提防，只是苦笑的样子。

正月七日有彗星出于东方。这也叫作蚩尤旗[1]，或者叫作"赤气"。至十八日，光度增强了。

且说入道相国的女儿，建礼门院[2]其时还称作中宫，生起病来了，宫里固不必说，就是普天之下也都非常愁叹。各寺院开始诵经，各神社由神祇官奉呈币帛，医师竭尽医术，阴阳师也用尽了他们的方术，僧侣也修遍了大法秘法[3]无一余剩。可是那病不是平常的毛病，听说乃是怀孕。主上今年十八岁，中宫则是二十二岁，但是没有生产过王子或是王女。平家的人都这样的想，"若是生下王子来，那是怎样的可庆贺呵！"仿佛是就要生王子的样子，感觉兴奋喜悦。别家的人们也都说："平家正是兴旺的时节，诞生王子是无疑的。"怀孕既是确定了的时候，入道相国乃命所有显著效验的高僧贵僧，[4]修行大法秘法，对于星宿及佛菩萨，祈愿王子诞生的事。六月一日是中宫着带[5]的日子。仁和寺的首长守觉法亲王[6]进宫里去，修《孔雀经》的咒法，加以护持。天台座主觉快法亲王也同样的进内，修持变成男子法。[7]

这样子，中宫因了月份的增加，身子更觉得苦恼。从前是"一笑百媚生"的李夫人，如今在昭阳殿的病床上，[8]或者是这个情形吧，比起唐代的杨贵妃，"梨花一枝春带雨"，芙蓉因风而憔悴，女郎花[9]为露而低垂，那种风情尤为可怜了。乘这样病苦的机会，有可怕的"物怪"[10]附在中宫身上。术士用了不动明王的咒法，把物怪在替身的身上缚了起来，它们便现出了本身来。[11]这特别是赞岐院[12]的死灵，宇治恶左府[13]的怨念，新大纳言成亲卿的死灵，西光法师的恶灵，鬼界岛流人们的生灵，是也。于是入道相国为的安慰那些死灵生灵起见，就先追赠赞岐院的尊号，称作崇德天皇。对于宇治恶左府则赠官赠位，赠予太政大臣正一位。敕使是少内记惟基。那人的墓所在大和国添上郡，川上村般若野的五三昧地方。保元的秋天掘了起来，舍弃之后，死骸变作路边的土，年年只茂生着春草，今经敕使寻找前来，宣读诏书，想亡魂不知当怎么样的高兴吧。怨灵就是自古以来这样的可怕的。所以早良废太子追称崇道天皇，井上内亲王复王后的职位，[14]这都是想来安慰怨灵的一种方法。冷泉天皇的发狂，花山法皇的不能保守十善万乘的帝位，全是由于元方民部卿[15]的灵的关系，至于三条天皇的眼睛看不见，乃是观算供奉[16]的灵的作祟所致云。

门胁宰相教盛传闻这种事情，便对了小松内大臣重盛说道："听说这回因了中宫的御产有种种祈祷的事，无论怎么说，这没有过于举行非常的大赦的了，其中尤以召还鬼界岛流人，为最大的功德善根吧。"

小松公于是便到父亲入道公的前面，说道："那丹波少将的事，因为门胁宰相太是悲叹得利害了，实在觉得可怜。这回因了中宫的苦恼，听说这里边也特别的与大纳言的死灵有些关系。如要慰安大纳言的死灵的话，请把活着的少将召回来了吧。免除人家的固执记仇的心，你所想的也就成功，如给人家如意满愿，你的愿心也立即成就，中宫随即生下王子来，家门的荣华自然也就愈益繁盛了。"

这时入道相国比起平时来更显得是和平，就说道："若是那么，关于俊宽和康赖法师，你想怎么办呢？"

小松公说道："他们都是一样的，便都召回来好了。假如留下一个人，那么倒反是造业了。"

入道相国说："康赖法师的事那也罢了，但是俊宽这人乃是多由于我的帮忙所以能够成为一个人的，虽然如此，他可是在自己的山庄鹿谷地方，构筑城砦，借了什么事有奇怪的举动，对于俊宽我不想放免他。"

小松公回来，就把叔父宰相公叫来，告诉他道："少将已经赦免了，请你放心吧。"

宰相听说，合掌喜悦道："他下去的时候，看见教盛，每回脸上都似乎说，犯了这罪，为什么我不替他担保下来的呢，觉得很是可怜。"

小松公道："这的确是的。无论是谁，对于自己的儿女总是可爱的，等我给父亲好好的去说吧。"说了这话，便即进去了。

于是召回鬼界岛流人的事既经决定，入道相国的赦书也已下来。拿这赦书的使者也既已从京城出发了。门胁宰相因为太是高兴了，托公家的使者也带了私人的信，叫他昼夜兼行的赶路，但是船路非常的不任心，冲着风浪走去，从七月下旬出京，一直到九月二十日左右这才到着了鬼界岛。

二 │ 两脚跺地[17]

使者乃是丹左卫门尉基康。[18]从船那里上了岸，高声寻问道："从京城里流放来的丹波少将，法胜寺执行，平判官入道，在这里么？"[19]

但是二人是照例去参拜熊野，所以并没有在，只剩了俊宽僧都一个人。他听见了说道："因为太是想念了，所以做着梦吧，或者还是天魔波旬[20]这样说了，来扰乱我的心的呢？无论怎么总不像现实的事情呀！"便急急忙忙的，也不知是走，不知是跌的，跑到使者的跟前，说道："什么事？我就是从京里流放来的俊宽！"自己报了名，于是使者从杂役颈子上挂着的文书袋里，取出入道相国的赦书来给他。打开看时，只见上边写着："虽是重罪，可免去远流之刑，即速预备回京。兹因中宫生产之祈祷，特行临时之赦，以此鬼界岛流人，少将成经，康赖法师二人，着即赦免。"就只这样写着，没有俊宽字样。恐怕写在包纸上吧，看包纸上也并没有。从里边看到外边，从外边看到里边，无论怎么看，就只写着二人，没有写三个人。

那时候，少将成经和康赖法师也都出来了，少将拿了赦书来看，康赖入道拿起看时，也都是写着二人，没有说是三人。这在梦里或者有这样的事情，但如说是梦，这又明明是现实，说是现实却又像是梦的样子。而且对于他们两人，有许多从京里托使者带来的书信，唯独对于俊宽没有一封问安否的信来。

俊宽说道："本来我们三人犯的乃是同样的罪，流配也是在同一个地方，那么为什么在赦免的时候，召回两个人，却留下一人在这里的呢？是平家的人忘记了呢，还是书记的错误呢？这是怎么搞的呀。"便仰天俯地的号泣，可是没有什么办法。

他将少将的袖子抓住，诉说道："俊宽所以到这个田地，这就全是因为尊驾的父亲，故大纳言公的那没有好结果的谋反的关系。因为如此，所以你不可以为这是与你无关的事情。没有赦免，不能回到京城，请至少能趁这船，到九州的什么地方吧。从前你们在这里的时候，像春天的燕子，秋天的田间大雁前来访问[21]一样，有时候还传闻一点故乡的消息，但是自今以后，连这个也要不能听到了。"说着话显得十分苦闷，非常怀恋故都的样子。

少将劝慰他说道："你这样想极是当然的。我辈被召回去虽然很是喜悦，但是看了你那样子，很不愿意撇下了你去。虽是极想叫你趁了这船去，可是京城里来的使者不答应，没有赦免如三个人同时离岛，这事恐怕很有不方便的地方。让成经先回京城，和他们商议了，看入道相国的气色，再叫人来奉迎吧。到那时为止，请你还是同以前和我们在一处的时候的心情等着吧。第一要紧是保住性命，纵使这回遗漏了，毕竟是会被得赦免的。"虽是这样慰解，可是俊宽不能忍受，竟不避人的号哭起来了。

等到将要开船，大家忙乱的时节，僧都走上船去就被赶下来，赶了下来又复上去，想要达到自己的目的。少将留下他的铺盖，康赖入道则一部《法华经》，给他作为纪念。及至解缆，将船推动了，僧都抓住了船缆，被拉出海里去，当初海水齐腰，其后渐及肋下，终于快要灭顶了，便抓住了船边，说道："怎么怎么，你们竟把俊宽弃舍了么？平常倒也不觉得，平素的友情如今哪里去了！且别讲道理，只让我乘船吧，至少到九州地方去。"

他虽是这样力说，但是京城来的使者说："那是断乎不可。"所以将攀住了船的手放开，船终于出发了。

僧都无可奈何，就回到岸边，伏倒在地上，像小人儿思慕乳母或母亲似的，两脚相擦，[22]一边嚷着说："让我趁了去，带了我去！"可是这是行船的常态如此，船去已无踪迹，只有白浪滚滚而已。僧都走上高地去，对着海面尽用手招着。古昔松浦的小夜姬[23]追慕远去的唐船，挥着领巾，其悲哀之情也不过如此吧。这时船已走远，望不见了，太阳也已落下，僧都也没有回到他简陋的卧室去，只让波浪洗着双足，露水湿透全身，在那里过了这一夜。但是因为相信少将是情谊很深的人，一定会得多少给他去向入道相国说点好话，所以那时没有投海，那种心情很是可悲，但也是渺茫的了。从前早离速离[24]被弃在海岳山，那样的悲哀，僧都这时候应当体会到了吧。

三 | 产生王子

且说这两个人离开了鬼界岛，到了平宰相的领地肥前国的鹿濑庄。宰相从京城里差人下来，说"年内风浪很是利害，路上也很危险，所以就在那里好好休养，到了春天再上京吧"，因此少将就在鹿濑庄过了年了。

再说在同年十二月十二日寅刻起，中宫产气发作了，京中特别是六波罗，有许多来访的人，很是骚动。产所是设在六波罗的池殿，[25]法皇前来临幸，从关白公[26]为始，太政大臣[27]及以下公卿殿上人，凡是世人算是一个人物，希望官位升进，有着领地官职的人，没有一个遗漏不到的。依照先例，女御王后将要生产的时候，举行大赦。大治二年（一一二七）九月十一日，待贤门院做产的时候，就举行大赦。依了这个例，这回也赦免了许多重罪的人，其中只有俊宽僧都一人，独不蒙赦免，未免是个缺恨。

这回如是生产平安无事，许下愿心，当到八幡，平野，大原野行启，[28]由全玄法印奉命敬白。神社是太神宫[29]为始，凡二十余所，佛寺则东大寺，兴福寺以下，共十六个寺，开始诵经。诵经的使者是以出入中宫的武士之中有官职者充任，都穿着平文的狩衣[30]，带剑，拿了种种诵经的布施，剑和衣服，陆续从东偏殿里出来，走过南院，由西边的中门出去，的确是很好看的一副景象。

小松内大臣照例是不管事情好坏都不着急的人，在这以后很隔了些时候，才同了他的嫡权亮少将维盛以下少年公卿们坐了车都陆续来到。种种衣服四十袭，用银做装饰的剑七柄，装在广盖[31]里，又有十二匹马，一总送了来。宽弘年间[32]上东门院生产的时候，御堂关白公曾送过马，以后遂以为例。内大臣本是中宫的长兄，而且当初入宫的时候，清盛公因为其时已经出家，由重盛公以父亲的资格，代表入内。有父女的名义关系，所以献马乃是当然的。五条大纳言邦纲卿却也献马二头，人家议论道："这是出于衷心至诚呢，还是由于身家太富有[33]的关系么？"此外从伊势[34]为始，以至安艺的严岛，凡七十余所神社，都献去神马。对于宫中，御马寮也把马数十头，挂上了纸垂，[35]献了进去。仁和寺的守觉法亲王修《孔雀经》之法，天台座主觉快法亲王修七佛药师[36]之法，三井寺长吏圆惠法亲王修金刚童子之法，此外五大灵空藏，六观音，一字金轮，五坛法，六字河临，八字文殊，普贤延命诸法，无不普遍修行。护摩[37]之烟满于殿中，金刚铃[38]声响彻云表，修法的声音闻之身毛皆竖，似乎无论什么物怪，也不敢出面了吧。此外又命令佛所的法印[39]，开始造作七佛药师，并五大尊[40]的等身佛像。

但是虽然如此，中宫只是不断的感觉阵痛，并不就要生产。入道相国和二位殿[41]只是把手放在胸前，狼狈的说道："这怎么办呢，这怎么办！"周围的人虽是种种的说，只是回答道："总之，这是会得好好的，好好的。"随后对人说道："就是在战阵上，净海也没有这样畏缩过。"

修验道[42]的术士，有房觉昌云两僧正，俊尧法印，豪禅实全两僧都，各自念诵僧伽的文句，[43]对于本山的三宝，多年信奉的本尊，责令加护，虔诚祈祷，令人觉得灵应如响，极可尊贵。其中更是法皇本来要临幸新熊野，[44]正在斋戒之中，却也坐在锦帐的近旁，高声朗诵《千手经》。他的祈祷显得不同，其时正在狂跳的替身们，以及被咒缚的物怪，都一时平静了。

法皇说道："无论是什么物怪，有这老法师在这里，怎么能够走近前来呢。特别现今出现的怨灵，都是受过朝恩的人，就说是没有感谢的意思，也总不能妄生障碍呀。着速即退散！"又念着《千手经》里文句道："女人临生产难时，邪魔遮生，苦痛难忍，至心称诵大悲神咒，[45]鬼神退散，安乐得生。"说着揉搓全水晶的数珠，这时就不但平安生产，而且诞生了一个王子。

头中将重衡其时还是中宫亮[46]的地位，从御帘内出来，高声说道："御产平安，王子御诞生！"于是从法皇起首，关白公以下大臣，公卿殿上人，以及修法的那些助手，几个修验者，阴阳头，典药头，堂上堂下的人，一齐发出欢呼，响达门外，暂时没有静息。入道相国因为太是高兴了，出声哭泣起来。所谓喜极而泣，大概就是说这样的事情吧。

小松内大臣走到中宫那里，把黄金铸成的钱九十九文，放在王子的枕边，说道："以天为父，以地为母，那么规定了。寿命是保持方士东方朔[47]的年龄，心意是凭藉天照大神的照临。"说了，便用了桑弧蓬艾，向着天地四方发射。[48]

四 ｜ 公卿齐集

乳母本来预定是前右大将宗盛卿的夫人，可是在七月里因为难产死了，所以这回请平大纳言时忠卿的夫人给喂了奶，后来称作"帅典侍"[49]的。法皇说是就要回宫去了，所以车子就停在门前。入道相国因为太是高兴了，赠送法皇一千两[50]的砂金，和富士绵[51]二千两。那时人家都窃窃私语，以为这是不大适当的。[52]

关于这回生产，有许多好笑的事。第一件是法皇亲自做那术士。其次是王后生产的时候，照例从屋顶上把一个瓦甋[53]滚下来。生王子的时候，从南边滚下，若是王女则从北边，可是这回却是从北边滚了下来，说"这是怎的"，赶快拿了起来，从新滚过，人们都说这乃是不吉之兆。十分可笑的是入道相国的张皇的样子，小松内大臣的举动显得最是漂亮，遗憾的是前右大将宗盛卿的最爱的夫人的去世，辞去了大纳言大将两职，蛰居在家的事。假如兄弟一同出仕，那该是多么可以喜庆呀。其次是有七个阴阳师，召来读千遍的被词[54]，其中有一个叫作扫部头时晴的老翁，跟着很少的从人。那时因为人多聚集，宛如竹笋丛生，稻麻竹苇遍地密生的样子。他一面说道："办差使的，请让一点路吧！"分开人丛，挨挤走着，把右边的鞋子给踏脱了。略为踌躇一下子，连帽子也挤掉了。在这样的场面上，一个正式服装束带的老人，露出了束发，[55]徐徐的走着，年轻的公卿殿上人们看了都忍不住，一同的笑起来了。本来所谓阴阳师者，有叫作"反陪"[56]的一定的走法，不是随便下步的，现在却有这样的怪事。其时大家也不觉得，到了日后想起来时，有许多事情也是不无关系的。

因为御产，到六波罗来访问的，有关白松殿基房，太政大臣妙音院师长，左大臣大炊御门经宗，右大臣月轮殿兼实，内大臣小松殿，左大将实定，源大纳言定房，三条大纳言实房，五条大纳言邦纲，藤大纳言实国，按察使资贤，中御门中纳言宗家，花山院中纳言兼雅，源中纳言雅赖，权中纳言实纲，藤中纳言资长，池中纳言赖盛，左卫门督时忠，别当忠亲，左宰相中将实家，右宰相中将实宗，新宰相中将通亲，平宰相教盛，六角宰相家通，堀河宰相赖定，左大辨宰相长方，右大辨三位俊经，左兵卫督成范，右兵卫督光能，皇太后宫大夫朝方，左京大夫修范，太宰大式亲信，新三位实清，以上三十三人。左大辨之外，都是直衣。不到的人有花山院前太政大臣忠雅公，大宫大纳言隆季卿以下十余人，以后穿了狩衣，听说到入道相国的西八条邸里去的。

五｜大塔建立

修法完了的日子，举行劝赏。对于仁和寺的守觉法亲王是给他修造东寺，以及举行后七日的修法，大元之法和灌顶。[57]弟子觉成僧都则升为法印[58]之职。对于天台座主觉快法亲王则宣旨升为二品，并赐坐牛车。但是因为仁和寺方面有异议，所以将法眼圆良改升法印。其外劝赏如毛，不胜列举。经过了些日子，中宫从六波罗还宫去了。当初入道相国把女儿立为王后，夫妇都这样希望，怎么样能够早点诞生王子，即了帝位，自己被尊为外祖父外祖母。于是便向自己向来所崇敬的安艺的严岛神社，每月去参拜祈求，中宫随即怀孕了，照着愿望诞生了王子，这实在是非常可以庆贺的事。

说起平家对于安艺的严岛是怎样的信奉起来的，那还是鸟羽天皇的时代，清盛公当时还做着安艺守，由安艺地方出费用，奉命修理高野山的大塔[59]，乃命渡边的远藤六郎赖方为杂掌[60]，管理其事，凡经过六年修理乃毕。修理完成之后，清盛到了高野，礼拜大塔，进到内院[61]去时，有一个不知道从哪里来的老僧，眉毛下垂白如霜雪，额上起了年岁的波浪，拄着顶有双岐的拐杖，走了出来。说些闲话之后，他说道："从古至今，此山保持着密宗，没有退转，是天下没有其比的，现在大塔既然修理好了，但是安艺的严岛，和越前的气比宫，都是两界^[62]的垂迹的地方，气比宫现今很是兴旺，严岛却是若有若无的荒废了。这回请奏闻了，加以修理吧。只要给修理了，你的官位世上便没有并肩的人了。"说了便自走去。

这老僧所在的地方便有一种异香发散出来。叫人跟了去看，只见在三町^[63]路以外，就忽然不见了。这一定不是凡人，当是弘法大师^[64]出现吧，便愈觉得很可尊敬，说是作为娑婆世界的回忆，^[65]就在高野山的金堂^[66]里，来画曼陀罗^[67]图。其西曼陀罗，叫画师常明法印画了，东曼陀罗说是清盛自己画吧，便自动笔，在画八叶院^[68]中尊的宝冠的时候，不知道是什么用意，据说乃是自己刺头出血，所画成的。

回到京城之后，到上皇那里，把这事奏闻了，上皇很是喜悦，将他的任期延长了，叫修理严岛。华表^[69]从新建立，各处神社也都新造，又做了四百八十间的回廊。修理完成之后，清盛前往严岛参拜，在那里住夜，梦见从宝殿之内出来了一个垂髫的仙童，对他说道："我乃是大明神的使者是也。你可拿了这剑，去平定一天四海，保卫朝廷。"便赐他一把银丝缠柄的小长刀，醒过来看时，这小长刀却实在留在枕边。

大明神又托宣^[70]道："古圣人所说的话，你知道么，还是忘记了呢？但是如有恶行，好运不能及于子孙！"这样说了，大明神便即显去。这是很殊胜的事情。

六 ｜ 赖豪

白河天皇在位的时候，京极左大臣师实公的女儿立为王后，称为贤子中宫，最有宠幸。天皇希望这个王后生产一个王子，其时三井寺有一个极有效验的僧人，名为赖豪阿阇梨[71]，就召了来对他说道："你去祈祷，使这王后诞生一个王子吧。这个愿心如若成就，随你所说的给予奖赏。"

赖豪答应道："那是容易的事。"他就回到三井寺，专心一意的祈祷了一百天，中宫随即怀孕了，承保元年（一〇七四）十二月十六日平安的生产，生了一个王子。

天皇非常喜悦，便召三井寺的赖豪阿阇梨来问道："那么你所希望的是什么呢？"答说是在三井寺建立一个戒坛。

天皇道："这是意外的希望，我还道你是一脚跳的想任命为僧正哩。本来王子诞生，继续皇祚，就只为想望海内平和而已。若是依了你的希望，山门[72]一定要愤怒，世上便不能安静了。两方的寺打起仗来，天台的佛法便要灭亡了罢。"这样说了，没有答应他的请求。

赖豪觉得这事十分遗憾，回到三井寺，便预备饿死。天皇听了大为吃惊，乃召大江帅匡房卿，[73]其时还是美作守，说道："听说你同赖豪有师坛[74]的关系，可去劝慰他看。"

美作守奉命前去，到了赖豪的僧房，传达旨意，可是他都蛰居于弥漫着香烟的持佛堂[75]里，用了可怕的声音说道："天子无戏言，又只听说纶言如汗。[76]这一点愿望都不能达到，那么因了我的祈祷而生的王子，我就拿走了，带到魔道里去吧。"这样说了，终于不曾会面。美作守回去，把这情形奏闻了。赖豪不久就饿死了，天皇知道了十分出惊。王子随即生了病，虽然经过种种的祈祷，看来没有什么希望。有一个白发的老僧，手里拿着锡杖，站在王子的枕头边，人们在梦里看见，在幻影里也常出现。那真可怕得简直无法说了。

到了承历元年（一〇七七）八月六日，王子御年四岁，终于死去了，谥号为敦文亲王者是也，天皇不胜悲叹。其时称为圆融房的僧都，后来是西京的天台座主，良真大僧正，也是有效验的，召到宫里问道："这怎么办好呢?"

僧都回答道："那样的祈愿，不论什么时候，只凭了本山的力量，才能成就。九条右丞相[77]因为与慈惠大僧正[78]有情谊，所以冷泉天皇这王子就诞生了。那是很容易的事情。"回到比睿山，对了山王大师，专心一意的祈祷了一百天，中宫随即于百日之内怀了孕，在承历三年七月九日，平安生产，诞生了一个王子，即堀河天皇是也。怨灵自古昔以来就是很可怕的。这回遇着深可喜庆的御产，举行大赦，就只是俊宽僧都一个人不曾赦免，不能不说是一件缺恨的事。

同年十二月八日，王子立为东宫。东宫傅是小松内臣，东宫大夫则听说是池中纳言赖盛卿云。[79]

七｜少将还都

明年治承三年（一一七九）正月下旬，丹波少将成经从肥前国鹿濑庄出发，向着京城急行，其时余寒尚烈，海面上也很不平静，船沿着港湾岛屿前进，到了二月十日左右，才到达了备前国的儿岛。又从这里寻访父亲大纳言公曾经住过的地方，在竹柱和古旧的纸屏上面见到随笔挥写的文句，说道："人的纪念无过于手迹的了。假如不曾写了下来，我们怎么现今还能见到呢。"

于是便同了康赖两个人，读了又哭，哭了又读。看见上边写着道："安元三年（一一七七）七月廿日出家，同廿六日信俊从京城下来。"那么源左卫门尉信俊来过的事情，也知道了。在旁边墙壁上写道："三尊来往有便，九品往生无疑。"[80]

看到了这个遗迹，说道："那么父亲也有这欣求净土的志愿呀。"于无限悲叹之中，才有了一点儿慰藉。

去寻访他的坟墓，在一群松树的里面，也没有特地筑什么坛，只是稍为高一点的土堆而已。少将成经拉齐了两只袖子，像对着活人似的，哭哭啼啼的诉说道："听说在离京很远的地方，在岛里也微微的听得，因为不能自由的身子，所以没有赶紧前去。成经被流放在那岛上，这露水的命没有消灭，经过了两年，现今被召回了。

这虽是可喜的事，但是因为可以看见在世的父亲，那么长生才可以说有意义呵。到这里来的时候，一直赶着路程，但是自此以后，那就不会那么着急了吧。"这样诉说着，并且哭了。若是生存着的时候，大纳言入道公便会回答道："这是为什么呢。"但是人世可悲的事情无过于生死之隔，苍苔底下没有人回答，只有因山风而喧扰的松树的声音罢了。

那天夜里，与康赖入道两个人通夜的环绕着坟墓，行道[81]念佛，天明以后从新筑了土坛，立上棚栏，在前面构造临时的窝棚，七日七夜之间念佛写经，于满愿之日建立大的卒都婆[82]，上面写道："过去圣灵，出离生死，证大菩提。"年号月日的底下，写道"孝子成经"，连那些卑贱的樵夫等无心的看了，也都说世上可宝贵的无过于儿子的了，流着眼泪，把袖子都湿透了。年去年来，难以忘记的是从前抚育之恩，如梦如幻，不尽的是今日恋慕之情。三世十方[83]的诸佛菩萨也赐垂怜，亡魂与灵所共欣慰的吧。

少将又说道："本来现在应该再留在这里，稍积念佛的功德，但是因为在京里还有人等着，怕要着急，所以只好下回再来了。"对于死者告别，便哭哭啼啼的离开这里，想在草叶底下的[84]一定也很是惜别吧。

三月十六日少将在天还没有暗的时候到了鸟羽。在鸟羽地方有故大纳言的一个山庄，叫作洲滨殿。经年没有人住了，砖墙尚有只是上边没有屋顶了，有着门口却是没有门扇。走到院子里去一看，绝无人迹，莓苔很深。看到池边，则名叫秋山的假山上只有春风吹着，池水里频频起着白波，紫鸳白鸥[85]在那里逍遥着。怀念

曾经在这里起居的故人，没有尽的便只是眼泪罢了。家屋虽然还
在，但是上端的格子已破，半窗和门都已没有了。成经一一的说：
"这里是大纳言所起居的地方，这小门是这样的开着出入的，这树
是他亲手所种的。"随着所说，都一一引起对于父亲的怀念。其时是
三月十六日，花虽散了常有余留，杨梅[86]桃李的梢头开着各色的花
朵，仿佛是知道季节似的。少将站在花树中间，口中吟诵着古人的诗
歌道：

"桃李不言春茂暮，
烟霞无迹昔谁栖。"[87]

又云：

"故乡的花若是能言，
那有多少古昔的事要问呵。"[88]

康赖入道那时也有所感触，把法衣袖子也都湿透了。本来等到
日暮打算上京城去，但是太是惜别了，所以在那里直逗留到夜里。
这是荒凉的客馆之常情，从古旧的板檐中间漏下耿耿的月光来。待
到鸡笼山[89]将要天明了，还不想急就家路。可是也不能老是这样，
说家里的人已经差了车子来接，叫他们在家久等，也于心不安，少
将于是哭哭啼啼的出了洲滨殿，要上京城去，这时候的心里一定是
悲喜交集吧。康赖入道虽然也有来迎接的车子，但是不曾乘坐，说
"到了此刻却很是惜别"，便与少将同车坐了，一直到了七条河原。
花下半日之客，月前一夜之同伴，旅人遇见阵雨共躲在一棵树下，
临别的时候尚且还不无依恋之情，况且同在那岛上过辛苦的生活，
船中浪上，同是一业所感，[90]那么这因缘正是不浅吧。

少将到了岳父平宰相的邸舍。少将的母亲是在灵山，[91] 昨天才来到宰相的邸舍相候。她只看了进来的少将一眼，说道："因为活着才能看见你。"[92] 没有说别的话，就把衣服盖在头上睡倒了。

宰相邸内的那些女官和武士们都聚集了，喜欢得也落了泪，况且是少将的夫人以及乳母六条的心里，怎样的高兴那也可想而知的。六条因为忧愁很多，原来黑发已变成白的了，夫人从前是那样的美丽，现在也变了黑瘦，没有旧时的风姿了。少将被流的时候刚是三岁的幼小的人，现今已经长大，头发也梳了起来了。傍边还有一个三岁左右的小人儿，少将说道："啊，这是怎么的？"

六条答道："这就是，"说了半句，便将袖子遮面，流下眼泪来，原来这是少将往备前去的时候，夫人有点身体不适，以后就生下这个儿子，无事的生长起来，回想起来也是可悲的事情。少将仍旧在法皇那里服务，升进为宰相中将。

康赖入道在东山双林寺有一所自己的山庄，就在那里住下了，有歌说道：

"故里的房檐板隙虽然萌生了青苔，

却没有像预料的样子漏下月光来。"

以后就在那里蛰居，回想昔日的苦辛，著有《宝物集》讲那些故事。[93]

八｜有王

　　却说流放到鬼界岛的三个流人，两个已经召回上京去了，俊宽僧都一个人留下做这苦难的岛的岛守，这实在是够悲惨的。这里有一个从小为僧都所令爱，加以使用的少年，名字叫做有王。他听说鬼界岛的流人，今天已回到京城，就来到鸟羽去看，却没有看到他的主人。问这是什么缘因，人家答说："因为他罪重，所以还留在那岛里。"听到这话的时候的悲哀心情，实在是无法形容。以后常在六波罗左近彷徨打听，却总听不到赦免的消息。

　　有王走到僧都的女儿隐居的地方说道："这一回大赦的机会，主人终于漏掉了，不曾回来。我想怎样的设法到那岛里去，打听他的行踪，就请给一封信吧。"僧都的女儿哭哭啼啼的写了信，交付与他。他想若是告假，未必能准许，所以也不让父亲和母亲知道，往中国去的商船照例要四五月里才解缆，等到夏天也太迟了，所以在三月的末尾出京，经过了漫长辛苦的海路，到达萨摩的海边。在从萨摩到那岛去的渡口，人们对他加以盘问，并且剥去穿着的衣服，但是他一点都不后悔。就是只想不把姬君[94]的信给人家看见，把它藏在自己的发髻里边。于是趁了商人的船，到了岛上看时，那些在京城里微微的听见的传闻的话，简直不算什么了。既没有水田，也没有旱田，没有村子，也没有聚落，虽是偶然有些居人，这边的话也听不明白。但是虽然是这样的人，或者有知道主人的行踪的在里边也未可知，所以便说道："请问一声。"

回答道："什么事？"

又问道："这里有一个从京城里流放来的法胜寺执行，你可知道他的行踪么？"假如知道法胜寺，知道执行，这才会得回答，可是他们什么都不知道，所以都只摇头，说不知道。

偶然有一个人有点知道，回答说道："是了，那样的人是有三个，两个人召了回去，上京城去了。现在还剩下一个，这里那里的彷徨着，可是他的行踪却是不知道。"心想说不定在山里吧，便很远的进入山中，攀登峻岭，下到幽谷，却只见白云埋迹，往来的路更不分明，青岚破梦，不见主人的面影。在山里不曾找到，便到海边去寻，却只见有鸥鸟沙头刻印，[95]海滨白砂洲上聚集些水鸟，此外没有什么人迹。

有一天早上，在海边有一个像蜻蜓似的瘦弱的人，摇摇晃晃的走近前来了。可见原来是个法师，头发都向着天矗立生着，还带着各种藻屑，所以好像是戴着荆冠。关节骨头都露了出来，皮肤宽缓，穿的衣服也看不出是绢是布，一只手拿着拣来的昆布，一只手拿着从渔人那里讨来的鱼，虽说是走着路，也并走不成，只是摇摇摆摆的走着。有王心里想道："在京城里虽然看见过许多乞丐，却没有见过这样的人。经里说过，[96]诸阿修罗等居在大海边，阿修罗等三恶四趣[97]在于深山大海的边界，佛曾经这样说明过，那么我也不知不觉的来到这饿鬼道里么？"这样想着，渐渐的走近了。但是觉得虽是这样的人，或者知道主人的行踪也未可知，所以对他说道："请问一声。"

那人回答道："什么事？"

又问道："这里有一个从京城流放来的法胜寺执行，你可知道他的行踪么？"少年有王虽是看见主人也认不得了，但是僧都怎么能忘呢，他只说得一句："只我就是。"便把手里拿着的东西都扔掉了，倒在砂滩上边。

这时有王才知道主人的末路了。僧都这时渐渐气绝了，有王把他扶起靠在自己的膝头上，说道："有王来了。经过了漫长苦辛的海路，刚刚寻找到了此地，可是没有好结果，怎么就使我看见了这样悲惨的景象呵。"

哭哭啼啼的诉说，过了一会儿，僧都回复过来了，有王扶了他坐起，说道："你来到此地找我的这种心情，实在是很可感激的。我是日日夜夜都是想京城的事，所以亲爱的人的面影时常见于梦中，有时变成了幻觉出现于目前。因为身体衰弱了，后来连梦幻和现实也都分不清了。所以你这回来了，也还仿佛觉得如梦似的。但是这是梦境，那么这个梦醒了之后，将怎么办呢？"

有王回答道："不，这乃是现实。看你那种情状，居然活到现在，觉得这是不可思议的事情。"

僧都说："正是如此。自从去年被少将和判官入道所舍弃以后，那种无依无靠的情形，你可以推想而知。本来想在那时候就投海而死罢了，但是因为少将说，再一回等待京城里的消息吧，听了那不可靠的慰藉的话，愚蠢的期望着将来，所以决意活下去。但是在这岛上绝没有人的吃食，在身体还有力气的时候，上山去掘了硫黄来，遇着从九州来的商人，换取食物，可是日子久了，逐渐衰弱下来，现今已是不可能了。在现在这样天气平稳的时候，去到海边，对了撒网垂钓的人，搓手[98]屈膝，讨点鱼鲜，或者在潮水退去时，拣拾贝类，摘取昆布，靠了海边的苔，[99]维持露水似的命，得以活到今日。假如不是这样办，你想还有什么渡世的方法呢。本来就想在这里把一切的事都说了，但是还是先回到我的家里去吧。"僧都这样说了，有王听了觉得奇怪，照这个情形还有一个家，走去看时，在一枝松树当中，用海边流来的竹作为柱子，束缚芦苇，横放着当作梁桁，上下都是密集的松叶，这也不能挡得住风雨。往昔是法胜寺执行寺务之职，掌管八十几个庄园，在栋门平门里边，有四五百人的从人和眷属围绕着，如今却是眼前所见这样悲惨的情形，实在是不可思议的事情。人间的业报有种种的不同，所谓顺现，顺生，顺后业是也。[100]僧都一生本身所用的东西，悉是大伽蓝的寺物佛物，因此以信施无惭[101]的罪，在今生就感受业报了。

九 ｜ 僧都死去[102]

僧都既然明白了现在的事并不是梦境，乃说道："去年人来迎接少将和判官入道的时候，家里的人没有什么信札带来，这回就是你来了，也没有信，是连口信也没有么？"

有王抽抽噎噎的哭着伏倒了，一时说不出话来，过了一会儿方才起来，掩泪说道："你到西八条去了的时候，就来了逮捕的公人，把家里的人捆走了，讯问谋反的始末，全都弄死了。夫人因为要隐藏幼小的人们十分为难，移居鞍马的深奥处躲避世人的耳目，就只有我时时前去伺候。所有的人没有不悲叹的，那小人儿特别恋慕他的父亲，在我每次访问的时候，总说道，'有王呀，带了我到鬼界岛的地方去吧'，那么样的磨人，可是在这二月里，因了天花去世了。夫人为了这件事的悲伤，以及你的事情，怀着种种的悲哀，终于三月二日也就去世了。现在只有那位姬君，住在奈良的姑母那边。这里取得了她的信在此。"就取出来送上，僧都拆开看时，果然如有王所说那样的写着，而且末后还说道："为什么三个一同流放的人里边，两个人召回去了，父亲还是留着，至今不曾上京来呢？唉，真是不算身分的高低，像女人这样可悲的再也没有了。假如我是男子身的话，那么为什么不到父亲所在的那岛里去呢！请你同了有王一起，赶快的上京来吧。"

僧都说道："有王呵，你看吧。这个孩子的信写的怎样幼稚呵。说同了你一起，赶快上京来，这说的多么可悲呵。假如我是可以自由的身子，那么为什么要在这里过这三年的日月呢！这孩子今年已是十二岁了，却还是那么天真，将来怎么能够出嫁，或是在宫廷里做事，去立身渡世呢？"说着就哭了，因此想起古歌里所说，"父母的心里没有什么黑暗，就只为怀念子女而走入迷途"[103]，这意义可以体会到了。

"自从流到这岛以后，没有历书，所以也并不知道月日的过去，只是看了自然的花散叶落，辨别春秋，蝉声送来麦秋，[104]心想是夏天了，看见积雪，知是冬季而已，见了白月黑月[105]的交换，才知道晦朔。屈指计算起来，那个幼小的人今年才是六岁，却是已经故去也么？当日往西八条去的时候，那孩子说道：‘我也去吧。’我骗他说，我随即回来的，这个情形想起来还如现在一般。早知道那是最后了，那为什么不为他多留一会儿呢。本来父子夫妇的缘，不只是限于这一世，[106]为什么妻同儿子都先死了，到现在连梦里都没有知道呢？不怕人家见笑，想设法活下去，无非为的是想再一回能够看见这些人罢了。想起女儿的事，觉得很可怀念，但是留着性命，虽是悲叹着也总可以过得下去吧。像我这样的活着，徒然使你们受到些苦辛，我自己也觉得是不近人情的。"这样说了，就把仅少的一点食物也停止了，只是念着弥陀的名号，祈求着临终正念。[107]在有王到来的第二十三天，终于在那庵[108]里死去了，年三十七岁。

有王抱住了死体，仰天俯地，悲叹痛哭，但也无用了。等到哭够了之后，有王说道："本来这里就应该陪了你到下世去，[109]但在现世只有姬君一个人留着，没有替主人祈冥福的人。所以暂且活着，给你祈冥福吧。"于是并没有移动僧都的卧处，只是把庵毁坏了，将松树的枯枝，芦苇的枯叶，盖在上面，像烧盐似的举起火来。荼毗[110]事了，拾取白骨装入箱内，挂在颈前，又趁了商人的船，到了九州地方。

有王走到僧都的女儿所在的地方，把一切的情形从头到底都说了："看了你的信以后，你父亲的忧思反而增加了。因为没有笔砚，也没有纸，不能写回信，所有他所想的事情，没有传给别人，一切都化为虚无了。从今以后，虽然隔着生生世世，他生旷劫，[111]你想再听见他声音，看见他的姿容，是再也不能够了。"姬君听说，便伏倒了，放声大哭起来。而今就以十二岁出家为尼，在奈良的法华寺里修行，给父母祈冥福，这是很可哀的。有王将俊宽僧都的遗骨挂在颈上，走到高山，把它安放在里院，自己到了莲花谷做了法师，在诸国七道[112]行脚修行，为主人祈求冥福。这样子积聚许多人家的悲叹怨恨的平家的末路，想起来是很可怕的。

一〇 | 旋风

同年五月十二日午刻时分，京中有很大的旋风发生，人家多数倾倒了。风从中御门京极起首，向着未申[113]方面吹去，栋门平门都被吹倒，吹到四五町[114]十町远的地方去，梁栋座柱飞在空中，桧皮[115]以及木板屋顶之类，有如冬天的木叶因风乱飞的样子。风声吼叫，想地狱里的业风也不过如此。不但房屋破损，死伤的人也不少，牛马毙死更是不知其数。这似乎不是平常的事，说该占卜，就交神祇宫[116]去占卜。结束是说，"百日之内，食高禄的大臣应当谨慎，并且天下将有大事，佛法王法并将衰微，兵革相续。"神祇宫与阴阴寮都是一样的占卜。

一一 | 医师问答 [117]

小松内大臣听见了这样的传闻的话，他是什么事总是忧心忡忡的，所以在这个时候到熊野参诣去了。在本宫证诚殿的前面，彻夜的向神祈祷道：

"窃观父亲入道相国的样子，恶逆无道，动不动就扰及法皇。重盛是长子，虽是频频进谏，但是因为不肖的缘故，不能够说服得他。看他的所作所为，恐一代的荣华犹自难保，子孙相续，显亲扬名，更属困难了。当这时候，重盛窃思，与其窃据重臣之列，与世浮沉，未必合于良臣孝子之道，倒还不如逃名隐身，舍今生之名望，求来世之菩提。但是凡夫薄地，迷于是非的判断，所以未能决心行事。南无权现金刚童子，[118]假如子孙得以长久繁荣不绝，出仕于朝廷，那么请和缓入道的恶心，使天下得以安全吧。但若是荣华只限于一代，子孙蒙受耻辱，则请缩短重盛的寿命，救助来世的苦难吧。这两个愿望，唯求神明加护。"专心一意的祈求着，忽然像有如灯笼的火的东西，从内大臣的身子里出来，随即消失了。许多人都看见，但是惊骇得没有人说话。

随后回来的时候，渡过岩田川，嫡子权亮少将维盛以下少年公卿，在净衣[119]底下穿着淡紫色的衬衣，因为是在夏天，不知怎的

戏弄河水，把净衣弄湿了，水渗到衬衣，现出淡墨色的颜色，[120]
给筑后守贞能看见了，提出意见道："这是怎的，那净衣完全是不
吉祥的衣服的样子了。快点去换掉吧。"

内大臣说道："我的所愿已经成就了。那净衣不要换了。"特别
从岩田川又差人到熊野去，进献币帛，表示所愿成就的感谢。各人
都觉得奇怪，不懂得他的意思，但是这些少年公卿们，不久却真是
要穿着这样的服色了，想起来是不可思议的事。

回去以后，没有经过几天，内大臣就生了病了。但是说熊野权
现已经接求了他的请求，所以也不医治，也不祈祷。其时宋朝有一
个特出的名医来到日本，暂时停留着。其时入道相国正在福原的别
庄，便叫越中守盛俊为使者，到小松殿去，说道："听说病又加重
了，恰好有宋朝特出的名医来到我国，这是很可喜的事。就叫他来
医疗好吧。"

小松公叫人扶了起来，把盛俊召到面前，对他说道："你去说，
关于医疗的事，谨已闻命了。但是，你也听着。延喜皇上[121]虽是
那么样的贤王，但他把异国的看相的人召进京城里来，这事到了末
世不能不算是贤王的错误，是日本的耻辱。何况现在像重盛这样的
凡人，招异国的医师来到京城，岂不是日本的耻辱么？汉高祖提三
尺剑，平治天下，但在讨淮南王黥布的时候，为流矢所中，受了创
伤。吕后招良医给他诊治，医师说道：'这个伤可以医好。但是若
给予黄金五十斤，当为医治。'高祖说道：'在我武运强盛的时候，
曾经多次和人家打仗受伤，不觉得什么痛楚。现在我的命运已经完
了。人命在天，纵有扁鹊，并无什么益处。但是这样[122]又像是可

惜金了了。'这样说了，给予医师黄金五十斤，却没有叫他治疗。听了古人的话，至今还铭心记着。重盛不才，忝列九卿，登三台，考其运命，是在天心。为什么不察天心，妄费心力于医疗呢？假如这个病乃是定业，加以治疗并属无益。若非定业，不加治疗亦当得救。昔者耆婆[123]医术无效，大觉世尊灭亮于拔提河畔，是即显示定业的病非医药所能治愈。定业如是医疗所能治，释尊为什么入灭的呢？此又明示定业之病不可治疗也。夫所治疗者佛体也，治疗的人耆婆也。今重盛之身既非佛体，名医又不及耆婆，然则纵深通四部之医书，[124]长于治疗百病，怎么能够救治得这生灭无常的凡夫之身呢？即知详知五经的学说，[125]能治众病，岂能疗治先世之业病呢？而且假如靠了这个医术，得以存命，则似乎日本并无医术，若是并无效验，面会亦属无益。特别是日本的三公大臣，贸然与外国浪游的来客相见，一面是国家的耻辱，一面也是政道的陵迟。即使重盛将要失掉性命，也不能不有感觉国家的耻辱的心呵。你可将这意思给传达上去。"

盛俊回到福原，哭哭啼啼的将这话说了，入道相国道："这样以国家的耻辱为念的大臣，在上古不曾听说有过，何况在末代更不会有了。因为在日本是不相应的大臣，所以这回恐怕是要失掉了吧。"这样说了，便急忙进京来了。

同年七月廿八日，小松公出家了，法名净莲。随后到了八月一日，临终正念，遂以死去了。年四十三，正在盛年，很是可哀。京中上下的人都叹息说："入道相国横行霸道，幸而有这人种种加以调解，世间才得平稳的过去，从今以后天下不晓得要闹出什么事情来了。"只有前右大将宗盛卿方面的人,却说,"如今可是大将公的世界了",觉得高兴。平常人家父母爱子之情,就是怎样不肖的儿子,凡是先死了总觉得很悲哀的。何况这乃是平家的柱石,又是当代的贤人,说到恩爱的离别,家门的衰微,这就尽够可悲的了。因此国家叹息良臣的凋丧,平家悲悼武略的衰颓。盖此大臣容仪端正,存心忠正,才艺超群,言词与德行兼备的一个人。

一二 | 无文佩刀

这个内大臣重盛公生来就是个不思议的人,未来的有些事情预先能够知道。过去的四月七日的看见的梦便是一个很不思议的事情。梦见在不知道什么地方,远远的在海边走路,路旁有一个很大的华表,内大臣问人说:"这是什么地方的华表呢?"

答说:"这乃是春日大明神[126]的华表。"有许多人聚集在那里,其中有一个法师的首级插在刀尖上高高的举着。

内大臣问道:"这是什么人的首级呢?"

人家答道:"这是平家太政大臣入道公的首级,因为恶贯满盈,所以本社的大明神将他收拾了。"这时梦忽然醒了。平家自从保元平治以来,屡平朝敌,劝赏逾分,忝为天皇的外祖父,升太政大臣,一族升进六十余人,二十余年以来,安富尊荣,无与伦比,今因入道的恶贯满盈,一门的运命已将尽了,想念过去未来的事,不禁热泪满眶了。

这时候却听见有人堂堂的敲门的声音，内大臣问道："谁呀？说来吧。"

答说："濑尾太郎兼康来了。"

又问道："什么事？"

回答道："只今看见不思议的事，要等候天亮也觉得太晚了，特来告诉你知道的。请屏退旁人吧。"内大臣就远远的屏退旁人，与濑尾见面。兼康于是将所看见的梦，从头至尾详细的说知，元来与内大臣所梦见的一点都没有不同。内大臣乃感觉到濑尾太郎兼康原来也是一个与灵界相通的人。

这一天的早晨，嫡子权亮少将维盛刚要去到法皇的御所，内大臣把他叫住了，说道："为人父母的说这样的话，似乎是很傻的，但是你在儿子中间，总要算是卓越的了。不过看这世界的情状，将来什么样子，也是不能安心。贞能在那儿么？给少将劝酒吧。"贞能就走来斟酒。

内大臣说道："本来这个酒杯应当先给少将，但是或者你不肯比父亲先喝，所以重盛先饮了，再给少将倒吧。"便先喝了三杯，随后再给少将倒酒。

少将喝了三杯之后，内大臣说道："贞能，给少将赠物[127]吧。"贞能奉命，拿出装在锦囊里的一把刀来。

少将心里想道："啊，那一定是家传的叫作小鸟[128]的宝刀吧，"暗暗觉得高兴，但是拿出来一看，这却完全不是，乃是大臣葬式的时候所佩用的无文[129]佩刀。

其时少将脸色全变了，显出很是不吉的模样，内大臣流着泪说道："少将，这并不是贞能拿错了。这个佩刀乃是大臣葬式时候所用的无文佩刀也。本来入道公去世的时候，重盛预备佩了这个去送葬的，但是如今重盛却要比入道公先去了，所以把这个送给了你。"少将听了这话，没有回答什么，只是含着泪俯伏了，这一天也不出仕去，就躺倒了。其后内大臣到熊野去参诣，回来以后就生了病，没有多久终于死去了。后来想起来，这才知道元来是那么样的。

一三 ｜ 灯笼事件

这个内大臣灭罪生善的意志特别的深，很是关心来世的祸福，所以于京城东山的山麓，造了六八四十八间的精舍，与弥陀的弘誓[130]数目相应，一间里一个，悬挂四十八个的灯笼，宛如极乐国土的九品莲台[131]，显现于目前，光分鸾镜，恍疑身到净土。规定每月十四五日，招集平家和其他各贵族人家，面目姣好，正在盛年的女子多人，一间里六个人，四十八间计二百八十八人，充当念佛的尼众，在这两日里一心不乱的称名念佛。阿弥陀佛来迎引摄[132]的悲愿，宛似现形于此地，其摄取不舍的光明，也正照临于大臣之上了。十五日日中举行结愿大念佛，大臣亲自杂在行道[133]中间，向着西方回向发愿[134]道："南无安养教主弥陀善逝，给三界六道众生普行济度吧。"[135]看的人都发慈悲心，听的人无不感动下泪的。因为如此，人家就称这个大臣为灯笼大臣云。

一四 ｜ 黄金交付

大臣又说："在日本即使积了莫大善根，要子孙相续，祈我的冥福，是不很可期待的事，不如在他国留下善根，为我祈冥福吧。"

于是在安元年间（一一七五至一一七六年），从镇西把一个名叫妙典的船主[136]召了来，远远的屏退众人，和他相见。取出黄金三千五百两来，说道："我听说你是很正直的人。这黄金五百两给你。三千两拿到宋朝去，到育王山[137]，把一千两送给那里的和尚，二千两进呈皇帝，作为买田地的钱，捐给育王山，给我祈冥福吧。"妙典奉命，凌了万里的波浪，来到大宋国，与育王山的方丈佛照禅师德光会见了，说明这个事由，禅师随喜感叹。千两赠给育王山的和尚，二千两进呈皇帝，并且将大臣的意思奏明了。皇帝大为感动，随即将田地五百町[138]寄赠于育王山，所以在那里为日本大臣平朝臣重盛公祈求后生善处[139]的事，至今没有断绝云。

一五 ｜ 法印问答

入道相国因为小松公先死了，万事觉得心里不平静，所以赶紧回到福原，闭门蛰居在家里。同年十一月七日夜里戌刻，有大地震，动的时间相当的久。

阴阳头[140] 安倍泰亲赶紧跑到宫里，说道："这回的地震，据占文所表见，应有极大谨慎。照阴阳道的三部经典[141]里的《金匮经》所说，计年不出本年，计月不出本月，计日就在近日。所以这是特别火急的事。"说着潸潸的哭了。传奏的人都变了颜色，法皇也吃惊了。

年轻的公卿殿上人却笑道："这个泰亲哭的真有点离奇，有什么事会发生呢？"但是这泰亲乃是安倍晴明[142]的五代孙，对于天文道穷极奥妙，推论吉凶如示诸掌，到现在为止没有一件占卜错误过，所以称他料事如神。有一回在他身上曾经落雷，雷火烧了他狩衣的袖子，但是本身却全然无恙。这是无论在上代或是在末世，都是很少有的一个人。

同月十四日，入道相国本来暂时住在福原别庄，这时不知道想起什么来了，忽然传说率领了数千骑的军兵，回到京城里来。京里虽然并无关于这事的情报，却是上下恐惧，也不知道是什么人传出来的消息，说道："入道相国要来报对于皇家的宿恨了。"

关白基房公听得这种消息，赶紧进宫去，对法皇说道："这回入道相国进京的事，专是为消灭基房来的。不知道要遇见怎样倒楣的事情呢。"

法皇听了大为吃惊，回答道："你如遇见什么倒楣的事情，那也就是和我遇见一样的了。"说着便流下了眼泪来。本来天下的政事是应当由天皇和摄政关白来计画进行的，现在可是怎么了呢。天照大神和春日大明神[143]的神意，似乎有时也很难预料了。

同月十五日，法皇听见传说，入道相国对于朝廷怀恨，的确要施行报复了，便大为惊慌，叫故少纳言入道信西的儿子，静宪法印[144]做使者，到入道相国那里去，叫他说道："近年朝廷不甚平稳，人心不定，世间也不很安静，这事说来很是可叹，但是因为有你健在，觉得万事都有依靠。现在不务安定天下，也还罢了，却是物情骚然的入京，听说对于朝廷有报怨的话，这是什么意思呢？"

静宪法印走到西八条的邸里去了。从早晨直等到傍晚，可是没有消息，那么这样等着也是无益，便叫源大夫判官季贞传言，把法皇的话转达了，并说道："就此告辞了。"走了出来，其时入道说道："叫法印来。"就出来了。将法印叫了回去，对他说道："呀，法印长老，这净海所说的话是有错么？现在先从内大臣故去的事情讲起吧，实在入道那时候起因为考虑当家的运命的缘故，着实掩住了悲泪忍耐到今的。尊驾也请体察一点吧。保元以后战乱频仍，君心也不能安静，其时入道不过大体上加以指挥，其实是内大臣身当其事，粉身碎骨的不辞劳苦，使得法皇平息愤怒。其外关于临时大事，朝夕政务，像内大臣这样的功臣实在是不大有吧。这里征考古代的事，唐太宗因魏征先卒，很是悲哀，亲自写碑文道：'昔殷宗得良弼于梦中，今朕失贤臣于觉后。'[145]立于庙中，表示哀感。其在我国，亦曾见于近时。赖显民部卿去世的时候，[146]故鸟羽院特别表示哀悼，八幡[147]行幸为之延期，管弦的演奏也停止了。本来凡是臣下死亡，历代的天皇都是这样悲悼的，所以说君臣的关系要比父母还亲近，比子女还和睦。但是这回在内大臣还是中阴[148]的期间，法皇却到八幡临幸，有管弦的演奏，一点都不见有悼叹的样子。纵使不垂怜入道悲哀之情，总不好忘记了内大臣的忠义吧，如果忘了内大臣的忠义，也不能不对于入道加以一点怜悯吧！父子两方面都为法皇所不喜，于今全失掉了我们的面子，此其一。又从前把越前国领地下赐，约定子子孙孙永无变更，内大臣死后，却随即收回了，这因为有什么过失呢，此又其一。其次是中纳言出缺，二位中将[149]希望得到，入道也很出力推荐，终于没有答应，却给了关白的儿子，那是为什么理由呢？就说是入道所说不大合理，听从一回也是可以的吧。况且〔基通中将是摄政家的〕嫡子的关系，以及位阶都没有什么问题，却加以更改，此种处置实是遗憾。这又是其一。其次新大纳言成亲卿以下近臣在鹿谷聚会，有谋反的企画，那并不是他们私人的计略，一切都是主上所容许的。这事虽是从新提起来说，平氏一门已经七代了，怎么可以平白的弃舍掉呢？入道已经年将望七，系命已属无几，在此生前尚且动辄有被灭的谋划，何况此后若期望子孙相继服役朝廷，那更渺茫得很了。一个人老年丧子，有如枯木无枝，对于前途很短的浮世，枉费心机亦复何用，就任凭它那么样就那么样去吧！”这样说了，一边生气，一边又是落泪，法印见了又是可怕，又觉得可怜，遍身流汗。

在这个时期，无论什么人都没有一句话可以回答，况且本身也是法皇近旁的人，鹿谷的聚会正是亲自见闻的，如今说是一党的人，加以逮捕也正难说，觉得好像是拉龙须，履虎尾的境地。但是法印也是了不得的人，一点也不慌张，回答说道：“以前屡次所建的功勋，的确不小，所以一时有些怨恨，所说也很有道理。但是说到官位以及俸禄，就本身说来，没有什么不满足，那即是对于你莫大的功劳的酬报了。至于近臣肇祸，说由于君的容许，那是企画阴谋的人的一种谗言罢了。贵耳贱目，这是世俗的通病。身受异常的朝恩，却相信小人的流言，出于背君的举动，恐幽明鉴照，大可畏惧。凡天心苍苍难可测量，法皇御心正亦同此。以下逆上，岂人臣之礼乎，请好好的考虑。所说意见，当由静宪转陈。”说了退了出来。

在座的人多说道：“啊，真吃了一惊。入道那么的生气，却一点也不怕，回答了就出去了。”对于法印没有人不称赞的。

一六 | 大臣流罪

法印来到法住寺殿，将这情由奏闻了，法皇也觉得道理很对，没有说什么话，同月十六日，入道相国想定了这几天所要做的事情，乃发表了从关白开始，自太政大臣以下公卿殿上人，共计四十三人，停止官职，悉行蛰居。关白是左迁为太宰帅，[150] 流于镇西。

关白道："这样的时势，怎么也不好处。"便在鸟羽左近的叫做古川的地方，出了家了。年纪正三十五岁。人家都说他是对于宫廷仪式的礼仪作法很是精通，是非判断极是明确的人，是很可惜的一个人。远流的人如是中道出家，照例不流配到原定的地方去，所以虽是原来定的是日向国，现在因为出了家的缘故，就停留在备前国府的近边汤近的地方了。

大臣流罪的前例，有左大臣曾我赤兄，右大见藤原丰成，左大臣藤原鱼名，右大臣菅原道真，左大臣源高明公，内大臣藤原伊周公，[151] 共有六人。但是摄政关白流罪的例，却是以此为始。故中殿摄政实基的儿子二位中将基通，乃是入道的女婿，就成为大臣关白。从前圆融天皇在位的时候，天禄三年（九七二）十一日一日，一条摄政谦德公[152] 死去了，他的兄弟堀河关白忠义公其时还是从二位中纳言，而其兄弟法兴院大入道公却是大纳言兼右大将，于是忠义公就越过了他，升为内大臣正二位，奉到内览[153] 的宣旨，当时人们以为不曾见闻过的破例的升进，但是这一次却更是超过了。从非参议[154] 二位中将不经过大中纳言，就做大臣关白，这种事尤其没有听见过。这基通公就是普贤寺殿是也。上卿宰相，大外记，以至大夫史，[155] 听到这事都有点愕然了。

太政大臣师长停止了官职，被流放到东国的方面去。在保元年间，因为父亲恶左府缘坐的关系，兄弟四人都问了流罪，长兄右大将兼长，和兄弟左中将隆长，范长禅师三个人，不曾回京，都在配

所死去了。但是这个师长在土佐的播多地方过了九年，于长宽二年
（一一六四）八月被召了回来，恢复了原来的地位，第二年叙正二
位，仁安元年（一一六六）十月从前中纳言升为权大纳言。那时候
因为大纳言没有缺额，所以加在定员之外，大纳言有六个人，就从
那时起头的。又从前中纳言升为权大纳言，除了后山阶大臣三守
公，宇治大纳言隆周卿[156]之外，也是没有听见过。深通管统之
道，擅长才艺，所以次第升进没有阻滞，到了太政大臣的最高地位，
这回又以什么业报，再遭流放。保元昔时是在南海道的土佐，治承
的今天则是在东关的尾张国。本来无罪而眺望配所之月[157]的事，
原是稍解风雅的人所愿的，所以大臣一点都不以为意。想起唐朝太
子宾客白乐天，谪居浔阳江边的故事，遥望鸣海泻的海面，常看着
明月，对了潮风吟啸，弹琵琶，咏和歌，消遣岁月。有一回，到尾
张国的第三神社热田明神去参诣，那一天夜里有娱神的音乐，弹琵
琶，歌朗咏，那里本是蒙昧的地方，没有懂得这些情趣的人。邑老，
村女，渔人，野叟，虽是垂头侧耳的听着，但是能辨别音的清浊，
调的美妙的并没有一个人。虽然如此，瓠巴鼓琴，鱼鳞进跃，虞公
发歌，梁尘皆动。[158]盖万物到了极妙的时候，自然能起感动，人
们毛发皆竖，满座起奇异之感。及至到了深更，奏花香调，如花含
芬馥之气，奏流泉曲，则月增清明之光。[159]又歌唱朗咏，愿以今
生世俗文字之业，狂言绮语之误，[160]弹奏祕曲，神明不胜感应，
宝殿大为震动。

　　大臣便说道："如不是有平家的恶行，我哪能亲见这难得的瑞
相呢？"感动得流下眼泪来了。

按察大纳言资贤卿，同儿子右近卫少将兼赞岐守源资时，两方的官职同时停止。参议皇太后宫大夫兼右兵卫督藤原光能，大藏卿右京大夫兼伊豫守高阶泰经，藏人左少辨兼中宫权大进藤原基亲，则并停止三官。其中按察大纳言资贤卿，儿子右近卫少将，和雅贤[161] 这三个人，并命令即速驱逐出京，于是就今上卿藤大纳言实国，博士判官中原范贞，即于当日驱逐出京。

大纳言说道："三界虽广，但无五尺容身之地，一生无几，却不容易经过一日。"便于夜里从宫中混出，到了八重云外去了，经过了歌中很有名的大江山和生野这些地方，在丹波国叫作村云的那里暂时驻留，但是后来终于被找出来，听说被流放到信浓国去了。

一七 | 行隆的事情

前关白松殿的武士，有一个江大夫判官远成。[162] 这也是为平家所不喜欢的人，曾经有过谣言，说六波罗有命令要逮捕他，所以早已同了儿子江左卫门尉家成，也没有想好到哪里去，就逃走了。走到京南的稻荷山，下得马来，父子商量道："本来是想走到东国去，投靠在伊豆国的流人前兵卫佐源赖朝[163] 的，但是他也是钦案中人物，就是连他自己也还照顾不来。而且日本国里没有一处不是平家的庄园，因此没有地方可逃，但是在年来住惯的地方若被拘捕，也又出丑很可羞的。好吧，现在回去，若是六波罗方面的逮捕的人来了，便切腹而死好了。"于是再回到瓦坂的住所里来。果然源大夫判官季贞，摄津判官盛澄，率领甲士三百余骑，冲向瓦坂的住所，发出喊声包围住了。

江大夫判官出到檐前，大声说道："请看吧，列位。到六波罗去，就这样的报告吧。"便把房屋放了火，父子都切了腹，在火中烧死了。

这样子上下的人多有死亡，是为了什么呢？据说是因为现为关白的二位中将基通公，与前关白松殿的儿子三位中将师家，有过关于中纳言的争夺的关系。假如是这样，那么前关白松殿一个人负责好了，没有连累到四十余人的道理呀。自从去年赞岐院的追赠尊号，[164] 以及宇治恶左府的赠官以来，世间还是不平静。凡是这些，似乎不全是死灵的作祟吧。人们传说道："入道相国的心里似乎是为天魔所占据，变得容易生气了。"京里上下的人都惴惴恐惧，说天下不晓得将发生什么事故了。

其时有一个叫作前左少辨行隆的人，是故中山中纳言显时卿的长子。在二条天皇的时代，任为辨官，很是得意，但是这十几年来，停了官职，夏冬没有更换的衣服，连朝夕的饮食也欠缺，过着若有若无的生活。

入道相国叫人去说道："有事商量，可立即前来。"

行隆听说大为惊恐，说道："这十余年来什么事都没有关系，这一定是有人说了谗言了。"

夫人和儿女们都道："这回不知道遇见怎么倒楣的事了。"相向哭泣，可是西八条的使者络绎的来，没有办法，借了人家的牛车，来到西八条。可是出于意料之外，入道相国立即出来相见了。

他说道："尊驾的父亲显时卿，乃是我从前事无大小都相商量的人，所以对于你的事，我并不忽视。这多年来闭户家居，也着实辛苦了，但是因为法皇管理政务，没有办法。从此以后，可以出仕了。官职的事替你分配好了。现在你回去吧。"说了就进去了。行隆回到家里，女人们恍如死人复生的样子，聚集了很是高兴并且哭起来了。

入道相国叫源大夫判官季贞，把给与行隆支配的庄园许多文书送来了，又说目前恐怕窘乏吧，将绢一百匹，金一百两，和白米装车送来。又说是作为出仕之用，把杂役，饲牛的，牛和车子，都送来了。

行隆喜欢得简直不知手之舞之，足之蹈之了，出惊的问道："这是梦么，是梦么？"同月十七日任为五位侍中[165]，复任为左少辨。今年五十一岁，似乎更是年轻了。但这也实在只是暂时的荣华而已。

一八 | 法皇被流

治承三年（一一七九）十一月二十日，法住寺殿为军兵四面围住了。人们传说道："像平治那年信赖对于三条殿[166]那么做的样子，是要放火，把人都烧死吧。"于是上下女官以及女童都很是慌张，头上也不盖什么，[167]争先逃走。法皇也大为惊骇。

当前右大将宗盛将车子来，说道："请赶快上车吧。"

那时法皇说道："这是什么事？我觉得自己并没有什么错，大概是把我同成亲俊宽那样的移到远岛去吧？我就是因为天皇那么年轻，对于政务有时插嘴罢了。假如那个也是不行，那我以后就不再那么办好了。"

宗盛卿回答道："那并不是这样，父亲入道公说，等世间平静一点下去，暂时临幸鸟羽北殿吧。"

法皇道："那么，宗盛，你就同我一块儿去吧。"但是宗盛恐怕父亲入道会不高兴，不敢同去。

法皇说道："唉，这样看来，你比你的兄长内大臣要差得多了。一年以前曾经遇到同样的事情，那时内大臣挺身出来制止了，所以能够安静到了今天。现在是再没有谏止的人，所以有这样的事情。以后的事就着实可危了。"说着就忍不住流下泪来了。

于是就坐上了车子，公卿殿上人没有一个人同伴着，只有一个资格很浅的北西武士，叫作金行的力者法师。[168] 车子后边有一个老尼，这个老尼即是法皇的乳母，那个纪伊二位。[169] 从七条往西，顺着朱雀大路一直往南走去。身分很低的男男女女，看见的都说道："阿呀，这是法皇被流放了！"没有不流泪衿袖为湿的。

有人又说："所以七月的夜里有那大地震，正是这个的先兆。一直到十六洛叉[170]的底里都有感应，可见便是坚牢地神也着实出惊了。"

随行到鸟羽殿的只有大膳大夫信业这一个人，也不知道是怎样混进去了，在御前伺候。

法皇便叫他来说道："我觉得在今夜里怕要丧命，现在想要洗一个澡，你看怎么办呢？"本来从今早起，信业已经是神魂颠倒的有点茫然，听到了这话更是不知所措，便即将狩衣的袖子吊了起来，把杂木所编的墙拆除，或将广缘廊下的柱子毁坏了，汲了水来，照样的烧放了热水，请法皇入了浴。

　　别一方面是静宪法印，走到入道相国的西八条邸里去，对入道相国说道："听说法皇临幸鸟羽殿了，御前没有一个人伺候，觉得太是不成话了。假如没有什么妨碍，请准许静宪一个人去吧。"

　　入道相国就许可说道："赶快去吧，因为长老是不像会惹是生非的人。"法印就到了鸟羽殿，在门前下了车，走进门内去，那时法皇正在念经，竭力提高了嗓音，声音甚是悲凉。法印突然的到来，法皇在念着的经典上眼泪潸潸的流下来了，法印见了不胜悲伤，也将僧衣的袖子掩住了脸，哭哭啼啼的来到御前。

　　此时在御前侍候，只有老尼一人，对他说道："法印长老呵，法皇是昨天早上在法住寺吃了早饭以后，昨夜和今朝都没有吃，长夜也没有睡觉，看来性命也颇有危险了。"

　　法印掩住了眼泪说道："凡什么事都有个限度，平家安富尊荣二十余年，但是恶行也过了度，现在快要灭亡的时候了。天照大神和正八幡宫[171]不会得舍弃法皇的。特别是法皇所信仰的日吉山王七社，[172]在没有改变他守护《法华经》誓愿的期间，以彼《法华经》八卷之功德，就会对于法皇加以保护的。所以政务还将归还于法皇的手中，凶徒将如水泡似的归于消灭吧。"这样的说了，法皇稍为得了安慰。

　　高仓天皇因为关白被流，臣下多有死亡，很为悼叹，后来又听说法皇被闭居在鸟羽殿了，简直没有吃饭，常说是有病，躺在寝室里边。

法皇被闭居于鸟羽殿以后，宫里举行临时神事，天皇每夜在清凉殿的石灰坛上，遥拜伊势大神宫，这是专为法皇的安全做的祈祷。那二条天皇[173]虽是那么的贤王，而说是"天子无父母"，常常违反法皇的话，因此子孙不能长保帝位，继任的六条天皇也于安元二年（一一七六）七月十四日，御年十三就去世了。这实在是没得什么可说的事情。

一九｜城南离宫

古人常说，"百行之中以孝为先。明王以孝治天下。"[174]所以唐尧尊重他老衰的父亲，虞舜敬礼他顽固的母亲，[175]追随彼贤王圣主的先例，高仓天皇的圣心实在是很可贵的。[176]其时从宫中偷偷的有书信送到鸟羽殿里，信里边说："在这样的世界里，住在九重里边也没有什么用处，不如仿宽平的旧例，寻华山的遗踪，[177]出家遁世，做一个山林流浪的行者，倒还要好一点。"

法皇回信说："你不要作这么想吧。你那样的干着，是我现在唯一的信赖。假如出了家，消声灭迹，以后便无可期待了。只请看着我将来是怎么结局吧。"天皇得到了这回信，掩住了脸只是流泪。书上说道："君犹舟也，臣犹水也，水能载舟，亦能覆舟。"[178]正是如此，臣下能够保君，臣下也能够覆君。保元平治时代入道相国保持了君的地位，安元治承时代又想把君消灭了，这与史书上所说没有什么不同的。

大宫大相国藤原伊通，三条内大臣藤原公教，叶室大纳言藤原光赖，中山大纳言藤原显时，都已死去了。现今旧人只剩了藤原成赖以及平亲范罢了。

这些人也都说："在这样世界里，在朝立身，做个大中纳言，参予政事，有什么用呢？"虽然都还是少壮，也出家遁世，民部卿入道亲范隐于多霜的大原，宰相入道成赖则隐于雾深的高野，除了祈求后世菩提之外别无所事。

听说从前曾有隐身于商山之云，澄心于颖川之月[179]的人，岂不是博览高洁，故而遁世的么？其中特别是在高野的宰相入道成赖，京中传说他的话道："唉，早点决心遁世，那的确是不错。现在听那世间的事虽然还是一样的事情，但是如在京里亲身经历的看见，那更将怎样的难堪呵。我们觉得保元平治之乱着实悲惨，这便因为世界已近末世，以后还不知道有什么大事会得出来。真希望分云而登，所登唯恐不高，隔山而居，所居唯恐不深了。"这话很是不错，这个世界实在不是有心的人所可安住的。

同月廿三日天台座主觉快法亲王因为屡次辞退，仍旧以前座主明云大僧正为天台座主。入道相国这样的肆意胡为，但是女儿现在是中宫，关白乃是他的女婿，所以万事觉得安心了吧，说道："政务完全由天皇处理好了。"自己走到福原去了。

前右大将宗盛卿赶紧进宫，把这奏闻了，天皇却说道："若是

法皇让给我办又当别论，不然我就不理政务，一切就去和关白商量
了，由宗盛去好好安排便了。"就全然付之不理。

　　且说法皇在城南离宫里，冬天一半也已过去了，只有野山的风
声甚烈，寒庭的月色很明，院子里虽然下雪积着，却并无踏迹来访
的人，池面为层冰所封闭，也不见群集的鸟雀。大寺的钟声，[180]
如闻遗爱寺的声响，西山的雪声，恍见香炉峰的景色。霜夜寒砧，
音响微传于御枕，轧晓冰而过的车辙，遥横过于门前。行人征马，
匆忙过街的情状，以及浮世一般的事情，也得以了知，也是极有意
思的。

　　法皇曾说道："守卫宫门的蛮夷，[181]这样昼夜的警卫着，不知
道前生是什么因缘[182]结下的关系呢？"也是很惶恐的。[183]凡随
事触物，无不引起感伤来，有如从前时时的游览，到什么地方去参
诣，以及五十万寿的祝贺，想起来时辄引起怀旧的泪来。年去年来，
治承也已是四年了。

注　释

[1] 蚩尤旗是一种彗星的名称，因为它的尾特别长，故有是名，古人相信是星见主天下有兵。

[2] 见卷一注[57]。清盛的女儿德子于承安元年（一一七一）入宫，为高仓天皇女御，次年正位中宫，至治承二年（一一七八）始生言仁亲王，后为安德天皇，时为治承四年，至上尊号为建礼门院，则已是翌年冬天的事了。

[3] 这里是说医家，阴阳家，僧侣各用尽了他们的技术，佛教因为兼修显密，所以修法特注重密宗，有通途法、大法、秘法及大秘法各种修法，前两种是因僧人多少而分，秘法则以口传相承的秘语修习，所谓秘语即是梵语的咒文，所谓真言是也。

[4] 高僧是一般德行高超的人，贵僧当是指皇室出家，担任法务的。

[5] 日本古昔妇女怀孕至五月时有着带式，以布帛缠腹上，名为岩田带（iwada-obi），亦写作斋肌或结肌带，至今尚有此风俗。

[6] 守觉法亲王系后白河法皇的第四王子，即高仓天皇的兄弟，高仓天皇其时年十八岁，然则年纪当更幼小。觉快法亲王为明云的后任座主，乃鸟羽天皇的第七个儿子，是法皇的从弟。

[7] "变成男子法"是密宗的一种修法，能以真言的威力，使胎内女婴变成男子。因为平家非常希望中宫生育王子，至于求助于法术，后来民间至有传说，谓安德天皇实系女孩，川柳讽刺诗中常引作材料。

[8]"回眸一笑百媚生"，本系《长恨歌》里咏杨贵妃的诗句，这里拿来形容李夫人了，昭阳殿即是李夫人的居处。

[9]"女郎花"是日本的名称，中国据说则名"败酱"，似乎不大可以入诗。但是女郎花这名字亦很久远，十世纪时的文人源顺，在《本朝文粹》中咏女郎花诗云，"花色如蒸栗，俗呼为女郎。"于所编著《和名类聚抄》中也列有女郎花，而别无汉名。

[10]原文"物怪"（mono-no-ké），意云灵怪，或是邪气，古文说"有物凭焉"的意思。这所谓物分为死灵与生灵二种，死者如有怨恨，这就可能为祟，但是生人也能作怪，这便称为生灵。日本人似乎从佛教里来，很看重人的执念，假如一个人有所愤恨，积念甚深，也可能神魂出现对方，予以苦恼，虽然这在本人并无知觉。

[11]术人行使咒法，使凭依病人的物怪，移于作为替身的童男女，以不动明王的咒力束缚之，死灵或生灵俾现其本相。

[12]赞岐院即崇德天皇。近卫天皇的时代，崇德天皇是上皇，鸟羽天皇是法皇，父子因争权而不和，藤原赖长发动政变，想扶崇德为主，为平源两家合力击破，是为保元之乱。赖长被杀，上皇被迁幸赞岐岛，殁于其地，遂削去帝号，但称赞岐院云。

[13]宇治恶左府即藤原赖长，见卷一注[32]。

[14]早良废太子是桓武天皇（八世纪）的皇弟，立为皇太子，后废谪淡路，没于路上，于复追谥为崇道天皇。井上内亲王是圣武天皇的女儿，光仁天皇的王后，所生儿子他户亲王立为皇太子，次年（七七二）废去，王后亦同时被废。

[15]民部卿藤原元方据《大镜》里说，由于他的女儿所生的皇子，不能立为皇太子，所以怨恨，乃成为怨灵。

[16]供奉是在宫中所设的内道场供养的僧人，关于观算的事未详。

[17]别本无此节，本文与上节相连，统名为《赦书》。

〔18〕丹左卫门尉基康据注家考证，谓当是《尊卑分脉》上所载的典药头丹波基康，丹波氏世代为医师，仕于朝廷。典药头即太医院的长官。

〔19〕别本这里没有俊宽的名字，这是很近理的，使者奉命来赦免少将成经及康赖入道二人，不会提及俊宽，即使是知道他是在一起。

〔20〕"天魔波旬"是佛教用语，意思即是指魔王，善于惑乱人心，妨害修道，"波旬"乃是梵语"播裨"（Papiyas）的转讹，意云杀者，是魔王的名字吧。

〔21〕春燕秋雁是指从鹿濑庄来的定期船，专给少将成经送给养的，从门胁宰相的别庄里来，不但带来物资，也有故乡的许多消息，这是流人们仅有的慰藉，他们觉得这有如候鸟的可怀念。

〔22〕本节题目是"两脚踩地"，原文云"足摺"（Asizuri），谓愤怒或悲哀之极，用双脚顿地，有如两足相摩。这里说俊宽是伏倒在地，便觉得译语有点不大合适了，因为他不是站着，所以不能说是踩地，原文说他像是追慕乳母或是母亲的小儿，卧着乱踢双足，这却是很活现的，不过缺少现成的句子可以写出来罢了。

〔23〕小夜姬（Sayohimé）亦写作佐用姬，是大伴狭手彦的爱妾，狭手彦奉命往援任那（Mimana，古时朝鲜南端的一个小国），时为宣化天皇二年（五三七）十月，从九州的松浦港出发，小夜姬因为惜别，在山上挥所佩领巾相送，终乃化为石头。见于《万叶集》卷五。唐船本云中国的船，但这里只是说行走远海的船只罢了。

〔24〕早离速离别本作壮里息里，是两个兄弟的名字，父亲是南天竺的梵志名长那，时值饥馑，乃往坛那罗山采取不可思议的木实，继母乘父不在，乃把兄弟二人，送往南海孤岛，终于饿死，唯以发大誓愿故，转生为观音及势至菩萨云。见于《观世音菩萨净土本缘经》，在康赖法师所著的《宝物集》中亦有说及。

［25］池殿是清盛的兄弟赖盛的邸第，日本妇女怀孕旧时习惯于母家生产，至今乡村虽保存此俗，但以初次生产为限。

［26］关白藤原基房。

［27］太政大臣藤原师长。

［28］日本旧例，凡天皇到一处地方称为行幸，若是太后，王后，太子及妃则称行启，这里是说中宫当往八幡等三个京城近地的大社去礼拜。

［29］太神宫系指伊势的皇大神宫与丰受大神宫二者之并称。

［30］平文狩衣是一种制服，用二三种颜色，相间染成，《下学集》中称为"狂文染"。

［31］"广盖"原是衣箱的盖子，旧例赐予衣物，即盛衣箱的盖中，后来仿照式样制成，成为另外一种器具了。

［32］宽弘是一条天皇的年号。宽弘五年（一〇〇八）中宫彰子生产，其父藤原道长其时为关白，有马进献，遂以为例。

［33］邦纲亦藤原氏，家资富有，卷六"祇园女御"节中亦有说及。

［34］伊势见注［29］。

［35］"纸垂"亦写作"四手"（Sidé），原系敬神的币帛，用栲树皮的纤维所制，后改用纸为之，切纸作长条，裁为三分，留底下一部分不切断，却将左右两条，往下曲折，即成。有重要仪式时多用之，殆与注连绳有相似的意义。

［36］据《七佛功德经》所说，药师佛为济渡众生的缘故，化为七佛，其名称如下：善称名吉祥王如来，宝月智严光音自在王如来，金光宝光妙行成就如来，无忧最胜吉祥如来，法海雷音如来，法海胜慧游戏神通如来，药师琉璃光如来。

［37］"护摩"系梵语音译，意云"火祭"（Homa），乃密宗的一种仪式，设炉焚烧乳木，以智慧之火焚烦恼之薪，也是用了真理的圣火

烧除魔害，奉不动明王为本尊，祈祷息灾增福。

［38］金刚铃是修法的一种法器，金刚杵的一头装有铃铛，振之有声，用以威慑魔众。

［39］"佛所"是制造佛像的地方，在京都七条地方，法印是在那里担任事务的僧人。

［40］"五大尊"即指五大尊明王，即是不动明王，降三世明王，军荼利夜叉明王，大威德明王，金刚夜叉明王。系奉大日如来的命令，现忿怒之相，降伏诸恶魔，守护佛法的神。其中不动明王最为日本人所崇信，其像现忿怒相，色黑，怒目而视，紧咬上唇，右手持降魔的剑，左手执绳束，常在大火焰中，坐于石上。

［41］二位殿即清盛的夫人平时子，封赠二位，因为出家，亦称为二位尼。

［42］修验道是日本佛教的一派，出于密宗，并杂有道教分子，修验者多不剃发，作头陀装饰，负笈持金刚杖，吹海螺，游行山野，修习难行苦行，称为行者，亦名为山伏。烧护摩，念咒语，行祈祷，显示神通，其实是术士的一种，虽然说是佛教。明治维新之初曾加以禁止，近时乃渐复兴，日本民间很多"新兴宗教"，这不过是旧根复长而已。

［43］"僧伽文句"谓祈祷者为唤起本尊，特别附加的那些词句。

［44］新熊野在京都东山区今熊野，是当时后白河法皇所新建的神社，崇祀熊野权现者，他的意思实在与少将成经康赖入道差不多，参看上卷第一五节本文。

［45］大悲咒即是《千手经》中所举的八十四句的陀罗尼，陀罗尼亦称真言。

［46］中宫亮是中宫职的次官，中宫职是掌管中宫事务的机关，次官称亮。重衡是清盛的第四个儿子。

［47］东方朔是前汉的人，生纪元前二世纪中，后世传说其有方法，

曾经偷得西王母的桃实吃了，得长生不死，这里所说的即是此事。

［48］"桑弧蓬矢"，本于中国《礼记》，据《内则》中说："国君世子生……以桑弧蓬矢六，射天地四方。"

［49］典侍是内侍司的第二位的女官，帅这称呼是因她父亲的官职而来，她的父亲是权中纳言兼太宰权帅藤原显时。

［50］据注家说"千两"与"千辆"相同，但与下文的"二千两"似不一致。

［51］富士绵是指骏河国富士郡所产的绵，但那时还没有木棉，所以这个乃是真绵，便是丝绵。若是丝绵装满了二千车，似乎数目太多了，所以这两个"两"或者还是重量吧。

［52］人家批评这种赠物不适宜，其理由据注家说未能明了。

［53］甑乃是一种蒸饭的瓦器，大抵圆形，底有细孔，置于釜上，史称范丹极贫，故有甑生尘，釜生鱼之童谣，后世有竹木所制，成为蒸笼了。从屋顶上将甑滚下来，盖是日本古时的一种俗信，据兼好法师在所著《徒然草》第六一段里说，乃是产后胞衣不下，乃使用之，这个习惯通行上下，并不只限于王后做产的时节。

［54］祓词即是大祓的祝词，接连的念诵一千遍。

［55］日本古时模仿中国，男子完全蓄发，结束于顶上，戴上帽子。若不戴帽子，便是"科头"，对人是很失礼的，也是傲慢的表示，所以杜甫在《饮中八仙歌》里，形容张旭的放肆不拘，说"脱帽露顶王公前"。老人没有帽子，露出束发来，却又徐徐的走着，这里不是失礼，却是很滑稽的景象，所以大家忍不住要大笑了。

［56］"反陪"亦称"反闭"，是阴阳家的一种作法，于天皇或贵人出行时行之，用以辟邪气而迎正气，招来幸福，据《下学集》所说，这也叫作禹步。关于禹步，葛洪在《抱朴子》卷十七《登涉篇》中有说明，是怎么走法的，近世道家犹传其术，因为在道士作法当中还可

以看见它。其实那种蹒跚的走法，假如在人丛里去走，那是必定要被人家踏掉鞋子的。何况那阴阳家所穿的，当然是仪式上定规的"浅沓"，是一种木雕黑漆的拖鞋，平常走着还是一步一拖的，那怎么能行呢？这里大约著者不知禹步是怎么走的，所以怪他有此失忽，其实就只要穿着那种鞋，也就该倒楣了，即使并没有在人丛中做那蹒跚怪样的禹步。

〔57〕后七日是正月八日以后七日间，在营中真言院举行的修法。大元之法为大元帅之法的略称，乃以大元帅明王为本尊的修法。灌顶即是灌顶仪式，见卷二注〔152〕。这些都是密宗教仪，中国在唐以后所没有的。

〔58〕法印是僧侣中最高的一级，其次是法眼，参看卷一注〔154〕。

〔59〕大塔是指高野山的根本大塔，为雷火所焚，所以重行修造。

〔60〕杂掌是国司厅属下的司官，掌管文书等事务。

〔61〕内院是祀弘法大师的地方，弘法大师是他死后的谥号，法名空海（七七四至八三五年），曾留学中国，为日本密宗的创始人。关于他的神异故事甚多，所以这里老僧即是他的现形。

〔62〕"两界"谓密宗的金刚界与胎藏界，气比神社乃金刚界的大日如来的垂迹，严岛神社则是胎藏界的大日如来的垂迹。关于神佛权现垂迹，参看卷一注〔40〕。

〔63〕町为计算距离的单位，见卷二注〔49〕。

〔64〕见上文注〔61〕。

〔65〕"娑婆世界"见卷二注〔60〕。娑婆世界的回忆，犹言降生这世界的记念。

〔66〕金堂即供奉本尊的大堂，因为常涂作金色，故得是称。

〔67〕"曼陀罗"是密宗所用的图像，参看卷二注〔39〕。所说西曼陀罗即金刚界曼陀罗，东曼陀罗则是胎藏界的。

［68］八叶院的中央坐着大日如来，周围的八片荷叶上坐着诸佛菩萨。

［69］"华表"原文云"鸟居"，见卷二注［214］。

［70］"托宣"乃是原文，意思是神道有所托而宣示的，也可以译作"神示"，但是一样的觉得生硬。

［71］阿阇梨是一种僧职，授予通晓真言秘法的人，也可以当作高僧的敬称。

［72］山门即指延历寺，参看卷一注［119］。两方的寺系延历寺与三井寺。

［73］大江匡房当时为美作国的国守，后来任太宰府权帅。

［74］"师枟"是师僧与枟那之略，即说法的师范与听讲的枟越，犹言师徒的关系。

［75］持佛堂即供奉自己所崇奉的佛像的地方，与大家礼拜的佛堂有别。

［76］"天子无戏言"，见于《史记·晋世家》。"纶言如汗"根据《汉书·刘向传》里所说："出令如出汗，汗出而不反者也，出而反之，是反汗也。"

［77］九条右丞相即九条右大臣藤原师辅，他的女儿安子为村上天皇的中宫，所生王子后为冷泉天皇。

［78］慈惠大僧正是第十八代的天台座主，名为良源，慈惠是他的谥号，为比睿山中兴之祖，很为后人所崇敬。

［79］东宫傅是辅佐东宫之役，东宫大夫则是东宫职的长官。据注家考证，当时的东宫傅实在是藤原经宗，而东宫大夫乃是平宗盛，这里故意要提高重盛，贬低宗盛，所以这样的说，实在是和历史的事实不很相合的。

［80］这两句是欣求净土者的愿望，"三尊"谓阿弥陀如来及观世音势至两菩萨，于临终时亲来迎接，托生于净土莲花中。"往生"据说

共有九种，即分为上中下三品，而一品之中又有上生中生下生之别。

[81] 行道是佛教的一种仪式，念着经文，环绕着佛像或是塔坛行走。

[82] "卒都婆"参看卷二注[205]。

[83] "三世"谓过去现在及未来。"十方"即是东南西北四方，西北，西南，东北，东南等四维，及上下两方，共为十方。

[84] "草叶底下"犹言埋在土里的，即是在冥土。

[85] "紫鸯白鸥"见源顺著《秋花逐露开诗序》，"紫鸯白鸥，逍遥于朱槛之前"，见于《本朝文粹》卷十，及《和汉朗咏集》卷下。

[86] 杨梅不是日本常有的花树，所以用在这里似乎不大适当，或者只是说一种桃李之类的花果罢了。

[87] "桃花不言"云云是菅原文时的《山中有仙室》诗的第三联，见于《和汉朗咏集》卷下，本来是咏仙家的。

[88] 这首和歌是出羽辨所作，见于《后拾遗和歌集》卷二。

[89] 鸡笼山见于《方舆胜览》四十九，在湖北武昌，这里利用只因为它双关鸡鸣的缘故罢了。《新撰朗咏集》卷下有纪齐名所作《望月远情多诗序》，下联云："仆夫待衢，鸡笼之山欲曙"，这里正用这个典故。

[90] "一业所感"，意云因了前世所作的同一宿业，所以受到同一的报应。

[91] 灵山亦称灵鹫山，在京都东山区，有传教大师所创设的正法寺。

[92] "因为活着，才能看见你"，这里只说得半句，因为感极而说不下去了。一说，《新古今和歌集》卷八有能因法师的一首和歌道："因为活着，今年的秋天看见了月亮，就是夜间没有会着久别的人呀。"所以这意思里包含着见着少将，但是不再能看见大纳言了。

[93] 《宝物集》为康赖入道所著的书，专言佛法的利益，并不曾说在岛里的苦辛，所以这所说的并不实在。

〔94〕姬君（himegimi）是对于贵人的女儿的敬称，中国没有恰好的译名，女公子与小姐均未能适用。

〔95〕此处是沿用大江朝纲的诗句，原句云"沙头刻印鸥游处"，是他《题洞庭湖》的诗，见于《和汉朗咏集》卷下。

〔96〕见于《妙法莲华经》功德品中，阿修罗是住在海边的一种魔神。

〔97〕"三恶"谓三恶道，即地狱道，饿鬼道，畜生道。"四趣"谓四恶趣，即于上述三者之外，加上阿修罗而为四，恶趣就是恶道，不过变换字面而已。

〔98〕搓手等于合十，表示敬礼的意思，频搓其手或并表示惶恐。

〔99〕"苔"这里取其与"露"相对，实在只是草的意思，指上文所说的昆布。

〔100〕"顺现业"系佛教用语，谓人在现世所做的事，因了它的善恶，即在现世受了报应。"顺生业"则在来生受报，"顺后业"在来生以后即第三生始受报应。

〔101〕"信施无惭"谓承受信者的布施，而没有功德可以偿还，心无惭愧，受报应堕饿鬼道。这里"无惭"直作无有惭愧解，此本是佛教用语，但后来混用于俗语，作为"悲惨"或"可怜"解，连字面也改写成"无残"了。

〔102〕别本无此节，本文与上节相连，统名为"有王下岛"。

〔103〕见于《后撰和歌集》卷十五，乃藤原兼辅所作。

〔104〕《和汉朗咏集》卷上有李嘉祐作《发青滋店至长安西渡江》诗云："五月蝉声送麦秋"，谓收麦的时期已过，蝉声起来了。

〔105〕印度古代历法，称朔日至十五日为白月，十五日至晦日为黑月。

〔106〕俗语云："亲子之缘一世，夫妇二世，主从三世。"此盖是根据轮回思想及封建道德而成的一种观念。

［107］"临终正念"即人临死一心念佛,不发生杂念,必定往生净土。

［108］庵是结草木为庐,所以称俊宽那样的小草舍为庵,正是适当。

［109］这里含有殉死之意,封建道德很看重主从关系,故有"主从三世"之俗语,参看本节注［106］。

［110］"荼毗"系梵语音译,即是火葬。

［111］"他生旷劫"系是佛教用语。他生即轮回的别一世,旷劫犹言永久,这一句即是生生世世的同一意思。

［112］诸国谓日本全部分作六十六国。七道亦是说日本全国,因为这共分为七道,即东海道,东山道,北陆道,山阴道,山阳道,南海道,西海道。

［113］"未申"也写作"坤",即是西南方面。

［114］町见卷二注［49］。

［115］"桧皮"系以桧树的皮,替代木板葺屋顶。

［116］神祇官系管理神祇事务的衙署,十世纪末所设置,首长称"神祇伯",历代由白川氏世袭,至战后始废止。

［117］别本题云"小松公死去",似比这个题目为得要领。

［118］权现金刚童子为熊野三山的护法神,在卷二"康赖祝文"中已经前出。

［119］净衣是祀神时所穿的礼服,是白布所制的狩衣,参看卷二注［185］。

［120］淡墨色是丧服的颜色,故云不吉祥的颜色。

［121］延喜皇上即醍醐天皇,延喜是其年号(九〇一至九二二年),当时称为盛世。

［122］所谓"这样"意思是不叫医师疗治,但仍给他金子,表示并不因为惜钱。

［123］耆婆是古代印度的名医,有如中国的华佗。

[124]四部谓中国古代的四种医书，即是《素问》《大素经》《难经》和《明堂经》。

[125]五经谓医书里五部经典，即《素问》《灵枢经》《难经》《金匮要略》和《甲乙经》。

[126]春日神社在奈良市春日野町，所祀神乃藤原氏的氏族神。

[127]日本古代于宴会时，主人对于列席的宾客照例有特赠的物品，称为引出物（hikidemono）。

[128]小乌是一种有名的宝刀，实际却是剑，因为它有两面有锋刃的，这因为在柄上有一匹乌鸦的金属装饰，故得是名。本是源氏世代的重宝，源义朝在平治之乱被杀，这把刀便入于平氏。

[129]"无文"（mumon）乃系原文，意思是指素朴的佩刀，鞘金用黑漆，没有花纹，亦无金属装饰，平常六位以下的人用之，但在公卿以上则唯用于送葬的时候。

[130]《无量寿经》云，阿弥陀佛在前世为法藏比丘时，曾立四十八弘誓，立志普济众生，其第十八愿为"至心信乐愿"，即是归心净土者决定往生，为净土宗的根本。

[131]九品莲台见上文注[80]。

[132]"来迎引摄"见上文注[80]。

[133]行道见上文注[81]。

[134]"回向发愿"，谓作法事完了时，祝念愿以是功德，回向于什么方面，是佛教徒的一定方式。

[135]"三界"谓欲界，色界，无色界。"六道"谓天上，人间，修罗，畜生，饿鬼，地狱。三界六道就是说一切众生。"安养"即是净土，"善逝"为梵语修伽陀之意译，乃佛之十号之一，这里是对于阿弥陀的美称。关于善逝参看卷一注[218]。

[136]镇西即是九州，见卷二注[92]。"船主"原文云"船头"，

现今作船夫讲，但在从前乃是船的主人，所以妙典或者是个贸易商，在《源平盛衰记》里说他是唐人，即是中国人。

［137］育王山乃阿育王山之略。在中国浙江，山上有阿育王寺，古来甚有名，为五山之一。

［138］町为田地面积单位的名称，一町约等于一万平方公尺，与卷二注［49］所说，计算距离的町有别。

［139］"后生善处"乃是佛教用语，谓祈求来世生于善处。

［140］阴阳寮是属于中务省的一个机关，专管天文历数，卜筮相地诸事，阴阳头乃是这里的长官。

［141］阴阳道的三部经典是《金匮经》《枢机经》《神杞灵经》。

［142］安倍晴明是十世纪的人，为阴阳博士，著有《金乌玉兔集》及《占事略诀》等书，关于他的传说甚多，见于小说戏曲，都是关于占卜的事的。

［143］天照大神见卷二注［97］，是日本皇室的祖先。春日大明神见上文注［126］，则是藤原氏的祖先。

［144］静宪法印已见卷一"鹿谷"这一节中，那里却写作净宪。

［145］见白居易《新乐府》第一首《七德舞》自注中。

［146］藤原显赖于久安四年（一一四八）死，当时虽是近卫天皇，但由鸟羽法皇主政。

［147］八幡在京都男山岩清水。

［148］"中阴"乃是佛教用语，谓人死后七七四十九日间，受生的机缘未熟，无所归宿的期间。

［149］二位中将即摄政藤原基实的儿子基通，乃是入道相国的女婿。关白藤原基房的儿子则是师家。

［150］日本古代于九州设置太宰府，其首长为太宰帅，代理者号权帅，次官为太宰大式，见卷一注［33］。大臣流放多左迁为太宰帅，

这里也是如此。

[151] 曾我赤兄于天武天皇元年（六七三）流放。藤原丰成于天平宝字元年（七五七）谪为太宰帅，藤原鱼名则于延历元年（七八二）亦谪为太宰帅。菅原道真在昌泰四年（九〇一），源高明在安和二年（九六九），藤原伊周在长德二年（九九六），均谪为太宰权帅。

[152] 一条摄政谦德公即藤原伊尹，谦德公乃其谥号。忠义公则是藤原兼通的谥号，其弟兼家则因出家，以家为寺，故称法兴院。

[153] 太政官进呈的文书，摄政关白得在天皇之前先行阅览，谓之内览。

[154] "非参议"谓不经过参议的职位，通例必先由参议，升任中纳言大纳言，再升为大臣。

[155] 上卿宰相即是首席参议。大外记乃太政官的职员，司制作文书者。史也是太政官的职员，平常都是六位，其五位者称为大夫史。

[156] 后山阶大臣即藤原三守。宇治大纳言即源隆国，为源高明的孙子，著有《今昔物语》三十卷，收集印度中国日本的传说故事，有名于世。

[157] "愿得无罪而眺望配所之月"，这句话据说是源中纳言显基所说的。显基在后一条天皇时甚见信任，平生未曾失脚，这话只是一种假设，表示雅人深致罢了。他死于永承二年（一〇四七）。他的这件故事，许多书上多有记载，最有名的是十四世纪时吉田兼好所著《徒然草》。

[158] "匏巴鼓琴，鸟舞鱼跃。"见于《列子·汤问篇》中。又刘向《七略别录》云："鲁人虞公发声清哀，远动梁尘。"

[159] 据《教训抄》卷七云："花香调之中含有花的芬馥之气，流泉曲之间浮着月之清明之光。"所说二者都是琵琶的曲调名。

[160]《和汉朗咏集》卷下"佛事"项下，收有白居易的《洛中集

记》的文句云："愿以今生世俗文字之业，狂言绮语之误，翻为当来世世赞佛乘之因，转法轮之缘。"

［161］藤原雅贤为资贤的孙子。

［162］江大夫判官是大江远成，他是检非违使的五位的尉，因为是检非违使的尉所以汉称曰判官，而是五位，故称大夫。前关白松殿即藤原基房，即是师家的父亲。

［163］源赖朝是义朝的儿子，平治之乱义朝被杀，赖朝缘坐流于伊豆。其后赖朝纠合源氏起兵，卒灭平氏，建立幕府政治于镰仓，中更室町，江户时代，军人执政时期实占有七百年之久。

［164］赞岐院见上文注［12］。

［165］侍中为藏人之汉称。

［166］平治之乱（一一五九），后白河法皇还是上皇，三条殿是他的住所。

［167］古代妇女外出，必用什么衣物盖在头上，称为被衣。参看卷一注［93］。

［168］力者法师乃是从事体力劳动的杂役，率作法师装式，着黑头巾白狩衣，带着长刀。

［169］纪伊二位是信西入道的妻子，为法皇的乳母，故为二位。

［170］"十六洛叉"，亦作"落沙"，为梵语Laksa的音译，是数量的名称，等于一亿，所以十六洛叉犹言一百六十万由旬。

［171］正八幡宫祀应神天皇，相传为弓矢之神，也是皇室的祖先。

［172］山王七社见卷一注［179］。山王权现为山门一派法华宗的护法，法皇信仰法华，所以这样说。

［173］二条天皇见卷一注［100］。他是后白河法皇的长子，但是违抗法皇的话，说"天子无父母"，见卷一注［102］。六条天皇是他的儿子，在位只三年，由高仓天皇继任，这是法皇的第三个儿子。过了

八年，六条上皇这才去世，虽然那时的天皇正是他的叔父。

[174] 唐玄宗《孝经序》里有云："五孝之用虽别，为百行走源则不殊。"又《孝经》的《孝治章》云："明王以孝治天下。"

[175] 唐尧的孝行于书上无考，虞舜的父顽母嚚，见于《尧典》。

[176] 这一段别文或与上节接连，但看意思是称颂高仓天皇的，以放在这地方较为适当。

[177] 宽平是宇多天皇的年号，于宽平九年（八九七）禅位出家，称朱雀院太上天皇，在各地旅行。华山天皇在位二年（九八五至九八六年），禅位出家，过那风雅的生活。

[178] 见于《荀子·王制篇》，亦见《贞观政要》中。

[179]《和汉朗咏集》卷下，大江朝纲有《山中自述》诗云："商山月落秋鬓白，颖水波扬右耳清。"商山是用商山四皓的典故，颖川则是用许由洗耳的故事。

[180] 大寺是鸟羽殿近旁的胜光明院的俗称。白乐天《白氏文集》卷十六有句云，"遗爱寺钟欹枕听，香炉峰雪卷帘看"，亦见于《和汉朗咏集》卷下。这诗在日本很有名，十世纪末有一个名叫清少纳言的女作家，曾有一件轶事，即是在于这两句诗的，事见清少纳言所著的随笔《枕之草纸》中。

[181] 日本古代守卫宫廷等处的武士，多取萨摩隼人和东国的人充任，人甚朴野勇敢，而文化落后，故称之为蛮夷，萨摩为日本的极南，东国则东方，准中国古代的规则，称为蛮夷亦正的当。

[182] 因缘思想起于佛教，这里说那守卫的人和被守卫的自己，这两者想过去生中必有什么因缘，所以现在发生这样关系。

[183] "惶恐"是日本对于君上的一种敬语，意思是"说也惶恐"，或时有时可以译作"很可感谢"。

平 | 家 | 物 | 语

卷 四

一 | 严岛临幸

　　治承四年（一一八〇）正月一日，入道相国不许人到鸟羽殿去朝参，法皇方面也表示谨慎，所以三天里边，没有什么朝参的人。但是故少纳言入道信西的儿子，樱町中纳言成范卿，和他的兄弟左京大夫修范卿，被许可了进宫来的。同年正月二十日，东宫是三岁着裳和御真鱼的日子，[1]举行可喜庆的典礼，但是法皇在鸟羽殿也只同别人家的事情一样的听着罢了。

　　二月廿一日高仓天皇并没有生什么病，却硬叫他退位，东宫就践了祚。这也是入道相国一切任性胡为的一件事。平家的人说是时节到来了，都很是高兴。神镜、神玺、宝剑，[2]移交给了新帝。公卿们都在行礼的地方坐了下来，仪式仍照从来的样子举行。最初是辨内待[3]拿了御剑出来，在清凉殿的外侧西边，由泰通中将把它接受。其次是备中内侍捧了神玺的匣子出来，隆房中将接收了。内侍心想这种神器的匣子得以亲手捧持的，就只以今晚为限吧，这样的感触想是彼此都有，这是很有点悲哀的。本来那匣子是该由少纳言内侍拿的，但是听人说，今晚若是拿了神器，以后不能永久做新帝的内侍了，所以临时辞退了。少纳言内侍那时年纪已经不很小了，人们便都批评她说，一个人本来难以有两次的盛年的，备中内侍其时只有十六岁，以还是幼小的年纪，却特别情愿担任此事，这是很殊胜的事情。历代相传的宝物都一件件的由该管的人交代了，拿到新帝的皇居五条殿[4]里去。旧时的闲院殿[5]里灯光暗淡，更不闻鸡人[6]的声音，侍卫的武士报名也停止了，那些旧人们都感觉有点寂寞，在喜庆的典礼之中，不无悲哀之感，有人痛心落泪的。左大臣藤原经宗出走，发表御让位的消息，有心人听了都觉得伤心，泪湿衣袖了。就是那自己愿意将帝位让给储君，好让自己当作上皇，闲静的过日子的从前的那些天皇，到了临时，世间常习都不免感到一种悲哀，何况这并不是出于本心，乃是强迫着退位的，那么这里的哀感真是诉说不尽的了。

新帝今年三岁。当时的人们都说："阿呀，多么早的让位呀！"

平大纳言时忠卿是新帝的乳母帅典侍的丈夫，说道："这回的让位，有谁批评说太早呢？在别国里有周成王是三岁，晋穆帝是两岁，在我朝则近卫院是三岁，六条院是两岁，都还是包在襁褓里面，不能正式的着冠带，或由摄政背着即位，或由母后抱着临朝。后汉的孝殇皇帝[7]诞生才有百日就践祚了。天子幼年即位的先踪，和汉就是如此。"

但是其时熟悉故事的人们却都窃窃私议说："唉，这说的什么话。这还是不说的好。那些是什么好前例呀？"春宫即了位，入道相国夫妇便是外祖父外祖母了，受到准三后[8]的宣旨，给予年官年爵，[9]赐用值班的人，出入着穿有花绣的衣服的卫士，完全和宫禁一个样子。这一个人出家入道之后，荣华还是不会断绝的，至于出家的人受到准三后的诏旨，从前的先例只有法兴院的大入道公藤原兼家罢了。[10]

同年三月上旬，说高仓上皇将要临幸安艺国的严岛。人们都觉得诧异，说帝王退位，临幸诸神位，开始是八幡，贺茂，春日，这是常例如此，为什么临幸到安艺国去呢？

也有人说道："白河上皇曾临幸熊野，后白河上皇也临幸过日吉神社。这是大家所知道，随上皇的御意罢了。高仓上皇大概心里也有他的愿望吧。而且这个严岛是平家非常尊崇的地方，所以表面是对于平家表示同心协力，里面也是为了那不定期的关在鸟羽殿的法皇，给缓和一点入道相国的反感吧。"

可是山门大众听了，却大为愤慨，说道："如不去石清水[11]，贺茂或是春日，那就该临幸本山的山王神社才是。临幸安艺国，这是什么时代的先例呀！若是这样，那就抬了神舆出去，阻止这临幸吧。"这样的议决，因此临幸就延期了。入道相国用了种种方法加以劝慰，山门大众也就安静下来了。

同月十八日，算是严岛临幸的出发，进入入道相国的西八条邸内。当天傍晚，召前右大将宗盛卿来，说道："明日临幸严岛的顺路，想到鸟羽殿，谒见一下法皇，这事行么？不通知入道相国，怕不成吧。"

宗盛卿流泪说道："没有什么妨碍。"

上皇说道："那么，宗盛，就把这事今天夜里去鸟羽殿，告知一声吧。"

前右大将宗盛卿赶快到鸟羽殿，把这事奏闻了，法皇因为对此想望已久，所以说道："这可不是做梦么！"

　　同月十九日，大宫人纳言隆季卿在夜还是很深的时候，就来催促出发。好久以前所说的严岛临幸，到了西八条以来，才算决定了。那时三月已经过半，下弦的残月躲在云彩里，还是朦胧的照着。向着北越归去的大雁在空中飞鸣，在这时候听了也深有感触。在天还没有亮时候到了鸟羽殿。

　　在门前下了车，走进门里面去，只见人影寥落，树木阴黑，住所很是萧寂的样子，先叫人感到一种凄凉。春天已将终了，夏木成阴，枝梢花色悉经衰褪，宫里的莺声也已老了。去年正月六日，因为朝见法皇曾到法住寺殿行幸，那时乐屋奏出乱声，[12] 公卿成列，卫士列阵，百官有司相率迎接，幔门齐张，扫部寮敷设筵道，[13] 这些正式的仪式今天便都没有，像是做梦一般。成范中纳言报告上皇的到来，法皇出至寝殿中央正面相接。上皇今年二十岁，在侵晨的月光底下，显得玉体非常的美丽，与故母后建春门院很是相像，法皇看了想起故后的事情来，不禁落泪。法皇和上皇的坐位摆得很是接近，所以谈话谁也听不到，在御前伺候的只有尼君一个人而已。会谈了好久，时候也不早了，这才告假从鸟羽的草津登舟出发。上皇深以法皇的离宫故邸，幽闲寂寞的生活，觉得非常遗憾，法皇又以为上皇此次旅行，浪上舟中，生活辛苦极为可念。想起这回临幸，将宗庙 [14]，八幡，贺茂诸社放下，遥远的特地到安艺国去，神明为什么不受纳呢？所以所愿成就这是无疑的了。

二 | 回銮 [15]

同月二十六日到了严岛，以入道相国所宠爱的严岛内侍[16]们的宿所为上皇停留的地方。在那里逗留了两日，举行读经及舞乐及各种仪式。导师[17]的是三井寺的公显僧正。他升了高座，鸣起钟来，高声说那表白之词道："出九重的帝都，历几多的海程，远来参诣，御心至诚，实为希有，至可感激。"听着这话，君臣无不感动落泪。此外又到大宫，客人之宫，[18]以及各社各所。离大宫约有五町[19]距离，绕过山去，到了泷之宫，[20]公显僧正作歌一首，题在拜殿的柱子上道：

"从云上下来的瀑布的素丝，

结成了缘，也是很可喜的事情。"[21]

神官佐伯景弘加进官阶，为从五位上，国司菅原在经也升为从四位下，在上皇宫中特许升殿。严岛的座主尊永晋升法印。这是感动神明，想来入道相国的心也要缓和的吧。

同月二十九日，上皇的御舟准备出发回来了。但是因为风浪太是猛烈，将船驶了回来，那一天仍旧留在严岛，停泊在阿里之浦。上皇说道："这是大明神因为惜别的缘故吧，大家都作歌好了。"隆房少将乃作歌云：

"本有惜别的意思，在阿里之浦，[22]

所以神给助力，叫白浪送回来了。"

到了半夜里，风浪都平静了，御舟才能出发，到达备后国的敷名港口。这地方在应保年间后白河法皇临幸的时候，有国司藤原为成所造的休憩所，这回入道相国也预备临幸用的，但是上皇不曾上去。大家想起宫里的事情来，所以说道："今天是四月一日，有更衣[23]的仪式呀。"

在岸边松树上有颜色很浓艳的藤花开着，上皇看见了，便叫隆季大纳言来，说道："把那花折一枝来吧。"于是由左史生[24]中原康定坐了杉板，折取一枝来。

把缠在松枝上的藤原折取了来，上皇见了说道："这很有意思。"非常中意的样子，又说道："可作一首咏花的歌。"

隆季大纳言乃咏道：

"为的像君王千岁的缘故，

藤花也缠绕着千年的松枝。"

这时在御前有许多伺候着，上皇游戏着说道："那穿白衣的内侍，心里很挂念着邦纲卿哪。"

大家听了都笑起来了，大纳言正在辩解的时候，有侍女拿着信进来，说道："这是给五条大纳言[25]的。"

大家便哄然的说道："这可不是么！"大纳言拿过来看时，乃是一首和歌道：

"白浪[26]的衣袖为了你都已湿透，

因此不能够站立舞蹈了。"

上皇看了这歌说道："不是很巧妙的搞着么？给回信吧。"就叫拿笔砚给他，大纳言的返歌是：

"请你体谅吧，你的面影涌上前来，

正如波浪一般，被眼泪湿透了。"

这以后便到了备前国的儿岛港口停泊了。五日天晴风静，海上很是平稳，御舟当头出发，人们的船也相继开行，分开了云波烟浪前进，在那一天的酉刻到了播磨国的山田港。从那地方换乘御舆前往福原。供奉的人虽然都很着急想早一天也好赶回京去，但是六日这一天却完全逗留在福原，到种种地方历览。有那池中纳言赖盛卿的别庄的荒田，也看到了。七日离开福原，那时候隆季大纳言奉敕对于入道相国一家加以劝赏。入道的养子丹波守清邦叙正五位下，入道的孙子越前少将资盛叙从四位上。在那一天到了寺井，八日到京，所有出迎的公卿殿上人都到鸟羽的草津地方。回銮的时候，不再临幸鸟羽殿，便一直径进入道相国的西八条邸里去了。

同年四月二十二日，新帝举行即位。本来应当在大极殿举行，但是前年被焚之后还没有造起来，所以规定在太政官的正厅举行仪式。其时九条兼实公[27]说道："太政官正厅在臣下的家里说起来，相当于账房[28]罢了。现在如没有太极殿，那就应当在紫宸殿举行。"于是改在紫宸殿了。

可是人们又都说道："过去康保四年（九六七）十一月一日，冷泉天皇在紫宸殿即位，那是因为主上有病，不能临幸太极殿的缘故，援引这个例子怕不很好吧，还是照以后的后三条天皇的延久（一〇六九）佳例，在太政官正厅举行要更好一点。"但是这事既然经儿条公讨论决定，没有什么可说的了。中宫从弘徽殿移到仁寿殿，抱了幼帝坐在宝座上面，这样子是十分尊严的。平家的人们都来伺候，只有小松公的儿子们因为去年有内大臣之丧，还在服丧中所以蛰居在家里。

三 ｜ 源氏齐集

藏人右卫门权佐藤原定长将这回即位的情形，秩序整齐，毫无纷乱，细细的写了十张厚纸，报告给入道相国的夫人八条的二位殿，夫人看了笑嘻嘻的接受了。一方面虽然有这样热闹漂亮的事情，然而在世间都还觉得是不很平稳的样子。

其时后白河法皇第二皇子，称为以仁王，他的母亲是加贺大纳言季成卿[29]的女儿，因为住在三条的高仓，所以称为高仓宫。过去永万元年（一一六五）十二月十六日，御年十五岁，避过了人家的耳目，就在近卫河原的大宫御所[30]举行了冠礼。字写得很好，学问也很优秀，本来应当嗣位的，但因为故建春门院[31]妒忌的关系，所以过着蛰居的生活。花下春游，手挥紫毫以写御作，月前秋宴，自吹玉笛以奏雅音，这样的消遣日月，到了治承四年（一一八〇），御年盖已三十岁了。

其时在近卫河原伺候的源三位入道赖政，[32]有一天的夜里偷偷的走到高仓宫那里，说了一番很是重大的事，他说："你是天照大神的四十八世孙，神武天皇以来是七十八代^[33]人皇了，本来应当立为太子，早已即位了，现在三十岁却还是做着亲王，难道没有觉得是遗憾么？细细的看当代的世相，也只是表面上服从着，内里对于平家无不是怨恨憎恶的。所以你可以发起谋叛，剿灭平氏，使得没有期限的关闭在鸟羽院里的法皇也得安心，你也可以立正大位，这是最上的孝行了。若是这样的想定了，只要发下令旨^[34]去，心悦诚服的愿来参加的源氏，着实不少呢。”

又接着说下去道：“先说在京都的，有出羽前司光信的儿子们，伊贺守光基，出羽判官光长，出羽藏人光重，出羽冠者光能，在熊野有故六条判官为义的末子十郎义盛，隐伏在那里。摄津国有多田藏人行纲，可是在新大纳言成亲卿谋叛的时候，当初同谋后来却倒了戈，是个靠不住的人，所以不在话下。但是他的兄弟多田二郎知实，手岛冠者高赖，太田太郎赖基，河内国有武藏权守义基，儿子石河判官代义兼，大和国有宇野七郎亲治的儿子们，太郎有治，二郎清治，三郎成治，四郎义治，近江国有山本义经，柏木义兼，锦古里义高，美浓尾张有山田次郎重弘，河边太郎重直，泉太郎重满，浦野四郎重远，安食次郎重赖，其子太郎重资，木太三郎重长，开田判官代重国，矢岛先生重高，其子太郎重行，甲斐国有逸见冠者义清，其子太郎清光，武田太郎信义，加贺见二郎远光，同小次郎清长，一条次郎忠赖。板垣三郎兼行，逸见兵卫有义，武田玉郎信光，安田三郎义定，信浓国有大内太郎惟义，冈田冠者亲义，平贺冠者盛义，其子四郎信义，故带刀先生义贤的次男木曾冠者义仲，伊豆国有流人前右兵卫佐赖朝，^[35]常陆国有信太三郎先生义宪，佐竹冠者昌义，其子太郎忠义，同三郎义宗，四郎高义，五郎义季，陆奥国有故左马头义朝的末子九郎冠者义经，这都是六孙王^[36]的苗裔，多田入道满仲的后胤。共同削平朝敌，得遂升进的宿望，本来源平两氏并无什么优劣可分，但是现在却有云泥之差，较之主从关系还要更甚。源氏的人在国内随从国司，其在庄园则用于总务，被驱遣去干那么公事杂务，不得宁息，心里觉得非常苦闷。假如你有这决心，发下令旨去，就都会连日连夜的前来奔赴，灭却平氏并不要什么时日的。入道虽然年老，将率领了儿子们前来参加。"

高仓宫听了不知道什么办好，一时踌躇不决，其时有阿古丸大纳言宗通卿的孙子，备后前司季通的儿子，少纳言伊长者因为善于看相，时人称之为相少纳言，看了高仓宫的相说道："这是将登大位的相，天下的事是不可以放弃的。"

他既然这么说，源三位入道又是那么的劝告，高仓宫就想道："那么，这一定是天照大神的启示了吧。"于是决心实行，看看来进行计划了。

于是先召了在熊野的十郎义盛，任为藏人，改名行家，叫他前往东国传达令旨。同年四月二十八日从京城出发，自近江国开始，和美浓尾张的诸源氏次第接触，五月十日到了伊豆的北条，将令旨给了流人前兵卫佐，其次是信太三郎先生义宪因为是长兄，也要给他令旨，便到了常陆国信太的浮岛。又因为木曾冠者义仲是侄儿的关系，也要给他，所以往木曾街道去了。

其时熊野的别当湛增却是平时很受平家的恩惠的人，不知道怎么的闻知了这个消息。就说道："听说新宫十郎义盛受到了高仓宫的令旨，和美浓尾张的源氏也有关络，快要发起谋叛了。那智新宫的那些人一定是帮助源氏的吧，但是湛增受平家的恩像天一样的高，山一样的大，怎么能背叛它呢？那么且对那智新宫的那些人，报以一矢，随后再把事情告诉平家吧。"

于是把全副武装的军兵一千人，向新宫的凑的地方出发。在新宫方面是鸟井法眼，高井法眼，武士是宇为，铃木，水屋，龟甲，那智方面是执行法眼以下，总共二千余人。两方发出叫喊，开始对射，射箭时的呐喊声，说源氏这边是这么射的，平氏这边是这么射的，毫无衰歇，鸣镝也没有间断的时候，这么的战斗了有三天光景。熊野别当湛增的兵卒看看伤亡殆尽，自己也负了伤，侥幸保得性命，逃到本宫里去了。

四 ｜ 鼠狼事件

那时候，法皇虽然说，"这回怕要远流异地，移到什么远岛去吧"，但是在城南的离宫，今年却已是第二年了。

同年五月十二日午刻光景，在鸟羽殿里有许多黄鼠狼奔走骚扰。法皇大为出惊，亲自占卜取了卜兆[37]，叫近江守仲兼，其时还叫作鹤藏人来，对他说道："拿了这个卜兆，到泰亲[38]那里去，赶紧查明吉凶，取了说明回来。"

仲兼领命，到阴阳头安倍泰亲那里去了。可是适值不在宿所，说是在白河，走到白河去找，传达法皇的命令，泰亲赶紧做了说明书。仲兼回到鸟羽殿，想从大门里进来，守卫的武士不许可，可是他是熟悉里边的情形的，所以跳过矮的筑墙，在广缘底下爬过，从廊下出来，[39]把泰亲的说明呈上。法皇打开看时，只见里边说道："三日之内有喜悦的事，也并有悲叹。"

法皇看了说道："喜悦也就是了，现在这种情形之下，又还有什么悲叹的事呢？"

却说前右大将宗盛卿为了法皇的事情恳切的求情，入道相国也终于回心了，同月十三日才把法皇迁出鸟羽殿，移到八条乌丸的美福门院[40]的御所里。泰亲所说的"三日之内有喜悦"，正就是这事了。

别一方面，熊野别当湛增差了急足，到京都来告发高仓宫的谋叛，前右大将宗盛卿听了大为狼狈，其时入道相国刚在福原，便即转行告知。入道相国一听说急忙上京来，说道："没有别的办法，把高仓宫逮捕了，流放到土佐的播多去。"便叫三条大纳言实房为专差，执行这事的藏人是头辨光雅，命令源大夫判官兼纲，出羽判官光长，领兵驰赴高仓宫的御所。这个源大夫判官[41]乃是三位入道的次男，但是加在派去收捕的人数之中，这就因为平家那时还没有知道，高仓宫的谋叛乃是由于三位入道劝说的关系。

五 ｜ 信连

高仓宫在五月十五日欣赏云间的明月，并没有想念到他的身边要发生的变化，这时候有人说是源三位入道的使者，拿了一封信，很匆忙的走来。高仓宫乳母的儿子六条佐大夫宗信接了过来，送给高仓宫看，信内说道："御谋叛事件已经发觉，说要奉迁到土佐的播多地方，公人们就要来奉迎了。请赶快离开御所，往三井寺去吧，入道也即刻前去。"

高仓宫看了信，说道："那怎么办好呢。"就张皇起来，武士中间有一个叫长兵卫尉信连[42]的，说道："没有什么了不得的事，只做女官装束出去就是了。"

高仓宫道："就是这样吧。"把头发弄散了。

穿上女人的衣服，戴了市女笠[43]，六条佐大夫宗信打了长柄的伞，一个名叫鹤丸的童子顶着装着东西的口袋，像是少年武士来迎接女官的模样，从高仓往北，向前走去。路上有一条沟，高仓宫很轻易的跳过去了，过路的人们便停留了脚步，说道："这女人很不稳重，那样的跳沟。"现在怪讶的神气。高仓宫因此更赶快的走过去了。

长兵卫尉信连在御所里留守，里边也有几个女官。便叫她们在

这里那里的隐藏起来，有什么不好看的物事可以收好，只见有高仓宫向来所爱好的叫作小枝的一管笛子，放在平常住的房里的枕边，信连看到了便想道，高仓宫假如记起这笛子来，恐怕会要回过来取的呢。就说道："这可了不得，高仓宫所那么爱好的这管笛子！"于是便追上去，有五町远的地方把笛子送上去了。

高仓宫非常高兴，说道："我若是死了，就把这笛子放在棺材里吧！"又说道："你就这样一起去吧。"

信连答道："现在就有公人们到御所里来迎接，若是没有一个人在那里，那是很是遗憾的事。信连在御所伺候，那是大家都知道的事，假如今夜不在，他们便说这家伙是夜里逃掉了，这在手执弓矢的武士爱惜名誉，乃是断乎不可的，现在回去对付官人，等打退了他们，我就前去伺候。"说了这话，就走回去了。长兵卫那一天的装束是淡青色的狩衣底下，穿着麹尘色的胸甲，佩着卫府的腰刀。[44]他把向着三条大路的大门，和向着高仓小路的傍门都打开了，等到他们的到来。

源大夫判官兼纲，出羽判官光长，带领了兵士三百余骑，于十五日夜的子刻，包围了高仓宫的御所。源大夫判官似乎是别有一种了解，[45]在门前远远的停住了马。出羽判官光长就骑了马走进门内，到院子里才住了马，大声喊说道："听说有御谋叛的传闻，检非违使厅的官人奉命，前来迎接，请赶快出来吧。"

长兵卫站在阔廊上边，说道："亲王现在不在这御所里，出去参拜去了。有什么事，可报告前来。"

出羽判官道："说什么话！不在这御所里，那么在什么地方呢？

别让他这么胡说。部下们进去搜吧。"

　　长兵卫听了说道："真是不懂道理的官人们的说法，骑了马进门来已经是岂有此理了，又说部下们给我搜，那是什么话呀！左兵卫尉长谷部信连在这里，不要走近前来吃了亏去！"检非违使厅的部下有叫作金武的一个大力刚勇的人，便看准了长兵卫，跳到阔廊上去，看了他的样子，接着有十四五个同僚相继上去了。长兵卫把狩衣急忙脱去，连带纽也都撕了，[46]拔出卫府的腰刀来，这刀身却是精心制作的，便放手的四面砍杀起来。敌人是拿的大腰刀和大长刀，但是被信连的卫府的腰刀劈的不能抵当，好像树叶子在风暴中一般，飒的都落到院子里去了。

　　五月十五夜的云间的月亮露出来了，虽然很是光明，但是敌人对于御所是不熟悉的。信连却是熟悉，所以追到那边的长廊下，吧的给一下，逼到这边的角落里，咚的给一刀。那边说道："为什么反抗宣旨[47]的使者的呢？"

　　这边回答道："什么是宣旨！"这样的对抗着。后来腰刀弯了，便跳向后边，用手拗直，用脚踏直了，那样劈去，立刻有十四五个好手被砍倒了。直至腰刀的刀尖折断了三寸许，想要切腹自杀，一摸腰间，可是短刀掉了。没有办法，只得挥着两手，想从向着高仓小路的旁门出去，却在那里遇着一个手拿大长刀的人。信连心想跳过长刀，可是没有成功，在大腿里被戳了一刀，虽是勇猛的心没有屈服，无奈被大众所包围，终于被生擒了。其后御所虽然搜查遍了，高仓宫却是不见，只捕得信连一人，被带到六波罗来了。

　　入道相国在里边帘内，前右大将宗盛卿站在阔廊上边，把信连带到院子里来，说道：“你这厮说什么是宣旨，举刀就砍么？以致将许多官厅部下伤害，应该把他好好审讯，问明始末，随后带到河原[48]，砍下头来。”

信连听了一点都不张皇，冷笑着说道：“近来听说每夜有人来御所窥探，以为没有什么事情的吧，也不曾用心戒备，突然有穿着甲胄的人们打了进来，问说是什么人，答道是宣旨的使者。山贼，海贼，强盗等坏家伙，往往自称是公子们的到来，或充宣旨的使者，从前曾听说过，所以我说什么是宣旨，举刀就砍的。假如我好好的穿着甲胄，拿了好的钢刀的话，那些官人们恐怕没有一个人能够安全的回来的吧。关于高仓宫所在的地方，那是不知道。即使是知道，在武士的身分来说，凡是想定了不说的话，说是审问了难道就会说的么？”其后就什么不说了。

其时在场的许多平家的武士们都说道：“真是刚勇的汉子！是很可惜的男子，拿去杀了，真是不应该的。”

其中也有人说：“那还是在前年武者所的时候，卫士大家都抵当不住的强盗六个人，他独自追了去，砍倒四人，生擒了两个，就是在那时被任为左兵卫尉的。那真是一骑当千的人物呀。”人人都极口可惜他，入道相国不晓得是怎么想的，[49]只把他流放到伯耆的日野地方就算了。

后来成了源氏的世界，信连乃下到东国来，经过梶原平三景时，将事情的始末一一上达，镰仓公[50]听了说道：“这是很殊胜的事情。”将能登国的领地赐给了他。

六 ｜ 竞

　　高仓宫从高仓小路向北走去，到近卫大路交叉处向东转弯，渡过了贺茂河，就到了如意宝山。从前天武天皇还是在东宫的时候，为匪徒所袭，逃入吉野山中，据说也是假装作少女的模样，现在高仓宫的情形，正是没有两样。整夜的在不认识的山路奔走，不习惯的行动，使得脚里沁出来的血染红了石子，踏着夏草丛中的露水一定也感到这苦痛吧。这样的到了天快亮的时候，走到了三井寺。高仓宫说道："只因可惜这没有什么价值的性命，所以信托大众，到这里来了。"大众非常高兴而且感激，以南峰的法轮院作为御所，请他住了下来，并且如式的供给饮食。

　　第二天是十六日，人们传说高仓宫发动谋叛，人已经不见了，京中甚是骚动。法皇听了说道："从鸟羽殿出来，可以说一件喜悦的事，泰亲的说明里说还有悼叹的事，就是说的这个了吧。"

　　且说源三位入道赖政在这些年来没有什么不平，那么为什么在今年却想起谋叛的事来的呢，这乃是由于平家的次男前右大将宗盛卿干了些奇怪的事情。总之人如得了势，任性的做事，和说不应该的话，都是很应该考虑的。

　　这事件的原因是由于源三位入道的嫡子仲纲那里，有一头名闻九重的名马。这是鹿毛[51]的天下无双的逸物，讲到跑步以及性质方面，简直是觉得没有更好的了，马的名字叫作木下。前右大将宗盛卿听见了这事，派遣使者到仲纲那里，对他说道："有名的名马请赐借一观。"

伊豆守的回信说道："所说的马是在这里，但是近来因为乘坐过度，稍为劳乏了，暂时给予休养，所以送到乡下去了。"

宗盛卿说道："那么，这也是没有办法。"以后也就没有动静。

但是多数平家武士里边，有人说："什么，那马是前天还在那里呢！"或者说："不，昨天还在，今天还看它在院子里调练哩！"

宗盛卿说道："那么他是吝惜哪！真可恶呀，一定去要了来！"

于是差派武士前去，或送信去，一天里去上五六回，或七八回去要那马，三位入道听到了这事，便叫伊豆守来说道："即使这是黄金做的马，人家既是这样的想要，也不该吝惜。快把那马送到六波罗去吧。"伊豆守没有办法，便写了一首歌，连马一起送到六波罗去了。那歌里说道：

"爱那马时请来看吧，像本身的影子

一样的东西，怎么可以分离！"[52]

宗盛卿对于这歌也不给回答，只是说道："呀，马真是好马，但是因为主子太是吝惜了，便给烙上主子的名字吧。"于是便在马的身上烙了"仲纲"的名字，系在马房里。

有客人来了，说道："愿得拜观有名的名马！"

便道："把仲纲那厮驾上鞍，拉出来！"

或者道："骑仲纲那厮吧，用鞭子打仲纲那厮。踏好踏镫吧！"[53]

伊豆守听到了这个传闻，大为愤慨说道："这本是同我身一样看重的马，倚恃威势强行取了去，又借了这马仲纲成为天下的笑柄，实在是太岂有此理了。"

三位入道听见了，对伊豆守说道："平家的人干这样的愚事，以为无论怎样侮辱了我们，现在也总无可奈何。既然如此，还是稳便的过去了为是，以后等待机会吧。"因为一家私事的缘故，没有什么成功的希望，所以去劝说高仓宫举兵，这是后来方才知道的事。

关于这件事情，天下的人便都要想起小松内大臣来了。有一天内大臣进宫里去的时候，顺便要到中宫[54]那里去，有一条八尺左右长的蛇，在内大臣的袴腿左边爬行。这时自己假如声张起来，女官们一定也惊慌了，会要使得中宫出惊的，所以他便用左手按住了蛇尾，右手捉住了蛇头，将它收到直衣的袖子里，一点也不张皇，飒的站了起来，叫道："六位藏人有么，六位藏人有么？"

其时伊豆守还是做着卫府藏人[55]，便报名出来道："仲纲在这里。"把那蛇接了过去。

仲纲拿了蛇走过了弓场殿，来到殿上的小院子里，对管仓库的小舍人[56]说道："把这个拿去。"小舍人竭力摇头，便逃了去了。伊豆守没有法子，只好去找自己的部下泷口竞，[57]叫他拿去扔掉了。

第二天小松公把一匹好马驾好了鞍，拿来送给伊豆守，说道："昨天的行动实在很是漂亮。这是乘坐第一的好马。在晚上从官厅里出去，去访问佳人[58]的时候，使用最为相宜。"

伊豆守对于内大臣的回信里说："所赐马谨已领收。可是拜见昨日的动作，却恍然如见还城乐[59]之舞也。"小松公有这样漂亮的事，现在宗盛卿不能及他，这倒也罢了，并且还又去强求人家所珍惜的马，以致引起天下的大事，这实在是太不堪了。

同月十六日入夜光景，源三位入道赖政，嫡子伊豆守仲纲，次男源大夫判官兼纲，六条藏人仲家，其子藏人太郎仲光以下，总共三百余骑，各把邸宅放火焚烧，奔驰三井寺去了。

三位入道所属的武士中，有一个名叫源三泷口竞的人。没有奔去，仍旧留在那里，前右大将便去将他召来，问道：“为什么你不跑到三位入道里去，却仍然留着的呢？”

竞恭谨的[60]回答道：“向来心想，一旦有什么事，应当率先跑去，替主家献出性命，这回却不知怎的，却并没有奉到通知。”

宗盛卿说道：“那么，你对于朝敌赖政法师方面还算是同谋么？你平常不是也出入于这里的么？可想一想前途和升进，你有意思给平家出力么？老老实实的说来。”

竞潸潸的流泪说道：“虽然有世代相传的情谊，对于成为朝敌的人怎么能是同谋呢？在这边的府里伺候吧。”

宗盛说道：“那么，在这里伺候吧。比起赖政法师给你的待遇来，决不会得差什么的。”说了就进去了。

自此以后，便在武士所伺候，里边问道：“竞在那里么？”

这边答应说：“在这里。”

一会儿又问道：“竞在那里么？”

答应说：“在这里。”

这样的从早晨直到晚上。

看看渐将日暮了，大将出来，竞恭恭谨谨的说道：“三位入道听说是在三井寺,想来一定是派人去讨伐吧。这一点没有什么可怕的。不过那些三井寺的法师们,以及我所熟悉的那渡边党[61]而已。我想去挑选那些强敌来打倒,但是我本来有一匹骑了出战的马的,却给伙伴们偷走了,所以现在想请赏我一匹马骑才好。"

大将道:"这话很有理。"便将一匹白苇毛[62]的名叫煖廷[63]的秘藏的马,加上好的鞍辔,赏给了他。

竞回到了宿所,说道:"赶快的天暗下来吧。我好骑了这马,奔赴三井寺去,给三位入道公去打头阵,去战死了吧!"不久天也就暗了,他将妻子们分别躲藏在知人的地方,自己到三井寺去了,他这心里的悲壮是可想而知的。他穿着缀有大形菊花缝子[64]的平文狩衣,家中世传的红色长铠甲,戴了有银白星点的盔,佩着精制的大腰刀,背上箭筒里插着廿四根大中黑[65]的箭,并且似乎还没忘记那泷口武士的作法,添上了两根用鹰的羽毛做的的矢[66]。手里拿着缠着藤的大弓,骑了煖廷,还带上一名从卒骑着换乘的马跟着,叫牵马的人挟着手盾[67],把自己的宿舍放火烧却,径自奔赴三井寺去了。

在六波罗方面,听说竞的宿所里起火了,便都喧扰起来。大将赶紧出来,问道:"竞在这里么?"

回答说:"不在。"

大将说道:"呀,那厮只因粗忽了一点,所以上了他的当了。赶快追去!"

可是虽然是这样说,可是竞本来乃是善于使硬弓的兵士,又是快射的名手,大力的刚勇的人,所以有人说:"他只消用插着的二十四根箭，便可以射死二十四个人了。嘘，别则声吧。"并没有人出去追赶。

在这时候，三井寺方面也正有说竞的事情。渡边党的人说道："本来竞也该叫他同来，如今只有一个人留在六波罗，不知道要吃到什么苦头呢？"

三位入道可是知道他的本心，说道："那个人可是不会随便被捕的。他是对于这入道有很深的情谊的人。我们看吧，他现在就会到这里来的。"话犹未了，竞就突然进来了。

三位入道说道："这可不是么！"

竞规规矩矩的说道："我把伊豆守的木下，从六波罗换了煐廷来了。现在就献上吧。"就献给了伊豆守。

伊豆守非常高兴，立刻就把马尾和鬃毛剪去了，加上烙印，第二天夜里赶回六波罗去。到了夜半，进到门内马房里，和别的那些马咬了起来，那马夫们都出惊了，嚷道："煐廷回来了！"

大将赶紧出来看时，见马身上有烙印道："昔为煐廷，今为平宗盛入道。"

大将说道："可恶的竞那厮，因为疏忽了不曾杀却，所以被他骗了，实在是遗憾之至。这回去攻三井寺的人们，务必把竞那厮生擒了，用锯来锯他的脑袋！"虽是气得跳起来，可是煐廷的尾巴并不生长，烙印也不会得消去。

七 | 山门牒状

且说三井寺吹起海螺，撞起钟来，召集大众，开会议说道："窃观近来世上的形势，佛法衰微，王法停顿，至此已极了。在这个时候如不来惩罚清盛入道的暴恶，更期待何时呢？高仓宫来到本寺，不是正八幡宫的保佑，和新罗大明神[68]的神助，怎么能成呢！天地神祇的眷属都有示现，佛力神力对于降伏怨敌加入援助，这是无疑的事。而且北岭是圆宗学习之胜地，南都乃夏腊得度的戒场也，[69]如送牒文前去，请求协助，想没有不可以的道理。"

大众一致决议，对于比睿山和奈良都送牒状去。致比睿山的牒状如下：

"园城寺谨致牒于延历寺寺务所，为特请助力，俾本寺得免破灭事。

窃查净海入道，恣意胡为，践乱王法，破灭佛法，举世愁叹，无有记极。前十五日夜里，法皇的第二王子偷偷的来到本寺。于是声称有院宣[70]，叫把本人交出去，但是本寺不能照办，传闻说要派官军到来。那么本寺的破灭，就在目前了，这是令天下的人们无不愁叹的。本来园城延历两寺，门派虽然分而为二，所学同是天台的法门，园顿一味的教理，譬如鸟之有左右两翅，又如车之有两轮，若阙其一边，那一边岂能没有悲叹么？为此特请助力，俾本寺得免于破灭，而且过去年中的意见也悉行捐除，回复昔时同住一山的状态，甚幸。众徒会议的结果如上，须至牒者。治承四年五月十八日，大众等。"

八 | 南都牒状

山门大众接到牒状，打开看时，说道："这是怎么的，三井寺乃是本寺的下院，[71] 却说什么如鸟之有左右两翅，又如车之有两轮，将比睿山降下一格去，这样写法真是岂有此理。"所以就并不给回信。而且入道相国又有话给天台座主明云大僧正，叫他去安抚众徒，于是座主赶紧上山去了。因此对于高仓宫的回答，是说能否协助还在未定。这时入道相国又把近江米二万石，北方的织延绢三千匹，送去当作访问的礼物。把这个分配给各处上上下下山湾里的僧众，因为是急忙里的事情，所以有一个人拿了好多的大众，也有空手得不着一匹的人。

不知道是什么人干的事，有这样的匿名诗道：
"山法师的绢衣很是薄呵，[72]

遮不住他那样的丑态。"又有这样的，那或者是分不到绢的大众所写的吧：
"拿不到一片绢的我们，

也被算在那出丑 [73] 的中间了。"[74]

又致南都的牒状如下：

"园城寺谨致牒于兴福寺寺务所，为特请助力，俾本寺得免被
灭事。

窃以佛法之尊胜，由于遵守王法，而王法得以长久，又实由于
佛法。今有入道前太政大臣平朝臣清盛公，法名净海，恣意胡为，
私有国威，紊乱朝政，所有道俗之人，无不叹恨。今月十五日夜，
法皇第二王子为避意外的灾难，突然来寺。于是声称有院宣，叫把
本人交出去，但是众徒一致加以保护。因此彼入道者乃想令武士闯
入本寺，佛法王法，均要一时破灭了。从前唐朝的会昌天子，[75]
曾以军兵图灭佛法，清凉山[76]的僧众对它交战，以为防御，对于
王权尚可如此，何况对于谋叛八逆[77]之辈哉。特别是南都的没有
前例的事，将无罪的长者[78]加以流配。不在这个时候，将何时得
雪会稽之耻[79]么？务祈众徒内则防止佛法之破灭，外则屏除恶逆
之徒辈，加以协力，不胜幸甚。众徒的会议结果如上，须至牒者。
治承四年五月十八日，大众等。"

南都大众接到牒状，打开看时，就送回牒过去。其回牒如下：

"兴福寺谨致牒于园城寺寺务所。来牒收到了，得悉因为入道
净海的关系，贵寺佛法有被灭亡的危险等情。窃维玉泉玉华虽立两
家之宗义，而金章玉句同出一代之教文，[80]南京北京，等是如来
之弟子，自寺他寺，应互伏调达之魔障。[81]彼清盛入道者，实平
氏之糟粕，武家之尘芥也。其祖父正盛，仕于藏人五位[82]之家，
执诸国受领之鞭。及大藏卿为房为贺州刺史时，任检非厅的职事，
修理大夫显季为播磨太守时，又充厩别当的差使。[83]所以其父忠

盛特许升殿的时候，都鄙老少悉惋惜上皇的失政，内外贤豪皆叹息于马台之讖文者也。[84]忠盛虽刷青云之翅，[85]然而世间的人悉轻视为白昼之种，爱惜名誉的青年武士，没有希望仕于其家的。但是那时平治元年十二月，太上天皇感于一战之功，授予不次之赏，自此以来，尊居相国，兼给兵仗。男子或忝登台阶，[86]或列于羽林，女子或备位中宫，或蒙宣准后，群弟庶子并登棘路，[87]孙儿外甥悉握竹符。[88]不但如此，统领九州，进退百司，所有臣仆，并为奴婢。一毫拂意，虽王侯亦即逮捕，片言逆耳，虽公卿亦遭囚系。因此或为求免全性命于一时，或为逃避片时的迫害，即以万乘之君犹不免为面前的服从，历代主人[89]反而为膝行之礼。强夺世代相传的领地，上官亦恐惧而缄口，占有亲王世袭的庄园，人皆畏威而不敢说话，更有进者，去年冬十一月，没收太上皇的御所，配流博陆公[90]的本身，叛逆行为莫甚于此，诚可谓冠绝古今矣。其时我等虽欲对于此等国贼进行问罪，但是或者考虑神意，又或因说是天皇的旨意如此，所以我等只能按住幽郁的心情，度此月日，顷者乃又发动军兵，包围法皇第二王子高仓宫，但是八幡三所权现[91]，乃春日大明神，有所示现，奉呈御辇[92]，送至贵寺，暂寄迹于新罗大明神之宇下，此正可见王法之尚未尽也。因此贵寺不惜身命，守护高仓宫，此又凡是含识之伦[93]，孰有不随喜赞美的么？我等虽远在异地，亦感同情，而清盛入道尚怀恶心，欲进攻贵寺，此间亦微有所闻，并预作准备。于十八日辰一刻召集大众，致牒各寺，又通知下院，军兵集后，再行奉闻，而青鸟[94]飞来，投下芳翰，乃使日来郁闷，一时消散矣。彼唐家清凉一山之苾刍[95]，犹且战退武宗之官兵，何况和国南北两门之众徒，为何不能摧毁怀有野望的邪恶之徒呢？请你们固守梁园[96]左右之坚阵，以待我辈出阵之消息可也。请赐亮察，勿复疑虑。须至牒者。治承四年五月二十一日，大众等。"

九 | 长时间的会议

三井寺又召集大众，会议说道："山门方面是变了心了，南都也还没有回信到来。这样的拖延下去，结果是不好的。还是立刻就冲到六波罗，实行夜袭吧。这里可以分作老少两路，老僧们先从如意峰走往背面，率领步卒四五百人作为先锋，在白河的民家放火延烧，京里的人和六波罗的武士，一定惊呼，'大事起来了！'都冲到那方面去了吧。那时在岩坂樱本左近把他们骗住，暂时交战着，在这时间从正面以伊豆守为大将军，率领大众恶僧，向着六波罗突进，顺风纵火，一下子攻过去，就必然把太政入道烧了出来，可以除灭了。"

可是会议中间，有平时给平家做祈祷工作的一如房的阿阇梨真海，带领了弟子和同宿的法师数十人，来到会场，出来说道："我这样的说话，或者以为是站在平家的一面也未可知。但是纵使这样的受到误解，怎么忍得破坏众徒的道义，并且污损我寺的声名呢？昔时源平两家分成左右两派，共同守护朝廷，近来源氏运势就衰，平家得势已二十余年，天下一草一木亦无不靡然从风。窃观六波罗内中的情势，不是些小攻势在短时期内所能攻下的。所以还应好好的谋划，多集军势，日后再行进攻，乃是上策。"为的要延长时间，所以陈说很长的意见。

这时有乘圆房的叫作阿阇梨庆秀的一个老僧，在法衣底下穿着胸甲，前面挂着大腰刀，秃头包裹着，拿了白柄的大长刀，当拐杖似的挂着，走到会议的中间，说道："不必引什么别的证据。[97]我等的愿主天武天皇，[98]还是在东宫的时候，为大友皇子[99]所袭击，逃到吉野的里边，经过大和国宇多郡的时候，其军兵一共才有十七骑，但是过了伊贺伊势，用了美浓尾张的军兵，终于把大友皇子灭了，即了帝位。书上说的话，'穷鸟入怀，仁人所悯。'[100]别人是不知道，庆秀遂决定同了门徒，今夜攻进六波罗去，去战死了！"

圆满院大辅源觉起来说道："会议老是讨论，夜已经很深了。赶快吧，赶快吧。"

一〇 ┃ 大众齐集

进攻后面的老僧们的大将军是源三位入道，以及乘圆房阿阇梨庆秀，律成房阿阇梨日胤，帅法印禅智，禅智的弟子义宝，禅永等，总共一千人，手里都执着火把，向着如意峰进发。正面的大将军是嫡子伊豆守仲纲，次男源大夫判官兼纲，六条藏人仲家，其子藏人太郎仲光，大众是圆满院大辅源觉，成喜院荒土佐，律成房伊贺公，法轮院鬼佐渡，这些都是力大无双，拿起刀剑来，是不管鬼神也全对敌的，所谓一人当千的老兵。在平等院有因幡竖者[101] 荒大夫，角六郎房，岛阿阇梨，筒井[102] 法师有卿阿阇梨，恶少纳言，北院有金光院六天狗，式部，大辅，能登，加贺，佐渡，及备后等。其他松井肥后，证南院筑后，贺屋筑前，大矢俊长，五智院但马，乘圆房阿阇梨庆秀同住的六十个人之内，加贺光乘，刑部春秀等诸法师，却总不如一来法师。堂众僧兵有筒井的净妙明秀，小藏尊月，尊永，慈庆，乐住，铗拳玄永，武士有渡边省，播磨次郎授，萨摩兵卫，长七唱，竞泷口，与右马允，续源太，清，劝，充当先锋，总共兵力一千五百余人，从三井寺一径出发了。

高仓宫来到三井寺以后，在大关小关[103] 地方都掘了壕沟，安置刺木栅栏等，现在要在沟上架桥，刺木栅栏也须得拿开，费了许多工夫，到得通逢坂关的路上时，已经鸡叫了。伊豆守就说道：“到这里鸡已叫了，那么若是攻六波罗，恐怕要在白昼了。”

圆满院大辅源觉又同前回一样，出来说道：“从前在秦昭王时代，孟尝君被召去关了起来，因为得到后妃的帮助，率领了三千兵士逃了出来，走到函谷关。可是鸡没有叫，关门是不开的。孟尝君三千食客之中，有一个名叫田括[104] 的兵，因为善能学作鸡叫，所以又叫作鸡鸣。那个鸡鸣走到很高的地方去，学作鸡叫起来，于是关门左近的鸡听到了，也都叫了起来了。其时守关的人为这鸡声所骗，把关门开了，放了他们出去。那么，这或者也是敌人的阴谋叫它叫的吧。没有关系，径往前去吧！”

　　但是这时候五月的短夜，天就渐渐的亮了。伊豆守说道："若是夜袭，说不定还有希望，白昼打仗可是不行。那就回去吧。"于是攻背面的从如意峰折回，正面的一支从松坂转回去了。

　　年轻的大众就说："这都是一如房阿阇梨的长时间的讨论的关系，所以天也就亮了。我们把那宿舍打倒了吧。"便到那宿舍完全毁坏了，想加防御的弟子们以及同住的几十个人也都死在里面。一如房阿阇梨连走带爬的逃到六波罗，老眼里流着泪，将这事由告诉了，但是六波罗方面已经聚集有军兵数万骑，听了也并不觉得什么出惊。

　　同月二十三日早晨，高仓宫说道："单是这个寺里的人恐怕不行。山门是变了心，南都也还没有来回信。日后事情怕要不好。"于是便出了三井寺，预备往南都去了。高仓宫旧有两支紫竹[105]的笛子，名中蝉折与小枝。这个蝉折乃是从前鸟羽天皇[106]的时代，曾将砂金一千两赠送于宋朝皇帝，将这个作为回礼，把竹节像是一个活的蝉似的一节做笛子的竹送了过来。

　　天皇说道："这样一件宝物，不能随便的雕刻了。"便叫三井寺的大进僧正觉宗，放在佛坛上，经过七天的加持祈祷，随后才雕成笛了。在一个时候高松中纳言实衡卿到了大内，吹奏这个笛子，他一时忘记以为是普通的笛子一样，随便放在膝下，大概笛子生了气吧，这时候那蝉就折断了，所以称为蝉折。因为高仓宫是吹笛的名人，这笛遂为他所有。但是他大概感到他所有也以今时为限吧，乃将此笛捐献于金堂的弥勒菩萨[107]在他龙华降生的时代，得与菩萨再相遇见，用心是深可哀感的。

老僧们都赐了假，留在三井寺里。至于年轻的大众以及恶僧等，全都同去。源三位入道率领他的一族，据说兵势共总一千余人。乘圆房阿阇梨庆秀扶了鸠杖[108]，走到高仓宫的面前，从老眼里潸潸的落下泪来，说道："本来虽是想不论什么地方都跟了去的，无奈年纪已过八十，行步甚为困难。有弟子刑部房俊秀，可以伺候前去。这是平治之役，故左马头义朝的属下，在六条河原战死的相模国住人山内须藤刑部丞俊通的儿子，因为略有点关系，所以接收了来，养育长大，是心底里都很知道的，叫他随侍你前去吧。"说着掩了眼泪，就留下在后边了。

高仓宫也感到悲哀，说道："这是由于哪一世的恩义，承你们这样的看待的呢。"说了也止不住眼泪流下来了。

一一 ｜ 桥头交战

且说高仓宫在宇治与三井寺之间的路上，接连的六次落了马，据说是因为昨夜里没有睡好觉，把宇治桥的桥板去掉了三间[109]，就进了平等院[110]里，暂时在那里休息了。六波罗方面人们说道："阿呀，听说高仓宫逃到奈良去了。追上去将他消灭了吧。"于是以左兵卫督重衡，左马头行盛，萨摩守忠度为大将军，[111]武士大将[112]的方面则有上总守藤原忠清，其子上总太郎判官忠纲，飞骋守景家，其子飞弹太郎判官景高，高桥判官长纲，河内判官秀国，

武藏三郎左卫门有国，越中次郎兵卫尉盛继，上总五郎兵卫忠光，恶七兵卫景清为先锋，[113] 总兵力二万八千余骑，过了木幡山，走到宇治桥头。他们估计敌人是在平等院里，便高声呐喊了三遍，这边也同样的发出喊声来答应它。

平家方面的先锋叫喊说道："桥板揭去了，不要掉下去！桥板揭去了，不要掉下去！"可是后边的人没有听到，大家抢先的往前走，走在前头的有二百余骑落下去了，就都溺死了。于是在桥头的两边，各自射出响箭[114]去，作为交战的开始。

高仓宫的方面，有大箭的俊长，五智院的但马，渡边省，授，续源太所射出去的箭，铠甲也没有用，盾牌也挡不住，直自通过去了。源三位入道赖政穿的是铠底下的绢袍，和蓝地白花革缀[115]的铠甲，好像想定今日是最后了的样子，故意的不戴铁盔。嫡子伊豆守仲纲穿着赤地的锦袍，用黑丝缀的铠甲，因为要拉强弓，所以也没有戴盔。这里是五智院但马，把大长刀拔出鞘来，独自一个人站在桥上。

平家方面看见了他，说道："把那人射下来吧。"力大善射的人们装箭拉弦，不断的放箭，但马毫不慌忙，上边来的箭就屈身躲过了，底下的一跳过去，当面来的用长刀劈了下去。不问敌人或自己方面的人，都来观看他的这种本领。因为这件事以后，人家就叫他绰名为斩箭的但马。

堂众僧兵之中，筒井的净妙明秀穿着褐袍，外加黑革缀的铠甲，戴了有五段项铠[116]的盔，带着黑漆鞘的腰刀，背上箭筒里插着廿四根黑雕毛的箭，手拿一张缠藤涂漆的弓，和一把特别爱好的白柄的大长刀，走到桥上面去。大声报名道："你们平日想已听见过声名，现在却来看看吧。我乃是三井寺没有不知道的，堂众里边叫做筒井净妙明秀的，一人当千的一个兵士。谁有看得我起的请出来，我们试试手吧。"说了拿来廿四枝箭，装箭拉弦，不断的放箭，立刻就射死了十二个人，伤了十一个，在箭筒里还剩下一枝箭来。随后把那弓飒的丢掉了，解下箭筒也抛弃了，并且脱去了皮毛所做的鞋，裸了双脚，在桥的直梁[117]上很自在的走过去。在别人都害怕得不敢走的直梁，在净妙房的心里，好像是在一条二条[118]的大路上走着的样子。挥动着长刀，把敌人劈倒了五个，到了第六个敌人，那长刀在中间断掉了，只好也就抛弃了。随后拔了腰刀应战，但是敌人很多。蜘蛛脚，八结，十字，翻筋斗，水车，[119]八方不透风的使用腰刀，肆行砍杀。已经劈倒了八个人，到了第九个的时候，因为过于用力的打在盔头上面，刀身在钉在刀把的地方折断了，上半脱落，掉到河里去了。现在剩下来的只有腰间的匕首[120]，净妙房更是发疯的砍杀了。

这时乘圆房的阿阇梨庆秀所使用的一来法师是个大力刚勇的人，也显出本领来了。他跟在净妙房的后面战斗，但是桥的直梁很狭，傍边又无路可走，他就在净妙房的盔上用手一按，说道："对不起了，[121]净妙房。"便咚的一下子从他的肩头跳过去了。可是后来一来法师终于在此地战死了。净妙房也爬似的逃得回来，在平等院门前那草地上面，脱去了甲胄，在错甲上数一数箭的痕迹一共有六十三处，射通里边的有五处，可是没有受到什么重伤，就这里那里的加以灸治，用布裹了头，穿着净衣，把弓折断了当作拐杖，[122]脚穿低

的木屐，念着"阿弥陀佛"，向奈良方面走去了。这边三井寺的大
众以及渡边党的人，都看了净妙房渡桥的模样，继续的走去，争先
的渡过桥的直梁去。有些人获得敌人首级或武器走了回来，也有人
受了重伤，切腹自尽了，或者跳到河里去了。桥上的战斗，真是像
会得发出火来的那么猛烈。

看了这个情形，平家方面的武士大将上总守忠清走到大将军面
前，说道："请看那个样子吧，桥上的交战很是激烈。那么现在是
应该渡河过去，但是适值五月梅雨的时候，水势增加了，若是渡过
去，人马恐要损失许多。我们现在往淀和一口[123]去好呢，还是绕
道到往河内的路好呢？"

下野国住人足利又太郎忠纲进前说道："淀和一口和河内的路，
这是叫天竺震旦的武士前去呢，还是叫我们前去？现在目前的敌人
不加讨伐，却放他进到南都，那时吉野十津川的军兵都聚集了，就
要成为一件大事了。在武藏与上野的国境上，有一条叫作利根川的
大河。秩父党和足利党发生冲突，时常交战，正面是从长井渡过去，
后面是从古河杉之渡过去。上野国住人新田入道加入足利党方面，
想要从杉之渡过去，但是所预备的船只都为秩父党所毁坏了。

他说道：'现在如不渡河，将永久是执弓矢者的羞耻。淹在水
里死了，就去死吧。赶紧渡河！'就编成了马筏[124]，这样渡过去
了。这是坂东武士[125]之常，大敌在前，隔着河交战，不应计较河
水的深浅。况且这河的水深流急，比起利根河来，并没有什么优劣
可分。跟着来吧，列位们。"说着就尽先的鞭马进河里去了，接着
下去的有大胡，大室，深须，山上，那波太郎，佐贯广纲四郎大夫，

小野寺禅师太郎，边屋子四郎，从卒们有宇夫方次郎，切生六郎，田中宗太等，总共三百余骑接续了去。

足利又郎大声说道："把强的马站在上游，弱的马放在下游方面。马脚踏得着的时候，放开缠绳让它走好了。若是踏不着地，马跳起来了，便收紧了叫它游泳着。如有掉队的人，可以弓弰叫他攀住了走。各人都挽着手，并肩游过去。要稳坐鞍鞯，用力的住踏镫。马的头如沉下去，要把它拉起来，但也不要拉的太过把它盖住了。水若是浸上来，可骑在马的后部上头。对马要用弱，对水要用强一点。[126] 在河里不要射箭，敌人射了，也不要应射。要常把项甲斜着，却不要太斜了，给射中了盔的顶边。不要乱流渡水[127] 给冲了去。只顺了水流，斜渡过去就是了。"他说了这些指示，这三百余骑一个都没有漂失，飒的一下到了那边岸上了。

一二 ｜ 高仓宫最后

足利又太郎忠纲那天穿着朽叶色[128] 的绫袍，赤革缀的铠甲，头上戴了有高角[129] 的盔，佩了用黄金装饰的腰刀，背着黑白分明的雕毛的箭，拿着缠藤的弓，跨着连钱苇毛[130] 的马，鞍鞯上涂着金，和有杨树上立着猫头鹰的金属饰物。他站在踏镫上面，大声报名道："你们在远处的想已听见过声名，近处的就来看看吧。我乃是当年除灭朝敌将门，[131] 蒙赐劝赏的俵藤太秀乡[132] 的十代孙，足利太郎俊纲的儿子，又太郎忠纲是也。生年十七岁，以这样无官无位的人，对于亲王引弓放箭，虽然恐有天罚，但是我们乃是奉平家命令而来的，那么弓矢之神和神佛的赏罚，也该算在平家身上吧。三位入道公方面的人，谁有看得我起的请出来，我们试试手吧。"说着就冲进平等院去，战斗起来了。

大将军左兵卫督知盛见了这个情形，就下令道："渡过去，渡过去！"二万八千余骑于是一齐赶马进到河里去了。河水都给人和马所堵塞住了，那样急流的宇治河，就阻住在上流，偶然从空隙进出的水势十分急烈，什么东西都挡不住，就被冲走了。杂兵因为靠着马的下手，渡河过去，所以有很多的人没有湿到膝头以上。但是不知道是怎么搞的，伊贺伊势两国的官兵[133]，因为马筏为水所冲破了，有六百余骑给水冲了去了。淡绿的，红色的，赤色的，各色各样革缀的铠甲，在河里或浮或沉的飘动着那种情形，正如神南备山的红叶，为山上的风雨所吹落，在龙田河的暮秋，给堤堰所挡住，难以流动的样子一般。其中有穿红色革缀的铠甲的武士三人，被流到捕冰鱼[134]的鱼梁上挂住了，在那里摇动着，伊豆守看见了作歌道：

"伊势武者都穿了红革缀的铠甲，

冰鱼似的给宇治的鱼梁所捕住了。"

他们这三个人原来都是伊势国的人，叫作黑田后平四郎，日野十郎和乙部弥七。其中日野十郎是个老兵，他把弓捎进岩石的隙处，揪住了攀登岸上，随后也将二人拉了上来。据说是这样得救的。

全部既然登了岸，攻进平等院的门里，开始战斗。在这混乱的时候，高仓宫已经先往南都去了，只有源三位入道的一派留下，射箭御敌，作为掩护。

三位入道已经过了七十岁了，还亲自战斗，左边膝盖被射了箭，这乃是致命伤，心想平静的自尽了，便退入平等院的门内，可是敌兵还是袭来。次男源大夫判官兼纲穿了蓝地的锦袍，和唐绫缀的铠甲，[135]骑着白苇毛[136]的马，为得让父亲可以逃远，屡次回马前来接战。上总太郎判官射的箭，正中兼纲的盔的正面受了伤，这时有上总守的侍童叫作次郎丸的，是个大力的刚勇的人，拍马上来与他并排着，扭打起来，喤的落在地上了。源大夫判官虽然盔里负了重伤，但是有名的大力，所以按住了次郎丸，斩下他的首级，刚想立起来的时候，有平家的兵士十四五骑，从马上跳了下来，一齐都压在上边，所以兼纲就遇了害。伊豆守仲纲也受了许多重伤，在平等院的钓殿[137]里自尽了。他的首级由下河边藤三郎清亲取了，抛进本堂的阔廊底下去了。[138]六条藏人仲家，其子藏人太郎仲光也非常奋战，取得了不少的首级和武器，终于战死了。这个名叫仲家的人，乃是带刀先生[139]义贤的嫡子，成为孤子，三位入道把他当作义子，加以养育，果然不背平日的恩情，一块儿死了，也是够悲哀的事情。

三位入道叫了渡边长七唱来，对他说道："把我的头颅砍了吧。"

但是活着砍主人的头，觉得太是可悲了，潸潸的落下泪来，说道："这到底不是奉命的，假如是自害了，那么这以后或者可以。"[140]

三位入道说道："那也是的。"便面向西方，高声念佛十遍，做了最后的歌，这是很可哀的。

"埋木似的花也没有开过，[141]

本身这样结果是很可悲的。"

这是一生的最后的歌了，将腰刀的尖刺在肚腹，屈身下去，就为腰刀贯穿而死了。其时不是咏什么歌的时候，但是因为在少年时代酷好此道，所以就是在最后也不会得忘记了。于是长七唱取了首级，哭哭啼啼的用石头一起包好，在大众混乱中走了出来，把它沉了宇治河的深处了。

竞泷口因为平家的武士总想怎样的把他生擒了，他自己也原先知道，奋力战斗，受了许多重伤，也切腹死了。圆满院大辅源觉大概这时觉得高仓宫已经走得很远了吧，两手里拿着大腰刀和大长刀，突破敌人的包围，跳进宇治河里，武器一样都没有丢失，潜过水底，到对面登岸，走到高地上，大声叫道："平家的爷儿们，到这地方来大概很吃力吧！"说了就回到三井寺去了。

飞弹守景家是个经历战阵的老兵，心想趁了这场忙乱，高仓宫怕已往南都去了吧，所以并不打仗，率领了部下五百余骑，加鞭催镫，追了下去。果然高仓宫只带了三十余骑正在赶路，在光明山的庙门左近被追着了，弓箭就如雨下的射来，不知道是什么人射的箭，射中了高仓宫的左边的腰腹，落下马来，被取了首级去了。走在一起的鬼佐渡，荒土佐，荒大夫，理智城房伊贺公，刑部俊秀，金光院六天狗等，都叫喊道，在这时还要给谁可惜性命呢，[142]就在一块儿战死了。

其中有高仓宫乳母的儿子，六条亮大夫宗信，因为敌人继续前来，他的马又乏力，所以跳进了赞野池里，脸上盖着浮萍，在那里发抖，敌人就在他面前经过。过了一会儿，兵卒四五百骑喧嚷着走回来，有一个身着净衣，没有头的死人在窗板上抬着，[143]这是什么人呢，看时却正是高仓宫。他从前说过："若是我死了，把这笛子放在棺里吧。"这个有名的"小枝"的笛子，现在还是插在腰里。心里虽想跑出来，抱住了尸骸，可是因为害怕，所以这也没有能够做到。等到敌人们都回去以后，才从池里上来，将湿衣服绞干了穿上，哭哭啼啼的回到京城里来，世人没有不非难他的。

且说南都大众七千余人，着了甲胄，来迎接高仓宫，先锋已经到了木津，后阵还没有出兴福寺的南大门。但是随即得到消息，高仓宫已经在光明山的庙门外遇害了，大众没有法子，遂掩泪留了下来。只有五十町[144]的距离不及等待，却给遇害了的高仓宫的运命，实在是很可痛心的了。

一三 ｜ 王子出家

平家的人们把高仓宫的，以及三位入道的一族，三井寺的众徒，总共五百余人的首级，插在腰刀长刀的尖头上，高高的举着，于快晚时候回到六波罗来了。兵卒们的踊跃欢呼的情形，说起来简直是可怕的了。其中只有三位入道的首级，因为长七唱拿去沉到宇治河里去了，所以没有见到，至于他的儿子们的首级，都在这里那里的给找到了。其中高仓宫的首级，平常因为没有人到他那里去，所以也就没有一个人认得的。先年典药头定成[145]曾经因为看病召去过，他应该看见过的吧，差人去叫，可是因为生病不能来。于是有那高仓宫平常所使用的女官给搜查了出来，叫到六波罗去问。那人和高仓宫正有不很浅的因缘，还生过儿子，是他所最宠爱的女官，哪里会有看错的道理呢？所以只消一眼看去，就把袖子掩着脸，流下眼泪来了，那才知道这真是高仓宫的首级了。

高仓宫还同了好几个人的女性生下了好些王子。在八条女院[146]那里伺候的，伊豫守高阶盛章的女儿，名叫三位局的女官，给他生有一个七岁的王子，和五岁的女儿。入道相国叫他的兄弟池中纳言赖盛卿去对八条女院说道："听说高仓宫生有不少的子女，王女不成什么问题，王子便快快的送他出来吧。"

八条女院回答说："听到那谣言之后，乳母不知好歹的带了他，一直逃走了，不在这御所里了。"

赖盛卿没有办法，就这样的报告了入道相国。他说道："哪里会有这样的事，不在御所里还有什么地方呢？那么，就叫武士们去搜吧。"

这中纳言乃是女院那里乳母的女儿，叫做宰相殿的女官的丈夫，平常往来八条院里，觉得颇有好感的，但是为了王子来说话，像是别个人的样子，女院就有点嫌恶了。但是王子说道："现在这事情已经闹了很大，我也终于躲不过去的吧。可快点把我送到六波罗去吧。"

女院潸潸的落泪，说道："人家七八岁的时候，还是什么事也不懂得，现在却是因为自己的缘故要成为大事，似乎对不起，所以说这样的话的呀。白费气力的人，这六七年来加以抚养，却落得今日来遇到这样难过的日子。"眼泪就没法止住了。赖盛卿第二次到御所来，说应该把王子送出去，女院没法，只得将他送出御所了。母亲三位局因为这是今生的永别，想定是非常惜别的吧。哭哭啼啼的给他穿好了衣裳，梳理头发，送他出去，觉得简直是在做梦。自女院为始，以至各房的女官，女童等人，无不流泪至矜袖都湿的。赖盛卿接收了王子，把他坐在车上，带到六波罗去了。

前右大将宗盛卿见了这个王子，走到父亲入道相国的面前说道："不知道为什么缘故，我看见了这王子，便觉得太是可惜了。请你格外的把这王子的命赏给了我吧。"

入道相国道："那么快点把他出家吧。"

宗盛卿把这事告诉了八条女院，女院说道："没有什么意见。就让他赶快出家吧。"于是使他成为法师，列为释氏，[147]给仁和寺御室[148]做了弟子，后来东寺的首席长者[149]，称为安井宫[150]的僧正道尊的，就是这个王子。

一四 | 通乘的事情

在奈良还有一位王子，是他的保傅赞岐守藤原重秀将他出了家，带到北国去，后来木曾义仲[151]进京的时候，想奉他为王，带了来京都，给他重新行戴冠礼，称为木曾亲王，也称还俗亲王。随后住在嵯峨那边野依地方，因此又称作野依亲王。[152]

从前有一个名叫通乘[153]的看相的人，曾经对宇治关白和二条关白[154]说道:"你是三代当关白,年纪都过八十。"

一点都没有错误,又相权帅内大臣[155]道:"有流罪之相。"也并不错。

又圣德太子说崇峻天皇,有横死之相,后果为马子大臣所弑。[156]不必一定是专门看相的人,古来就有这样看的准确的,相少纳言的给高仓宫看相,那么岂不是看错了么?近世兼明亲王,具平亲王,人们也叫作前中书王,后中书王的,[157]也都是贤王圣主的儿子,没有即帝位,但是也不因此起了谋叛。又后三条天皇的第三皇子,辅仁亲王才学出众,在白河天皇还在东宫的时候,后三条天皇有遗诏给他说:"在你即位之后,可传位给他。"但是白河天皇不知道是怎么想法,终于没有将帝位传授给他。可是作为一点补偿,将辅仁亲王的王子赐了源姓,从无官无位的人一下子就叙三位,立即补了中将。在源氏的一世里,从无位升到三位,这除了嵯峨天皇的皇子,阳院大纳言定卿之外,乃是第一回了。这就是花园左大臣有仁公[158]的事情了。

在高仓宫谋叛的时候,有些高僧们修行调伏之法[159],后来论功行赏,前右大将宗盛卿的儿子侍从[160]清宗叙了三位,成为三位侍从了。今年才十二岁,在他父亲当这个年纪的时候,刚才做到兵卫佐,他却忽然升入公卿之列,这样的事是除了摄政关白的儿子以外,是不曾有的。其时叙位任官的除书上写的理由是"源以仁赖政法师父子讨伐之赏"。追讨真正太上法皇的皇子已经是岂有此理了,况且又把他庶人一样看待,尤其是出于想象以外了。

一五 | 怪鸟[161]

　　且说源三位入道赖政原是摄津守赖光[162]的第五代，三河守赖纲的孙子，兵库头仲政的儿子。在保元的战役里，他站在后白河天皇的方面，率先奋战，得不到什么奖赏，后来平治之乱，他又弃舍了亲族的关系，[163]参加这边，但是恩赏却也微薄得很。被派大内守护之役，虽历多年仍然得不到升殿的恩典。年龄快要衰老了，就做了一首述怀的和歌，这才得到许可升殿的。

　　"人家不知道的，大内山的看山的人，

　　　只是隐在树背后看那月光罢了。"

　　因了这首歌的缘故，许可升殿，叙为正下四位，过了好久，心想升三位，便做了一首歌道：

　　"没有上去的机会，只好在树底下

　　　捡那椎子[164]过这一世吧。"

　　因了这样这才改成三位，但不久便即出家了，称为源三位入道，今年是七十五岁了。

　　这人在一生里顶出风头的事情，是在近卫天皇在位的时候，仁平年间，主上每夜必要梦魇以至气绝，叫有效验的高僧贵僧[165]，修各种大法秘法，但是都没有效。这病的发作在每夜的丑刻，那时从东三条的树林方面，有黑云一簇起来，笼罩在御殿上面，那梦魇就必定起头来了。因此公卿们开了会议。从前宽治年间，堀河天皇在位的时候，也是这样的主上每夜要梦魇。当时的将军[166]义家朝臣来到紫辰殿的阔廊上，等到发病的时刻，接连的鸣弦[167]三次之后，高声报名道："前陆奥守源义家是也。"听见的人都为之毛发耸立，那发病就全好了。

因为这样所以依照先例，叫武士来警卫，在源平两家的兵士中物色人物，结果便选上了赖政，其时他还是兵库头。[168]赖政说道："从前朝廷设置武士，为的是扑灭叛逆，除灭违敕的人的缘故。叫去追捕眼前看不见的妖怪，还没有听见过哩。"虽是这么说，因为出于钦命所以应命进宫去了。赖政只带了一个向来信托的从卒远江国住人猪早太，[169]背了用双翼底下短翮所装的箭跟随着。他自己穿着表里一色的狩衣，拿了用山鸟羽毛所装的锋箭[170]两枝，配了缠藤的弓，来到紫宸殿的阔廊上伺候着。

这里赖政带着两枝箭乃是别有理由的，其时雅赖卿[171]还是左少辨，因为他曾经说："要追捕妖怪的人，只有赖政。"所以他预备拿一枝箭射那妖怪如是不中，便将拿了那一枝箭去射雅赖卿那厮的脑袋了。

果然像人们所说的那样，到了发病的时刻，从东三条树林的方面，有黑云一簇起来，弥漫在御殿的上边。赖政使劲的望上去，看见云里边有什么怪物的样子。他想这回如是射不中，就不再想活着了吧。取箭装在弓上，心里默念南无八幡大菩萨，[172]就拉开弓，飒的射出箭去。手里觉着受到有一种反应，啪的一下射中了。便发出喊声来道："射着了，噢！"井早太赶紧走上去，在它落下的地方按住了，接连的刺上了九刀。其时殿里上下的人手里都拿着火，出来看时，这乃是猴子的头，身子是狸，尾巴是蛇，手脚却像是老虎，叫声像是怪鸟。这样子的可怕，说也是多余的。主上非常称赏赖政的功绩，便将一把叫作狮子王的御剑赏给了他。宇治左大臣赖长公领得了，将要交给赖政，下到御前的台阶一半的时候，其时是四月中旬的时候，听见空中子规[173]叫了两三声飞去过了。

这时候左大臣就吟出半首和歌来道："子规的声名居然上达云中了。"[174]

赖政屈了右膝，伸开左边的衣袖，稍为斜过去看着月亮，接下去道："因了弦月[175]就那么的射去了。"领了御剑就出来了。

君臣都叹赏道："这于武艺[176]方面不但是无与伦比，就是在歌道上也是很优长的。"至于那个怪物，拿去放在一个独木舟[177]里，给河水流了去了。

又在过去应保年间，二条天皇在位的时候，有怪鸟名叫鵼的在禁中鸣叫，时常使得天皇感到苦恼。就依先例，召赖政前去。这时是在五月下旬，而且又是黄昏时刻，怪鸟只叫了一声，第二声就不再叫了。望过去只是一片暗黑，全看不见什么形状，没有地方可以瞄准。赖政乃想得一计，先拿一枝大的响箭扣上，向着怪鸟叫着的大内的上空射去。怪鸟因为响箭的声音出了惊，在空中暂时咻咻的叫了几声，这时接连的扣上第二枝小响箭，呼的射了出去，怪鸟即跟了响箭同时落在面前了。宫中立刻就嚷了起来，天皇非常高兴，赏给他被上御衣，那时是大炊御门的右大臣公能公领了御衣，转交给赖政，说道："从前养由[178]曾射云外的大雁，现今的赖政却射雨中的怪鸟。"

又咏歌道："五月的暗夜里，你今夜却显了你的名了。"

赖政接下去说道："就只是觉得黄昏时是已经过了。"[179]将御衣挂在肩头，[180]退了出来了。其后赏给伊豆国，将儿子仲纲任为国守，自己也叙为三位，得到丹波的五个庄，若狭的远宫河的领地，本来可以平安过活的人，乃引起不会成功的谋叛，断送了高仓宫，自身也灭亡了，这实在是可叹的事情。

一六｜三井寺被焚

山门大众以前很是喜欢胡乱的上诉，这回却是很稳重，没有什么声音。"南都与三井寺是一气的，或是收受高仓宫，或是要去迎接，因此是朝敌了。所以三井寺和南都非得去加以征伐不可。"这样的说了，在同年五月二十七日，派入道相国的四男头中将重衡为大将军，萨摩守忠度为副将军，总共兵力计一万余骑，向园城寺进发。在寺的方面，掘了壕沟，竖立垣盾，[181]安置刺木栅栏等，到了卯刻各射响箭，开始交战了。整整的战斗了一天，防御方面的大众以下法师等阵亡了三百余人。到了夜战，官军趁了夜阴，攻进寺内放起火来。所烧的地方，计有本觉院，常喜院，真如院，花园院，普贤堂，大宝院，清泷院，教待和尚本坊，以及本尊[182]等，八间四面的大讲堂，钟楼，经藏，灌顶堂，护法善神的社坛，新熊野的御宝殿，一总堂舍塔庙计六百三十七所，大津地方的民家计一千八百五十三户，智证大师从中国拿来的一切经七千余卷，佛像二千余体，忽然成为烟尘，这是很可悲的了。诸天所享乐的五妙之音乐永绝听闻，龙神所受的三患之苦恼[183]将更炽盛了吧。

原来那三井寺本是近江的拟大领[184]的私寺，后来献给天武天皇，变了敕愿寺了。那本尊也是天武天皇的御本尊，据说是弥勒菩萨转世的教待和尚在这里修行了一百六十年之后，就让给了智证大师了。弥勒菩萨在睹士多天[185]的摩尼宝殿住了多年之后，听说要在龙华树上成道，他的化身曾经修道的地方却是烧掉了，这是怎么说的呢？智证大师以这里为传法灌顶[186]的灵蹟之地，每早掬取寺井的井华水，因为这个缘故名为三井寺[187]的。这样可贵的圣迹，如今却什么都没有了。显密之教灭于须臾，连伽蓝亦已了无踪踪。既无三密道场[188]，也不复听见铃声，没有一夏之花[189]，亦不闻汲取阿伽[190]的声音。宿老硕德的名师怠于进修，受法相承的弟子与经教永别了。三井寺长吏[191]图惠法亲王停止了三井寺别当的职务，其外僧纲十三人悉褫夺官职，交检非违使看管，恶僧筒井净妙明秀等三十余人，并予以流放，有心的人们听了就说道："这样的天下动乱，国土骚扰，不像是平常的样子。这大概是平家的世界要完了的先兆吧。"

注　释

[1] 日本古时男儿至三岁时，有着裳的仪式，谓于其时于衣外加裳，同时亦有初次食鱼的庆典，称为"真鱼之祝"，真鱼意即是鱼，但后世则逐渐提早，至江户时代至小儿生后一百二十日行之。

[2] 日本的传国宝器共有三样，即神镜八咫镜，神剑草薙剑，八坂琼曲玉是也，通称为神器，与中国的传国玺相仿佛。八坂琼曲玉意译是"八尺长的勾玉的串饰"，这是上古时代的一种装饰，取种种玉石作为勾玉，亦称曲玉，状如太极图的一半，头大尾小，头上有孔，串作一列，悬于颈间。传说当天照大神隐藏起来，世上没有阳光，（因为她是太阳之神，）那时诸神齐集，造作此串，流传下来，因性质相似，故或称神玺，然没有文字，与玺迥殊。诸神歌舞大笑，诱她出来观看，便以镜使照，不让她再躲起来，此事见《古事记》第二九节中，这即是镜与玺的出典。至于那剑则是她的兄弟速须佐之男命（亦写作素盏鸣尊）的东西，乃是从八个头的大蛇身上取得的。

[3] 辨内侍乃是女官的名字，内侍是官名，辨字则是取她父亲的官职为记，并不是她的姓氏。下文备中内侍与少纳言内侍也是如此，表明她是备中国守和少纳言的女儿。

[4] 在五条故称为五条殿，是当时的临时宫禁，中古时代常就摄关及外戚邸宅设立这种临时宫禁，以备应用。这乃是大纳言藤原邦纲的住所，邦纲曾于王子诞生时进马二头，见卷三注 [33]。

〔5〕闲院殿为藤原冬嗣的邸宅，曾于安元三年（一一七七）被焚，见于卷一"大内被焚"这一节中。

〔6〕鸡人是借用《周礼》中语，指报告时间的官吏。

〔7〕后汉孝殇皇帝于元兴元年（一〇五）十二月即位，到第二年八月就死了，所以所引的不算是好例。

〔8〕"准三后"见卷一注〔59〕。

〔9〕日本古代对于天皇上皇及以下公卿高官，每年例有除授名额，所有爵禄，悉归所有。

〔10〕法兴院见卷三注〔152〕。

〔11〕石清水即石清水八幡宫的略称，为源氏的氏族神。

〔12〕乱声是指舞乐之初，诸种乐器一时齐奏，因此得名。

〔13〕扫部寮是宫中专管洒扫的一部分员司，筵道乃是院子所铺的一种长的草席。

〔14〕"宗庙"即是指伊势神宫，在今三重县伊势市，分为内宫皇大神宫，祀天照大神，她的代表便是那八咫镜，宫中所藏的便是它的模造品，外宫为丰受大神宫，祀丰受大神。所以算是日本皇室的宗庙。

〔15〕别本无此一节，而在"严岛临幸"之下，附加一个题目道："附安德天皇即位"，一本有这题目，而不别作一节，只附于前节末了，注曰"附回銮"。

〔16〕严岛神社附属的巫女称为内侍，参看卷二注〔148〕。

〔17〕导师是主持一种法事的僧人，在法事始末的时候，高声诵说举行仪式的目的，谓之表白之词。

〔18〕大宫即是严岛神社的本殿，客人之宫是祀天忍穗耳命等五位神们的地方，与卷一注〔176〕所说的京都山王七社之一的客人宫又有不同。

〔19〕五町约等于中国的一里，町是计算距离的单位，参看卷二注〔49〕。

[20] 泷之宫亦称隅冈宫，祀湍津姬命。泷字在日本作瀑布讲，所以这可以解作瀑布之神宫。

[21] 歌意大抵是说歌颂上皇远路的来参诣，把从高空下来的瀑布与上皇相比，又与泷之宫的名义双关，构成作歌上的技巧，只是应制之作罢了。

[22] "阿里之浦"的"阿里"可以训作"蚁"，也可以读作"有"字，这里的意思是作"有"字讲，与上边"有惜别的意思"相关，连下去作为地名，也是偏重技巧的一首应制之作。

[23] 日本古时规定阴历四月一日为更衣之节，从那一天起改穿袷衣，这与中国的"换季"仿佛，但它只在春夏之交，有这一回而已。

[24] 史生是太政官所属各省的据史，左右各十人，司文书的起草及誊录各事。

[25] 五条大纳言即是藤原邦纲，因为住在五条东洞院，当时曾借为临时的宫禁，参看上文注[4]。

[26] "白浪"的衣袖即是白色，指巫女所穿的衣服。这里"白浪"的"浪"和后边"站立"的"立"意义双关，"立"字又与"裁"字同音，关合衣服，全用文字上的技巧做成，译意便不能保存它的特色了。

[27] 九条公是前关白藤原基房的兄弟，是当时第一流的学者。

[28] 原文云"公文所"，是指当时管理关于庄园的一切文书账目租税等事的地方。

[29] 藤原季成的女儿为后白河天皇的娘妃，称为高仓三位。

[30] 大宫即是藤原多子，为近卫天皇的王后，寡居后出居近卫河原的御所，她的故事见卷一第七节"两代的王后"。

[31] 建春门院即是平滋子，为后白河天皇的宠妃，建春门院乃是给她上的尊号，参看卷一注[133]。

[32] 源赖政系出清和源氏，是清和天皇的第六个孙子，下降臣籍，

赐姓源氏，名经基，六传而为源义朝，死于平治之乱，其子赖朝连坐流于伊豆。赖政乃是义朝的从兄弟行，在武士中颇有名声，卷一"抬神舆"一节中可以略见一斑。

［33］父子相传为一世，这里所谓代却又是不同，乃是指皇位相传的代数，其间有兄弟相继者，所以这代比起世来，要多出许多了。

［34］原来凡是皇太子以及三后所发的公文称为令旨，但后来亲王和王的命令也称作令旨了。

［35］赖朝是源义朝的儿子，与源赖政是从兄弟，因为义朝死于平治之乱，可以说是与平氏有仇，后来赖政举事失败，由文觉上人运动他出来继续，终于成就推倒平氏的大业。卷三第一七节"行隆的事情"中说及江远成父子当初就去投奔他，可见他颇有人望。

［36］六孙王是指初代源氏的源经基，他乃是清和天皇的第六王子的儿子，故有是称，见卷一注［207］。源满仲是他的儿子，居于摄津的多田庄。

［37］卜兆是指古代用龟卜，用火灼龟甲，使它发生裂纹，这就是兆，占卜者凭了这个兆纹，看出吉凶来。

［38］安倍泰亲是占卜大家，任阴阳头，即是阴阳寮的长官，参看卷二注［7］。

［39］源仲兼其时既然是法皇那里的藏人，为什么出去就不能进来，要这样苦心的设法，其理由无从了解。

［40］美福门院是鸟羽天皇的王后藤原得子的称号，所以这就是后白河法皇的母后了。但据校订者说，当时实在不知法皇从鸟羽殿出来住在那里，大概只是晓得在八条乌丸一带，所以这里推测是在八条乌丸的美福门院罢了。

［41］源兼纲这里说是赖政的次男，一说赖政的兄弟赖行的儿子，所以是他的侄儿。大夫判官是叙为五位的检非违使尉，见卷二注［85］。

源出羽判官光长亦是源氏一党，见上文"源氏齐集"中。

［42］信连本出源氏，长谷部为连的儿子，任官左兵卫尉，通常取长谷部的长字，加在官名上面，作为通称，所以这里叫他作长兵卫尉。此人是本书上半所写两个刚勇不屈的人之一，其一是西光法师，其他一人便是信连，但是比较起来，他却更是有智有勇，够得上说理想的武士了。

［43］市女笠乃是一种用菅草编成的草笠，顶上特别高出，预备隐藏发髻，本来妇人外出卖东西的常戴此笠，所以得此名，但后来就是上流妇女也戴这笠，称为"壶装束"，这里高仓宫的装束大概就是这样的吧。

［44］近卫府，兵卫府，卫门府，各分左右，称六卫府。为警卫宫禁的机关，所有职员平常各带有腰刀，这原来是警卫的兵器，可以用作战斗，但是后来逐渐流为装饰之用，虽然形式好看，实质却是不行了，所以下文说他拔出刀来，这虽是卫府的腰刀，刀身却是精心制作的，便是这个缘故。后边屡次提起卫府的腰刀，意旨里说他所用的本来并不是战斗用的兵器。

［45］源大夫判官兼纲是三位入道的儿子，所以别有会心，后来他就参加到三井寺那边去了。

［46］脱去狩衣，将带纽都扯断了，表示行动的急忙，来不及解衣带。

［47］宣旨本谓诏谕敕令，这里因为重视检非违使厅的缘故，对于它那里的命令，也称之为宣旨。

［48］河原即是河滩，这里所说乃指贺茂河原。

［49］别本作"他也就说：那么，不要砍吧"。有这么一句，也就使得神情活现了。

［50］平氏灭亡后，源氏继兴，源赖朝鉴于平氏在京都的失策，乃

是镰仓地方设立政府，为日本幕府政治的始基，后世称这时代为镰仓朝，此书的著者所以称赖朝为镰仓公云。

[51] 鹿毛是马的毛色的名称，全身是茶褐色，只有鬃毛和尾巴是黑色的。

[52] 这首歌也是中古以后偏重技巧的作歌之一，它将心爱的马比作自己的不可分离的影子，因为"影"字和"鹿毛"是同音的。但是这歌用在当时似乎不很切贴，还是应当用于最初谢绝来要马的时候才行。

[53] 这里动词的命令形乃是haré，可以译作"痛打"，但是上边已有过"打"字，是用马鞭子，译文上补出了，所以这里对于马似更无痛打之必要，别本解作Hunbaré的同意，即是"蹬住踏镫"的意思，或稍近似，这里便用了这种解释。

[54] 中宫即是高仓天皇的王后建礼门院，参看卷一注[57]。

[55] 卫府藏人是说本是卫府的官员，而兼任藏人的职务者。

[56] 小舍人是供杂役的小童，这里是属于宣阳殿的仓库，管理物品出纳的事务的。

[57] 泷口竞是本章的主人公的名字，这里却只是闲闲的出来。竞是他的名字，也是源氏的一系，只因聚族居于难波的渡边地方，所以是渡边的姓了。泷口乃是卫士的名称，是专司宫中的警卫的，因为官厅设于清凉殿的东北隅，那里是御沟的出口，称为泷口，原意是瀑布口，所以这就成为那些卫士的名称了。

[58] "佳人"原文是"倾城"，故典出在李延年的歌词，说虽是要倾城倾国，只是佳人难再得。日本人借去作为妓女的代称，一直沿用下来，到了现代。

[59] 还城乐是古代舞乐之一，亦名为见蛇乐，舞人戴面具，手执鼓槌长一尺一寸，初作舞蹈，于有人持一蛇蟠作一团，放舞台中，舞

人见蛇乃大喜悦，以手持蛇，又或放下，作种种欣喜乱舞之状，据说这乃是形容当时中国东北胡人有喜食蛇者，看见蛇的时候高兴的情状。但是唐玄宗发起政变，除灭韦后一派成功，作有舞乐名还京乐，因为与还城乐字面相似，所以后来发生混乱，于天皇出外临幸，到了回京的时候，演奏还城乐，实在是文不对题的。

〔60〕原文写作"畏"（kasikomaru）字，本意是敬畏，但是普通当作"端坐"讲，因为古来日本的坐法乃是在席子上跪着，与中国现在很有不同，所以这里说坐便联想他是"垂脚而坐"，说跪便又连到跪拜上去，觉得总不合式，只能直说是恭恭敬敬的，别的意思附带的在这里说及一下子罢了。

〔61〕渡边党是源氏的族人，因为住在摄津国的难波江渡口，所以得这个名称，党即是那一族的人。

〔62〕白苇毛是马的毛色之一种，遍身白毛，里边杂有黑色，其白毛居多者称为白苇毛。

〔63〕"燧廷"是马名，但也写作"南镣"，读音相同是nanryo，是根据《尔雅》所说的"银之美者曰镣"，系赞美马的银色的。但是"廷"字却是很特别的读作ryo音。

〔64〕用扁平的带子结作菊花的形状，钉在衣服缝合的地方，用作装饰。

〔65〕箭的羽毛用的是雕毛，上下端皆白，中间黑色的，称为"中黑"，若是黑的地方特别大的，则称"大中黑"。

〔66〕"的矢"是专为射的用的箭，若用实战用的则名为"征矢"。

〔67〕"手盾"原文云"持盾"，是手拿的一种盾牌，形细长，用以防敌人的箭，此外别有一种"垣盾"，排在地上，作墙垣之用。

〔68〕新罗大明神是三井寺的镇守神，即《古事记》中的速须佐之男命，亦写作素盏鸣尊。

［69］北岭指比睿山，南都即是奈良。这里说延历寺是进修天台宗学问的地方，兴福寺乃是夏天九十日间僧侣修行，取得僧人资格的戒坛的所在。

［70］院宣见卷一注［183］，是上皇或法皇的诏旨，这里所说乃是后白河法皇的命令。

［71］三井寺的开祖圆珍，乃是从比睿山分出去的，所以称为末寺，就是下院。关于延历寺和三井寺的纠纷见上文卷二第一二节及卷三第六节。

［72］织延绢是一种绢，比平常的绢每匹要长些，故有此名，然而也较薄，这是从本文中可以看出来的。

［73］"出丑"原本云"羞耻"，即是说夺取那绢匹的丑态。歌意说那绢很薄，所以穿上去遮盖不住那时的丑态。

［74］上面这一节即是说明山门牒状的结果，与下面的复牒是南都牒状的结果相同，所以本应与上节连接才是。

［75］唐武宗会昌五年（八四五）曾大举灭佛，毁佛寺四万余所，但他一面仍信奉道士，所以没有什么好的结果。

［76］清凉山即是中国的五台山。

［77］"八逆"日本古代律法上称为"八虐"，即谋反，谋大逆，谋叛，恶逆，不道，大不敬，不孝，不义。"谋反"是关于国家的安危，即是叛国，"谋叛"则是关于当权者，就是发动政变。

［78］佛教用语为富人之通称，这里乃是指前关白藤原基房，因为兴福寺与藤原一族至有关系，所以特别提出。

［79］"会稽之耻"借用越王句践事，谓报仇雪恨。

［80］玉泉谓天台宗，玉华指法相宗，意谓两者的教义虽是不同，但经文的章句悉出于释迦，所以是一样的。

［81］南京即南都，就是奈良，北京指京都，因为它在稍偏北的地

方。调达乃调婆达多的节译，原是释迦的从弟，却与佛为敌，用种种法子进行妨碍，这里说各寺应互相帮助，降伏这些魔障。

[82] 大藏卿藤原为房还是做五位藏人的时候，平正盛在那家里做事，得到国司的职衔。

[83] 藤原为房后来实授加贺国司时，他跟了去任警察厅长，检非厅即中央检非违使的分厅。又在藤原显季为播磨国司的时候，曾经当过厩别当，这乃是专司养马的官吏，别当意云长官。

[84] "内外贤豪"谓佛教及儒家两方面的识者，"马台"即耶马台的略称，系古代中国称日本的名字。所谓"马台之谶文"，乃是指耶马台之诗，是日本一种预言书，犹"烧饼歌"之类，其中有云，"百王流毕竭，猿犬称英雄"，这里所说当即指此。

[85] "刷青云之翅"喻平清盛的骤然发迹，如鹰隼之奋翅飞升。

[86] 台阶谓三台的地位，即是位列三公，以喻大臣。

[87] 棘路是公卿的别称。

[88] 竹符即是符节，用竹所制，古时国司赴任时携其一半，其一半则留在京里，所以握竹符即是说任各地方的国司。

[89] "历代主人"与上文"万乘之君"相对，是指藤原家里的人，"主人"原文作"家君"。

[90] 博陆公即前关白藤原基房，博陆为关白的别称。

[91] 八幡三所权现系指八幡宫中所祀应神天皇，神功皇后，玉依姬三神。

[92] "御辇"原文云"仙跸"，是指帝王所坐的车驾，因"跸"字不能通用，故从改译。

[93] "含识之伦"即是佛教的所谓有情众生。

[94] 青鸟是使者的别称，中国古代传说，西王母有青鸟当她的使者，后来即借以称一般的使者了。

［95］"芯刍"（bhiksu）与"比丘"原系一个字，只是写的不同罢了。

［96］梁园在中国河南开封，为汉梁孝王游宴之所，后世遂用为典故，指亲王的所在，这里即说高仓宫。

［97］这是反对真海的提议的话，意思是说他们行动的根据便是帮助高仓宫，不必他求，所以也用不着别行谋划。

［98］愿主天武天皇乃是说三井寺是天武天皇所敕建的，但事实上乃是滋贺的豪族大友与多所建，不过是得到了天武天皇的敕许而已。

［99］大友皇子即是三十九代的弘文天皇，他与天武天皇即大海人皇子同是天智天皇的儿子。大友皇子由皇太子嗣位，时为唐高宗咸亨三年（六七二）壬申，是年六月大海人皇子举兵于吉野，弘文天皇不久遂死，皇位乃归于大海人皇子了。历史上称为壬申之乱，实际乃是皇位的争夺，不过照例成则为王，后人都是恭维天武的话，这里所说也就是一例罢了。

［100］"穷鸟入怀，仁人所悯。"见颜之推《颜氏家训》。

［101］竖者是僧人的一种资格，参看卷一注［206］。

［102］筒井是三井南院三谷之一。

［103］大关是经过逢坂，与京都相通的路，小关是通向山城国宇治郡的路。

［104］本来孟尝君的食客中间，学鸡叫的人没有名字，这里给他编造了一个，因为孟尝君叫田文，所以也给他姓田，"括"字乃是音译，不知道原来是什么字。

［105］"紫竹"原文云"汉竹"，也叫寒竹，大概是颇为贵重的一种竹材。

［106］鸟羽天皇是七十四代的天皇，在位年间是一一〇七至一一二三年，正与宋徽宗同时，可是后来他做了上皇和法皇，仍然执政，到保元元年（一一五六）这才去世。

[107] 弥勒菩萨据佛教的说法，在五十六亿七千万年之后，再降生于地上，在龙华树下成道。龙华树高广各四十里，枝如宝龙，吐百宝之华云。

[108] 鸠杖是上端刻有鸠形的杖，《后汉书·礼仪志》里说："年七十者授之以玉杖，端以鸠鸟为饰。"至于以鸠为饰的缘故，俗说是预防老人善噎，因为鸠是不会噎的，这显然是附会的话，大概最初只是利用弯形，刻成鸟状，鸠的称号及其意义，这些都是后起的事情。

[109] 这里的三间并不是指距离的长度，乃是说把桥脚的柱子三根部分中间，所有的桥板去掉了，所以剩下来的只有如下文的直梁了。

[110] 平等院在京都府的宇治市，当初是平安朝初期源融的别庄，后归藤原道长，其子赖通舍宅为寺，称平等院。三井寺中也有一个平等院，那是另外一个寺院。

[111] 知盛重衡都是平清盛的儿子，行盛是清盛的孙子，基盛的儿子，其时基盛已死。忠度是清盛的兄弟，乃是平忠盛的儿子。

[112] 武士大将是说他的身分虽是武士，而成为一军之大将的人。

[U3] 忠光，景清都是上总守藤原忠清的儿子，其中景清更是有名，因为少时曾杀其伯父大日坊，由是得到恶七兵卫的异名。

[114] 交战团体在开仗之前，各放响箭，以为信号。

[115] "蓝地白花革缀"原语云"科皮诚"，科皮谓蓝色皮革，上面染出齿朵白花模样，用以缀铁札，成为铠甲。

[116] 原语云"锬"，亦作"钲"，谓盔上垂在项后，用以护颈之具，有三段的也有五段的。"锬"字古已有之，但只作马筈端的铁，"钲"字却训为项铠。

[117] 直梁是搭桥的直行木材，搁桥柱上，横渡河身，上面再铺桥板，今桥板既已除去，所以只剩下了这几支直梁了。

[118] 一条二条，都是京都的大路。

［119］"蜘蛛脚"至"水车"都是形容他的刀法，或者有些还是术语，外行人也只能随文解说罢了。"蜘蛛脚"是说像是蜘蛛的脚似的，四面八方的伸出去。"八结"原系一种点心，日本古来称作"结果"，《和名类聚抄》卷四饮食部饭饼类里，原注云："形如结绪，此间亦有之。"所谓结绪，中国俗语云八结，纵横交错，往复循环，图案中多用之，古代以面条做成，油煎略如近代的巧果，结果的名称由是得来。"十字"以下都是使刀方法的形容。

［120］匕首是没有挡手的腰刀，大约长不及一尺，文中也偶写作腰刀，见卷一注［11］，其实即是这里所说的匕首。

［121］"对不起"原语作"这是不好"（asiu sôrô），别本解为"你当着路"，因为这句没有语主，所以在一来法师说，要在他肩上跳过来，是致谢失礼的意思，若当作是说净妙房的，便是说他的当道的不对了。但是从口气上来看，似乎是说"对不起"的为长。

［122］上节说过净妙房已经将弓箭都抛弃了，这里又说折断了弓当杖，似乎不合。

［123］"淀"是宇治，贺茂诸川汇集之处，也就成为地名，东南地方叫作"芋洗"，不知为什么缘故却写作"一口"，都是险要之地。

［124］"马筏"是骑马的人叫马在河里游泳着，却带了徒步的人渡河过去，仿佛是将马做筏的样子。后边足利又太郎的命令，便是马筏的具体的办法。

［125］"坂东武士"是东国武人自夸的名称，坂东亦称关东，是指在箱根关以东的地区的人，自古以顽强著名。后世亦称其地为关八州，因为这共有八国，即是相模，武藏（包含现今的东京），上总，下总，常陆，上野，下野，陆奥。

［126］对马要弱，对水要强，这是骑马渡河的要点，但下文也说要顺着河流，很是得要领。

［127］"乱流渡水"原意是与河流方向成为直角。

［128］朽叶色系一种黄里带赤的颜色，因为它像是朽叶，所以为名。

［129］高角是说盔的上面，有两只很长的，像牛角似的装饰。

［130］连钱苇毛是灰白色的马，上边又有钱似的圆形的斑纹。

［131］平将门是十世纪时的武人，于朱雀天皇天庆二年（九三九）反，在下总国猿岛建都，设置文武百官，自称新皇，威振关东，及次年遂为平贞盛藤原秀乡所灭。

［132］俵藤太即藤原秀乡的通称，俵亦写作田原，因为二者读音相同。

［133］"官兵"原文如此，大概因为当院寺院，庄园以及武家都有军队，这些算是私兵，官兵则是政府所征集的。

［134］本文里没有说及冰鱼，但那鱼梁是专门捕取冰鱼的，后来伊豆守的那首歌里，"红革缀"（hi-odoshi）据说也是隐关"冰鱼"（hi-o）的，所以加上了。冰鱼即是小香鱼，仿佛银鱼似的，为琵琶湖里的名产。

［135］唐绫是说中国的绫，这种绫织的特别的厚，与皮革相似，上缀铁札，以为铠甲。

［136］白苇毛见上文注［62］。

［137］钓殿是钓鱼台，因为平等院本来是贵族的别庄，所以临宇治川设有钓鱼的地方，后来改作佛寺，也就保留这个名字。

［138］将首级抛进阔廊的地板底下，乃是为的不让敌人得了去。

［139］警卫东宫的武士称为带刀舍人，略称带刀，其长官即称为带刀先生。

［140］日本古代武士切腹自尽，为名誉的死法，唯有大罪者始不许自尽，令人斩其首。切腹时亦有一人为之帮助，名为"介错"，当比

首刺入胸腹，人尚未死的时候，介错的人持刀立在旁边，立断其首，俾速死焉。长七唱不忍生断主人的头，却要等待他自害之后，便是这个意思。

［141］这最后的歌即是所谓"辞世"，在日本是很通行的。歌意很是明白也很平常，但这里也有一点技巧，即上句的"花"字，与下句"身"字同音字"果实"的"实"字相对，这大概是那时流行的作歌法。

［142］意思说高仓宫已经死了，还为了谁的缘故，爱惜这条命呢？

［143］这里很有一点疑问。别本或作"从板壁底下寻出了尸首，抗了去"。意义都是不大明了。

［144］町，计路的距离，见卷二注［49］。

［145］典药头是典药寮也即是太医院的长官，定成姓和气氏。

［146］八条女院是鸟羽天皇的第三皇女暲子，于保元二年（一一五七）出家，是高仓宫的姑母，住在八条，所以有此称号。

［147］释氏即是僧人，晋朝道安因为僧人是释迦的弟子，都是一家，乃称释氏以代姓，后世于法号上面遂加一释字。

［148］御室是仁和寺主僧之称，当时御室为觉性法亲王。

［149］长者是东寺的总管寺务的僧人，在这中间又是第一负责的。

［150］安井原是后白河天皇的皇女殷富门院的住所，后改为寺，名安井宫。以后就让给了道尊，便成为他那一宗派的寺院了。

［151］木曾义仲也是源氏之一人，见于上文《源氏齐集》中，乃是带刀先生义贤的次子，因为在木曾长大，故称为木曾义仲。他奉以仁王的令旨，后来起事，虽摧败平氏，而与源赖朝一派又不相合，（虽然他们是从兄弟，）终为赖朝所败而战死。

［152］这一节说高仓宫的另一王子的事，与看相的事没有关系，别本与上文相连，似更为合适。

［153］通乘的生平不详，所以题目虽然如此，其实所讲的不过一

两件事罢了。

[154]宇治公是指关白藤原赖通，二条公是指关白藤原教通，连同赖通的父亲道长，是三世为关白了。

[155]藤原伊周为内大臣，因事左迁太宰府权帅，太宰府在筑紫，等于是流放到九州去了。

[156]崇峻天皇是日本第三十二代天皇，在位五年，于五九二年为苏我马子所弑，年已七十三。

[157]兼明亲王是醍醐天皇的第九皇子，具平亲王是村上天皇的第七皇子。因为亲王而兼任中务省的长官，用中国名称便是中书令，故称中书王。

[158]有仁公为左大臣，因为住在仁和寺的花园里，故以为名。

[159]调伏之法为密教修法之一，念五大明王等的名号，为怨敌退散之祈祷。

[160]侍从是属于中务省的一种职员，职司随侍君侧，补正遗亡缺失。

[161]"怪鸟"原文是一个"鵼"字，读作奴江（nuē），实在乃是一种怪物，并非鸟类，如本文所说，只是叫声像是"奴江"，所以这样的称罢了。"鵼"字中国字书里有这字，《广韵》里说是怪鸟，没有说它是什么形状，大约因为昼伏夜飞，所以叫作怪鸟。本章下节中第二次出现的怪鸟，没有说及它的怪形状，可见只是平常的夜间飞鸣的鸟类。奴江鸟在《古事记》卷上第四一节八千矛神的歌中，也曾出现过，在那里译作"怪鸱"，据见原氏说："今俗呼鬼都具美，汉名未详。"都具美写作"鵺"字，这字在字书也有，但也不知是什么鸟，在动物学上说这是属于燕雀目，那种所谓"鬼都具美"，今称为"虎鵺"，比较大形，背面黄褐色，夜间咻咻飞鸣，声甚凄寂。

[162]源赖光是古代的武将，传说曾率领部下四大天王，平定大

江山的巨盗酒颠童子，颇涉神怪，最为有名。

[163]平治之乱是藤原信赖与源义朝发动的，义朝是赖政的同族，他们同是六孙王的五代孙，但在那时赖政却在后白河天皇一边，与义朝是敌对的。

[164]椎子是椎树的果实，椎是栎树的一类，结实可以生食。因尖细如锥故名椎树，中国南方也有，称为柯树。"椎"字训读又与"四位"同音，所以这里也含有双关的意义。

[165]"高僧""贵僧"见卷三注[4]。

[166]源义家是义朝的祖父，曾任陆奥守，因奥羽的清原一族的战乱，义朝任为征东将军，加以平定，凡历时三年，称为后三年之役。

[167]鸣弦是古时宫中的一种礼法，沿至近年尚有之，乃系一人衣冠束带，拉弓弦作声三次，用以祛魔。

[168]兵库头即兵库寮的长官，主管兵库的兵器和仪仗的出纳和修理的事务。

[169]"井早太"别本写作"猪早太"，因为二字读音相同之故，但通俗便多称他为猪早太。猪的意思是野猪，因其顽强不怕死，所以是武士的美称，与家畜的猪称为豚者，迥乎不同，日本姓氏中至今多有用猪字者，若是豚字便断乎没有人用了。

[170]锋箭是说中间锐利，两边稍为放大，犹如剑锋的箭头。

[171]雅赖卿是具平亲王的四代孙，因为具平亲王是村上天皇的儿子，赐姓源氏，所以这一系称为村上源氏。

[172]八幡神社是奉祀应神天皇的，尊奉为弓矢之神，这里默祷请求他的保佑，但是却与佛教混淆了，所以既云南无，又说是菩萨了。

[173]这里原文写作"郭公"，从前二名本是不分，但郭公实是布谷，即是斑鸠，所以就改从一律了。

[174]歌意云，子规的声名闻于云中，你也扬名于九重了。这里

云上暗示殿上，公卿们又名云上人。

［175］"弦月"原语云"张弓的弓"，系指上下弦。歌意谓只凭了下弦的月光，胡乱发射罢了，表示谦逊的意思。弦月既关系弓箭，说有月光也双关"射"字。

［176］"武艺"原语云"拿起弓矢来"。

［177］"独木舟"原文云"空舟"，系取木头一段，将其中挖空了，形状和船相似。

［178］养由即是中国古时的养由基，以善射名，能射穿七札。

［179］"黄昏时"原语意云"谁何时"（tasokaré toki），盖暮色昏黄，状貌莫辨，遇人便呵问"谁呀（taso）那是（karé）"，恰与中国的"谁何"意思相似。歌意言黄昏已过，不需再来自己报名，这里也暗示年岁迟暮，对于声名已经没有什么意思了。

［180］古时赏给衣物，必给被在肩头，以为名誉，表演技艺所得赏予，古来称为缠头，便是这个缘故。

［181］垣盾，植盾为垣，见上文注［67］。

［182］三井寺本尊为弥勒菩萨，原系由朝鲜所制，天智天皇时安置于园城寺。下文所云本尊亦即指此。

［183］龙神三患，印度所说的龙虽是神物，但仍不脱离动物的本色，所以它有三种痛苦，一为热风所烧，二是衣冠为恶风所败，三是眷属为金翅鸟所取食，现在却又加了一个为大火所焚烧了。

［184］"拟大领"谓似郡司这样的大员，当时如缺员暂以代理。此处是指建造三井寺的大友与多，乃是大友皇子的儿子，他造成这寺大概大友皇子还是好好的，他的皇位没有被大海人皇子即天武天皇所抢去的时候。所以那尊"天武天皇的本尊"，实在乃是天智天皇所安置在那里的。

［185］"睹士多天"中国习惯译作"兜率天"，乃欲界六天的第四

位，全以八宝建造所成，内院为弥勒菩萨所居，其殿乃以如意宝珠所造成，故称摩尼宝殿。

［186］传法灌顶参看卷二注［152］。

［187］三井寺据说应作御井寺，因为"御"与"三"字同音。一说是因为天智，天武，持统三代天皇诞生时，所用的产汤都用的是那寺里的井水，故名三井寺，但是本名却是园城寺，也常称为寺门，与比睿山延历寺称为山门相对，实在两者同是天台宗，却是相对峙以至相敌对的。

［188］三密道场即是密教道场，所谓三密者即是手捏诀，口诵咒，心观本尊。

［189］"一夏之花"即是结夏安居的九十天中，供佛的花。

［190］"阿伽"梵语云水，即供佛的净水。

［191］长吏系汉语，借用为寺内最高的僧官，与别当差不多是一样。

平 | 家 | 物 | 语

卷 五

一 ｜ 迁都

治承四年六月三日，听说要到福原行幸，京中人情骚然。近日虽然有迁都的传说，但是并不以为就是今天明天的事情，所以上下都骚动起来了。而且原来定在三日的，现在又提早了一天，改在二日了。在二日的卯刻，行幸的御舆已经到来了，主上今年才有三岁，还很幼小，也没有别的想头便坐上了。从前主上幼少时候总是母后同车，这回却并不如此，乃是乳母的平大纳言时忠卿的夫人帅典侍[1]，和他坐了同一的车子。此外中宫[2]，法皇，和上皇也一同前去。摄政藤原基通以下，太政大臣，公卿殿上人，也都争先的侍从。三日到了福原，以池中纳言赖盛卿的别庄当作皇居。四日对于赖盛捐献家屋给予奖赏，升为正二位。这就超过了九条公的儿子右大将良通卿了。[3]摄政关白门阀的儿子们，被普通人家的次男超越官位的，据说是以此为始。

且说入道相国后来渐渐的有点想开了，将法皇从鸟羽殿里放了出来，移到京城里，但是自从高仓宫谋反以来，非常的生气，使他行幸福原，四面都钉上板壁，只留一个进出口，造了一所四边都是三间大小的板屋，把他关在里面。守护的武士是统由原田大夫种重一个人担任，平常不让人轻易进去，所以那些侍童们称为囚笼御所。单是听说也觉得是不吉的可怕的事情。法皇说道："现在丝毫没有想要与闻政事的想头，就只是想能够往各山各寺去巡礼，自在遣闷罢了。"

人们都说："平家的恶行实在干的很多了，自从安元以来，把许多公卿云上人或处流刑，或者杀了，将关白流放了，拿自己的女婿去当关白，把法皇关进城南的离宫，又讨伐第二王子高仓宫，现在余下来的事情就是迁都了，这就恶事完成了吧。"

迁都的事并不是没有先例的。神武天皇是地神[4]第五代的帝王，彦波瀲武鸬鹚草葺不合尊的第四王子，他的母亲是玉依姬，乃是海神的女儿。他继承了神代十二代[5]之后，是人代百王的帝祖。辛酉年在日向国宫崎郡即了皇位，五十九年己未这一年，十月东征，到丰华原中津国停住了，指定了其时叫作大和国的亩傍山建立帝都，开辟柏原的地方，建造宫室起来。这就称作柏原宫。自此以后，历代的帝王将都城迁到他国他处的有三十回以上，将到四十回了。从神武天皇到景行天皇这十二代，在大和国的各郡建立都城，没有迁到他国去。但是在成务天皇元年，迁于近江国，建都于志贺郡。仲哀天皇二年迁于长门国，建都于丰浦郡。在那地方天皇晏驾了，中宫神功皇后继承了御位，她以一个女帝，亲自出征到了鬼界，高丽，和契丹等地方。[6]平定了异国的军兵之后，在筑前国三笠郡诞生了皇子，就把这地方叫作宇美[7]宫。说起来也是很惶恐的，[8]那即是八幡明神，即位之后称为应神天皇就是。其后神功皇后迁都于大和国，住在岩根雅樱之宫，应神天皇则居于同国轻岛明宫。仁德天皇元年迁于摄津国难波，居于高津宫。履中天皇二年迁于大和国，在十市郡建都。反正天皇元年迁于河内国，住在柴垣宫。允恭天皇四十二年又迁于大和国，在飞鸟之飞鸟宫[9]里居住。雄略天皇廿一年在同国的泊濑朝仓建都。继体天皇五年迁于山城国缀喜者十二年，其后则居于乙训宫。宣化天皇元年又回到大和国，居于桧隈入野之宫。孝德天皇大化元年迁于摄建国长柄地方，居于丰崎宫。齐明天皇二年又迁回大和国，居于冈本宫。天智天皇六年迁于近江国，居于大津宫。天武天皇元年更回到大和国，居于冈本南宫，因此称为清见原之御门[10]云。持统与文武这两朝都在同国藤原宫居住。从元明天皇到光仁天皇这七代，都住在奈良的都城里。

　　但是到了桓武天皇的延历三年十月二日，却从奈良的春日里迁都到山城国长冈，十年的正月，派遣大纳言藤原小黑丸，参议左大辨纪古佐美，大僧都贤璟等，到同国葛野郡宇多村前去考察，据两人共同奏称："看得此地之形势，左青龙，右白虎，前朱雀，后玄武，为四神相应之地，定为帝都最是适切了。"于是乃昭告于在爱宕郡镇座的贺茂大明神，在延历十三年十一月廿一日，从长冈迁都于此，以后帝王三十二代，经阅星霜三百八十余春秋，没有变改。

　　桓武天皇对于此地特别中意，他曾说道："历代的帝王，从古以来曾经在各处地方建立国都，却没有这样的胜地。"于是命令大臣公卿以及各方面的才人，作长久的计划，叫用泥土做了八尺长的偶人，穿戴上铁的铠甲，同样的拿了铁制的弓箭，在东山岭山，朝西站着埋在土里，并且同它约道："万一末代有人想要把这都城迁往他处，你作为守护神应该去阻止他。"所以天下如有大事发生，此冢必然鸣动，称为将军冢，至今尚存。且桓武天皇者实为平家的先祖，[11] 而且此京名曰平安城，写起来是平而且安的城，[12] 因此是平家所最应该尊重的都城。而且先祖的帝王所那样中意的都城如今没有什么理由，便放弃了迁移到他国他所去，这正是说不过去的事情。在嵯峨天皇的时候，先帝平城天皇[13] 听从了尚侍的劝告，造成乱世，已经要把这都城迁到他国去了，因了大臣公卿以及诸国人民的反对，终于没有迁成。就是一天之君，万乘之主，尚且不能随意迁移的都城，入道相国乃以人臣之身，乃就迁移了，实在是岂有此理的事了。

那旧都实在是很为殊胜的都城。佛菩萨赐予和光，化作王城镇守的神道，[14] 特有灵验的各寺在上下京屋荟相并的立着，百姓万民安居无恙，五畿七道[15] 交通无阻。但是到了现在，十字路口多掘为沟堑，车辆行走很不方便，偶尔遇着行人，坐在小车上，绕道走过去。屋檐相接的人家住宅，也因了日久，日渐荒废。家家都把屋材投入贺茂河以及桂河，组成木筏，将家财器具装载了，运到福原去。繁华的京都倏即变为乡间，真是可悲。

不晓得是什么人的所作，在旧都大内的柱子上有人写了两首和歌道：

"经过了四个一百岁的

爱宕里[16] 又将这样的荒芜了吧。

抛弃了开着花的都城，

到那风吹的[17] 福原去，前途是很不安呀。"

同年六月九日说是开始新都营造的事，首席的公卿是德大寺左大将实定卿，土御门宰相中将通亲卿，执行的辨官是藏人左少辨行隆，一同带了员司到摄津国从和田松原到西野，选定土地，原定分做九条的地域，但是从一条到下五条虽然有那地方，自此以下就没有余地了。事务官回来，把这事奏闻了。公卿会议说，那么是播磨的印南野呢，还是摄津国的儿屋野，虽是这样的说了，但是并未见诸实行。

旧都已经是离去了，新都还没有建设起来。所有的人们都像是浮云一般的不定，从来住在福原的人愁得失掉了土地，现在迁来的人又为家屋的建筑很是愁叹。一切的人都像是在那里做梦似的。土御门宰相中将通亲卿说道：“中国书上说过，披三条之广路，开十二之通门，[18]况且这是要有五条大路的都城，怎么样可以造大内呢，还是即时造一个临时的皇宫吧。”这样的议定了，就临时发表除目，加给五条大纳言邦纲卿一个周防国，责成他造进，这是入道相国的计划。这个邦纲卿本来是个无比的富豪，[19]承受营造大内的事可以没有什么问题，但是这不能不造成国家的耗费，以及人民的劳扰，这真是当面的一个大问题。大尝会[20]也延期没有举行，在这乱世时候，什么迁都以及大内营造，是相时势绝不相应的。

有心的人们就说：“在古昔贤王的时代，大内用茅草盖屋，连檐前也不整齐，望见人民的炊烟稀少的时候，就免除本来有限的一点贡物，[21]这就出于惠民为国的真心。楚灵王建章华台，使人民离散，秦始皇起阿房宫，天下为乱。古时有一个时代，茅茨不剪，采椽不斵，用车不饰，衣服没有文绣。所以唐太宗虽造了骊山宫，只因怕人民出费，终于不曾临幸，所以瓦上生松，墙生薜荔，[22]与现今的人相比，实在差得很远了。”

二 | 赏月

六月九日开始营造新都，八月十日大内上梁，预定十一月十三日迁入新的皇居。旧都日益荒芜，新都繁盛起来了。多事的夏天也已将过半，秋天已经到来了。在福原新都的人们都拟往名胜地方去赏月，或者追慕着源氏大将[23]的旧迹，从须磨沿着明石的海岸，渡过淡路的海峡，到绘岛看海边的月色。或者又到白良，吹上，和歌浦，住吉，难波，高砂，尾上，看月上的光景回来。留在旧都的人们就看伏见，度泽的月罢了。

其中有德大寺左大将实定卿，怀恋故都的月，于八月十日以后，就从福原走了去了。那里一切都已变了样子，门前草长得很深，院子里满是露水，蓬蒿成林，浅茅遍地，荒凉得有如鸟巢，虫声如诉，黄菊紫兰恍如野边的风景。留在故乡的只有在近卫河原的大宫[24]一个人，左大将便到她的御所，先叫从人去叩那总门，里边有女人的声音回答道："什么人呀，来到这蓬蒿的露水也没有人打扫的地方的？"

从人说道："从福原来的大将到了。"

里边回答道："总门下了锁了，请从东面的小门进来吧。"

大将说道："那么……"于是就从东面的门进去了。

大宫因为无聊，所以或者想起过去的事情来吧，将南面的窗板挂上[25]了，正在弹着琵琶，这时看见大将来了，便说道：

"呀，这是怎么的，因为太是高兴了不知道这是做梦呢，还是真实！请这边来，这边来。"在《源氏物语》宇治之卷[26]里，那优婆塞宫[27]的女儿因为对于秋天的惜别，弹着琵琶，整夜一心不乱的弹着，到了残月上来，还觉得余情未尽，拿了琵琶的拨招那月亮，那时的情状仿佛可以想见吧。

　　有一个女官，叫作待宵[28]小侍从的，也在这御所里。这叫做待宵的缘因有一件故事，有一回大宫问她说道："等着人的晚上和回去的早晨，是哪一边觉得悲哀呢？"

　　那个女官回答道："听着等待人的晚上深夜的钟声，

　　觉得回去的早晨的鸡声是不算什么了。"[29]因了这首歌所以便被称作"待宵"了。大将把那女官叫了出来，谈种种今昔的事情，夜也渐渐的深了，故都荒废的情状有如时调歌[30]里的所说的：

　　"来到故都看时，荒废成了浅茅的原野，

　　月光无处不照看，秋风呵直沁进身里去。"这样反复的唱了三遍，从大宫为始，御所里的女官们无不是泪湿衿袖的。

　　且说这样的天也就亮了，大将就告别回到福原去了。他叫了同来的藏人来说道："看侍从似乎很是惜别的样子，你可以回去，对她怎么说吧。"

　　藏人走了回去，说道："奉命教说：'你说不算什么了的那鸡声，为什么今朝觉得那样的可悲呢？'"

　　女官掩着泪说道："等待着听了更深的钟声觉得难过，寻常交游的催归的鸡声更是难堪呵。"[31]

　　藏人回去把这话告知了，左大将说道："因为这样我所以差你去的。"[32]非常的赏识他，自此以后他就被称为"不算什么"的藏人。[33]

三｜妖异事件

自从迁都福原以后，平家的人们都看见恶梦，平常总是心里闹得慌，妖异的东西出现很多。有一天夜里，入道相国正在睡着，有一个大脸，一间房里还放不下，出来窥探。入道相国毫不惊扰，就只是张眼和它对看着，随即消灭不见了。叫作山冈御所的地方乃是新建筑的，那里并没有什么大树，可是在一天的夜里听见有大树砍倒的声音，要是真的人的话，大约有二三十[34]人的哄然的笑声。据人家说，这无论怎样想法，都是天狗[35]的所为，所以设置了警备的人，夜间一百人，白天五十人，交互相守卫着，叫作响箭[36]的值班人，专管射响箭，凡是射的时候，如向着天狗所在的方向射去，这便没有声息，向着不在的方面时，就哄然起了笑声。

又有一天早晨，入道相国从帐台[37]里出来，打开侧面的小门，向着院子里观望，只见有死人的骷髅，不计其数的充满庭院，滚上滚下，忽而离开，忽而碰着，或从边里滚进中央，或又从中间滚了出去，轳辘轳辘的发出很大的声响。入道相国便叫道："有人么，有人么！"但那时适值并没有一个人来，其时许多的骷髅叠成一大堆，在庭院里几乎容不下了，高到大约十四五丈，像山一样的大。这些头骨后来变成一个的大头，却有千万双活人似的眼睛，都对着入道相国睨视，一眨也不眨。入道相国却毫不张皇，也瞪着眼向着它对看。那个大头因为被睨视的太是强烈了，所以像霜露为日光所消的样子，旋即消失没有形迹了。

此外在特别建造的马房里，有好些马夫们管理着，朝夕爱抚饲养的一头马的尾巴里，在一夜的时间有老鼠做了窠，养下了些小鼠。说道："这不是平常的事。"叫阴阳师七个人去占卜，结果说是："这须要严重的谨慎。"这马乃是相模国住人大庭三郎景亲说是关东八国[38]的第一名马，献给入道相国的，是一匹黑马，额上有白色，名为望月。这马后来就给了阴阳头安倍泰亲了。从前天智天皇的时代，御马寮的马也是一夜里尾巴上老鼠做了窠，生下小鼠，其时异国凶贼蜂起云，见于《日本书纪》。

又在源中纳言雅赖卿那里侍候的一个青侍[39]所看见的梦，也是很可怕的，梦里像是大内里的神祇宫，好许多人都束带整齐的元老在那里会议，末座的有些好像是平家的一边人，却在中间被迫令退去了。那个青侍在梦里问道："那些元老是什么样的人呀？"

他问旁边的一个老翁，答道："这是严岛大明神。"

其后坐在上席看去很是尊严的一位元老说道："那个以前交给平家的节刀[40]，如今给那伊豆国的流人，前右兵卫佐赖朝吧。"

在他身旁的别一个元老说道："这以后也交给我的孙儿吧。"

青侍在梦里又一一寻问这说话的是谁，据答说："那个说把节刀交与赖朝的，是八幡大菩萨，其后说也给我的孙儿是春日大明神，对你这样说的老翁乃是武内大明神。"[41]

他看见了这样的梦，对人家说了，入道相国也就听说，乃叫源

大夫判官季贞到雅赖卿那里去，说道："看见那梦的青侍，赶紧到这里来！"那看见梦的青侍立即逃走了。雅赖卿赶快跑到入道相国那边去，说明并没有这样的事，以后就没有什么消息了。平家以前拥护朝廷，守卫着天下，但是如今违背敕令，所以节刀也收回去了，实在很可寒心的，人家都这么传说。

这件传闻到了在高野的宰相入道成赖，他便说道："唉，平家的时代也渐渐的快到末代了吧。严岛大明神是平家一方面的人，这原是很有道理的。本来她是沙羯罗龙王的第三个女儿，所以我们当她是女神。八幡大菩萨说，把节刀交给赖朝，也是对的。只是春日大明神说，其后也给我的孙儿，那就有点难懂了，[42]或者是平家灭亡，源氏的时代过去以后，大织冠[43]的后裔，摄政关白家的公子们，也要做天下的将军罢。"

其时恰巧有一个僧人来到，他说道："且说神明和光垂迹，有种种方便，有时或现俗体，或为女神。严岛大明神虽说是女神，但既是三明六通[44]的灵神，所以出现为俗人的形状也不是什么困难的事。"成赖入道厌弃尘世，归心正道，除了一心专念后世菩提之外，没有别的世务了，但是听见善政加以赞赏，听了百姓愁苦的声音，也要嗟叹，那全是人情之常罢。

四 | 快马

同年九月二日，相模国住人大庭三郎景亲用了快马，报告到福原来了：

"过去八月十七日，伊豆国流人前右兵卫佐赖朝派遣他的岳父北条四郎时政[45]，对于伊豆代官和泉判官兼隆在山木进行夜袭，把他消灭了。其后土肥，土屋，冈崎[46]等三百余骑，退守石桥山。景亲与有志者共一千余骑，率领往攻，交战之下兵卫佐只剩七八骑，散发抗战，逃往土肥的杉山去了。后来白田山[47]次郎重忠以五百余骑参加此方，三浦大介义明及其儿子等共三百余骑则帮助源氏，在由井小坪浦一带交战，白田山败了，退入武藏国去了。其后白田山一族，与河越，稻毛，小山田，江户，葛西，及其他七党[48]的兵卒共计三千余骑，围攻三浦衣笠城，大介义明战死，其儿子等都从久里滨之浦乘船，渡到安房上总方面去了。"

平家的人在迁都以后，都没有什么兴致了。[49]年轻的公卿殿上人都说道："阿呀，事情愈快愈好，出发讨伐军去吧。"说这样不负责任的话。

白田山庄司重能，小山田别当有重，宇津宫左卫门朝纲因为派差守卫大内的差使，适值在京里。白田山说道："反正这是没有道理的事。北条因为是亲戚，所以说不定，至于其他的人未必肯和朝敌[50]弄在一起。现在不久情报便会变化。"

但是也有人说："这的确是如此。"

也有些人私下谈论道："不，不，现在就要成为天下的一件大事了。"

至于入道相国的愤怒尤其是激烈了，他说："那个赖朝本来是应该处死罪的，只因为故池殿[51]竭力求情，所以减为流罪。但是现今忘记了恩典，对于我家却以一矢相报，神明三宝怎么能饶恕他，迟早赖朝总是要受到天罚的。"

五 ｜ 朝敌齐集

且说如要调查朝敌的起头，那是在日本磐余尊[52]的在位四年，纪川名革郡高雄村有一个土蜘蛛[53]，身躯矮小，手脚很长，力大胜过常人，人民多受其害，派遣官军去，诵读宣旨，结了葛藤的纲，终于把他捕杀了。自此以后，持有野心，想消灭朝廷的威权的人，有大石山丸，大山王子，守屋大臣，山田石河，苏我入鹿，大友真鸟，文屋宫田，橘逸成，冰上河次，伊豫亲王，太宰少式藤原广嗣，惠美押胜，早良太子，井上皇后，藤原仲成，平将门，藤原纯友，安倍贞任，安倍宗任，对马守源义亲，恶左府藤原赖长，恶卫门督藤原信赖，[54]共二十余人。但是没有一个人能够达到目的，都是陈尸山野，首级挂在狱门[55]罢了。

在现代固然把王位看得很轻了，但在往昔只要对着诵读宣旨，那就是枯槁的草木也立即开花结实，飞鸟也服从说话。[56]这是近代的时情。延喜御门[57]临幸神泉苑，其时有一只鹭鸶在池的水边，便召六位藏人来说："把那只鹭鸶捉了来。"

藏人心想这怎么能够捉到呢，但是圣旨这样说了，所以直向前走去。鹭鸶振翅预备飞走，藏人说道："有宣旨！"

鹭鸶便伏在地上，不曾飞去，藏人就拿了到天皇这里来。

天皇说道："你服从宣旨所以来了，很是老实。就叙为五位吧。"

于是这鹭鸶就成了五位，[58]又拿一块牌来，上边写道："从今天以后着为鹭中之王。"给它挂在脖子上。虽然这在鹭鸶全然是无用的东西，只是可以叫人知道王威有怎么样的大而已。

六 | 咸阳宫

又如求先例于异国，有燕的太子丹，为秦始皇所捕，被监禁了十二年，太子丹流着眼泪说道："我有老母在故乡，请你给假去看她一看吧。"

秦始皇冷笑道："你要给假，须等到马生角，乌头白，那时才可以哪。"

燕丹乃仰天卧地，祷告道："愿得马生角，乌头白，使我可以回故乡去一看母亲！"昔日那妙音菩萨[59]在灵山净土，听世尊的说法，训诫那不孝之辈，孔子颜回出现于中国，发挥忠孝之道。冥显三宝[60]无不哀怜那孝心，所以生了角的马来到宫中，头白的乌栖集于庭前的树。始皇帝见了乌头马角的奇迹，相信圣旨不能更变，只好饶恕了太子丹，叫他回本国去了。但是始皇终觉得这是遗憾，在秦燕两国交界地方，有一个楚国，[61]其间有一条大河流着，架在河上的桥叫作楚国桥。始皇派了一支官兵去，布置了一番，使得燕丹渡过去的时候，踏着桥便落到河里边去，那么燕丹渡桥时怎么会不掉下去呢？果然掉到河里去了，但是一点都没有淹在水里，恰同平地上行走着一个样子，到了对面的岸上。这是怎么的呢，回过去看后面，只见有不知其数的乌龟，浮在水上，把龟甲排列着让他行走。[62]这便是因为他的孝心，所以冥显两方都垂怜的缘故了。

太子丹心里怀恨，不肯顺从始皇帝。始皇派遣官军，要去讨伐燕丹，燕丹听见了大为恐惧，前去劝说一个叫作荆轲的勇士，任他为大臣。荆轲又去劝说老兵田光先生，先生说道："你知道我少壮时候的事所以来说的吧。麒麟[63]虽走千里，老了就不及驽马。现在年老怎么也不行了。结局添了一个兵士罢了。"

说罢便想回去的时候，荆轲说道："这事很严重，请你不要对人说。"

先生道："唉，被人家怀疑，没有比这更可耻的了。假如此事泄漏了，我就首先被疑了。"于是在门前的李树上把头撞碎而死了。

又有一个叫作樊於期的勇士，乃是秦国的人，他的父亲，叔父以及兄弟都被始皇消灭了，逃到燕国来躲着。始皇下诏旨于天下道：“有持樊於期的头来的，与黄金五百斤。”

荆轲听见了，便到樊於期那里说道：“听说拿你的头去的赏金五百斤。请把你的头借给我吧。我拿了去给始皇帝。他一定高兴了来检视，我那时拔剑刺他的胸膛，那是很容易的事情。”

樊於期跳了起来，叹息说道：“我的父亲，叔父以及兄弟，都给始皇消灭掉了，我昼夜想念这事，恨彻骨髓，不可忍耐。假如真是得以消灭始皇帝，我把头给你，比尘芥还容易。”于是自刎而死了。

又有一个叫作秦舞阳的勇士，这也是秦国的人，他在十三岁的时候报仇，逃到燕国来躲着。这是无比的勇士，遇着他的发怒，大男子也要气绝，又他笑着的时候，婴儿也要他抱。荆轲就叫他做向导到秦的都城去，他们到了一处偏僻的山村住下，夜里听见近地有管弦的声音，凭了那调子来占卜这事的成否，却见敌方是水，自己这方面乃是火。这时候天就亮了，白虹贯日而不透。[64]于是荆轲说道：“看来我们成功的希望是很少的。”

可是现在也不好退回去，便到了始皇的都咸阳宫。他们拿了燕国的地图和樊於期的首级来了，把这情形奏闻，始皇便命臣下来接收，但是荆轲说道：“这不能由别人转手接收，须得直接献上。”于是乃准备朝会的仪式，召见燕的使者。咸阳宫在都的周围是一万八千三百八十里，[65]里边宫殿是离地面筑高三里，再在上边建造房屋。有长生殿不老门，[66]用黄金作为太阳，白银作为月亮，真珠的砂，琉璃的砂，黄金的砂，遍地铺着。四面有四十丈高的铁铸的回墙围绕着，殿上也是同样张着铁网。这就是冥途的使者也不能进去的了。秋天田里的鸿雁在春间回到北国去，也是飞行自在的障碍，所以在回墙上面叫作雁门，别开铁门以便通行。其中有阿房殿，始皇帝所时常临幸，处分政事的御殿。高三十六丈，东西九町[67]，南北五町，地板底下立着五丈高的幡幢[68]，还不到顶。上面盖着琉璃瓦，底下以金银作饰。荆轲捧着燕国地图，秦舞阳拿着樊於期的头，登着玉石的殿阶上去，看见大内里太是壮丽了，所以秦舞阳不禁颤抖起来了。

臣下看了怪讶说道："舞阳有谋反之心。刑人不在君侧，君子不近刑人，近刑人则轻死之道也。"[69]

荆轲道："舞阳并无谋反之心，只因习惯于乡下卑贱的事物，未曾见过皇居，所以惊慌失措罢了。"臣下听了都静下去了。这时已经走到秦王的近傍，请他看燕国的地图和樊於期的首级，他一见装地图的匣子底里，有冰一样的剑的时候，立刻想要逃走。荆轲一手抓住他的袍袖，把剑直指着他的胸前。始皇帝也想这回是完了。数万的兵排立在庭院上，却都没有救护的法子，就只眼看着君上将被逆臣所杀，大家悲叹着而已。

始皇说道："请给我一刻的犹豫，愿得一听我最爱的王后的琴声。"荆轲听了便不立刻动手。始皇共有三千个的后妃，其中有华阳夫人[70]最是弹琴的好手。凡是听到这个王后的琴声的，勇猛的武士为之怒气平歇，飞鸟下坠，草木摇动，何况这是供皇上的最后的听闻，所以哭泣着弹奏，一定是情趣更深了吧。荆轲也垂着头，竖着耳朵听着，使这胸怀异志的人心中也放松了警惕了。

这时王后又新奏一曲，弹道："七尺屏风高可越，一条罗縠掣可绝。"但是荆轲听了不了解歌的意思，始皇却是明白了，便掣断了袖子，跳过七尺的屏风，躲在黄铜柱子的后面。荆轲大怒把剑扔了过去，恰巧有殿上值班的御医，投掷药囊过来，正和荆轲的剑碰着。剑和药囊挂在一起，还把直径六尺粗的铜柱砍进一半去。荆轲没有剑，不能继续的扔了，这时王回过身来，用了自己的剑，将荆轲切作几块，秦舞阳也被杀了。又派了官军，除灭了燕丹。苍天不曾许可他的计划，所以白虹贯日而不透。秦始皇得免于难，燕丹却被消灭了。

有些人也附和着说："那么现今赖朝恐怕也要这样吧。"[71]

七 | 文觉苦修

且说那赖朝还是在过去平治元年（一一五九）十二月，因为他父亲左马头义朝谋反的关系，在永历元年[72]三月二十日，他刚是十四岁，流放到伊豆国的蛭岛，已经过了廿余年的岁月。那赖朝这些年来都是平安过去了，为什么到了今年忽然发起谋反的心来的呢，这便是由于高雄的文觉上人劝说的缘故。

那个文觉原来是渡边[73]的远藤左近将监[74]茂远的儿子，叫作远藤武者盛远，是上西门院[75]所属的武士。十九岁的时候发起道心，[76]出家修行，说道："所谓修行，是什么样的苦行呢，我去试它一试看。"

就在六月天里，日光照着，连草也一根都不动的炎天，走到偏僻的山里丛莽中间，仰卧着，让蚊虻蜂蚁等一切毒虫聚集到身上来，连螫带咬，身子却一动也不动。一直七天都没有起来，到了第八日这才起身，问别人道："所谓修行就是那个样子么？"

别人答道："要是那个样子，怎么活得成呢。"

他说道："那么这修行是很容易的。"于是就从此出去修行去了。

走到熊野，当初想在那智闭关，但是开始修行，去到有名的瀑布里给冲打了看，于是到了泷本。其时是十二月中旬的事，山里下着雪，水也冻了，谷间的小河也没有声音，从岭上吹下来冷冻的风，瀑布的白丝变成了冰柱，一切都是白的，四面的树梢也看不清。但是文觉下到瀑布的潭里，水浸到脖子底下，要念不动明王的慈救咒语三十万遍，当初二三日倒还没有什么，等到四五日，就不能忍受了，文觉终于浮了起来。从数千丈的高处落下来的瀑布，怎么能受得了呢，所以就一直给水势所冲，在许多刀锋似的岩角之中，或沉或浮的漂流了五六町。这时候有一个看去很可爱的童子走来，拿住文觉的两手，把他拉了上来。人们觉得奇怪，生起火来，给他烤暖，因为定命不该死，不久就醒过来了。文觉略为有点意识，便张大了眼睛发怒道："我要在这个瀑布里冲打三七二十一天，念满慈救三洛叉[77]的大愿，现在才只有五天，连七天都还未满，是什么人把我拉上这里来的？"听的人都毛发耸然，连话也说不出来了。于是文觉便又回到瀑布的潭去，让瀑布冲打去了。

到了第二天，有八个童子到了，想要拉他起来，可是竭力抵抗，不肯上来。第三日，文觉终于是不行了。似乎不让瀑布潭给污染了似的，两个总角的天童从瀑布上边降了下来，用了温暖而且芳香的

手，从文觉的顶上，以至手脚的爪尖和掌心都加以抚摩，这才如梦初醒似的又活过来了。说道："你们这样的垂怜于我的，可是什么人呢？"

童子们答道："我们是大圣不动明王的使者，矜羯罗和制吒迦二童子[78]是也。因为得到明王的敕令，说文觉发无上的大愿，修勇猛的苦行，可去加以助力，所以来的。"

文觉厉声说道："那么明王在哪里呢？"

答说："在都率天[79]上。"说罢便远远的升到空中去了。

文觉合掌礼拜，说道："那么我的修行就是大圣不动明王也已经知道了。"心里很是高兴，从新回到瀑布潭里，让瀑布去打着。其后却出现了好些瑞相[80]，吹来的风并不觉得刺骨的冷，落下来的水有如热水一般，这样子三七日的大愿得以完成了。以后就在那智坐关经一千日，又到大峰三回，葛城两回，高野，粉河，金峰山，白山，立山，富士山，信浓户隐，出羽羽黑，所有日本的各处名山无不遍历修行。但是似乎还有点眷念故乡，终于来到京都，成为有祈祷得使飞鸟落地的功夫，被称为快刀似的修验者[81]云。

八 │ 募化簿

其后文觉到了高雄山[82]的深处，一心从事修行。在高雄地方有一个名叫神护寺的山寺，这是在称德天皇的时代，和气清丸所建立的伽蓝，但是长永没有修理，所以春天为霞所笼罩，秋天为雾所遮盖，门户被风吹倒，朽腐于落叶底下，屋顶为雨露所侵，佛坛更是暴露于风日之下了。那里没有住持的僧人，平时没有供奉的东西，要有那也只是日月之光罢了。文觉就发起大愿，想怎样的修造起来，便拿了募化簿，请求十方檀越的布施。有一天走到法皇所在的法住寺殿，请把捐助的事情奏闻上去，但是适值在奏乐当中，付之不理。文觉乃是一个天性不敌的莽和尚，不知道在御前胡闹是不对的，以为是周围的人不给奏闻，便胡乱走入中庭，大声嚷道："是大慈大悲的主上，为什么不肯听闻这一点事的呢？"

于是摊开募化簿来，大声的念道："沙弥文觉敬白。特别求贵贱道俗[83]助成，在高雄山灵地，建立一寺，以劝行二世[84]安乐之大利，乞赐布施事。

伏以真如广大，佛与众名虽别立假名，而法性[85]为妄念之云所掩蔽，以致十二因缘[86]的连峰曼延莫绝，本有心莲[87]之月光微茫，还不能出现三德四曼[88]的大空，岂不悲哉。佛目早没，生死流转之途冥冥黑暗，只是耽溺于酒色，有谁能除掉狂象跳猿的迷妄的呢？徒尔谤人谤法，怎么能够免于阎罗狱卒之苛责的呢？今兹文觉，偶拂除俗尘，以法衣饰身，但是恶行犹是蟠据心中，不论日夜，害言犹复逆耳，彻于昼夜。岂不痛哉，将再度归于三途[89]之火坑，永受四生[90]轮回之苦趣。是故，释迦牟尼的经文千万卷，卷卷明说成佛之理法，以随缘至诚之方法，无一不是至菩提彼岸者。因此文觉悟人生之无常，感激坠泪。奉劝上下道俗，为求得上品莲台的往生而努力，建立等妙觉王[91]之灵场也。抑高雄山者，其山甚高有如灵鹫山的树梢，其谷幽深有如商山洞^[92]的筶席。岩泉咽而散布，岭猿叫而嬉游，人寰远隔，无有嚣尘，环境良好，适于信心，地形优胜，宜于崇拜佛天，为此请救布施，有谁不愿助成的呢？窃闻儿童聚沙为塔，以此功德，忽感佛因，何况施舍一纸半钱之宝财者哉，所愿建立成就，金阙凤历御愿圆满，乃至都鄙远近邻民亲疏，悉歌颂尧舜无为之化，际遇椿叶再改^[93]的太平吧。并且死者的灵魂不问死之前后，身分之上下，悉迅速至于一佛真门的莲台，必能度三身万德^[94]的日月吧。为此叙述募化修行的旨趣如上。治承三年三月　日，文觉。"

九 ｜ 文觉被流

　　且说那时在御前的，适值有太政大臣妙音院师长公，在弹着琵琶，很漂亮的歌着朗咏，按察大纳言资贤卿用朝笏打着拍子，歌风俗和催马乐，右马头资时，四位侍从盛定则弹和琴，歌种种的时调，玉帘锦帐之内也漏出欢声来，这场奏乐十分有意思，就是法皇自己也来和着歌唱。经文觉大声一嚷，调子乱了，拍子也脱了板。里边有人喝问："是什么人？把这厮轰出去吧！"

　　话犹未了，在坐的血气旺盛的少年人都争先出去，资行判官走在先头，说道："说什么事呀，快出去吧！"

　　文觉答道："非把一所庄园捐给高雄的神护寺，文觉决不退出。"说罢一动也不动。因此想要叉他的脖子，文觉却拿好了募化簿，啪的一下把资行判官的乌帽子打掉了，随后握拳打在资行判官的胸前，仰天倒在地上，发髻也打散了，只好仙仙的逃到阔廊上去了。其后文觉从怀中取出柄缠马尾的短刀，拔出冰雪一样的锋刃来，预备给来的人一下子。他左手里捏着募化簿，右手拿着刀，这样子是意想不到的事，所以人家看过去，像是左右两手都拿着刀的模样。

公卿殿上人也都看的呆了，说道："这是怎么的，这是怎么的。"奏乐也打乱了，一时御所里非常骚乱。

信浓国住人安藤武者右宗，其时还在法皇警卫所里当差，说道："这是干什么。"便拔出腰刀，赶了出来。文觉便高兴的迎上来，大概安藤武者觉得如当真砍了过去不大好吧，所以掉过腰刀的背来，在文觉拿着刀的手腕上结实的敲了一下。

文觉被打，攻势稍为顿挫，安藤武者乃弃去腰刀，说道："好，这就成了。"说走过去揪过，文觉虽然被抓，还是在他的右腕扎了一下，可是安藤武者仍旧抓住不放。两人都是无双的大力，所以上下翻滚，一时不分胜负，院中的人都出来帮打，随着文觉滚到的地方，提心吊胆的从旁加以打击，可是他毫不在意，更是放口大骂。拉到门外边，交给了检非违使厅的下属，被带了出去，却还是站着对于御所瞪目而视，大声怒号说："劝捐不给倒也罢了，还叫文觉吃这样的苦头，将来总会知道利害。三界皆是火宅，[95]虽然说是王宫，也不能免于此难。纵使夸说什么十善[96]的帝位，将来到了黄泉的路上，免不了牛头马头[97]的责苦的了。"

气得跳上跳下的骂。人说道："这个法师，真是岂有此理！"就决定下到监狱里去了。

资行判官因为乌帽子被打落了的耻辱，有好久不曾出仕。安藤武者因为揪住文觉的事情得到奖赏，就超过一级，升为右马允。其时美福门院去世，[98]遇见大赦，文觉就没有多少时候被赦免了。本来可以暂时到别处去修行，但是并不如此，仍是拿着募化簿，到处募捐，却也并不单纯的劝募，总是说道："唉，世上现今就要大乱，君臣都要灭亡了。"说这些可怕的话。

人家就说："这个法师不能留在京里，把他远流吧。"于是流放到伊豆国去了。

源三位入道的嫡子仲纲，其时做着伊豆守，所以因了他的命令，叫由东海道乘船下去，带他到伊势国，有检非违使厅的差役[99]两三人押解了去。那差役们说道："厅里的下属押解罪人的习惯，照例有些偏袒。怎么样呢，像你这样修道的法师，被罚流放远国，没有什么认识的人么？可以问他们要一点土产或是食料之类吧。"

文觉答道："我没有知己可以请求这样的事，但是在东山方面，却还有些人。那么就写个字儿去吧。"差役们便找了些不很好的纸给他。文觉道："这样的纸，好写要紧的信的么！"将纸丢还给他们了，于是去找了厚纸[100]来给他，文觉却笑说道："这个法师不会得写字，你们给写吧。"就教写道：

"文觉有建立供养高雄神护寺之志，进行劝募，却遇着这样的政府，不但所愿未能成就，反遭禁狱，并且流放于伊豆国。因为远路，土产食料之类甚为重要，乞予惠赐，交来人带下为要。

差役照所说的写了，问道："那么，是写给谁人的呢？"

答道："写给清水[101]的观音大士。"

差役说道："那不是对官厅的下属开玩笑么？"

文觉道："别这么说，文觉对于观音很是信托，此外就没有可以说话的人了。"

从伊势国阿浓津乘船出发，到了远江的天龙滩，忽然发起大风来，掀起大浪，船就即刻要颠覆了，水手拿舵的人们虽然竭力设法，可是风浪更是猛烈，看看没有办法，或是高唱观音的名号，或是预备最后的十念。[102]但是文觉却什么也不管，只是打着高鼾卧着，不知道是怎么想的，但等到真是危险的一刹那，便吧的跳了起来，立在船头上，向着洋面睨视着，大声吆喝道："龙王在那里么，龙王在那里么？"

随说道："在这船上乘着发有这样大愿的圣僧，你要是把它弄沉了，那么你们龙神就立刻要受到天罚的呵！"不知道是不是为了这缘故，风浪就静下去了，到着了伊豆国。原来文觉自从出京之日起，立下了誓愿："我若是再归京都，能够成就高雄神护寺建立供养，那我就不会得死。倘若此愿不能成就，就让我死在路上吧。"从京都来到伊豆，其时没有顺风，所以沿海沿岛的走去，费了三十一天的工夫，文觉在这期间一直断食。可是他的气力却一点都没有减退，仍旧做着每日的功课，在他的确有许多事情不像是平常一般的人的样子。

一〇 │ 福原院宣[103]

文觉到了伊豆国，被交给近藤四郎国高，命令在奈古屋地方居住，与兵卫佐赖朝离开不远，所以时常到那里去闲话消遣。

有一天文觉对他说道："平家里面只有小松内大臣，性情刚直，智谋也是超群，但是因为平家已经到了末运的关系吧，去年八月里死去了。现在源平二氏的里面，没有一个人像你这样的有将军的相貌的。早点兴起谋叛之师，把日本国取得好了。"

兵卫佐却说道："你这位上人，真是说出意想不到的话来呀。我是承故池禅尼救了这无价值的命，到了现在，为的报她的恩，只是每天转读[104]《法华经》一遍，不管别的事情了。"

文觉又说道："书上说，天予勿取，反受其咎，时至不行，反受其殃。我这样说，或者以为我是来试试你的心吧，你这样想也难说。但是我知道心里有很深的志愿，就请你看吧。"说着从怀里取出一个白布包来，里面是一个骷髅。

兵卫佐说："那是什么呢？"

文觉说道："这是你先父故左马头的首级[105]呀。平治之后，埋在监狱前面的青苔底下，后来没有凭吊的人，文觉有所感触，便从狱官请求得来，这十几年来挂在脖子上，到各山各寺修行，为求冥福，想必很久就得度了吧。那么文觉一向对于故左马头也竭诚效劳的了。”

兵卫佐觉得这个骷髅虽然并不一定真是义朝的，但说及父亲的头来，也感觉怀念，便落下泪来。以后便说心腹话道：“赖朝的钦案还没有宽免，怎么能够去发起谋叛么？”

文觉说道：“那个很是容易。我就上京都去请求免罪好了。”

兵卫佐道：“这怎么成？你本身还犯着钦案，却保证给别人去请求免罪，这话似乎未必可靠吧。”

文觉说道：“假如我是去请求自己免罪，那或者是不对的。但是说的乃是你的事，这有什么妨害呢？到现在的京都，福原的京城里去，不过三日就可以到。请求法皇的院宣，逗留一天，总共不过七八日罢了。”说罢，便忽然出去了。回到奈古屋，告诉弟子们说，要避人到伊豆的雄山[106]去蛰居七天，就出去了。

的确过了三日，他就到了福原新都，因为同前右兵卫督光能卿有点瓜葛，所以走到他那里，说道：“伊豆国流人，前兵卫佐赖朝如能赦免钦案，得到院宣，就可以纠集关东八国的家人，消灭平家，平定天下，请把这事奏闻上去。”

兵卫督说道：“哎，那个，[107]现在我本身的三官[108]均已停职，正在很是烦恼的时候，况且法皇也是被关了起来，这事怎么办呢？但是总之且去奏闻了看。”便将这情由秘密奏闻了，法皇立即发下院宣，文觉乃把这个挂在脖子上，又过了三天，就回到伊豆来了。

这时兵卫佐正在想，这个上人凭空说起了无聊的事情，不知道要使自己吃到什么样的苦头，便这样那样的想个不了，在第八天的午刻他却已经从京都下来了。对兵卫佐说道："你看，这是院宣呀！"兵卫佐听说是院宣，便很恭敬的洗手漱口，换上新的乌帽子和净衣，朝着院宣拜了三拜，然后披读，里边写道：

"近年以来平氏蔑视王室，私擅政事无所忌惮，破灭佛法，紊乱朝威。夫我朝乃神国也，宗庙相并，神德显著，故朝廷开基之后，数千余岁，凡有欲倾皇位，乱国家者无不败北。是以一则凭神道之冥助，一则守敕宣之旨趣，速诛平氏之族类，而退朝家之怨敌。其继续世传之兵略，发挥累世之忠勤，以立身兴家者。院宣如上，相应传达。治承四年（一一八〇）七月十四日，前右兵卫督光能奉敕，谨上前右兵卫佐殿。"兵卫佐将这院宣装在锦袋内，据说在石桥山交战的时候，也挂在兵卫佐的胸前。

一一 ｜ 富士川

且说在福原开了公卿会议，说趁那边军队未曾齐集之前，赶快的派出讨伐的兵出去，于是派小松权亮少将维盛做大将军，萨摩守忠度做副将军，总共兵力三万余骑，于九月十八日由弃都出发，十九日到了旧都，二十日就向东国去进行讨伐了。大将军权亮少将维盛生年二十三，姿容美丽，武装整齐，连画也不能画的那么好，平家祖传的铠甲叫作唐皮[109]的，装在唐柜[110]里，叫人抬着，自己在路上穿着一件赤地的锦袍，外加浅绿色的缀甲，骑在连钱苇毛的马上，跨着黄金缘饰的马鞍。副将军萨摩守忠度是穿了蓝地的锦袍，红色缀的铠甲，骑在黑色壮大的马上头，鞍是漆涂上面更洒金粉的。这些马，鞍，铠甲，盔，弓箭，腰刀以及短刀等，都是光辉照耀，这一路出发的情形，煞是可观。

萨摩守忠度在这些年来，曾经同一位女官要好，她的母亲乃是一位皇女。有一天他在那里去，恰巧正值有身分很高的一位女官来了，等到夜已很深了，客人却还没有回去。忠度站在檐下，暂时吧嗒吧嗒的使用着摺扇，这时听见那女官用了优雅的口调吟着一句歌词道："满野高吟的虫声呵！"萨摩守就停止了用扇，就走回去了。

以后会见的时候，女官问道："那一天为什么就停止了用扇的呢？"

萨摩守答道："啊，那就因为说是'好喧闹呀'[111]，所以停止使了。"

以后这个女官送了一件衬衣给忠度，当作千里远行离别的纪念，附了一首歌：

"分开东国的草叶前去的你的袖子，

倒还不如在京里住着的我更为露所湿了。"

萨摩守给返歌说道：

"这离别你又何须愁叹呢？

前去的关所乃是先人所走过的。"[112]

从前往外边去讨平朝敌的将军，先行朝见，赐予节刀[113]。天皇御紫宸殿，近卫府的人排列阶下，内弁外弁[114]的公卿悉行参列，举行中仪[115]的节会。大将军副将军各各整饬礼仪，接受节刀。但是承平天庆[116]的先例因为年久，已经难以依据，前回赞岐守平正盛去讨伐前对马守源义亲，[117] 往出云国去那时候的例子，只是赐给驿铃[118]，装在皮袋里，挂在杂役的脖子底下。古时候为了讨灭朝敌出都去的将军，须有三种觉悟。赐给节刀的当日，把家忘记，走出家门的时候，把妻子忘记，在战场和敌人打仗时便把身子也忘记了。那么，现在平氏的大将维盛和忠度，一定也有这种觉悟吧。想起来真是很可感慨的事。

同月二十二日高仓上皇又临幸安艺国严岛。过去三月中曾经临幸过，或者是这个缘故，那一两个月里国泰民安，情形很好，但是自从高仓宫谋叛后，天下又乱了，世间很不平静。现在因此，为的祈求天下太平，而且祈求上皇的病体全愈，所以到严岛神社去的。这回是从福原临幸，没有什么跋涉。上皇亲自动手，做了一篇愿文，叫摄政藤原基通代为誊写了。文曰：

"盖闻法性云开，十四十五之月高晴，权化智深，一阴一阳之风旁扇。夫严岛之社者，称名普闻之场，效验无双之地也。遥岭回绕社坛，自彰大慈之高峙，巨海近接祠宇，实表弘誓之深广。窃某以庸昧之身，忝践帝王之位，今玩谦游于灵境之群，乐闲放于射山之居，然窃竭一心之精诚，诣孤岛之幽祠，仰明恩于瑞篱之下，凝恳念而流汗，垂灵托于宝宫之中，诵圣训而铭心。其中特别表示怖畏谨慎之期，重在季夏初秋之候。病痾忽侵，犹未有医术之有效，萍桂[119] 频转，弥知神感之不空。虽乞求祈祷，而雾露难散，但仍竭心腑之志，重企头陀[120] 之行，漠漠寒岚之底，卧旅宿而惊梦，凄凄微阳之前，临远路而望眼。遂于扮榆[121] 之境，敬展清净之席，书写色纸墨字之《妙法莲华经》一部，开结二经[122]，阿弥陀，般若心等经各一卷。亲手书写金泥之提婆品一卷，于时苍松苍柏之阴，共植善利之种，潮去潮来之响，漫和梵呗之声。弟子辞北阙之云者八日，星凉燠之候改变无多，凌西海之浪者二度，深知机缘之非浅。朝祷之客非一，夕赛者且或千人，但尊贵之归仰虽多，而院宫之参诣未之前闻，则自禅定法皇[123]初作之仪也。彼嵩高山[124]之月前，汉武未辨和光之影，蓬莱洞之云底，天仙亦徒隔垂迹之尘。仰愿大明神，伏乞一乘经，重新鉴照丹忱，赐予玄应，是为至幸。治承四年九月二十八日，太上天皇。"[125]

且说这些人离去九重的都城，出发往千里的东海去了。将来平安归还的事的确很是难说，或者寄宿于原野之露，或者旅卧于高峰之苔，过山渡河，日数渐增，于十月十六日乃走到骏河国的清见关。出都的时候是三万余骑，沿途加进去不少士卒，据说一总有七万余骑了。前锋已经进到了蒲原富士川，后方还在平越宇津谷这一带地方。大将军权亮少将维盛乃把武士大将上总守忠清召来问道："据维盛的所想，过了足柄山，在坂东地方作战吧。"

上总守答道："在福原出发的时候，入道公的命令是，把作战交付给忠清的。坂东八国的兵都是服从兵卫佐的，恐怕有几十万骑吧。这边的兵力总共虽说有七万余骑，却都是从各国征发来的士卒，人马也都已疲倦了。伊豆骏河方面应该来的兵力，也还没有到来。现在只应当在富士川的前面，等待友军的到来才是。"维盛听了没有办法，就将进攻展缓了。

且说在兵卫佐方面，过了足柄山，已经到了骏河国的黄濑川了。在甲斐和信浓的源氏已都跑了来，合在一起，在浮岛原会师，账上记着一总有二十万骑。常陆源氏佐竹太郎的杂兵当作主人的使者，带着信前往京都，在路上给平家先锋上总守忠清留住了，拿过信来，打开一看，乃是给他的妻子写的。因为没有什么妨害，所以把信交还给他了，但是问道："现在兵卫佐的兵力共有若干呢？"

答道："这八九日在路上，没有间断的在野间山上，海里河里，都是武人。下士只能知道四五百千的数目，这以上就不知道了。或者更多，或者更少，都不能知道。昨天在黄濑川听人家说，源氏的兵力有二十万骑。"

上总守听了说道："唉，大将军[126]的举动宽缓实在是可惋惜。假如我们早一日进行讨伐，走过足柄山，进出到东国的话，白田山的一族和大庭兄弟便一定参加。他们到了，坂东便不至于草木都靡然从风了。"他虽是后悔，可是如今已经没用了。

大将军权亮少将维盛又把东国的向导，长井斋藤别当实盛[127]召来，问道："实盛，像你这样善射的人，在关东八国有多少人呀？"

斋藤别当冷笑答道："你这样的说，大概是把实盛当是能射长箭的人吧，其实我不过射到十三束[128]罢了。像实盛这样射箭的人，在关东八国不知道有多少。说到射长箭，普通没有射十五束以下的。弓的坚强的，须要壮汉五六个人才能把它拉开。这样的精兵射起来的时候，铠甲的两三领也很容易射穿。一个称作大名[129]的人，就说是部下顶少的，也不少于五百骑，骑在马上不会掉下来，走过险恶的地方马也不会倒，打起仗来父亲死了也罢，儿子死了也罢，死了就爬过去，爬过去更是打仗。西国[130]的打仗便不相同，父亲战死了，先将供养，等忌满[131]了再来，儿子战死了，便因了悲叹不再攻打了。兵粮米若是没有了，种了田，等收获了再来打仗，夏天说是太热，冬天又是太冷，都是嫌忌。东国却全不是这样。甲斐和信浓的源氏因为熟悉这里的地理，或者会从富士山腰绕后路过来也未可知。我这样说，似乎要使你感觉恐惶，实在却并不如此。打仗的事不因兵力，却靠计谋，我要说的只是这个意思。实盛在这回打仗，已经觉悟并不想活出性命，再回到京里去了。"实盛这样说了，平家的兵士听了都吓得发抖了。

这样子到了十月二十三日，源平两家预定在明天在富士川互放响箭布告开战，到了夜里平家兵卒望见源氏的阵地里，伊豆骏河人民农夫因为害怕打仗，或到原野，或进入山里，或者乘船浮于河海，都燃着火预备煮饭。便都说道："阿呀，源氏阵地里远地的火光真多呀！那真是所说的，野里山里和河海里都是敌人了。这怎么好呢？"便都恐慌起来了。

这天的半夜里，富士川沼泽中群栖的水鸟不知道为什么事忽然惊动了，立刻一起的飞了起来，那羽音仿佛像大风和雷一样，平家兵卒便都惊起道："呀，源氏的大军袭击来了！一定如斋藤别当所说，从后方迂回到了。被包围了，那就不妙，不如从这里退却，在尾张河和洲股地方防战吧。"于是连东西也来不及取，便争先的逃走了。因为太是张皇扰攘了，拿了弓的人忘记了箭，拿了箭的又忘记了弓，有人骑了别人的马，却把自己的马让人家骑走了，又或骑了绊着的马，只是绕着桩子打圈子。从近地宿场叫来些艺妓歌女，歌唱行乐，也或者被蹴伤了头，踹坏了腰，叫唤吵嚷，闹成一气。

同月二十四日卯刻，源氏大军二十万骑，拥到富士川河边，惊天动地的呐喊了三回。

一二 ｜ 五节的事情

平家的阵地却是一点声音也没有。派人去看，回报说："都已经跑掉了。"有的人拿了敌人所忘记的铠甲来，有的或者拿了敌人所弃舍的大帐篷来的。

报告说："在敌人的阵地里，连一个苍蝇也没有。"

兵卫佐从马上下来，脱了头盔，漱口洗手，朝着王城的方面跪拜说道："这不是赖朝私人的功勋，实在乃是八幡大菩萨的御计画。"于是把打下来的领地来分配了，将骏河国交给一条次郎忠赖，远江国交给了安田三郎义定，本来对于平家还该继续进攻，但是觉得后路不大安全，所以从浮岛原引退，回到相模国去了。

东海道一带各宿场的艺妓歌女都嘲笑说："阿呀，真是太不像话！出去讨伐的大将军，箭也不射一枝，就逃回来了，实在不成话。打仗时看见就逃，已经很是难听，现在这是听见就跑，更是岂有此理了。"写匿名揭帖的尤其多得很。

在京里的大将军叫作宗盛，出去讨伐的大将听说是权亮，又把平家读作平房，有一首歌说道：

"平房里看守栋梁的人不知怎样的着忙，

所倚恃为柱子的撑条却早掉下了。"[132]

又一首云：

"比那冲过浅滩岩石的富士川的水，

流得更快的是那伊势的瓶子[133]。

上总守把他的铠甲抛弃在富士川里，歌里说道：

"把铠甲抛弃在富士川里了，

还不如着那墨染的法衣，为了那来世。"[134]

"忠清骑了二毛的马，

虽是挂着上总的马鞍，可是没有用。"[135]

同年十一月八日，大将军权亮少将维盛回到福原新都来了。入道相国大为生气，说道："大将军权亮少将维盛，流放到鬼界岛去，武士大将上总守忠清等处死刑。"同月九日，平家的武士老少集会，讨论忠清死罪的事。

主马判官盛国出来说道："忠清以前并不是胡涂人，记得在他十八岁的时候，有五畿[136]内唯一的强盗两个人，逃到鸟羽殿的宝藏里面，躲了起来，没有人敢进去捕捉他们的，这个忠清在白昼独自一个人，跳墙进去，格毙一人，另外一人生擒了，这个名声留下到了后世。这回的失着看来不是平常的事情，关于这事似乎还应好好的谨慎，[137]使兵乱下息才好。"

同月十日，大将军权亮少将维盛，升为右近卫中将。人家都私下批评说："虽然听说是讨伐军的大将，却并没有做出什么功绩来，这是什么事情的奖赏呀？"

从前为了讨伐平将门，平将军贞盛，田原藤太秀乡受命，出发到坂东去，但是将门却并不是容易灭亡，所以公卿会议，再派讨伐军出去，任命宇治民部卿忠文，清原滋藤为军监。[138]到了骏河国清见关住宿的夜里，滋藤远望漫漫的海面，便高声吟汉诗道："渔舟火影寒烧浪，驿路铃声夜过山。"[139]忠文听了感觉优雅，不禁流泪。

但是将门就为贞盛秀乡所杀，拿了他的首级上京来，在清见关前相遇，于是先后的大将军相率一同上京。在劝赏贞盛秀乡的时候，公卿提议是否对于忠文滋藤也加以劝赏，九条右丞相师辅公说道："这回讨伐军向坂东出发，但因将门并不容易灭亡，所以这些人也奉了敕命，前往关东，其时朝敌却已经灭了，因此对于他们怎能没有劝赏呢？"

但其时的摄政关白小野宫却道："《礼记》上说，疑事毋质。"[140]于是终于不给奖赏。

忠文对于此事很是遗恨，说道："小野宫的子孙我把他们做奴隶，但是九条公的子孙，我将为守护神，保佑他们到底。"这样的立下誓言，就不喝汤水干喝而死了。以后九条公的后人很是繁荣，但是小野宫的子孙没有什么像样的人，现在却已完全断绝了。

且说入道相国四男头中将重衡任为右近卫中将。同年十一月十三日，在福原的大内落成，主上就迁幸过去了。本来应该举行大尝会[141]，这大尝会是在十月末，驾临东河，先有御禊，在大内的北野筑了斋戒的场所，预备种种神服神具，随后在大极殿前面，龙尾道的坛下设回立殿[142]，在这里天皇进行沐浴。在这坛的并排，建立大尝宫，供奉神膳，举行奏乐，歌唱，在大极殿里行大礼，清暑堂里奏御神乐，丰乐院里宴会。但是在福原这个新都，既无大极殿，没有行大礼的地方，也无清暑堂，没法奏那神乐，丰乐院也没有，更无从举行宴会。所以公卿会议，今年只举行新尝会的五节，[143] 至于新尝祭[144] 则在旧都的神祇官厅去举行。

这五节乃是在古昔天武天皇的时代，[145] 在吉野宫里，当月白风高的夜晚，天皇静着心正弹着琴，有神女从天上下降，五回翻那衣袖，这就是五节的起源了。

一三 | 还都

这回的迁都，君臣上下无不愁叹，比睿山和奈良及诸社寺也相率诉说，此事的不相宜，于是这惯于胡为[146]的入道相国也就说道："那么还旧都吧。"

同年十二月二日，就急忙的还都了。这新都福原北面沿着群山地势很高，南边又和海很近，甚是低下，波浪的声音很是喧扰，海风甚是利害。所以高仓上皇总是生病，就赶紧的离开了福原，从摄政公起，太政大臣以下公卿殿上人都争先随侍。入道相国以下平家一门的公卿殿上人，也都抢先上京都来了。在新都住得够苦恼了，有谁还愿意多留一刻呢？从过去六月起，拆了房屋，运来资财家具，又建起来像了样子了，现在又发疯似的说要还都，却不及布置什么，只好都丢弃了回到京里来。各人住处都没有，只得在八幡、贺茂、嵯峨、太秦、西山、东山那些偏僻地方，[147] 或者在佛堂的回廊，或在神社的拜殿里，暂时寄宿，这里边还很有些有身分的人们。

至于这一次迁都的理由何在，据说因为旧都与南都北岭[148]都很相近，略为有点事情的时候，奉了春日的神木，日吉的神舆，[149]便要乱来。福原则隔着山，间着海，路程也远，那样的事便不大容易有了。据说这是入道相国原来的计画。

同年十二月二十三日，对于近江源氏的反叛进行讨伐，派左兵卫督知盛，萨摩守忠度，为大将军，共总兵力二万余骑，向近江国出发，先将散开在山本，柏木，锦古里的源氏——攻下以后，就向着美浓和尾张推进。

一四 | 奈良被焚

京里又有些人说："当高仓宫进园城寺的时候，南都大众表示同心，并且还差人来接，因此这也是朝敌，所以也应该同三井寺[150]一并讨伐。"

奈良方面听到了这样的消息，大众蜂起，很是扰攘。摄政基通告知他们道："有什么意思只管说来，无论几次都给转奏上去。"

可是奈良方面一切都付之不理。派了任有公职的别当[151]忠成充当使者下去，大众聚集起来说道："把那厮从乘坐的东西上拉下来！剪掉他的发髻！"[152]叫嚷骚动，忠成惶恐失色，逃了回去了。

随后再派右卫门佐亲雅下去，大众也是叫嚷："剪掉他的发髻！"什么事情也没有做，也逃回去了。其时劝学院[153]的役夫二人，被剪掉了发髻。

南都又做了一个很大的球杖[154]的球，说这是平相国的头，喧嚷说："打吧，踩吧！"

书上说过："言之易泄，召祸之媒也，事之不慎，取败之道也。"[155]那所谓平相国的，说来也惶恐，是当今天皇的外祖父嘛。这样说话的南都大众，大概是天魔之所为罢。

入道相国传闻这些事情，心想怎么办好呢，首先是要使得这些胡闹平静下来，于是把备中国住人濑尾太郎兼康补了大和国的检非厅[156]，叫兼康率领五百余骑向南都进发，对他说道："要十分注意，即使众徒有些胡闹，你们却不可以那样。不要着甲胄去，别带弓箭。"但是大众并不知道私下曾有过这番嘱咐，把兼康带的部下抓住了六十余人，都一一的斩首，挂在猿泽池的旁边。

这使入道相国大为生气，说道："那么进攻南都罢！"便派头中将重衡为大将军，中宫亮通盛为副将军，总计兵力四万余骑，向着南都出发。大众也不分老少，共有七千余人，系紧了盔带，在奈良坂和般若寺两处，路上掘断作坑，设立楯垣，安放倒生树枝，严阵以待。平家四万余骑分作两路，向着奈良坂和般若寺的两处城郭进攻，发出呐喊。大众都是徒步，拿着刀仗，官军却骑了马，四处奔驰，这边那边的追赶，箭如雨下，防战的大众几乎尽数战死了。从卯刻开始决战，接续的战了一天，到了夜里奈良坂和般若寺的两处城郭都已陷落了。在战败的人里边，有一个坂四郎永觉的恶僧，无论拿了刀或是弓箭，气力的强大是七大寺，十五大寺中间第一个

人。穿了一件浅绿的腹铠上面，再加黑线缀的铠甲，在帽盔[157]
上加着五重的颈甲，左右两手拿着白柄的茅叶似的向上翘起的大长
刀，和黑漆的大马刀，与同宿的人十余人，前后左右的排着，从碾
硙门杀出来，这就暂时抵住了官军。许多官军的马脚都被砍断了，
人也被杀了。但是官军乃是多数，他们交互轮番的攻上来，在永觉
前后共同防卫的同宿的人都已阵亡了。永觉独剩了一个人，虽是勇
猛，无奈后路空虚，所以也只得向南逃走了。

　　到了夜战，天色太是黑暗了，大将军头中将站在般若寺的门
前，便命令道："放起火来！"平家兵士里边有个播磨国住人福井
庄下司[158]二郎大夫友方，便将楯劈破了，作为火把，在民家放起
火来。这是十二月二十八日夜间的事情，适值风很猛烈，虽然火的
根源只是一个，但是因为风的乱吹，许多伽蓝都延烧了。那些知道
羞耻，爱惜名誉的人，都已经在奈良坂战死，或是在般若寺阵亡了。
负伤还能行动的人，悉向吉野十津河方面逃亡了。只有不能行路的
老僧，以及还在修学的人们，男儿，女童，都逃到大佛殿和山阶寺
[159]的里边去，争先的躲避。在大佛殿的楼上有一千多人走了上去，
为的叫追来的敌人不能上来，所以把楼梯也抽掉了。猛火却直逼过
去，叫唤的声音真像是焦热，大焦热，无间阿毗[160]地狱火焰中间
的罪人，恐怕也不过如此罢了。

　　这兴福寺乃是淡海公[161]御愿建立，藤原氏历代的寺。在东
金堂的是佛法传来以后最初的释迦的像，在西金堂的是从地上自然
涌出的观世音的像，琉璃镶成的四面的廊，丹朱涂饰的二阶的楼，
九轮在空中发光的两座塔，这些都一时化为烟尘，实在是很可悲的

事。在东大寺，有那常在不灭，实报寂光现身的佛的御像，圣武天皇所亲手磨光的金刚十六丈高的庐遮那佛，乌瑟高显，为半天之云所遮，眉间白毫，恰如新见之满月，[162]今则头发[163]被烧落在地上，身体熔化，有如小山。四万八千之相好，已如秋月为五重之云所掩，四十一地之璎珞，有似夜星为十恶之风所吹。[164]烟尘涨天，火焰满空，使眼见者目更不能直视，远闻者亦为丧胆。法相三论[165]之法门圣教，全无一卷存留，在我朝不必说，就是天竺震旦，也不曾有这样的法灭吧。优填大王磨"紫磨金"，毗须羯磨雕赤栴檀以作像，[166]但此仅等身的佛像而已。况此乃南阎浮提[167]之中唯一无双之佛像，以为永无朽损之期的，今乃蒙毒焰之尘，长留悲哀之迹。梵释四天，龙神八部，[168]冥官冥众，一定也大为吃惊吧。拥护法相宗的春日大明神，不知道如何想呢！所以春日野的露也变色，三笠山的风声也听去如在怨诉的吧。

烧死在火中的人数记起来是，大佛殿楼上一千七百余人，山阶寺里八百余人，别个御堂里五百余人，又一个御堂里三百余人，一一列记起来共计三千五百余人。死在战场上的大众有千余人，少数的斩首在般若寺门前号令，少数的拿了首级到京里去了。

二十九日，头中将消灭了南都，回到京都去了。入道相国一个人总算出了气，觉得很高兴。中宫[169]，法皇，上皇，及摄政以下的人却都悲叹道："算是除灭了恶僧，伽蓝怎么可以毁灭呢！"

当初公卿会议，把大众的首级原来要在大街游行，随后挂在狱门的树上示众，但是后来听了东大寺和兴福寺毁灭的惨淡的光景，似乎吃了惊，也就没有消息了，就在这里那里的抛在什么沟或是坑里了。圣武天皇宸笔的诏书里说："我寺兴福，天下亦兴福，我寺衰微，则天下亦将衰微。"那么天下衰微，可见是无疑的了。这样悲惨的一年也已过去，治承也成为第五年了。

注 释

〔1〕帅典侍是权中纳言兼太宰权帅藤原显时的女儿，女官照例用她父亲的官职一字为记下加女官的职名，故称作帅典侍。参看卷三注〔49〕。

〔2〕中宫此处是指建礼门院，参看卷三注〔2〕。其实此处应该称皇太后才是，因为高仓天皇已经禅位称作上皇了。

〔3〕九条是指藤原兼实，他的儿子良通才是右大将从二位。

〔4〕地神是指从天照大神以下五代的神皇，即天照大神，天忍穗耳尊，琼琼杵尊，彦火火出见尊，鸬鹚草葺不合尊，是也。以前七代称为天神，以后则为人皇，自神武天皇起，至于现代的昭和天皇，凡一百二十四代云。

〔5〕日本神话里，天神七代，地神五代，共十二代称为神皇，接下去的便是人皇了，以上统称为神代。

〔6〕鬼界岛见卷二注〔137〕，系指萨摩以南的列岛。高丽是高句丽，现在的朝鲜北方，契丹在其西北，就是后代的辽。当时日本势力并未到达这些地方，只是神功皇后时侵略过新罗，所以夸张的这样说罢了。

〔7〕宇美宫的宇美意思即是生产，参看《古事记》卷中第一四二节。

〔8〕日本于说及皇室的时候，多用这一类的词句，表示惶恐谨慎的意思，与中国古时的说昧死或死罪相同。

〔9〕原文这里两个"飞鸟"字读法不同。其一照常读若飞的鸟，

其二则读为"阿斯加"（asuka），意思是"明日香"，但是现在统用第二读法了。

［10］御门（mikado）原意就是门，因为系指宫门，所以上面加一字御字。后来与"陛下"相同，变作称皇帝的本人了，因此也可以译作皇帝。

［11］平家系桓武天皇之后，已见卷一第一节"祇园精舍"中，入道相国的父亲平忠盛乃是桓武天皇的第十世孙。

［12］平安城的名字，实际上恐学模仿中国的长安而起的，这里却似乎解作一种吉兆，因为里边含有一个"平"字。

［13］平城天皇是五十一代的天皇，于八〇九年传位于皇太弟，是为嵯峨天皇。但是到第二年九月，平城上皇听了尚侍藤原药子听劝，希图还都到奈良去，从新复辟，但是没有成功，尚侍自杀了，上皇也出了家，这件事乃了结了。

［14］这是日本宗教上神佛混淆的一种说法，谓佛菩萨和光同尘，化身为各神道，降临日本，即为各寺院的守护神。

［15］"五畿七道"系将近畿地方，分为山城，大和，摄津，河内，和泉五国，余下的分为东海，东山，北陆，山阴，山阳，南海，西海七道。

［16］爱宕里亦作乙城里，即指平安京，言繁荣了四百年之后，又将衰微了。

［17］"风吹"的"吹"字与"福原"的"福"字同音，故意取双关。

［18］这两句话见于《文选》卷一班固的《西都赋》。

［19］邦纲参看卷三注［33］，那时他与平家并无戚串关系，却于产生王子的时候，进上马两匹。

［20］大尝会为皇室之最大祭典，于天皇即位的那年举行之，以当年新谷致祭于天照大神，以及天神地祇。

［21］所说古昔贤王是指仁德天皇（十六代），据《古事记》卷下

一六三节云：

"于是天皇登于高山，以望四方，乃说道：'国中炊烟不升，良由国皆贫穷，自今以后三年间，其人民的租税劳役悉皆免除。'以是大殿破坏，虽悉漏雨，都不修理，但以水溜承其漏雨，迁避于不漏的地方。后再看国中，炊烟满焉，人民已经富足，始命租税劳役。以是百姓繁荣，不以役使为苦，故称其时为圣帝之御世云。"但是这里的写法很受中国史书的影响，又和上文说茅檐不剪齐，更是显然从"茅茨不剪"引申出来的了。

［22］白居易《新乐府》之二十一《骊宫高》一篇，就是咏这事的，其中有句云："翠华不来兮岁月久，墙有衣兮瓦有松。"即是此语所本，但墙上说生了薜荔，即俗所称的爬山虎。

［23］"源氏大将"系指《源氏物语》里的主人公光源氏，这乃是小说中的人物，与平源两家没有什么关系。《源氏物语》作于十世纪时，有五十四卷，为日本有名的古典作品。光源氏代表当时的贵族社会的男子，为古今读者所倾倒，仿佛像是中国的贾宝玉，虽然时代相差得很是辽远。

［24］"大宫"即是藤原多子，为德大寺实定卿之姊，曾做过"两代王后"的，见卷一第七节。

［25］这里所谓"窗板"，原文云"格子"，乃是古时建筑的窗户，有如中国的和合窗，分上下两层，上边的一枚向内外任何方向，从上挂起，下边的不动。

［26］《源氏物语》的最后十卷，称"宇治十帖"，记宇治八王子及其女儿们的事情，故以为名。

［27］"优婆塞"本系梵语的音译，即是不出家而信佛的男子，意云清信男。这里乃是指宇治八王子，他是桐壶帝的第八王子，是光源氏的异母弟，因为奉佛故别名优婆塞宫，他的女儿弹琵琶事见第

四十五卷"桥姬"中。

[28]"待宵"（matsuyoí）意思即是等待着人的晚上，动词和名词简单的相联接可以成为一个很简捷的名称，若用中国话翻译过来，便成了一句冗长的话，不宜于用作别名了。

[29]"不算什么"（monokawa）原意云"算什么东西呢？"歌意说待人不至时听着钟声，比催归的鸡声更是难听。

[30]时调见卷一注[76]，这是当时流行的一种歌调，普通是五七调八句作为一首，但平常的今样大抵只是一半，即五七调四句罢了。

[31]歌意似颇隐晦，大意说等待情人不至，听了时候过去的钟声，所以觉得难过，现在却是清游没有满足，就要离别了，所以就更是悲哀。这是就离别的情形不同上立论，也是说的颇有道理的。

[32]左大将称赞藏人的敏捷，说我看见你能干所以差你去的，因为他能够即兴做了那首和歌，甚是难得。《新拾遗和歌集》卷八中收有这首歌词，说是藤原经尹所作。

[33]藏人的那首歌系以"不算什么"起头，所以便以此为别名，但是译了出来，似乎比不上原名的有风趣了。

[34]别本作"二三百"似稍适宜。

[35]天狗是日本相传的一种想象的怪物，形状如人而有羽翼，面赤色，有鼻极长如鸟嘴，手执羽扇，有神通，能够飞行并隐现自在。这个形象或者当初是由于印度的迦楼罗而造成，中国或译作金翅鸟，日本古代舞乐上有这面具，由这鸟嘴的迦楼罗，遂变成高鼻子的天狗了。他的最普通的作为，是夜间砍伐巨木以及树倒的声音，甚为清楚，及明日往看却毫无踪迹，这便称为"天狗倒"，至今有此传说。世间又称好自高大的人为天狗，这便因为傲慢的人仰着头，鼻子似乎很高，所以得此名称。

[36]这里"响箭"与上边所说的不同，普通的称为"镝矢"，原

意是"芜菁头"的箭，用角骨做成芜菁头的样子，中空有孔，射去有声。现在这一种原名"蛙目"，意思是"虾蟆眼"，乃用桐木所做，也是中空有孔，这孔好像是虾蟆的眼睛，射击的声音能够吓退恶魔，所以特别作为辟邪之用。

［37］帐台在日本房屋中，有一间特别稍高，四周悬挂帐幕，贵人起居其中，亦作为寝兴之处，大约等于后世中国的卧床。

［38］关东八州参看卷四注［125］"坂东"。

［39］青侍（seiji）亦可训读为aōzamurai，普通解作年少的武士，言其有如果实之尚未成熟，一说只是说地位低下的武士，因为这一种武士着青色衣袍，故有此称。川柳诗中有青使，那里是指年纪很轻的武士，那又是另外的一种说法了。

［40］"节刀"者用为符节之御刀，古时将军受命出征，天皇授予此刀，代表最上的威力，平时不用则存于宣阳殿中。

［41］武内大明神即是武内宿祢，他是日本历史上一个很有传奇性的人物，据说他历事景行，成务，仲哀（包括神功皇后摄政），应神，仁德五代的天皇，从景行天皇廿五年（公元九五）起到仁德天皇五十五年（三六七）他死去为止，计在官二百七十余年，他的生年虽然不详，但即此可以知道他是无比的长寿了。死后被祀于石清水八幡的高良神社，称为武内大明神。

［42］春日大明神乃藤原氏的祖先，说我的孙儿即是指藤原氏一族的公卿，公卿非是武人，未必能任将军，所以说是难懂。

［43］"大织冠"指藤原镰足，参看卷一注［146］。

［44］佛菩萨有各种神通力，"三明"者谓宿命明，天眼明，及漏尽明，能知过去未来及现在的事，此外又加上天耳通，闻六道众生的声音，知他心通，知六道众生的心思，身如意通，能现种种神变，总计六种通力，即称为"六通"。因为有此通力，所以严岛大明神虽本是

女神，却也可现形为男子，而且状似元老，这就是和光垂迹的一种说法。

[45]北条时政本姓平氏，居于北条故名，其女政子为赖朝之妻。

[46]土肥等均系地名，即作为姓氏，诸人本出平氏，所谓坂东八平氏是也。

[47]白田山的白田本来写作田上白字，为日本造作的所谓"和字"之一，亦作火旁田字，均指围地，与水田相对。在《和名抄》中写作"白田"二字，系中国古来称"陆田"的名字。白田山亦坂东八平氏之一。

[48]"七党"系指武藏七党，谓横山，猪股，野与，村山，西，儿玉，丹这七姓，都是本地的豪族，聚族而居，以地名为姓，称为一党。

[49]以下一节别本另作一段，加在下文的上面，于文义上或者较有联络。

[50]赖朝于平治之乱连坐被判死罪，所以这里当他作朝敌。

[51]池殿即池禅尼，系平忠盛的继室，清盛的后母，住在六波罗的池殿，出家为尼，故世称池禅尼。

[52]日本磐余尊即是神武天皇。

[53]"土蜘蛛"是日本岛上土著民族之一，因为身体矮小而四肢特长，蛰居土窟中，所以给他一个绰号曰土蜘蛛。这本是异民族，所以把这种斗争当作叛逆也不妥当。

[54]大石山丸以下都是历史上反抗政府的人，后来诛死或被流放，不一一注明。

[55]古时罪人枭首，挂在狱前的树上，后世则在刑场树立高架，置于其上，但刑法仍谓斩枭曰狱门，斩而不枭则曰死罪。

[56]此后一节别本另作一节。题曰"鹭莺的事件"；似较合适，因为实在与上文并无什么连接。

[57]延喜御门即指醍醐天皇，参看卷三注[121]，因为日本一般以那时候当作盛世。

［58］有一种鹭鸶，名字叫作"五位鹭"，因为它的唱声仿佛是叫"五位"（goi）二字，世俗传说它的起源就是在此。

［59］妙音菩萨住于东方庄严国，在灵山净土即灵鹫山听佛关于孝行的说法，见于《妙法莲华经·妙音品》。

［60］"冥显三宝"谓冥中之佛，即指妙音菩萨，及现世之佛，即是圣贤。

［61］楚国在南方，不在燕秦的交界处，此处系是传讹。

［62］龟背渡江不是燕丹的事，盖是将毛宝的传说移用过来。

［63］麒麟应作骐骥。

［64］白虹贯日，古来当作一种天象的异变，白虹代表兵，日者君之象，即是君主有急难。今贯日而没有透过去，所以主暗杀不成。

［65］一万八千三百八十里，语涉夸张，这里的描写有似《妙法莲华经》里的"见宝塔品"的地方。

［66］《和汉朗咏集》下，庆滋保胤有祝《天子万年》句云，"长生殿里春秋富，不老门中日月迟"，为此处所本，并不是真的宫殿的名称。

［67］"町"为日本距离的单位，约等于——〇公尺，见卷二注［49］。

［68］"幡幢"原文云"幡矛"，系矛上着小旗，原是寺院的饰物。

［69］《礼记·曲礼》，"刑人不在君侧"，本谓刑余之人，系指阉寺，这里借用意谓危险的人。《礼记正义》引，"君子不近刑人，近刑人则轻死之道也"，原是《公羊传》语。

［70］华阳夫人的事不见于史传，但《史记正义》云，秦王乞听瑟而死，召姬鼓琴。

［71］此章记荆柯刺秦王事，大抵取材于《刺客列传》，而加以藻饰，但对于上下文似别无何种作用，因为秦燕关系与平源两家的斗争截不相同，且亦不能作为朝敌的先例，故似乎无甚意义。末后说源赖朝不免失败，近于左袒平氏，但又说是附和之词，则又似并不赞成此

辈所说。

　　[72] 永历元年即是平治之役的第二年，距赖朝举兵的治承四年，前后相隔已是二十一年了。

　　[73] 渡边即是上文所说的"渡边党"，参看卷四注 [61]。远藤氏系出藤原，住在摄津国的渡边地方，故有此称。

　　[74] 左近将监系在左近卫府的三等官。

　　[75] 上西门院为鸟羽天皇的皇女，名统子，是二条天皇的准母（hahahiro）。

　　[76] 盛远出家的原因相传是为的是恋爱，这有一段传说，据说他有一个姑母，叫作衣川，她的女儿称作袈裟御前，乃是绝世美人，他想娶她为妻，但是她却已嫁给了渡边亘了。他乃持刀去迫胁他的姑母，说如不得到袈裟，便要杀她的全家。袈裟只得用苦肉计，告诉她如没有丈夫，便可以嫁他，他乃于夜去杀她的丈夫，袈裟扮作男子躺在那里，给杀了。他发觉错误，便力请渡边亘杀他，渡边不肯却出了家，他因此也出家为僧，即是历史上有名的文觉上人。别本虽然有他为了所爱的女人死了所以发起道心的话，但这故事或者出于后世的藻饰，因为衣川与袈裟的名字都与出家有关，不像是真实的名字。

　　[77] "洛叉"是梵语的译文，意云十万，参看卷三注 [170]。

　　[78] 不动明王的眷属有八个童子，即是慧光，慧喜，阿述达多，指德，乌俱婆迦，清德，矜羯罗，制吒迦。前回第二次来拉他的就是这八个人，这里所说的则是末后的两个，据说一个是智德之神，一个是福德之神。

　　[79] "都率天"亦作"兜率天"，"睹士多天"，参看卷四注 [185]。

　　[80] "瑞相"是佛教用语，意云吉兆，指种种神异的奇迹。

　　[81] 意云极有灵验的修验者，好像快刀似的锐利快当。修验道是佛教的一派，以役小角为祖师，以修难行苦行，诵咒祈祷，求达目的，

本是出于密宗，与道教相近，其徒通称"山伏"，亦云修验者。

[82] 高雄山在今京都市右京区内。

[83] "道俗"谓出家和在家的人。

[84] "二世"谓现世与来世。

[85] "法性"谓一切诸法的本性，也即是真如，本是平等无差别的，佛与众生都是假定的名字罢了。

[86] "十二因缘"是佛教用语，说明人自前生以至今生，又至来生的三世轮回的现象，分为无明，行，识，名色，六处，触，受，爱，取，有，生，老死这十二项因果关系。

[87] "本有心莲"意云本来所有的像莲花似的清净的佛性。

[88] "三德"是指如来所有的三种德，即是法身德，般若德，和解脱德，"四曼"则是真言密教里的四种曼荼罗，据说这是佛的悟道的境地，文中以大空相比。

[89] "三途"即火途，刀途，以及血途的三恶道。

[90] "四生"指一切生物，即卵生，胎生，湿生，化生。

[91] 等妙觉王即是佛。

[92] 商山洞谓商山四皓所隐居的洞，参看卷三注 [179]。

[93] "椿叶再改"见于《本朝文粹》中大江朝纲的诗序，说大椿以八千年为一春，椿叶再改便是长久太平。

[94] "三身万德"谓佛的三身，即法身，报身，应身，在这身上积聚有无量功德。

[95] "三界皆火宅"，是佛教的习用语，意云却欲界，色界，无色界，凡在三界生活的人，都是像住在火烧着的家里一般。

[96] "十善"谓守杀生，偷盗，邪淫，妄语，两舌，恶口，绮语，贪欲，嗔恚，邪见十戒的人，参看卷一注 [103]。

[97] "牛头"即是阿坊，"马头"即是罗刹，都是地狱里的鬼卒。

卷二第四节"小教训"中曾有说及。

[98]美福门院是鸟羽天皇的贵妃得子，她的去世已在文觉事件的十九年前，这里不过是演义中的常例，拉来应用罢了。

[99]"差役"原文云"放免"（hoben），本系轻罪犯人而予以放免者，充任检非违使厅的下属，犹中国的捕快这一流人。

[100]厚纸乃用木皮所制的纸，通称曰"鸟之子"，因其色微黄，有如鸡卵。

[101]清水在京都市东山，其地有清水寺，供奉十一面观音，甚有名。

[102]"最后的十念"乃佛教净土宗的说法，谓人于临终时只须一心十念阿弥陀佛的名号，心里不生杂念，便能降生净土佛国。

[103]"福原院宣"别本作"伊豆院宣"，前者说从福原来的院宣，后者则说到伊豆来的院宣，意思还是一样的。院宣者谓上皇或法皇的旨意，参看卷一注[183]。

[104]"转读"是佛教用语，对于大部经典未能全读，就只把经文的初中终三部的要所略读数行，或只诵题目与品名，便算是通读全部了。

[105]赖朝的父亲左马头源义朝于平治之乱，与藤原信赖相结，失败后逃至尾张，为长田忠致所暗杀，传首京都。所以他的头是该在京都的监狱前挂过，但这个并不是真的，本书卷十二第二节"染工的事情"中曾有说明。

[106]雄山在热海市，名为伊豆山神社。

[107]这是枝梧其词的答语。

[108]"三官"是公能当初担任的三种官职，即是参议，右兵卫督，皇太后宫权大夫，在那时候却都已停止了。

[109]唐皮（karakawa）系虎皮上缀铁札之铠甲，为平家历代相传之重宝，其称为唐皮者，因日本无虎，虎皮悉由中国输入之故。

〔110〕唐柜系木制箱笼，装衣服文物之类，率以桧木为之，长方形，外附六足，削后各二，左右各一，殆中国古时式样，故以为名。

〔111〕原歌见于《新撰朗咏集》卷上，不著撰人姓名，其词曰：

"喧嚣得很呀，满野叫着的虫声，

便是沉思着的我也还是什么也不说。"

女官引用虫声这一句，意思在讽示忠度，说我也想和你相会，却是有客人阻碍着，忠度则故意的与上文"喧嚣得很"相连，说是指他那摺扇的声音。

〔112〕歌意说离别不足悲叹，因为想起前去的关所，乃是过去平家战胜的地方，这如后文所说，从前讨伐平将门的平贞盛，是忠度的六世祖。

〔113〕节刀见本卷注〔40〕。

〔114〕内弁是在承明门内司仪式的第一大臣，外弁则是在承明门外司仪式的第二大臣。弁亦或作辨。

〔115〕中仪谓中等的节会，凡六位以上的官员悉许参列，如元旦端午之会，因为其重要在于大仪与小仪之间，故有是名。

〔116〕承平天庆都是朱雀天皇时的年号（九三一至九四六年），但平将军与藤原纯友的作乱是在天庆二年（九三九），不到半年便已平定了。

〔117〕源义亲是为义的父亲，也即是兵卫佐的曾祖父，在任所胡作非为，于康和三年（一一〇一）为清盛的祖父正盛奉敕讨灭。

〔118〕"驿铃"是一种符节，是六角的铃铛，一面铸有"驿"字，政府发给公出的官吏，作为征发各驿夫马之用。

〔119〕"萍桂"亦作"平计"，云作"岁月"讲，原系何语未详。

〔120〕"头陀"原作"斗薮"，系是佛教用语，谓极端贫苦的修行，故世俗亦称乞食行脚的僧人为头陀。

［121］枌榆社系汉高祖的故里，故通常作为故乡之称，这里借用为神社。

［122］"开结二经"系指《无量义经》与《普贤观经》，因为天台宗定例于开讲《妙法莲华经》之前，必先讲甲经，及完了之后又以乙经作结。

［123］禅定法皇即指后白河法皇，临幸严岛神社，是为帝王往诣的先例。

［124］嵩高山即是中国的嵩山，为五岳之一，称为中岳。

［125］这一节说高仓上皇两次临幸严岛，亲作愿疏，深致归依，但与上文均无甚关系，故别本或无此文。

［126］这里说的大将军，乃是指在京主持军事的平宗盛，说他做事迟缓，致误军机，不是指那在战地的大将军平维盛。

［127］斋藤实盛初从源为义父子，其后仕于平氏，及征源义仲时年已老迈，须发皆白，却不服老，乃染毛发而战，终于战死。后世谣曲中歌咏其事，甚是有名。

［128］"束"是人的一握手的长度，为量箭的长短的标准，普通的箭长十二束。

［129］"大名"原意只是说大地主，古时私有的田称为"名田"，田多的称为大名，少的则为小名。但后来转变成为"诸侯"的意思，盖因封建制度之下，凡分封裂土者无不拥有大量的土地，所以也即是大地主。

［130］这里的"西国"是与上文的"东国"相对的，即是说在关东以西的地方，那里文化较为发达，人民亦较为文弱了。

［131］日本是信仰神道教的民族，所以禁忌甚多，特别对于死亡最为严重。古时人死则其家即在忌中，应闭居家中，与别人隔离者五十日，这才忌满，后因佛教关系，七天作一段落，七七四十九日就

算完结了。

[132] 这首歌词如上文所说明，平房代表平家，看守栋梁的即是宗盛，因为他的名字与"栋守"是同音，维盛的官则是"权亮"，是中宫职的次官，这称为"亮"，读作"须计"（suké），意思是助手，也可作帮柱讲，即是支撑的木材，所以说作撑条。至于"权"字乃系暂时假定的意思，仿佛是中国的所谓"署"，不是正式实补的。

[133]"伊势瓶子"即指平氏，参看卷一注[18]。

[134] 这一首乃是嘲骂忠清的，说抛弃铠甲，还不如去出了家，穿上黑色的僧衣去忏悔他的罪业罢。这里他的名字是Tadakiyo，也与"只去穿吧"一句同音。

[135] 二毛是一种马的名称，身上黑白两种毛，样子既不好看，且"二毛"（nigé）与"逃走"同音，所以武士很忌这种马匹，这里便拿来作为讽刺。鞦谓马上前后络带，以上总国出者为良，忠清官为上总守，所以这样说。

[136]"五畿"谓京都附近的五个国，参看卷五注[15]。

[137] 意思说不是平常的事情，即是别有缘因，谓神意示警，故宜谨慎对付，以祈祷和平。

[138] 军监，古代镇守府及征夷使的判官，此系临时的差使，管监督军事。

[139] 所云"汉诗"就是下文这两句，见于《和汉朗咏集》卷下，山水之部，是杜荀鹤《秋夜宿临江驿》的诗。

[140] 所引的这一句见于《礼记·曲礼》的里边，注疏云："赞成也，彼己俱疑而己成言之，终不然则伤知。"即是孔子说的"不知为不知"之意。小野宫这里引出殊不适当，因为所讨论的是应否行赏的事，并非疑事等待决定。小野宫实赖与九条师辅都是藤原忠平的儿子，其时师辅任权中纳言，这里却说他是右大臣。

［141］"大尝会"参看卷五注［20］。

［142］"回立殿"亦作回龙殿，大尝会的时候天皇在那里沐浴更衣，然后到大尝宫去。

［143］新尝会于每年十一月中举行，天皇尝本年的新谷，照例于新尝会或大尝会之后有五节之会，以舞女五人作舞，象征下文所说的天女五回翻衣袖的故事。

［144］即是新尝会，但这里着重在祭，即以新谷祭祀诸神及祖先，后世亦称为秋季皇灵祭。

［145］天武天皇为日本四十世天皇，在位时期系六七三至六八六年。

［146］"胡为"原意云"破横纸"，日本纸旧时系用楮皮为之，漉时有直纹，横纸谓横纹之纸，甚坚韧不易摧破，破横纸者喻言其恣意胡为。

［147］八幡以下六处在当时均系京都以外的地方。

［148］"南都北岭"系指奈良的兴福寺与比睿山的延历寺。奈良在京都之南，故称南都，参看卷二注［169］。北岭即比睿山，在京都偏北故名，参看卷四注［69］。

［149］春木的神木，谓兴福寺的众徒抬了春日若宫的神木，前来强诉，延历寺的众徒则抬了日吉神社的神舆，到皇宫前来胡闹，如上文所列记。

［150］三井寺即是园城寺，三井寺被焚见卷四第一六章。

［151］别当是一种职官之名，这里忠成乃是劝学院别当，管藤原氏的社寺事务。

［152］日本古时人民皆蓄发梳髻，切去发髻乃是一种极大的侮辱。

［153］劝学院的役夫乃是忠成的带去的从人。

［154］球杖是古代的一种游戏，两人徒步或骑马，各持二尺八寸长的木槌似的杖，打一个直径三寸六七分的木制的球，过一定的界限，

以定胜负。《和名类聚抄》卷二杂艺具引《辨色立成》云："骨挝，打球曲杖也。"所谓曲杖乃于杖头横着巨木，有如世俗所称榔头，上文说木槌似的即此。《辨色立成》系日本古代字书，今不存，只见诸书所引有佚文若干而已。

[155] 原语见于《臣轨·慎密章》。

[156] 检非厅即是检非违使厅之在各地方的。

[157] "帽盗"原作"帽子甲"，盖是一种简单铁丝网的帽子，戴在头盔底下。

[158] 福井庄下司即是在福井庄园里服务的下级职员。

[159] 山阶寺即是兴福寺的别称。

[160] "阿毗"普通作"阿鼻"，是梵语的音译，意云"无间"。阿鼻地狱是犯五逆的罪人死后受罪的地方，有剑树刀山镬汤诸狱，永无间歇，这时说阿毗无间乃系梵汉并举。

[161] 淡海公即藤原不比等，七世纪时人，为大织冠镰足的儿子，光明皇后的父亲，是藤原氏创业之一人。

[162] "乌瑟"是"乌瑟腻沙"之略，意云佛顶，就是佛头上隆起的肉髻，这与眉间放光的白毫都是佛的三十二相之一。

[163] "头发"别本作"头"。

[164] "五重之云"是说五种重罪，即是五逆，是说杀父，杀母，杀阿罗汉，破和合僧（即是破坏僧团），出佛身血这五种罪行。十恶是十善的反面，参看卷一注 [103] 及上文注 [96]。

[165] 法相宗与三论宗都是佛教的一派，法相宗以《解深密经》《瑜伽论》《成唯识论》为根据，三论宗则以龙树所著的《中论》《十二门论》及提婆所著的《百论》为根据，故称为三论。

[166] 优填大王乃中天竺侨赏弥国的国王，归依释尊，命群臣为佛造像。毗须羯磨亦作毗首羯磨，系帝释天的臣下，善种种工艺。佛经说

优填王用旃桓造像，用紫磨金者乃是毗首羯磨，与这里所说的相反。

　　[167] 佛经所说须弥四洲之一，因为在须弥山的南方，故名，即是这个世界。参看卷二注 [177]。

　　[168] "梵释四天"，谓梵天，帝释天，及持国，增长，广目，多闻四天王。"龙神八部"则谓八部众，即天，龙，夜叉，乾闼婆，阿修罗，迦楼罗，紧那罗，摩睺罗迦，龙神即在八部之内。

　　[169] 这里中宫系指高仓上皇的皇后，照例应该说是皇太后了。

平 | 家 | 物 | 语

卷 六

一 │ 上皇驾崩

治承五年正月一日，大内里因为有东国的兵乱和南都的火灾的关系，停止朝拜的典礼，主上不临朝，不奏音乐，也没有舞乐，吉野的国栖人[1]没有来到，藤原氏的公卿也一个没有到的，因为氏寺[2]烧失的缘故。二日殿上举行的渊醉[3]也没有，男的女的都一声不响，禁中显得充满了阴惨之气，仿佛佛法王法都已消灭了的那个模样。

法皇尝嗟叹说："我因了十善[4]的余庆，所以得保万乘的宝位，四代的帝王，[5]想起来都是我的儿子，我的孙子。为什么却被停止了万机的政务，过这样的年月的呢？"

同月五日，南都的僧纲等官[6]免了职，停止参加法会的资格，寺院的首长也都免除职务。众徒是不论老少，或被射杀，或被斩杀，或者在火烟里走不出来，多被烧死，剩下来的仅少的人也都遁迹山林，没有一个遗留下来的。兴福寺别当花林院僧正永缘，眼看着佛像经卷化作烟尘，心想阿呀，真是伤心的事。受了一种打击，就因此生了病，不久即故去了。这僧正是个风雅知情的人，有一天听到杜鹃鸟[7]叫声，作歌道：

"每回听到杜鹃都是很新奇，

那就觉得总是最初的声音。"

因此就被称作初音的僧正。

但是御斋会[8]是形式也罢，总是要举行的，须得选定出席的僧侣。如今南都的僧纲都已停职，那么便叫京都的僧纲担任举行么，召集公卿来会议，说那么就把南都除外也觉得不行。于是将三论宗的学匠成宝已讲[9]从他隐伏着的劝修寺[10]里叫了出来，照例的举行了御斋会。

上皇因为前年父亲的法皇被拘禁于鸟羽殿的事，去年兄高仓宫的被害，以及迁都这一件使得天下骚然的大事情，心里苦恼，以致生病，一向听说是不大好，后来听到东大寺和兴福寺的灭亡的消息，那病就更加沉重了。法皇非常的着急慨叹，到了正月十四日，上皇终于在六波罗的池殿晏驾了。御宇十二年，德政有千万端，复兴诗书听说的仁义之道，继续理世安民的已绝之迹。死亡这事是三明六通[11]的罗汉所不能免，幻术变化的权者[12]所不能逃避的事，说是有如无常的人世的常道，想起来这也是过于讲道理了吧。遗体就在这夜里，奉移东山山麓的清闲寺，变成晚上的烟，升到春天的霞彩中去了。澄宪法师[13]心想来送葬，赶紧从山上跑了下来，却已经成了空虚的烟了。法师见此情形，乃咏歌曰：

"平时常见的上皇的行幸，今天却是

上不归的旅途，是很可悲的事呀。"

又有一个女官，听说上皇晏驾了，作了这样一首歌，表现她的哀思：

"云上[14]可以永远看着的月光，

听说消灭了，这可悲的事呀。"

其时天皇御年二十一岁，内守十戒[15]，外保五常，整饬礼仪，正是末世之贤王，举世所珍惜者，如失掉了日月的光明。这样国人的愿望不能成就，百姓也就没有福气，人间的境遇也实在可悲的了。[16]

二 │ 红叶

古来最是得民心的大概无过于延喜和天历这两朝的天皇了吧，[17]可是大抵被称为贤王，有些仁德施及于人民的，总是须得天皇到了成年，有了分别以后，但是这位主上却是在幼年的时候，生就是柔和的性格。

在过去承安年间，刚才即位的时候，那时御年才得十岁左右吧，非常爱好红叶，在大门北边叫筑了一座小山，种些黄栌枫树等有美丽的红叶的树，称作红叶山，终日看了都还看不够的样子。但是在一天夜里，猛烈的刮起大风来，红叶都已吹落。落叶颇是狼藉。殿守[18]的官奴早上起来扫除，便把这些都扫集弃舍了，剩下的枝条叶子集在一起，因为那是早上风寒的天气，所以大概在缝殿卫所[19]里当做温酒的材料用了吧。管理红叶山的藏人在天皇临幸之前，赶快去一看，红叶却已是踪影全无了。问是怎么了，如此如此的回答，藏人听了大惊道："呀，这可了不得！把天皇那样心爱的红叶，弄成那个样子，真是岂有此理。你们大概是要办监禁流放的罪，就是我也不知道会遇见怎样的责罚呢！"正在那里愁叹，天皇却比平时起来得更早，临幸那个地方去看红叶，看见没有了，便问"这是怎么的"，藏人觉得无法奏上，只好从实直说了。

天皇的气色却是很好，只微微的笑着说道："这是林间暖酒烧红叶[20]的诗趣，不知怎么人教了他们了，所以做了很风流的事情。"那个官奴反而得到称赏，并没有什么责罚。

又在安元[21]的时候，有一回值避忌方角友的行幸，即使是在平日，"鸡人晓唱，惊明王之眠"[23]，那么的说的时候，也就容易惊醒，不大能安眠，况且又值极寒冰冻的夜里，想起延喜[24]圣代的事来，天皇怀念人民不知道是怎样的寒冷，夜中在御殿里特为脱下自己的衣服来的事情，深自叹息帝德远不及先王的广大了。等到夜很深了的时候，远远听见有叫唤的声音。供奉的人都没有听见，但是天皇却听到了，便说道："在现在这个时候，叫唤的是什么人呢？快去看来。"

随侍的殿上人便吩咐值日的武士前去查看，四处奔走寻找之后，在一处路上见有一个穷苦的女童拿着一个长方的箱子盖[25]，在那里啼哭。问她是怎么了，她回答道："我的主人是一位女官，在法皇宫里当差，种种苦心的结果才做了这一套装束，由我送过去，此刻却有两三个男人走了去，把衣服抢去了。她有了这套装束，这才可以到法皇宫里去，若是不能去了，她又没有别的亲类可以寄托的，我为了想起这事来所以哭着的。"

于是便把那女童带来，奏知此情，天皇听了说道："真是可怜，这是什么人干的事呢？帝尧时代的人民以尧的正直的心为心，所以都是正直的，[26]今代的人民却以朕之心为心，所以邪曲的人在朝市里去犯罪。这不是我的耻辱是什么呢？"

便问道："那么那被拿去的衣服是什么颜色的呢？"

回奏说是这样这样的颜色。其时建礼门院还是中宫，[27]就问她说："有这样的衣服么？"随即取了来，却是比原来的还要漂亮的多，便把这给了那个女童了。

天皇又说道："现在夜还很深，说不定还会遇见那样的事情。"便派了一个值日的武士，送她到主人的女官那里，这实在是十分惶恐的事。因此就是很卑贱的匹夫匹妇，也无不祈祷这位天皇，能够保有千秋万岁的宝寿的。

三 ｜ 葵姬[28]

但是这里更有一件可悲的事件，在中宫那里出仕的一位女官，使用着一个少女，却不意的得到天皇的宠爱。这并不是世间常有的只是临时的爱情，却时时为主上所召幸，真心深深的爱着，所以那做主人的女官也就不好使用，反而像主人似的郑重对付着了。她说道："书上说的，当时有谣咏说，生女勿悲酸，生男勿喜欢，男不封侯女为妃。[29]女人是忽然会立为王后的。这人说不定会成为女御[30]王后，以至国母仙院，[31]真是可庆贺的幸福呀。"因为她的名字是葵姬，所以私下便称她做葵女御。天皇听到了这个消息，后来就不再召她了，这并不是因为爱情没有了，只因为考虑到世间对于这事会有什么诽谤的缘故。可是此后时常见得忧郁，老是称病躲在寝殿里。

其时的关白松殿[32]知道了说道："这一定有什么不快意的事情在心里，须得进去慰解一番。"便赶紧的进宫里去说道："既然是这样关心的事，那样这有什么关系呢？我想只要赶快的去召那女官来好了。也不必查问她的出身，基房就立即认她为义女就是了。"

天皇答道："怎么好呢，[33]你所说的虽是可行，但这要是在退位之后，那间或有之，现在却是在位的时候，有这样的事恐要受到后世的非难。"不肯听从他的意见，关白没有办法，只得掩泪退了出去。其后天皇在一张绿色特别浓厚的薄的楮纸上，写下一首记起来的古歌道：

"隐藏着的我的恋情却终于显露出来了，

人家询问你是在想着什么事情呀。"[34]

这幅御笔的字，冷泉少将隆房[35]拜领了，交给了那个葵姬，她红了脸说："现在觉得有点不舒服。"便回到家里去，只睡了五六天，终于死去了。诗里说的"为君一日恩，误妾百年身"[36]，就是说这样的事情吧。从前唐的太宗曾想把郑仁基的女儿任为充华，[37]魏征谏道："那个女儿已经与陆氏有婚约了。"就把入宫的事停止，这两件事情正是没有什么不同的。

四 ┃ 小督

　　中宫因为天皇老是为了恋慕而悲叹，想有以慰藉他，便将自己所用的一个叫做小督君的女官，送到他那里去。这女官乃是樱町中纳言成范卿的女儿，[38] 是宫中第一个美人，又是弹琴的名手。从前冷泉大纳言隆房卿还是少将的时候，最初看上了的女官。少将作了许多歌，写了许多信，表示恋慕的至情，可是一点没有听从的气色，但是最后还是被他的爱情所挑动了，终于听从了他了。这回召在天皇的旁边去，隆房卿没有办法，只好悲哀的洒泪为不愿意的离别，眼泪湿了袍袖也没有干时。少将这以后总想再会见小督一次，所以时常进宫去，在她的房屋旁边，帘子的周围，这边那边的行走站立，可是小督却说："我现在被君所召，无论少将怎样的说，我就不好答话，或是看他的来信了。"所以便是托人代传的，说一句情话的事已并没有。少将做了一首和歌，试一试或者会有效用，把这投进了小督君所在的帘子里边去。歌曰：

　　"恋慕不胜的心情满于空间，有如陆奥

　　千贺[39] 的盐釜，可是近了也没有用。"

　　小督君见了就想给回信，只是想到天皇，心里觉得不安，所以连手里拿了看也不一看，便叫使女拾起来，丢在院子里了。少将觉得难堪颇为怨恨，但是又怕给人家看见了不好，赶快去把这捡起来，放在怀中，就出去了。回去之后又做一首歌道：

"便是信也不想手接了么，

虽然是心里是已经被舍弃了？"少将觉得在此世既然难得相见，倒不如愿意死了好了。

入道相国听见了这个消息，心想中宫本来是我的女儿，冷泉少将是我的女婿，现在两个女婿都被小督君所占有了，所以说道："不，不，小督在那里，世上不会太平。须得叫了出来，把她消灭了才好。"[40]

小督君也听到这话，说道："我个人的事情不管怎么样都行，只是对不起天皇罢了。"就在一天傍晚，从禁中出来，从此行踪不明了。天皇为此非常悲叹，白天也在寝殿里，流着眼泪，到了夜里才出南殿，[41]看着月光稍为得到一点慰安。

入道相国听见了说道："那么主上是为了小督的缘故，形以意气销沉了，既然这样，我也有打算。"于是不派遣侍候的女官进去，对于进宫去的臣下也表示憎恶，大家慑伏于入道的威光，所以没有人出人，宫中现出一片阴惨的气象了。

时候是八月初十日以后，天气是一片晴空，但是天皇总含着眼泪，月光也只是朦胧的看到罢了。到了深更，天皇问道："有人么，有人么？"却没有什么回答。

其时弹正少弼仲国[42]适值宿值宫中，远远的伺候着，便答应道："仲国在此。"

天皇道："走近前来，有话吩咐。"

心想是什么事呢，便走近前去，只见天皇说道："或者你知道小督的行踪么？"

仲国答道："这怎么能够知道呢？全然是不知道。"

天皇道："阿，想起来了，有人说小督在嵯峨近旁，住在单扇门[43]的屋子里。那家主人的名字虽是不知道，你可以去给我找她一下么？"

仲国说道："主人的名字要是不知道，这怎么能够找得着呢？"

天皇答说："那倒也是的。"可是脸上流下泪来了。

仲国于是细细的想，小督君的确是善于弹琴的，说不定乘此月光的皎洁，想起君王的事情，在那里弹起琴来。从前在宫中的时候，御前弹琴，是仲国担任吹笛子的差使的，所以听见琴声就能够知道。又在嵯峨方面的人家不会很多的，[44]我就一家家的去寻找"想一定可以听得出来。便说道："那么即使不知道主人的名字，我也去找寻了看吧。但是假使寻着了，没有亲笔的书信，或者要以为是虚假的。请你给一封书信带了去吧。"

天皇说道："这倒也是的。"便写书信交下，并且说道："就骑了御马前去吧。"仲国便借乘了御马寮的马，在明月底下，举鞭径自漫无目的的走了去了。

昔时歌人所咏为"牡鹿鸣叫的这个山乡"[45]的嵯峨的秋月，那里的情趣一定是很深的吧。看见有单扇门的人家，心想说不定在这屋里吧，便拉住马缰，侧耳细听，可是没有什么弹琴的地方。或者在清凉寺的御堂里参诣也说不定，便从释迦堂开始，到所有的堂都看到了，连近似小督君的一个女人也都没有看见。与其找不到而空自回去，倒还不如不问去的好，心里想或者从此自己也就躲到那里去吧，但是"普天之下，莫非王土"[46]，没有隐身的地方。怎么办好呢，正在烦闷，忽然想起道："可不是么，法轮寺就在近地，或者为今夜的月光所诱引，到那里去参诣了也未可知。"于是便策马向那方面去了。

在龟山相近，有松树一群的方面，听见隐隐有弹琴的声音。这是山岚，还是松风，或者是所寻的人的琴声，虽然不能确定，催马上前去听，才知道是在单扇门的人家里边，确是有人弹琴。住马听着，那确实是小督君弹琴的爪音，[47]再听它这是什么调子，这乃是照字义讲的《想夫恋》[48]的乐曲。果然是想起主上的事情，世间乐曲虽然众多，却特别弹这个曲调，足见感情的优美，觉得十分可佩，便从腰间抽出横笛来，噼的吹了一声，咚咚的敲起门来，里边的琴声随即停止了。这边乃高声说道："是宫里差了仲国到来了，请开门吧。"

可是尽管敲着却没有人答应，过了一会儿，里边有人出来的声音，高兴的等着的时候，只听得开了锁，把门稍为打开一点，一个幼小的女人，只将脸伸了出来，说道："怕是打错了门了吧，这里并不是这样的地方，宫里会得差使者来的。"仲国心想要是回答得不好，便要关门落锁，反而不好，所以就将门推开径自进去了。

走到侧面的门外廊下，说道："为什么来到这样的地方的呢？主上为了你的缘故很是悲叹，连生命已经看去有点危殆了。这样或者要当作虚假也说不定，因此带有书信在这里。"便取出御书来，从前那个女人接了，送给小督君，打开看时的确是主上的信。

　　一会儿写了回信，打成一个结，[49]加上一套女官的装束，[50]
交了出来。仲国把女官的装束斜披在肩上，说道："若是别人来当使
者，既然领到回信，此外没有说的了，可是从前在宫里弹琴的时候，
仲国曾经被派作笛子的配角，这事情想来不会忘记了罢。假如不能
得受直接亲口的回信，就这么回去，那是十分觉得遗憾的。"[51]

　　小督君听了也觉得有理，便亲身给回信道："这大概你也听到
吧，入道相国说的话听了太是可怕，所以便逃出宫中，住在这个地
方，琴什么是早已不弹了，但是这总也不是办法，所以本想明天就
进到大原的里边去[52]了。这里的女主人因为只有这一晚了很是惜
别，说现在夜已深了，大概也不会有偷听的人，便劝且来弹一回，
的确过去宫中的情景也有点怀恋，弹起熟练的调子来，所以就给你
容易的听出来了。"说着流下泪来，仲国也袖子都湿了。

　　过了一会儿，仲国掩泪说道："你说明天想要到大原的里边去。
岂不是要改装落饰么？这事万万使不得。你这样做了，天皇的愁叹
将怎么办呢？——你们也注意，不要让她走出这里去！"[53]

　　说了就把带来的马寮的部下和吉上[54]留在那里，叫守护着那
房子，自己却骑了寮的御马，策马径回到宫里，天色已经微明了。
心里想道："现在应该已入寝宫里，那么叫谁去传话呢？"便将御
寮的马系了，那套女官的装束搭在跃马的屏风[55]上头，向着南殿
走来，只见天皇还在昨夜坐着的地方，口里吟道："南翔北向，难
付寒湿于秋雁，东出西流，只寄瞻望于晓月。"[56]

　　仲国径自进去，把小督君的回信送上，天皇非常感动，说道：
"你就赶快连夜把她带来吧。"这事如给入道相国知道了很是可怕，

但又因御言不好违背，所以备齐了杂役，牛和车子，往嵯峨去，虽然小督君说不想回宫里去了，经过种种的劝说，这才坐上了车，来到宫里，把她住在偏僻的地方，每夜召见，生了一个王女。这个王女后来就是坊门女院。[57]

入道相国不知怎么得知了这个消息，说道："说小督在宫里不见了，原来全是虚假的事。"便把小督君抓住了，将她作为尼姑，这才释放了。虽然小督君本来有出家的志愿，但是这样被强迫的作为尼姑，年才二十三岁，着了浓的墨染的服装，[58]住在嵯峨的近旁。这实在是听了非常心痛的事情。因了这样的种种事情，高仓上皇得了病，乃终于因此去世了。

在法皇方面接连的多有悲叹的事发生。从前在永万年间（一一六五），第一皇子二条天皇晏驾了。安元二年（一一七六）七月，皇孙六条天皇亡故。同时[59]"在天愿作比翼鸟，在地愿为连理枝"[60]，对着天河的双星深深契约的建春门院[61]，为秋雾所侵，化为朝露。年月虽是过去。还是同昨今的离别一样悲伤，眼泪至今没有停止。治承四年（一一八〇）五月里，第二皇子高仓宫被杀，至今则现世后生[62]所属望之高仓上皇又复先逝，这样那样的愁诉实无穷尽，只有落泪罢了。"悲之又悲，莫悲于老后于子，恨而又恨，莫恨于少先于亲。"[63]彼朝纲相公因其子澄明先亡所写的笔迹，至今看去还是鲜明。是故不怠于一乘妙典[64]之诵读。勤积三密[65]行法之薰修。既然是天下谅暗[66]，宫廷里的人的华丽的衣裳一变而为丧服，都黯然无色了。

五｜檄文

入道相国一面既然这样残酷的予人以打击，但也觉得有点后果可怕吧，心想安慰法皇，便把安艺国严岛的内侍[67]所生的一个女儿，年纪十八岁，很是华美的，送进法皇那里去。选了许多上﨟女官[68]随侍着，也有公卿殿上人多人陪送，简直如同女御[69]进宫一样。人们都私下说话，上皇去世以后只有二七日，这样的做似乎很有点不适宜。

且说这时候在信浓国，有一个名叫木曾冠者[70]义仲的源氏，这是故六条判官为义的次男，就是带刀先生义贤的儿子。父亲义贤于久寿二年八月十六日为镰仓的恶源太义平[71]所杀，其时义仲只有两岁，母亲哭哭啼啼的来到信浓，到木曾的中三兼远那里，说道："你把这个无论怎样抚养长大，成为一个人吧。"

兼远接受了这个嘱托，用心养育二十余年，等到长大起来，力气强大，气性刚勇，世无其比。人家批评他说："强弓利矢，马上徒步，均能战斗，即如上古的田村[72]，利仁，余五将军，致赖，保昌，先祖赖光，义家朝臣，恐怕也不能及吧。"

有一天，将保傅兼远叫来说道："听说兵卫佐赖朝既已起兵，征服了关东八个国，从东海道进攻，追讨平氏。义仲也想收复东山

北陆两道，赶快除灭平家，给人家说是日本国的两将军[73]哩。"

中三兼远听了大为喜悦，说道："正是为此所以养育你这些年的。听你这说话，这才真是八幡君的子孙呀！"于是便立即计画谋叛了。

其实以前也同了兼远常到京都去，探听平家的人们的举动样子，十三岁加冠的时候，到石清水八幡宫，参诣八幡大菩萨，说道："我的四世祖义家朝臣，作为神的儿子，名字称为八幡太郎，我也沿他的例吧。"于是就在八幡大菩萨的神前挽上发髻，定名为木曾次郎[74]义仲。

兼远说道："先发表檄文[75]吧。"在信浓国，与根井小野太与海野行亲说了，没有人不同意，从此以后信浓一国的兵士没有一个不服从的。上野国则因为故带刀先生义贤的关系，多胡郡的兵也都听从了。得到了平家末路近了的机会，源氏多年的素怀可以达到了。

六 ｜ 急足到来

木曾这地方在信浓国里是在南端，与美浓交界，和京都也很相近。平家的人们听到这个消息，便骚然的说道："东国有变尚且不得了，这却怎么办。"

入道相国却说道："那厮不足挂齿，即使信浓一国的兵都附和了他，在越后国有余五将军[76]的子孙，城太郎助长和四郎助茂在那里，他们兄弟都是有势力的人，只要发出命令去，就可容易打下来。"

但是也多有不服的人，私下说道："那看到底怎么样呢。"

二月一日任命越后国住人城太郎助长为越后守，听说这是为的讨伐木曾的用意。同月七日自大臣以下家家都供养尊胜陀罗尼和画着不动明王的经文，[77]这又是兵乱镇定的祈祷。同月九日听说住在河内国石河郡的武藏权守入道义基，同他的儿子石河判官代义兼，反对平氏，内通兵卫佐赖朝，日内就要到关东去了，入道相国于是就派人去讨伐。讨伐的大将是源大夫判官季定，摄津判官盛澄，总共兵力三千余骑，向石河郡出发。在城内有武藏权守入道义基，他的儿子判官代义兼，以及兵士不过百余骑罢了。两面发起呐喊，射出响箭，战斗了好久，城内的兵尽力的防战，战死的很多，武藏权守入道义基也战死了，儿子石河判官代义兼受了重伤，却被生擒了。同月十一日，义基法师的首级被送到京城，在大路上游行。[78]在谅暗期中，贼众的首级游行大街的事，只在堀川天皇驾崩的时候，前对马守源义亲的首级游行大路，据说是其前例。[79]

同月十二日，从镇西有急足到来，据宇佐大宫司公通的报告说："九州的人，从绪方三郎起头，到臼杵，户次，松浦党的一族，[80]都背叛了平家，与源氏协力了。"

大家听了都说道："东国北国已经叛乱，这是怎么的？"都拍手惊愕，十分狼狈。

同月十六日，从伊豫国有急足到来。自从去年冬天，从河野四郎通清起头，四国地方的人，都背叛了平家，与源氏协力，其时备后国住人奴可入道西寂因为对于平家很是忠诚，进到伊豫去，在道前道后的交界的地方，在高直城[81]中把河野四郎通亲除灭了。他的儿子河野四郎通信在父亲被灭的时候，适值在他的舅父安艺国住人奴田次郎那里，不在家里。说道："父亲被除灭，实在是不甘心，不论怎么总要灭了西寂才罢。"在奴可入道西寂方面，灭了河野四郎通亲以后，以为静定了四国的叛乱了，于今年正月十五日来到备后的鞆浦，招集歌姬妓女，宴会游戏，都已昏沉醉卧了的时候，河野四郎通信约好了决死的伴侣共百余人，突然袭来。西寂的方面原有三百余人，可是事起仓卒，出于不意，所以很是狼狈，其出来抗拒的人率被射死或是杀死，便把西寂生擒了，回到伊豫国，在他父亲被灭的高直城里，用了锯子锯下头来，把他杀死了，又传说是钉了十字架[82]的。

七 ｜ 入道死去

其后四国的武士都附从了河野四郎，听说就是熊野别当湛增，虽然是曾受平家重恩的人，却也背叛了，与源氏协力了。东国北国既已反叛了，南海西海又复如是。夷狄[83]蜂起之消息，既足惊人，天下叛乱之前兆频频奏闻，四夷忽然并起，今世遂将灭亡，虽然不一定是平家的一族，有心的人无不愁叹。[84]

同月二十三日，在法皇的御所开了公卿会议。[85]前右大将宗盛卿说道："坂东方面虽曾派了讨伐军去，还没有什么成就，这回宗盛愿以大将军资格决心前去。"

公卿们都恭维道："这一定是有非常好的成果的。"于是法皇下令，凡是公卿殿上人任职武官，能使用弓箭的人，都奉宗盛为大将军，从征东国北国的凶徒。[86]

同月二十七日，前右大将宗盛卿听说为了讨伐源氏，本来要出发往东国去了，因为入道相国觉得不豫，所以中止了。从第二天二十八日起，说是重病，京中和六波罗的人们都私下说道："你看，报应来了！"

入道相国自从得病的日起头，连水也咽不下去，身体热如火焚。睡在那里，相隔四五间[87]以内，走近前去的人，都觉得热不可当。所有说话，就只是说"烫，烫"罢了。看去并不像是寻常的毛病。[88]从比睿山的千手井去汲了水来，放在石头的浴槽内，把他浸在里面，水就立即开了，一会儿变成了沸汤。或者这样办可以有点用处吧，用竹管[89]的水浇在身上，宛如洒在烧过的石头或是铁的上面一样，水都迸散了不能着体。偶然或有浇着身体的水，也变成了火焰，燃烧了起来。屋里边满是黑烟，火焰成圈的上升。这正是从前法藏僧都[90]应了阎王的招请，前赴冥府，寻访母亲的所在，阎王怜悯他的孝心，叫狱卒带了去看焦热地狱[91]的情形。一走进那里的铁门的时候，火焰成团像流星似的升在空中，据说有几百由旬[92]的高，这个情形现在可见想见了。

入道相国的夫人二位君[93]所看见的梦，非常的可怕。有人把一辆燃烧着猛火的车拉进门里来，前后站着的那些人，有的像马面那样子的，有的像牛头那样子的，车子的前边立有一面铁牌，只见有一个"无"字。二位君梦中问道："这是从哪里来的呢？"

答道："从阎魔王的衙门里来，是迎接平家的太政入道公来的。"

又问道："那么这牌是什么牌呢？"

答道："因为烧毁了南阎浮提[94]的金刚十六丈的卢遮那佛的罪，罚堕无间地狱[95]的底里，在阎魔王的衙门里已经决定了，刚写了无间的无字，间字还没有写呢。"二位君这时惊醒过来，遍身是冷汗，把这事向人家说了，听到的人都毛发皆竖了。于是向那有灵验的佛寺神社，捐献金银七宝，把鞍马，盔甲，弓矢，大刀，以至腰刀，全取了出来，运到寺社里去，进行祈祷，却是毫无应验。男女公子们聚集在病榻的前后，悲叹着这怎么办好，看去是他们的愿望没有能够如愿的了。

同年闰二月二日，二位君虽然是热不可堪，来到枕头的旁边，哭哭啼啼的说道："看来你的病状，因了日数的经过，觉得全愈的希望是日益稀薄了。对于现世还有什么放不下的事情，趁着神志清明的时候，请留下遗言吧。"

入道相国虽然平素那么的刚毅，现在也十分苦恼的样子，断续的说道："我自从保元平治以来，屡次荡平朝政，恩赏过分，说来也惶恐作为天子的外祖，进至太政大臣，荣华及于子孙。现世的希望已经无一遗恨了。但是只有一件不足的事，便是没有见到伊豆国流人，前兵卫佐赖朝的首级，实是遗恨之至。所以我万一什么之后，不要建造茔塔，也不用修福供养，只立即派讨伐军出去，斩了赖朝的首级，挂在我的墓前，这就是最好的供养了。"临终说这些话，真是罪孽深重了。[96]

同月四日，因为病苦更甚，最后手段将水浇在木板上，把病人躺在上面，这也并不见得好，闷绝倒地，终于在地上跳跃而死。各处都来吊唁，车马的声音震天动地的响，便是一天之君，万乘之主，[97]万一晏驾，也没有更过于此的了。得年六十四岁，虽然不能算是衰老而死，但是宿命既尽，大法秘法[98]也无效验，神佛威灵悉皆消失，诸天也不加拥护，何况凡人智力更何济于事。即使有不惜身命，竭尽忠诚的数万的军人，列居于堂上堂下，可奈敌人乃是眼前看不到，力所不能及的，无常的使者，没有法子把他打退的。一旦过了死亡的山[99]，渡过三途河[100]，便不再能够回来，冥土中有[101]的旅途只得独自行进了。平日所作下的罪孽剩了下来，化为狱卒，独自迎接，这是很可悲的事情了。可是这事也不能耽搁，到了同月七日，将遗体在爱宕付诸火葬，骨灰由圆实法眼挂于颈下，到摄津国去，葬于经岛。这样子那么闻名日本全国，威振一世的人，身体化为一时的烟，升在空中，骨骼则暂时留在经岛，与海边的砂相混杂，终于归于虚空了。

八 | 筑岛

就是在送葬的夜里，奇怪的事情屡次的发生。西八条的府邸，琢玉镂金的造的非常豪华，在这天的夜里，忽然的着了火了。人家失火，也是常事，本来不足为奇的，但是这是很可惊的。是什么人干的事呢，有人说这是人家放的火。又其夜在六波罗的南边，好像是二三十人的样子，大声的拍着拍子唱道："高兴的是水呀，鸣响的瀑布的水！"跳舞着而且哄然笑起来了。正月里上皇刚才故去，天下正值谅暗，中间仅隔着一两个月，又值入道相国去世了。所有的人们，下至匹夫匹妇，当没有不感到悲伤的。这样想来，恐怕是天狗[102]的所为吧，在平家武士之中血气旺盛的青年人共百余人，向着笑声的方向寻了去，这是在法皇所居的法住寺殿里，这两三年法皇也不常居住，所以由备前司基宗这人看守着，那个基宗同了相知二三十人，乘夜聚集饮酒。当初也相警戒，说在这个时候大家不要声响，但是吃酒渐渐的醉了，就那么样的跳舞起来了。一拥上前，把酒醉的人一个也不缺，共总抓住了三十个人，带到六波罗来，在前右大将宗盛卿的面前的院里排着。

但是将事件经过仔细讯问之后，宗盛卿说道："果然是些醉汉，那么砍了也没有办法。"便把那些人都放免了。

平常一个人死了之后，便是身分卑贱的人也总是早晚鸣钲，诵读例时忏法，[103]作为常例，可是入道相国死后，并不营供佛施僧的事，只是朝夕都讨论打仗计画，此外没有什么别的事情了。

讲到最后临终的情状的确是有点悲惨，但是入道相国不是一个凡人，有好些事可以证明。前往日吉神社参诣的时候，平家不必说了，就是他家的公卿也多随从了去，当时有人说："就是摄关家[104]的人，前去春日参拜，和到宇治的仪式，比起来怎能及得呢。"又在一切事之外，建筑福原的经岛，直到今日为止，使得上下的船只得以安心行走，这确是很好的事情。那个岛是在应保元年（一一六一）二月上旬开始建筑，可是在同年八月，忽然发起大风来，连着大浪，所以都倒掉了。同三年三月下旬，又以阿波民部重能为奉行[105]，重又动工，当时公卿会议，以为应该竖立人柱[106]，结果说这是罪业，于是在石面上写了《一切经》，[107]给筑在里边，因此这岛就名为经之岛。

九 | 慈心房

据古老传说，普通总以为清盛公是个大恶人，其实他乃是慈惠僧正[108]的转世。这事的缘由是如此的。在摄津国有一个名叫清澄寺的山寺。住僧之中有慈心房[109]尊惠，本来是比睿山的学侣，专门持诵《法华经》，后来发起道心，乃离开本山，来此寺居住，人们便都归依他。在承安二年（一一七二）十二月二十二日的夜里，靠了小几，[110]诵着《法华经》，到了丑刻，若醒若睡的看见一个五十岁左右的男子，穿着净衣，戴着直竖的乌帽子[111]，底下是草鞋和裹腿，拿着立文[112]来了。尊惠说："你是从哪里来的呢？"

答道："我是从阎魔王府里来的使者，这是阎魔王的谕旨。"便把立文交给了尊惠，尊惠打开来看时，上面写道：

"召请，阎浮提大日本国摄津国清澄寺，慈心房尊惠，来二十六日于阎魔罗城大极殿。召集持诵《法华经》者十万人，转读《法华经》十万部。仰即到来参加。奉阎王的命令，特此召请。承安二年十二月二十二日，阎魔王府。"尊惠觉得这是不能辞退的事情，便即写了信件领收的收条，随即醒过来了。自己以为完全是死过去了，便以此事告诉了院主光影房，大家都觉得甚为奇特。尊惠口唱弥陀的名号，心怀引摄[113]的悲愿，终于到了二十五日的夜里，便照例到佛前，靠了小几，念佛诵经。到了子刻因为非常渴睡，回到住房里睡下。在丑刻光景，同从前一样穿着净衣装束的男子二人到来，催请道："赶快前去吧。"

阎王的命令，如要辞退觉得很是惶恐，但如前去时则衣钵都没有。正在为此觉得为难的时候，法衣自然着身，披于肩上，金钵从天上降下。又有两个童子，两个从僧，和十个低级的僧侣，同着一辆七宝大车，来到寺前。尊惠大喜，即时上车，从僧等都向着西北方腾空而去，不久就到了阎魔王府了。

尊惠看那王宫，外廊辽远无垠，内部甚为广大，其中有七宝所成的大极殿，非常高广，金色灿烂，非凡夫言词所能赞赏。这天法会终了后，召请的众僧均已回去的时候，尊惠站在南方的中门，遥望大极殿，乃见许多冥官冥众皆在阎魔王御前跪坐。尊惠道："这是难得再有的机会，趁此一问来世的事情吧。"便向着大极殿走去。

其时二人的童子为持华盖，覆于顶上，二人的从僧拿着箱子，十人的僧侣的排作行列，缓步跟随，走近前去的时候，阎魔法王与冥官冥众都下阶相迎。二人的童子乃系多闻天与持国天的化身，二人的从僧则是药王菩萨，勇施菩萨所化，至于十人的低级僧侣是十罗刹女的变形，随从《法华经》修行者的尊惠，给他服役的。[114]阎王问道："众僧都已回去，但是你一个人来了，却是为什么缘故呢？"

尊惠答道："我想要知道死后是生在什么地方。"

阎王说道："死后往生不往生极乐国土，那就凭他对于弥陀的本愿信不信罢了。"云云。

阎王又命令冥官道："关于他的善行的记录的文书，南方的宝藏里有一个匣子里藏着。可以拿来，给他一看，凡是他一生的行业和教化他人的事，都写在里边。"冥官奉命，往南方宝藏，取来一个文书匣子，打开盖子来，将全部读给他听。

尊惠悲叹哭泣道："但愿赐哀愍，将出离生死的方法教示给我，示我以证大菩提的捷径吧？"其时阎王哀愍教化，为说种种偈，[115]冥官染笔一一记录。

"妻子王位财眷属，死去无一来相亲，

常随业鬼紧缚我，受苦叫唤无边际。"

阎王将此偈诵读一过，随即给与尊惠。尊惠非常欢喜，随说道："日本有平大相国，在摄津国选定和田崎地方，四面十余町[116]建造房屋，像今日的十万僧大会似的，招请许多专心诵经的人，在每个僧坊都坐满了，说法读经，丁宁修行。"

阎王说听，随喜感叹，说道："那个入道不是平常的凡人，乃是慈惠僧正的化身，为得护持天台的佛法，所以再生于日本。因此我每日三度对他礼赞，作有偈颂。今可携此偈，交付给他。

敬礼慈惠大僧正，天台佛法拥护者，

示现最初将军身，恶业众生同利益。"[117]

尊惠领受了这偈语，走出大极殿南方的中门时，门外立着兵士十人，将尊惠坐上了车，前后簇拥着，腾空回来了。这样尊惠如从梦中醒来似苏生了。尊惠拿了偈语来到西八条，送给入道相国看了，他大为喜悦，种种予以招待，给予各色的礼物，并任为律师，作为报酬。人家说清盛公乃是慈惠僧正的转世，这事情是由此而生的。

一〇 │ 祇园女御

又有人说，清盛并不是平忠盛的儿子，他实在乃是白河上皇[118]的皇子。这事的缘由是如此的。在永久年间，[119]有一个为上皇所宠爱的人叫作祇园女御[120]。这个女官的住所是在东山之麓，在祇园的近旁，白河上皇时常临幸。有一天，同了一两个殿上人，带了几个少数的武士，偷偷的去了，其时正是五月下旬黄昏的时候，[121]四周暗黑看不清东西，而且又下着夏雨，是个很暗淡的夜里。那个女官的住宅近地，有一个佛堂。看见在佛堂的旁边，有什么发光的东西出现来了。头上是磨光的银针似的闪闪有光，左右两手似乎都举着，一只手拿着像是槌子模样的东西，又一只手里便是那个发光之物。君臣看了都出惊道："阿呀可怕，这大概是真的鬼物吧！手里所拿的东西或者就是所说的随意打出东西来的小槌[122]了。怎么办好呢。"

这时忠盛还是低级的武士，扈从在那里，上皇便叫他来说道："这里就只是你能够办得事，可将那个东西射死，或者砍杀了。"

忠盛奉命，便向那边走去，暗暗的自己想道："看那个样子并不是什么凶猛的东西，恐怕只是狐狸之类罢了。把它射死了，或是砍杀了，后来很要懊悔的。不如将它活捉了罢。"

想着往前走去，一会儿就霎的发光，一会儿就霎的发光，到了第三遍发光的时候，忠盛便走上前去，一把抓住。那家伙被抓，便嚷道："你这是干什么？"原来这并不是什么妖怪，却正是一个人。其时大家拿了火来看时，却是六十几岁的一个僧人。这是在那个佛堂里服务的和尚，因为来点灯，所以一只手里捏着装油的瓶，一只手拿着瓦器，里边放着火种。天下着雨，怕得被淋湿了，所以头上戴了麦秸编成的斗笠似的东西。瓦器里的火光映照麦秸，便似银针的发光了。

事情既然完全清楚了，上皇说道："假如把这人射死，或是砍杀了，那事将要后悔，忠盛的做法是很有思虑的。这正是手执弓矢的武士的懂得情理的地方。"奖赏他这件事情，上皇就将所深加宠幸的祇园女御赏给了他了。

且说那个女官其时却正怀着孕，上皇对忠盛说道："生下孩子来，若是女子，当作朕之子，倘若男子，便算是忠盛的儿子，养成他为一个武士吧。"后来却是生了一个男孩，忠盛想把此事奏闻，等着机会，却找不到方便，后来有一个时候，白河上皇临幸熊野，在纪伊国的丝鹿坂这地方，停住御舆，暂时休息。

忠盛看草丛中零余子[123]很是不少，便采了几个放人袖里，来到御前，说道："山芋的子已经能在地上爬了。"[124]

上皇也就立即觉得，接下去道："你就摘取了当作养分[125]吧。"

自此以后，忠盛就认为儿子去抚养了。这个公子却很要夜啼，上皇得知了，写了一首歌赐给忠盛道：

“纵使夜啼，你也就好好看待吧，

将来会得清华繁盛的。”

因为歌里说清华繁盛，所以就取名叫作清盛。十二岁的时候任为兵卫佐，十八岁时叙为四品，说是四位的兵卫佐，不了解事情的人说道：“华族出身的公子们才能这样，但是他呢？”

鸟羽上皇[126]却是知道，说道：“清盛要说华族，正是大大的华族哩！”

从前天智天皇曾将怀孕的女御赐给大织冠[127]，说道：“这个女御所生的孩子，若是女的当作朕之子，男子那就是你的儿子吧。”后来生了一个男子，那就是多武峰[128]的开山祖师定惠和尚。在上代也有这样的例，所以末代有平大相国，这真是白河上皇的皇子，能够断行天下的大事，像迁都那样的很不容易做到的事情的吧。[129]

同年闰二月二十日，五条大纳言邦纲卿亡故了。他与平大相国交情很深，因缘也着实不浅，因此同日得病，也就在这个月里故去了。

邦纲大纳言乃是兼辅中纳言以后的第八代孙，前右马助盛国的儿子，没有经过藏人，以进士杂色[130]出身。在仁平年间近卫天皇在位的时候，宫中忽然火起，天皇虽然出至南殿，近卫司员却没有一个到来，正在站着没法的时候，邦纲叫人抬着一乘腰舆[131]到来，说道：“在这样紧急的时候，便请用这样的御舆也罢。”

天皇便乘坐了，问道：“你是什么人呢？”

回答道：“进士杂色藤原邦纲。”

后来天皇对了关白殿下法性寺公[132]说道：“这样机灵的人也是有的。可以使用吧。”便赐给不少领地，予以任用了。

也是在那个天皇时代，到八幡临幸，其时舞人的首领因为酒醉落水，把装束弄湿了，奏神乐来不及了，邦纲说道："虽然没有很漂亮的衣服，乐人穿的却还带着。"取出一套装束来，于是穿了得以及时歌舞。时间虽然少了一点，可是歌声响亮，舞袖也合着拍子，非常的有意思。音乐的兴趣能够深入人心，这在神与人都是一样的，因此想到古代故事，说因听神乐把天之岩户推开了，[133]这道理现在也可以知道了吧。

且说邦纲的先祖有一个叫作山阴中纳言[134]的人，他的儿子名为如无僧都，是个富于智慧才学，而且是净行持律的僧人。在昌泰的时代（八九八至九〇〇年），宽平法皇[135]临幸大井河，劝修寺内大臣高藤公的儿子，冷泉大将贞国的乌帽子被从小仓山来的山风吹落在河里，忙将袖子遮住了发髻，没有办法的立着的时候，那个如无僧都便从三衣箱[136]里取出一顶乌帽子来。关于那僧都还有一件故事。他的父亲山阴中纳言任为太宰大式，前往镇西的时候，他还只有两岁，继母很是憎恶他，假装抱他，却把他丢入海里去，想将他害死。可是死去的他的母亲生存的时候，在桂川看见有养鸬鹚的人捕了一个乌龟，预备杀了当鸬鹚的食料，便脱下穿着的一件衣衫来，把它买来放了，为的报这个恩，所以在小孩落下的水面浮了起来，将他载在它的甲上，所以得救了。这上代的故事，[137]现在再说起来为什么呢，因为后代的邦纲卿还有那有名的事，实在是少有的。在法性寺公做着关白时任为中纳言，法性寺公故去以后，入道相国看中了他，和他特别要好。因为他是大福长者，所以每天都有一种什么东西，送给入道相国。

入道相国曾说："现世的亲友，没有过于此人的了。"将邦纲卿的一个儿子，作为自己的养子，名为清国，又把入道相国的四男头中将重衡，做那个大纳言的女婿。

治承四年的五节[138]在福原举行，殿上人有些都上中宫那里去，有殿上人诵"竹斑湘浦"[139]的朗咏，邦纲大纳言在外边听见了，说道："呀，叫人大吃一惊，听说这乃是忌讳的话。听到了这种事，还是不听见的好。"于是便蹑足逃了出来了。

原来这朗咏的意思乃是说尧皇曾有两个公主，姊姊叫作娥皇，妹子叫作女英，都是舜皇的王后。舜皇故去了，送往苍梧之野，化成了烟之后，两个王后非常惜别，追随哭泣一直到了湘浦的地方，眼泪洒在岸上的竹子上面，都染成斑纹了。其后就常在那地方，弹瑟以慰追慕之思，直到现在那里的竹还有斑纹。那朗咏是说弹瑟之后，云都凝聚，哀思至深，故橘相公那么的说。[140]那个大纳言在学问诗歌上虽然并不是那么优长，[141]但是万事都很机敏，所以就是这样的事也都听说记住了。本来此人会升进到大纳言，原也没有想到，但是他的母亲曾经徒步到贺茂大明神那里，祷告说道："但愿我的儿子邦纲，得做到藏人头，便是一天也罢。"

这样披肝沥胆的祈祷了一百天，在有一天夜里做了一个梦，看见有人拿了一辆槟榔毛的车子[142]来，放在自己的家门口。告诉人家，别人给解说道："这是说该当做公卿的夫人的梦兆。"

但是她回答说道："我的年纪已经老了，现在更没有想那样的事情了。"可是她的儿子邦纲，这却不止是藏人头，并且一直升进到正二位大纳言，也正是难得的事了。

同月二十二日，[143]法皇临幸法住寺殿的御所。那个御所还是应保三年（一一六三）四月十五日所创造修造，近来又劝请日吉大明神，熊野权现等，造了新比睿神社和新熊野神社，此外山水树木，无一不中法皇的意，只因这二三年来平家的多种恶行，所以不曾临幸。现由前右大将宗盛卿奏称，御所破坏的地方当加修理，请赐行幸。法皇回答道："不必那么修理，就只要赶快好了。"于是就迁幸了。最先往故建春门院住过的地方一看，岸松江柳，都经过岁月高大得多了，因此想起"太液芙蓉未央柳，对此如何不泪垂"[144]的句子来，眼泪自然流下来了。那南苑西宫的昔时遗迹，于今确实体会到了。

三月一日，南都的僧纲等都回复了本宫，末寺庄园也同往常一样的管领，有命令下来。同月三日，开始再建大佛殿，始事的奉行[145]听说是藏人左少辨行隆。这行隆在先年参诣男山八幡宫，在那里坐夜这天夜里，梦见从御室殿之中出来了一个头上结鬠的天童，说道："我乃是大菩萨的使者是也。你在大佛殿奉行的时候，可拿了这个。"梦里赐池一支朝笏。

醒过去看时，现实是有笏在那里。他说道："这很奇怪，那时有什么必要，去当大佛殿奉行呢？"便收在怀里回到宿所来，郑重的收藏起来。因了平家的恶行，南都被焚，行隆从辨官里面选了出来，任为始事的奉行，这也是很难得的宿缘了。

同年三月十日，美浓国代官[146]用了快马报到京里，说东国的源氏已经攻到尾张国，道途为塞，人都不能通行，于是便即派出讨伐军去。大将军是左兵卫督知盛，左中将清经，小松少将有盛，共计兵力三万余骑出发前进。入道相国死后，还不及五十日，虽说这是乱世，也真是惊人的事情了。源氏方面，大将军是十郎藏人行家，兵卫佐的兄弟卿公义圆，总计兵力六千余骑。隔着尾张川，源平两方相对设阵。

同月十六日夜半，源氏的兵六千余骑渡过河来，呐喊着向着平家的三万余骑中间突进，第二天十七日从寅刻起双方鸣镝开战，一直交战到天明，平家方面毫不惊扰，只命令道："敌人渡了河，马和装备都是湿的。认定这个目标，打吧！"

将源氏的兵包围在大多数的里面，说道："别让留下，别让漏掉了！"攻击上来，所以源氏的兵多被歼灭了。大将军行家好容易逃得性命，退往河东，卿公文圆因为深入敌阵，所以战死了。平家随即渡河过去，追击源氏的兵，像射野兽似的一直追去，源氏虽然也随处防战，可是敌众我寡，无论如何也总是不敌。

后来人家说："兵法上说不可背水为阵，这回源氏的谋画是太不高明了。"

且说大将军十郎藏人行家退到三河国，毁坏了矢作川上的桥，架起垣盾[147]来，严阵以待。平家不久冲上前去，也守不住，终于陷落了。平家若是继续的追击下去，三河远江的兵都会服从平家了，可是大将军左兵卫督知盛生了病，从三河国回京去了。这回只是破了头阵，对于残党没有加以攻击，所以没有什么大的效果。平家在前年里小松内大臣重盛去世了，今年入道相国又复故去，平家命运已经到了末路，很是明显，所以除了长年受着恩顾的人以外，没有更是随从的了，可是在东国方面，连草木都是倾向着源氏一面倒了。

一一 | 沙声

且说越后国住人城太郎任为越后守，感恩图报，决定讨伐木曾，总共三万余骑，于同年六月十五日出发，明日十六日卯刻就将出阵。到了半夜，大风忽发，继以大雨，雷鸣甚烈，天霁以后，空中有沙哑的声音大声叫喊道："烧毁南阎浮提金刚十六丈的卢遮那佛的平家的帮手有在这里，把他逮捕了！"这样的叫了三声，就过去了。

从城太郎起，许多听见的人无不毛发竖立，从卒都说道："既然有这样可怕的天的警告，请勉强且把出征停止了也罢。"

但是城太郎答说："凡是拿弓矢的人，不能听从这样事情。"于是在十六日卯刻出城，才走了十余町[148]远近，突然有黑云一簇出现，看它笼罩在助长的身子上面，他便立刻觉得遍体竦然，失了知觉，落下马来了。抬在轿子里，回到住所来睡下，过了三个时辰终于死了。差急足出去，将此情由报到都中，平家的人们都大为惊恐骚动。

同年七月十四日，改元号作养和。其日对于筑后守贞能赐以筑前肥后两国的领地，叫他平定镇西方面的叛乱，向西国出发去了。这一天里又有非常的大赦，凡是前治承三年（一一七九）被流放的人都召回来了。松殿入道殿下从备前国还都，太政大臣妙音院师长公从尾张国上来，按察大纳言资贤卿则从信浓国回到京里来了。

　　同月二十八日，妙音院公到法皇御所里进见。从前长宽[149]年间回都的时候，曾在御前的竹篁上奏"贺王恩"和"还城乐"[150]两曲，现今养和还都，却在法皇御所奏"秋风乐"。这两回都是所奏乐曲的风趣都和那时候相应，这种用心实在是很难得的。按察大纳言资贤卿也于同日进见。法皇对他说道："怎么样呢，朕觉得完全是梦一般。在不习惯的乡下住久了，恐怕郢曲[151]都已经忘记了吧？现在且来一个时调[152]也罢。"

　　大纳言就用笏打拍子，歌起"信浓听说有一条木曾路河"这首时调来，但是因为这是自己看了来了的，所以改唱作"信浓有着一条木曾路河"，这也改得时机恰好，很是成功的事。

一二 │ 横田河原交战

　　八月七日在太政官厅举行大仁王会，[153]这听说是依照讨伐平将门时的例。九月一日又仿照讨伐藤原纯友时的例，将铁的铠甲进献于伊势大神宫。[154]敕使是祭主神祇权大副[155]大中臣定隆，从京都出发，到近江国甲贺驿生起病来，在伊势离宫里死去了。为了镇压谋叛的人，受命举行五坛法[156]的，担当降三世明王的大阿阇梨觉算法印在大行事权现的彼岸所[157]里于睡眠去死去。这显然可见神佛都不接受这些镇压的请愿了。又受命修大元法[158]的天祥寺的实元阿阇梨，于修法完成，呈进卷轴的时候，打开来看时，却只见里边写着请求镇压平氏，这实在是可怕的事情。问这是怎么的，答说："命令说是镇压朝敌，看当世的样子，是平家是朝敌，所以请求镇压了。这有什么错误呢。"

有人说道："这法师真是岂有此理。该当死罪，或是流罪呢。"但是大小的事情纷集一起，忙乱之中没有再提起这事来了。

到了源氏的时代，镰仓公[159]知道了这事，很是赏识，说道："神妙得很。"听说就任他为大僧正，当作奖赏。

同年十二月二十四日，赠予中宫[160]院号，曰建礼门院。主上还在幼小的时候，进母后的院号，是以此为始。这样子养和也成了二年了。

二月二十一日太白侵犯昴星。据《天文要录》[161]里说，太白侵昴，四夷并起，又云，将军蒙敕命，出于国境。

三月二十日举行除目，平家的人们大抵皆加官进级。四月十日前权少僧都显真在日吉神社如法的转读《法华经》一万部完毕，法皇为了结缘的缘故，也去行幸。不晓得这是谁说起头的，说法皇要命令山门大众讨伐平家，谣言四起，于是军兵群集宫内，严守四方的卫所，平家一族也悉奔赴六波罗。本三位中将重衡卿带了三千余骑的兵卒，往日吉神社，去迎接法皇。山门方面又听说平家要攻山，率了数百骑登山来了，于是大众都下来到东坂本，说"这是怎么的"，加以商议。山上和都中都有不小的惊扰。供奉法皇前去的公卿殿上人都面无人色，侍卫的武士有的过于张皇，至于吐黄水了。

本三位重衡卿在穴太地方附近，接着了法皇，一同回都。法皇说道：
"像是这个样子，以后就是想参诣什么地方，也是不能如意了。"
实在是，山门大众讨伐平家的事固然没有，平家也并没有攻山的事
情。这些都是毫无影踪的事，人家说这是天魔的捣乱。同年四月
二十日，临时派遣敕使，至二十二社 [162] 进献官币，这是因为祈请
饥馑与疫病的退散的缘故。

五月二十四日又有改元，叫作寿永。其日又任越后国住人城四
郎助茂为越后守。助茂在其兄助长死去之后，以为不吉，屡次辞退，
可是因为是敕命的关系没有办法。助茂便改名为长茂。

同年九月二日，城四郎长茂因为讨伐木曾，率领越后出羽和会
津四郡 [163] 的兵，总共四万余骑，向信浓国出发。同月九日在同国
横田河原摆开阵势。木曾是在依田城内，听了这个消息，乃出了依田
城，带了三千余骑奔来。用了信浓源氏并上九郎光盛的计策，赶快做
了赤旗七幅，将三千余骑分作七股，在这边的山顶上，那边的洞窟里，
手里高举着赤旗，逐渐走近前去。城四郎看见这个情形， [164] 说道：
"阿呀，在这国里也有平家的帮手，那就增加了气力了。"便振起
精神，大声的号令，这时对方的兵已经走近，一声暗号，七股合做
一起，同时呐喊起来，把准备的白旗飒的一下举了起来了。

越后的兵见了失色道："敌人有几十万骑吧，这怎么能敌得过
呢！"便周章失措，或者被赶落河里，或者被迫落悬崖，仅有少数
得免，大部分都战死了。城四郎所最为倚恃的，越后的山太郎，会
津的乘丹房那些有名的刚勇之士，也都在那里战死了。城四郎自己
也受了伤，好容易才逃得性命，沿着千曲川退进越后国去了。

同月十六日，在京都的平家把这回的败战并不当作什么事，前右大将宗盛卿回复大纳言的原职，十月三日任为内大臣。同月七日进宫谢恩，当家公卿十二人扈从，以藏人头以下，殿上人十六人为前驱。东国北国的源氏现在已如蜂起，现今就要攻上京里来的时候，却还是哪里有风吹浪立都不知道的样子，只是干那么豪华的事，正反是叫人看得是不中用的材料罢了。

这样子，寿永也是二年了。但是节会以下还是照常举行，担任指挥之役的内辨[165]是由平家的内大臣宗盛公充任。正月六日，主上因为朝觐，行幸法皇御所法住寺院，鸟羽天皇六岁时朝觐行幸，这是依照此例。二月二十二日宗盛公晋给从一位，就在这一天里，上表辞内大臣之职，听说这是由于兵乱相续，负责表示谨慎的缘故。南都北岭的大众，熊野金刚山的僧徒，以及伊势大神宫的祭主神官，现今无不反叛平家，与源氏同心协力了。虽然有谕旨下到四方，院宣[166]送达诸国，可是大家知道所谓谕旨院宣都是平家的命令，所以没有人来遵从的了。

注　释

[1] 大和国吉野郡有国栖村，其地山川阻隔，交通不便，有许多古代的习俗遗留。四世纪时应神天皇的时代以后，元月始至禁中参贺，献土宜，吹笛，口中打鼓，奏风俗歌以为例。

[2] 氏寺谓一族所立的寺院，兴福寺为藤原不比等所始创，故为藤原累代的寺。

[3] "渊醉"亦写作"燕醉"或"宴醉"，日本古时在正月二日及三日，宫中给予殿上人的宴会，尽醉极欢，益以歌舞，称为渊醉，语用音读，并无古训也。

[4] "十善"见卷一注 [103]。

[5] "四代帝王"谓二条，六条，高仓，及安德天皇，前三者皆法皇的儿子，后者则是孙儿。

[6] 僧纲等官即僧正，僧都，律师，其余僧侣的职务即是某寺的别当或长吏。

[7] "杜鹃"原写汉字曰"郭公"，但郭公即布谷，亦云鹁鸪，系别一种鸟，今从其训读译作杜鹃。

[8] 御斋会是古时禁中在正月所开的一种讲经会，自八日至十四日，召集高僧讲《金光明最胜王经》七日，以祈求国家安康，五谷成就。

[9] "已讲"是僧侣的一种资格，曾经做过维摩会，御斋会，最胜会的讲师的人。

［10］劝修寺在京都的东山，是属于真言密宗的一个寺院。

［11］"三明六通"见卷五注［44］。

［12］"权者"便是暂时化现的人物，意言即使是神变不可思议的佛菩萨，以特别因缘，化身为人，死亡亦终不可避免。权者的相对便是"实者"，即佛菩萨的实体。

［13］澄宪法师亦作静宪，为信西的儿子，见卷三注［144］。

［14］"云上"这里意思双关宫中，因为歌中将月来比天皇，以为永远可以望见，想不到忽然的消灭了。

［15］"十戒"即十善，参看注［4］。

［16］"人间"在此是"人类"的意思，佛教里的"众生"之一，与"人"与"民"都各有不同，今译作"国人"与"百姓"，以示区别。

［17］延喜（九〇一至九二二年）乃是醍醐天皇的年号，天历（九四七至九五六年）是村上天皇的年号，在日本历史上算是太平盛世。

［18］殿守是主殿寮的一种低级职员，主殿寮职司打扫庭院，以及薪炭灯烛等事。

［19］缝殿寮是宫中的一个机关，专司裁缝的事，因为在这近旁有一个卫所，所以便称为缝殿卫所。

［20］《和汉朗咏集》卷上"秋兴"中有白居易的诗句云："林间暖酒烧红叶，石上题诗扫绿苔。"题目是《题仙游寺》。

［21］安元（一一七五至一一七六年）是高仓天皇的年号，即是治承以前，高仓上皇卒于治承五年，年二十一，那么这就是说他十五六岁的时候的事情。

［22］"避忌方角"原文云"方违"，这是一种出于阴阳家的迷信，据说有"天一神"，常居世间，为世人阻塞不吉的方角。六十日中于己酉日始自东北（术语称之曰鬼门），凡阅六日，转至正东，居五日，以次至南西北，共四十四日，至癸巳日乃由正北归于天上，至己酉日乃

复下降。对于是日天一神所在的方向，一切作为皆属不吉，称为方向阻塞，出行尤为不宜，必当避忌方角，即预先寄宿他处，改换方向方可。

［23］《和汉朗咏集》卷下"禁中"，有都良香作《漏刻策》句云："鸡人晓唱，声惊明王之眠，凫钟夜鸣，响彻暗天之听。"鸡人参看卷四注［6］。

［24］延喜见上注［17］，又参看卷三注［121］。

［25］"箱子盖"原本是衣箱的盖子，古时也就拿来作装运物事之用，有如包袱的样子。

［26］据《说苑》卷一云："尧舜之人，皆以尧舜之心为心，今客人之为君也，百姓各以其心为心，以是痛也。"

［27］平德子是高仓天皇的中宫。及后进赠建礼门院的称号。事在治承五年即安德天皇的养和元年，高仓上皇去世之后了。

［28］"葵姬"原文云"葵之前"，"前"为古时对于女子的敬称，或从音读则为"御前"，如卷一"祇王"这一节中称"佛御前"便是。别本或题作"葵女御"，唯此本系私下戏呼的名称，因为她实在还并未成为女御。

［29］这里所说即根据白居易的《长恨歌》，这两节本是陈鸿《长恨歌传》里的文句，原本云：

"故当时谣咏有云，生女勿悲酸，生男勿喜欢，又曰男不封侯女作妃，看女却为门上楣，其人心羡慕如此。"

［30］女御为嫔妃之一种。

［31］国母就是天皇的生母，所谓仙院者是赠有院号的女人，如平德子即以中官而受建礼门院的徽号。

［32］松殿是当时的关白藤原基房，至治承三年（一一七九）冬天始左迁流贬。

［33］这是一句随口应付的话，是迟疑踌躇的口气。

[34] 这首古歌乃是平兼盛所作，见于《天德歌合》中，在村上天皇的天德四年（九六〇）三月在清凉殿举行"歌合"，即作歌比赛，分为左右两组，竞作和歌，末后由人评定左右的胜负。此歌又见《和歌拾遗集》卷十一中。

[35] 隆房为藤原隆季的儿子，任大纳言，是入道相国的长婿。

[36] 二句见白居易《新乐府》第四十篇《井底引银瓶》中，原本这底下还有"寄言痴小人家女，慎勿将身轻许人"。这才结出题目"止淫奔也"的本意来，此地引用原诗的两句，颇觉不甚适合。

[37] 此故事见于《贞观政要》的《直谏篇》里，原本云将以郑氏女为充华，这乃是九嫔之一，而本书里却作进元观殿中，或又改为元和殿，今本改从《政要》原书。

[38] 成范是信西（藤原通宪）的儿子，曾任右卫门督，所以依照女官称呼的办法，利用她父亲的官名，称为小督的吧。

[39] 千贺（Chika）是陆奥国（Michinoku）的一个地名，与歌意毫无关系，只因千贺与近字同音，陆奥又与满字声音相近，所以用作材料罢了，至于盐釜那只是千贺的一个地方，更与歌词无涉了。

[40] 别本作"中宫本来是我的女儿"以下，也是入道所说的话，似乎有理，文中"所以说道"四字或者可以取消。

[41] 南殿即紫宸殿。

[42] 仲国姓源氏，官弹正少弼，为弹正台的第二次官，弹正台司纠弹百官风仪，长官则称弹正尹。

[43] "单扇门"是说独扇的门，不是普通两扇开合的，意思便是很简陋的家屋。

[44] 嵯峨现在是京都市的右京区，但在当时系郊外，所以人家很是稀少。

[45] "牡鹿鸣叫的这个山乡，嵯峨的秋天的黄昏，那是很可悲的。"

这是藤原基俊所作的歌，他是十一世纪的歌人，著有家集一卷，即名《藤原基俊集》。

[46] 本于《诗经·小雅·北山》。

[47] "爪音"即是弹琴的声音，因为弹的时候手上戴着一副"琴爪"，就是用银什么做的指甲，故有是称。

[48]《想夫恋》乐曲的名字，原称《相府莲》，据说起于晋朝的王俭，官为丞相，府中植莲甚多，后白居易始改为今名，作《想夫怜》云，日本则写为"恋"字，所以依照字义讲来，乃是想念夫君而怀恋慕的意思了。

[49] 书信打结，这乃是古代日本的习惯，有两种不同的封法，一曰立文，将书信直叠为细长条，外加包纸，将上下端折叠封好，二曰结文，亦作为细长条，于中间打结，上加墨记，今日本写信，于封缄处多作交叉记号，一长一短，即是其遗风。

[50] 这一套衣服即是对于使者的犒劳，得到的人把它搭到肩头，表示感谢，或顶在头上，更为隆重，古时歌舞的人每每如此，所以有"缠头"之称。

[51] 这里意思是说，若是别人为使者，这就应该满足了，自己有当过横笛配角的关系，所以应当略有区别，而且他以上皇命令特别来此，假如不得口信，就是上皇一定也要不满足的。

[52] "大原的里边去"，意思即是出家，那里有寂光院是有名的尼寺。

[53] 这是吩咐从人的话，叫他们看守好这所房子，不要让小督出到大原去。

[54] 吉上是六卫府的下属，司守卫禁中门户，纠察非违的人，也或写作黄仕丁，云因为着黄色衣服的缘故，黄衣盖为无官的人的服色。

[55] 清凉殿南边的人口下手，有一扇屏风，表面画作跳跃的马，背面是打球的图，这也叫作马形的屏风。

［56］这两联的句子乃是大江朝纲的词句，在《和汉朗咏集》中收在卷下"恋"的部门，所以天皇这时候拿来吟咏，颇为适合。但是这原来乃是他《为九条右丞相报吴越生书》里的文句，所以意思便很有不同了。

［57］即范子内亲王，后来为土御门天皇的准母，建永元年（一二〇六）赐院号。

［58］墨染即是黑色，谓僧尼所穿的服装，即是缁衣。

［59］六条上皇在安元二年七月十七日亡故，建春门院则在七月八日，论时候是在前，但为叙述便利起见，所以把它写在后面了。关于建春门院，参看卷四注［31］。

［60］原语见于白居易的《长恨歌》。

［61］建春门院是高仓天皇的生母，见卷四注［31］。

［62］法皇对于高仓上皇属望甚殷，在世时期望他的孝养，死后则为他祈求冥福，所以说是在现世与后生。

［63］原文见于《本朝文粹》卷十四，是大江朝纲所作，其于澄明死后四十九日愿文的一部分，下文云"虽知老少之不定，犹迷前后之相违"，这是说可悲的莫过于年少的儿子死在父母以前。大江朝纲见前注［56］及卷三注［179］。朝纲为大江音人的孙子，均以文章起家。仕至参议，后人因模仿中国缩短大江为江，又称参议为丞相，所以叫音人为江相公，朝纲则为后江相公云。

［64］"一乘妙典"即指《妙法莲华经》，一乘言是成佛的唯一的教法。

［65］"三密"见卷四注［188］。

［66］"谅暗"系中国古语，谓天子居丧之期，这里借作天皇晏驾的意思。

［67］严岛神社的巫女善于歌舞，称曰内侍，见卷二注［148］及卷四注［16］。

［68］上﨟女官即上级女官，以大臣的女儿或孙女充任，叙二位或三位，参看卷一注［64］。

［69］女御即嫔妃之一种，参看卷一注［62］。

［70］"冠者"如字即是加冠的少年，又凡六位而无官的人亦称冠者。

［71］义平乃源义朝的儿子，赖朝的长兄，与义贤乃是叔侄关系，因在关东和义贤相争，遂杀义贤，所以有恶源太之称。

［72］坂上田村麻吕八世纪时勇将，任为征夷大将军，平定日本东北。藤原利仁为镇守府将军。余五将军即平维茂，平致赖，藤原保昌，均从前武将。源赖光为义仲五世祖，义家则是同族的三世祖。（本文说是四世。）

［73］"两将军"即是义仲自己和赖朝，但是后来终于闹了意见，为所兼并了。

［74］因为义家称为八幡太郎，所以依次称次郎。

［75］"檄文"原作"回文"，意思是同一的文章，送给多人去看，照普通的意义或可译作知单或通知，但是特别关于起兵的事的，所以译作檄文或者更为适切一点。

［76］余五将军见上注［72］。

［77］尊胜陀罗尼即是《佛顶尊胜陀罗尼经》中的陀罗尼，陀罗尼即是梵语音译的咒语。不动明王为五大明王之一，这里是说画有不动明王图象的《尊胜陀罗尼经》。

［78］将贼徒的首级着枪尖上，游行街市中用以示众，如本书卷三第十二节"无文佩刀"中所记小松公梦中所见的就是。也有生前游行的，本书卷十一记平宗盛被捕后同他的儿子同车游行的事。

［79］源义亲参看卷一注［4］。平正盛杀义亲在天仁元年（一一〇八）正月，堀河天皇死在一一〇七年七月十九日，计相去仅半年。

［80］臼杵二郎为绪方三郎的长兄，住在臼杵庄，故以为名。户次

庄与松浦郡都是地名，谓住在这些地方的诸氏族。

[81] 高直城亦称高绳城，在越智郡与温泉郡的交界地方，又称作河野城，乃是洞野氏累代居住的城。

[82] "钉十字架"系借用现代语，日本则照中国古义用"磔"字，训作"钉张"，据《汉书》颜氏注"谓张其尸也"，系作木架如丁字，悬挂罪人于上，从两边二人持枪从胁下刺之，枪尖相交出于顶上，这与西方的办法不知有无若何异同。

[83] 中国古来称东夷北狄，故借以指东国北国之人，加上南海西海，即是南蛮西戎，所以下文说"四夷"，这些都只是文章上的藻饰，其实叛乱的并不是异族。

[84] 别本此一节系与上章相接连，文义上似较为适合。

[85] 原本此处只说公卿会议，似乎是在安德天皇的宫中，但下文又说由法皇发出命令，所以依据别本作为在法皇的御所里开会议。

[86] 这里是说凡文人而任职六卫府等武官的人，懂得弓箭的均须从征。

[87] 一间计长六尺，四五间即是二丈四尺至三丈。

[88] 入道相国的病状据近代的研究，似系一种伤寒，别的毛病不会有这种高热，但在著者则以为由于在地狱里被火烧，所以说不是寻常的毛病。

[89] "竹管"原文用中国古字云"笕"，据字书云，"以竹通水也"。

[90] 法藏僧都为东大寺别当，安和二年（九六九）任权少僧都，所说入冥的故事，见于《元亨释书》卷四。

[91] "焦热地狱"是佛经里所说的八大地狱之一，是第七个地下的地狱，其次序是等活，黑绳，众合，叫唤，大叫唤，焦热，大焦热，最底下的是无间地狱。

[92] 由旬是印度的距离单位，一由旬是三四十里以至十六里，说

法不一。

［93］二位君见卷一注［135］。

［94］"南阎浮提"佛经谓人间世界。

［95］"无间地狱"，亦用梵语称为阿鼻地狱，意思即是无间断的受罪，为八大地狱的最下一层，罪大恶极的人居于此间，烧毁佛像也算是五逆之一，所以入道相国也归于这一类。不过阎罗王判决也写汉字，写了一个无字，限定还没有写，想起来不免有点儿可笑。

［96］人于临终时不能发生善念，忏悔过去，或欣求净土，愿得往生，却说这样的话，所以说是罪孽深重的事，但这很表出入道相国桀骜不驯的气象来。

［97］"一天之君，万乘之主"，即是说天子，只是用了对句罢了。

［98］"大法秘法"即是指僧侣的祈祷等，参看卷三注［3］。

［99］"死亡的山"原文作"四出之山"，四出即是"死出"，犹言死亡的途，却譬作一座山。

［100］"三途河"亦作三濑川，谓至冥土，须过一道河，这河有三个濑，深浅不等，随人生前行事善恶，走哪一条道。

［101］"中有"系佛经中语，人死后四十九日，称为中有，谓未曾决定何处受生的时期，亦称为中阴，鬼魂在此时间无所归宿，故需家人供养，旧时中国七七四十九日常设斋供，这种风俗即起因于此，但是中有之说却没有人谈起了。

［102］天狗乃是一种怪物，与中国所传不同，参看卷五注［35］。

［103］《例时作法》与《法华忏法》各一卷，均系天台宗朝夕所念诵的经典。称为"夕例时，朝忏法"。早上诵《法华经》，忏除六根的罪障，夕则读《阿弥陀经》，修行念佛三昧。

［104］"摄关"即摄政与关白，旧例皆藤原氏任之，凡初任时须至奈良平等院参拜，春日神社则为藤原氏的氏寺。

［105］奉行系官名，即督办一种事务者。

［106］"人柱"加字解说即是以人为柱的意思，乃是古代的一种敝俗，凡是造桥，或是筑城及选堤之类，如遇工事特别困难，辄以人为牺牲，将活人埋于地中或沉人河中，日本古时称曰人柱，谓有此支柱，则工事可成也。此风遍于世界，闻欧洲古礼拜堂中往往发见遗迹，在后世修缮时于墙垣中见有死人骨骼，见于贝林戈尔特（Baring-Gould）主教所著书中。入道相国于立人柱的事认为是罪业不曾采用，以写经的石碣代之，不可不说是差强人意的事。

［107］《一切经》亦称《大藏经》，包括所有经律论所有全部之总称，这里所说大概是只取其一部分以代表全体，故亦称为《一切经》。写在石面上当是镌刻于石。

［108］慈惠是良源的谥法，参看卷三注［78］。据《古事谈》卷三，说他原是优钵罗龙王的转世。

［109］据原本作"慈心房"，但似以别本作"慈心坊"为正。寺院中僧人所住的地方尊为僧坊，俗称僧人为坊主，本言僧坊之主，即是住持，本是尊称，但已渐失原意，稍有轻视的意思了。房字与坊同音，故每混用，上文已有"观音房"的名号。

［110］"小几"原文云"胁息"，状如椅子的扶手，形狭长，高约一尺，放在身旁，用以支搁手臂，稍得安乐。《和名类聚抄》卷六："和训于之万都歧，今案几属，又有胁息之名，所出未详。"在《日本书纪》中或作"夹膝"或作"机"，古文书亦见"胁息"的名称。《说文解字》云，"几踞几也"，徐氏注谓人所凭坐，胁息则放在一旁，故"胁息"一名似亦系从汉字取义，谓放在胁旁凭息之物，故从音读。

［111］乌帽子以纸为主，上加黑漆，故名。本来戴在冠的底下，类似围巾，后来遂用作帽子，有种种式样，其普通者为立乌帽子，即矗立不倒者，凡无官位的人大抵戴此。"立乌帽子"之名系对"折乌帽

子"而言，此种顶略高，折而下垂，则不是平人服色了。

　　[112]"立文"见前注[49]，这是外有包纸的信札，乃是正式公文之类。

　　[113]"引摄"系佛教用语，谓临终时得阿弥陀佛率众来迎，往生西方极乐国土。盖尊惠此时以为应阎王的名，自己便将死亡，所以念佛等候着。

　　[114]多闻天与持国天均系四大天王之一，即是现在所谓金刚，据《法华经·陀罗尼品》所说，多闻持国二天，与药正勇施二菩萨，十罗刹女，都拥护持诵《法华经》的人。

　　[115]"偈"系梵语"伽陀"之音译，或作"偈陀"，今省作"偈"，指经文中短行诗句，原系韵文，唯译语别成一体，只图达意不复叶韵，成为四五字至七字的一种特殊文体。

　　[116]町是日本计算距离的单位，参看卷二注[49]。一町为三十六丈，约等于一百一十米。

　　[117]恶业这一句有点费解，大意说平清盛现将军身，现身说法，示人以恶业之可怕，其利益众生正与慈惠僧正相等。

　　[118]白河上皇为后白河法皇的曾祖，于一〇八六年让位于堀河天皇，而政事仍由上皇主持，为"院政"的起始。以后经历堀河鸟羽崇德三代天皇，至一一二九年始去世，寿七十七。

　　[119]永久为鸟羽天皇年号，凡阅五年（一一一三至一一一七年）。

　　[120]祇园女御，这个女人住在祇园的附近，为上皇所宠幸，所以人家这样叫她，并不是正式的嫔妃，据《今镜》卷四所说。

　　[121]意思是说下旬的月亮还未出来，所以四周还很是黑暗。

　　[122]日本传说，鬼有隐形蓑笠，及打出之小槌，可以在一击之下，打出种种物件，随愿而出。但在此处似与这个别无关系，不过因手中持物有似小槌，所以连带说及.

[123] 零余子即是薯蓣或山芋的肉芽，生于枝间，大者如雀卵，小者如蚕豆，煮食胜于芋子，北京称为山药豆。

[124] 此歌意思双关，"芋"字与"妹"字同训，而妹字在诗歌中亦通作情人或妻子讲，所以这歌可以照译文表面，说山芋结子，已在地面爬行了，其实是说妻子所生的孩子，已渐长大，可以匍匐行走了。

[125] "只摘取"（tada moritori）这句里隐藏忠盛（Tadamori）字，意思说就只当作忠盛的儿子好了。"养分"字藏给养育的意思，即是说给养育起来。

[126] 鸟羽天皇是白河上皇的孙子，已于一一二三年让位，到平清盛十八岁的时候，已经是禅位后的十二年，所以称为上皇。

[127] 大织冠指藤原镰足，参看卷一注[146]。

[128] 多武峰在奈良县樱井市，定惠和尚发愿建寺，乃劝镰足之子不比等，将其父迁葬其地，建妙乐寺，且造塔焉。

[129] 这一节讲祇园女御的事到此已经完了，下面所说乃因藤原邦纲的死而说及他的轶事和他的祖先的事，与上文已是截不相关了。所以别本将以下的那些另作一节，称为"须股交战"，而打仗的事还只是最后一段，上边的乃是邦纲的事情，法皇回到旧御所，行隆督办再建大佛殿，都是三月初发生的事，随后乃是尾张川的战事。

[130] "进士杂色"是以文章生的资格而充任藏人所的杂役的人，大学寮中设有文章院，专攻词章之学，考试及格为文章生，若依汉称即是进士。杂色见卷二注[48]。

[131] 腰舆见卷一注[212]。即是两人肩舆，但两手持杠，下垂及于腰际，故名。古时天皇于大尝祭行禊礼时，或遇紧急事情，则乘用之。卷一"大内被焚"中曾见使用，邦纲所说即指此事。

[132] 法性寺即藤原忠通。

[133] "天之岩户"见《古事记》二七至二九节，天照大神因为和

她的兄弟赌气，便躲到天之岩户里去了，将石门紧闭。从此世间不见日光（因为她是太阳女神），人们都很狼狈。众神乃集岩户前，歌舞哄笑，天照大神听了觉得诧异，拉开门来略为窥视，大力神就赶紧将门推开，就把大神拉了出来了。

［134］山阴中纳言为藤原鱼名的子孙，其子如无僧都，或作助务。

［135］宽平法皇即是宇多天皇，昌泰为其子醍醐天皇的年号。

［136］三衣箱系僧人用具，装袈裟所用，袈裟有大衣中衣小衣三种，故总称三衣。

［137］所谓"上代的事"，系指如无僧都的从三衣箱里取出乌帽子来，与邦纲的乐人装束的事有点相像。不是指的乌龟报恩，那与这里别无关系，所以或疑系是后人插入。

［138］"五节"见卷五注［143］。

［139］"竹斑湘浦"，《和汉朗咏集》卷下"云"之部，摘有张读《愁赋》的句子云：

"竹斑湘浦，云凝鼓瑟之踪，凤去秦台，月老吹箫之地。"张读事迹不详，据《国字抄目录》云，读为续之误，吴县人，宋明帝时为中书令国子祭酒。

［140］橘广相为参议，故用汉训称之为相公，但"竹斑湘浦"之句，实非橘作。

［141］这里所说似未确，因为他既系文章生出身，那么词章之学是其专门所习，懂得这样的典故正是当然的了。

［142］槟榔毛车系牛车的一种，车箱上用"槟榔"叶粘贴，用作装饰，唯上皇、亲王、大臣以下、四位、女官、高僧始得乘用。所谓槟榔实际乃是蒲葵叶，劈条漂白，贴车箱上，以蒲葵亦是南方珍异之物，故与槟榔相混。

［143］"同月"系指邦纲故去的三月，因为上边又回过去讲邦纲微

时的事情，所以时间有点紊乱了。

[144] 这两句见于白居易《长恨歌》，又"西宫南苑多秋草"，也见于同一诗中。

[145] 奉行见上文注 [106]。

[146] 代官见卷一注 [171]。

[147] 垣盾见卷四注 [67] 及注 [181]。

[148] 町见上注 [116]。

[149] 长宽系二条天皇年号，藤原师长因他父亲赖长的保元之乱的关系，连坐远流，至长宽二年（——六四）始由土佐国释回，当时曾弹奏琵琶，见于《十训抄》卷上。

[150] "贺王恩"系唐时乐曲名，本系太宗因歌颂高祖而作，这里师长借以表示感激王恩，因得回来。还城乐见卷四注 [59]。

[151] 郢曲系指今样，朗咏，风俗，催马乐等，与舞乐神乐不同的乐曲，在宴会的余兴里所歌。

[152] 时调即是今样，见卷一注 [76]。那首时调见于《体源抄》卷十，原本意云：

"信浓听说有一条木曽路河，为了思君的缘故，在水边湿了袖子，却在别的浅濑里洗了。"原本是听说，但是资贤因为流在信浓国，所以觉得说传闻不确当，所以将里边的词句改动了。

[153] 每年三月七日开仁王会，讲《仁王护国般若经》，以镇护国家的法会。

[154] 平将门与藤原纯友于十世纪相继谋反，旋即讨平，见卷一注 [4]。

[155] 古代有神祇官，管理祭祀等一切事务，首长称为神祇伯，大副为其次官。

[156] "五坛法"据佛教密宗，国家有大事时修行五坛法，于中央

设坛，不动明王主之，东坛则降三世明王，西坛则大威德明王，南坛则军荼利夜叉明王，北坛则金刚夜叉明王主之，故称五坛法。

［157］"大行事权现"是山王七社之一，春秋两季举行法会，称彼岸会。"彼岸"即是春秋分，因是日在春秋日的中间，故有是称，今民间犹是如此。

［158］为镇护国家的关系，于正月八日至十四日举行，以大元帅明王为本尊的法会，这亦是属于密宗的修法。

［159］镰仓公即是源赖朝，因为源氏获得政权后，鉴于平家模仿贵族文化，流于文弱之弊，乃在接近关东的镰仓设置幕府，就任征夷大将军，为幕政的开始。

［160］中宫这里应称为皇太后，因为这乃是高仓上皇的王后，安德天后的母后。

［161］《天文要录》系中国古籍，著者未详，在《帝王编年记》的同年二月三日条下云："《天文要录》里说，太白侵昴，四夷竞乱，兵革不绝，大将军去境。"本文所云或即以此为根据。

［162］朝廷惯例，派遣官币使去的，为伊势神宫之外，近畿地方的二十一社，共计二十二社。

［163］会津四郡，即是陆奥国的会津，耶麻，大沼，河沼这四郡。

［164］当时平家方面所用为赤旗，源氏则为白旗。

［165］内辨系举行典礼时在承明门内司仪式的人。参看卷五注［114］。

［166］日本自白河天皇于一○八七年让位后，仍以上皇而执政，称为"院政"，所有命令即为"院宣"，凡历三代，至后白河皇于一一九二年去世，院政遂以告终，以后就一直是"幕政"了。参看卷一注［183］。